KATHARINA LICHT

DIE LEGENDEN VON LUMIA

VERBORGENES FEUER

Bibliografische Information der Deutschen Nationalbibliothek: Die Deutsche Nationalbibliothek verzeichnet diese Publikation in der Deutschen Nationalbibliografie; detaillierte bibliografische Daten sind im Internet über dnb.dnb.de abrufbar.

© 2024 Katharina Licht

Lektorat: Astrid Schneider | textschneiderei
Korrektorat: Anke Willnat-Gergen
Verlag: BoD · Books on Demand GmbH, In de Tarpen 42, 22848 Norderstedt
Druck: Libri Plureos GmbH, Friedensallee 273, 22763 Hamburg
Gestaltung & Buchsatz: Katharina Licht unter Verwendung des Bildmaterials von Adam Wilson (Unsplash), Yuliya Pauliukevich (Dreamstime), geralt (Pixabay), nuily1980 (Freepik)

ISBN: 978-3-7597-9469-7

Dieses Buch widme ich meiner wunderbaren Familie.
Karin, Gerhard und Vanessa – danke, dass ihr immer
an mich und meine Geschichten geglaubt habt.
Ich würde euch in jedem Leben wieder wählen ♥

BERG TENEMON

SOLACI

FROST-WÜSTE ALSIA

LIVOR

GROSSE
BRÜCKE

RIVO

VADO

MARE ARDORIS

LUMIA

PLAYLIST

ANTHEM LIGHTS
Who I'm Meant To Be

TIM HALPERIN
Where The Adventure Begins

K. WILL
녹는다 (Melting)

RONAN KEATING
Iris

PAT MCINTYRE
A Sky Full of Stars

NATHAN WAGNER
Lonely

CITIZEN SOLDIER
Always December

ELI LIEB
Safe In My Hands

NATHAN WAGNER
Love

LYN
알아요 (One and Only)

CAMERA CAN'T LIE
Last Dance

Hier geht's zur Spotify-Playlist:

INWEISE

CONTENT NOTES

An dieser Stelle möchte ich auf potenziell triggernde Inhalte aufmerksam machen, die in diesem Buch thematisiert werden. Auf Seite 399 findest du eine Liste.

GLOSSAR

Im Anhang befindet sich ein Glossar mit Namen und Begriffen, die in diesem und den beiden folgenden Büchern eine Rolle spielen. Wichtig: Dort erwarten dich Spoiler für dieses Buch.

Der Phönix
erhebt sich aus der Asche
wie die aufgehende Sonne.
In tiefster Dunkelheit breitet er
seine Schwingen aus.

Jetzt

Um mich herum ist alles dunkel, aber es stört mich nicht. Nicht mehr jedenfalls, denn egal wie lang die Nacht auch sein mag, heute weiß ich, dass an jedem neuen Morgen das Licht zurückkehrt – und mit ihm die Vorfreude auf all das, was vor mir liegt. Es gab jedoch eine Zeit, in der ich nicht daran geglaubt habe, dass die Dunkelheit je wieder verschwinden wird. Damals bin ich nicht der Einzige gewesen, der in der Finsternis jegliche Hoffnung verloren hat.

Heute ist die Dunkelheit ruhig und friedlich. Die Geräusche des Tages sind längst verstummt und zu hören ist nur das sanfte Rauschen des Herbstwindes, der durch die offenen Fenster in die Bibliothek hereinweht. Er entlockt den Büchern um mich herum ein leises Flüstern. Einige Augenblicke lang verharre ich reglos inmitten der unzähligen geschriebenen Worte, dann entzünde ich die Kerze auf dem Schreibtisch. Während die rotgoldene Flamme tanzt, streiche ich das unbeschriebene Papier vor mir glatt. Dabei bleibt mein Blick an den Narben auf meiner linken Hand hängen, die sich vom Daumen bis zu den Fingerspitzen wie Blitze über die Haut ziehen. Ich hätte die Verletzung von einem Heilmagier behandeln lassen können, aber ich wollte nie vergessen, an welchem Tag ich sie mir zugezogen habe, was wir damals erreicht und auch verloren haben.

Ein Klackern reißt mich aus meinen Gedanken. Ich hebe den Kopf und lausche, doch ich höre nur den Wind. Langsam wende ich mich der obersten Schublade des Schreibtischs zu, öffne sie und nehme eine Feder heraus. Im Kerzenlicht schimmert sie in unterschiedlichen Goldtönen, je nachdem, aus welchem Winkel ich sie betrachte. Sie ist das Geschenk einer alten Freundin, die mit mir in der Finsternis gekämpft hat, Seite an Seite. Ohne sie wäre ich heute nicht hier. Niemand von uns.

Ich tunke die Schreibfeder in ein Tintenfass, setze sie aber noch nicht aufs Papier. Stattdessen lasse ich meinen Blick über die Bücherregale gleiten. Nur wenige werden vom Schein der Kerze erhellt, weil ich beim Schließen der Bibliothek darauf verzichtet habe, die Öllampen an der Wand anzuzünden. Manche Worte lassen sich nämlich am besten in den sanften Übergängen zwischen Licht und Schatten finden, wo alles miteinander verwoben ist und es keine eindeutigen Antworten gibt. Aber nach solchen Antworten suche ich auch nicht.

Unter das Wispern des Windes mischt sich ein anderes Geräusch. Erneut lausche ich und dieses Mal bin ich mir sicher, es mir nicht einzubilden. Es dauert jedoch einen Moment, bis ich es zuordnen kann.

Schritte.

Während ich die Schreibfeder beiseitelege, beschleunigt sich mein Herzschlag. Wer außer mir hält sich zu dieser späten Stunde hier auf? Meine Mitarbeiter sind längst nach Hause gegangen.

»Hallo?«, rufe ich in die Dunkelheit hinein. »Wer ist da?«

Die Schritte werden lauter, dann verstummen sie wieder. Ich setze mich aufrecht hin und sehe mich um. Als ich meine Stimme erneut erheben will, tritt eine junge Frau mit hochgezogenen Schultern aus den Schatten heraus. Mit dem Buch, das sie an ihre Brust drückt, und der prall gefüllten Tasche über ihrer Schulter erinnert sie mich an die Studierenden, die hier nach einer passenden Lektüre für ihr Studium suchen.

»Guten Abend«, sagt sie leise, fast schon zurückhaltend, und streicht sich eine braune Strähne hinters Ohr. »Entschuldigen Sie die späte Störung. Ich bin in einer Ecke eingeschlafen und habe nicht bemerkt, dass die Besuchszeit schon vorbei ist.«

Ich bemühe mich darum, mir meine Verwunderung nicht anmerken zu lassen. Bevor meine Mitarbeiter das Gebäude verlassen, kontrollieren sie alle Räume. Es ist noch nie vorgekommen, dass jemand vergessen wurde.

»Tut mir leid, dass wir Sie übersehen haben«, sage ich. »Das hätte nicht passieren dürfen. Ich kann Sie gerne zum Ausgang begleiten.«

»Das ist nett, danke, aber ...« Sie zögert. »Hätten Sie vielleicht einen Augenblick Zeit für mich? Es gibt da etwas, das ich Sie gerne fragen möchte.«

»Und was wäre das?«

»Ich habe vor, ein Buch über den Mann zu schreiben, der angeblich Lumia gerettet hat. Deswegen suche ich nach Texten über den Tag des Lichts.«

Ihr Lumisch ist nahezu perfekt. Nur die Art, wie sie manche Wörter betont, verrät mir, dass sie nicht von hier stammt.

»Haben Sie dort, wo Sie herkommen, keine ausreichenden Informationen über diesen Mann finden können?«, frage ich.

Sie tritt einen Schritt näher, das Buch noch immer an sich gedrückt. »Ich habe viel Widersprüchliches über ihn gelesen. Manchmal wird er als der Erzfeind von Lumia betitelt, manchmal als ein edler Held, der sich freiwillig opfern wollte, um alle zu retten, und andere Texte stellen ihn als den Wiederbringer des Lichts dar.«

Ich nicke. All das ist mir nicht neu.

»Dieser Mann fasziniert mich schon eine Weile«, fährt sie fort. »Ich würde gerne erfahren, was damals wirklich geschehen ist. Können Sie mir sagen, welche Geschichte der Wahrheit entspricht?«

»Die Antwort auf Ihre Frage ist abhängig davon, wem Sie sie stellen«, sage ich lächelnd.

»Nun, ich habe *Sie* gefragt, nicht wahr?«

Mein Lächeln wird breiter. Ich nehme ein Stofftuch aus der obersten Schublade und befeuchte es mit einigen Tropfen aus meinem Trinkglas, um die Schreibfeder zu reinigen. Heute werde ich sie wohl nicht mehr benötigen, doch das stört mich keineswegs. Mein Manuskript kann ich auch noch morgen beginnen. Nachdem ich die Feder zurück an ihren Platz gelegt habe, stehe ich auf und wende mich der Besucherin zu.

»Um Ihre Frage zu beantworten, muss ich ein wenig ausholen.« Ich deute auf die drei Sessel vor dem Kamin an der gegenüberliegenden Wand. »Wenn Sie wollen, können wir uns setzen und ich erzähle Ihnen von dem Mann, der mit einem rostigen alten Schwert, einem trüben Kelch und einem tollpatschigen Reittier die Welt gerettet hat. Oder sie beinahe vernichtet hat. Je nachdem, wie man es auslegen möchte.«

Die blauen Augen der Frau leuchten auf. »Oh, sehr gerne. Darf ich mir Notizen machen?«

»Natürlich, aber ich warne Sie vor. Die Geschichte ist nicht so heroisch, wie sie in einigen Büchern dargestellt oder mancherorts erzählt wird.«

»Jetzt machen Sie mich aber neugierig«, sagt sie auf dem Weg zum Kamin.

Ich entzünde ein Feuer darin und rücke einen der Sessel näher heran, sodass ich der Frau gegenübersitze. »Wäre es in Ordnung, wenn wir uns mit dem Vornamen ansprechen? Ich halte nicht viel von förmlichen Anreden.«

Sie nickt und stellt sich vor. »Und du bist Liam, richtig? Liam Vallo?«

Überrascht lehne ich mich im Sessel zurück. »Ja. Woher weißt du das?«

Ein vielsagendes Lächeln umspielt ihre Lippen. »Ich hatte da so eine Vermutung.«

»Dann weißt du vermutlich auch, welche Rolle ich bei den damaligen Ereignissen gespielt habe, oder?«

»Vielleicht.«

Ich schmunzle. Dieser Abend verspricht spannend zu werden.

Die Frau holt einen Stift aus ihrer Tasche und öffnet das mitgebrachte Buch. Die Seiten darin sind so leer wie das Papier auf meinem Schreibtisch.

»Bevor du mit deiner Erzählung beginnst, würde ich gerne noch etwas wissen«, sagt sie. »Du hast behauptet, dass das Schwert des Helden rostig gewesen sei, aber ich habe gehört, es soll das mächtigste Schwert gewesen sein, das je in Lumia existiert hat. Welche Information ist denn nun korrekt?«

»Das kommt ganz darauf an, wen du fragst«, erwidere ich, woraufhin sie lacht. »Aber da du *mich* gefragt hast: Das Schwert war eine legendäre Waffe voller uralter Magie, nur war sie lange nicht mehr in Benutzung. Da hatte sich eben ein bisschen Rost angesammelt.«

Sie notiert sich etwas. »Und was ist mit dem Kelch und dem Reittier?«

»Der Kelch war zwar trüb, aber das lag an der Flüssigkeit, mit der er gefüllt war. Und das Reittier ...« Ich gebe mich einen Moment lang meinen Erinnerungen hin. »Es war ziemlich tollpatschig, aber wenn ich dir jetzt schon erzähle, was es für ein Tier war, würdest du es mir nicht glauben.«

Die Frau macht sich eifrig nickend weitere Notizen. Als sie wieder zu mir aufblickt, blitzt mir pure Neugier aus ihren Augen entgegen. »Bitte erzähl mir die ganze Geschichte.«

Ich nicke und mein Herz klopft vorfreudig. Für mich gibt es kaum etwas Schöneres, als mit jemandem eine Geschichte zu teilen, und zu entscheiden, wo ich diese beginnen soll, fällt mir leicht. Ich wende mich von meiner Besucherin ab und betrachte das ruhig flackernde Feuer im Kamin. Die Wärme der Flammen ruft ein sanftes Prickeln in meinen Händen hervor, einen Nachhall von etwas, das vor vielen Jahren ein Teil von mir gewesen ist. Es versetzt mich in eine andere Zeit zurück, fernab von allem, was mich gerade umgibt, und hin zu einem Sommer in einem kleinen Dorf, als die Welt noch in Ordnung gewesen ist – auch wenn ich das damals ganz anders gesehen habe.

Ich schließe die Augen. »Wenn man den Legenden von Lumia Glauben schenkt, ist der Phönix die schrecklichste Kreatur, die je über den Himmel geflogen ist. Aber es gibt in dieser Welt weitaus Schlimmeres als einen brennenden Vogel. Vor allem, da es nicht seine Schuld war, dass er Unheil über Lumia gebracht hat.«

Der Tag, an dem du meinen
Namen sagtest,

war der Tag, an dem ich

seit Langem endlich wieder einen

Lichtstrahl sah.

KAPITEL 1

in dem ich gerne weit weg gewesen wäre

»Wirst du jetzt wohl aufhören, über diesen Vogel zu reden!«, beschwerte sich Val, während sie meinen Korb mit herrlich duftenden Brötchen füllte. Wie so ziemlich alle Bewohner in unserem Dorf konnte auch meine beste Freundin den Phönix nicht besonders gut leiden. Verständlich, denn er galt als das größte Unglücksomen in ganz Lumia.

Ich grinste und hob die Hand, um Val einen getrockneten Teigklumpen aus den dunklen Locken zu zupfen. »Aber du wolltest doch hören, wovon meine neue Geschichte handelt.«

»Ich wusste ja nicht, dass darin schon wieder der Phönix vorkommt. Die wievielte Erzählung über ihn ist das jetzt? Die zwanzigste?«

»Du übertreibst.«

»Ich übertreibe nie«, erwiderte Val so ernst, dass ich ihr beinahe geglaubt hätte. Sie schob mir den Korb entgegen. »Wenn ich Zeit habe, bringe ich dir später ein paar Honigkekse vorbei.«

»Du bist die Beste.« Ich beugte mich vor und drückte ihr einen Kuss auf die Wange. »Was würde ich nur ohne dich machen?«

»Mit einer wilden Haarpracht herumlaufen und weniger Süßes essen.«

Missmutig zupfte ich an meinen roten Locken. »Sehe ich schon wieder aus, als wäre ich aus dem hintersten Bergwinkel gekrochen?«

»So schlimm ist es nun auch wieder nicht.« Sie stupste mir gegen die Nase, auf der sich um diese Jahreszeit bereits viel zu viele Sommersprossen tummelten – sehr zu meinem Unmut. »Wenn du mir nicht glaubst, dass deine Haare eine gute Länge haben, frag doch Macina, ob sie Lust auf eine Wiederholung eures Stelldicheins hat.«

Hitze stieg mir in den Kopf. »Bitte erinnere mich nicht daran.«

»Aber du sahst so süß aus mit all dem Stroh in deinem Haar. Wo Macina wohl überall welches hängen hatte?«

»Val!« Empört verzog ich das Gesicht, konnte aber das Lachen nicht zurückhalten, das in mir aufstieg. Val fiel sofort mit ein. Im Licht, das durch die staubbedeckten Fenster der Backstube hereinfiel, glänzte ihre Haut wie dunkles Gold, und ihre noch dunkleren Haare wippten amüsiert auf und ab. Ich liebte es, in ihrer Nähe zu sein. Val machte alles leichter und unbeschwerter.

Als wir uns wieder beruhigt hatten, sagte ich: »Leider muss ich dich jetzt verlassen. Auf mich warten ein paar Körbe Wäsche.«

»Mein Beileid, Li. Wie schaffst du es nur immer, Kianus' Hemden sauber zu bekommen?«

Ich grinste. Die Kleidung meines Bruders sah manchmal aus, als hätte er sich bei den Schweinen im Dreck gewälzt. »Wenn ich es je herausfinden sollte, bist du die Erste, die es erfährt.«

Sie setzte zu einer Antwort an, wurde aber von einem Schmerzensschrei unterbrochen, der durch die geöffneten Fenster zu uns hereindrang. Erschrocken tauschten wir einen Blick und rannten durch die Hintertür der Backstube hinaus in den Garten.

Vor den alten Obstbäumen kauerte Vals Großmutter Naola zwischen einer umgekippten Holzleiter und einem Eimer. Um sie herum lagen Kirschen verstreut. Als wir bei ihr ankamen, half Val ihr beim Aufsetzen.

Ich ging neben ihnen in die Hocke. »Geht es dir gut? Tut dir etwas weh?«

»Alles in Ordnung«, versicherte mir die alte Dame, stöhnte aber leise beim Betasten ihres Knöchels. Bei Lux, hatte sie sich etwas gebrochen?

»Du musst sofort zu Medela!«

»So schlimm ist es nicht.«

»Keine Widerrede«, entgegnete Val. »Warum bist du überhaupt auf die Leiter gestiegen? Wir haben dir doch schon oft gesagt, dass du das nicht machen sollst!«

Naola zog ihre buschigen Brauen zusammen, die genauso wirr waren wie ihr Haar, und gab ein mürrisches Grummeln von sich. »Ich werde ja wohl ein paar Kirschen pflücken dürfen.«

Augenrollend half Val ihrer Großmutter auf die Beine. Naola zog scharf die Luft ein und stützte sich auf ihre Enkelin.

Ich stand ebenfalls auf. »Ich gehe Medela holen. Schafft ihr es ohne meine Hilfe ins Haus?«

Kaum hatte Val genickt, eilte ich auf die Straße, die sich durch Patria schlängelte wie ein Fluss – nur führte er kein Wasser, sondern Erde und Staub. Letzterer verirrte sich in großen Mengen über das Pulvia-Gebirge hierher in mein Heimatdorf. Dahinter lag eine brennende Wüste. Das Feuer dort brannte bestimmt genauso stark wie die Sorge um Naola in mir. Hoffentlich hatte sie sich bei ihrem Sturz keine ernsthafte Verletzung zugezogen.

Als ich das Haus der Heilerin erreichte, riss ich die hölzerne Eingangstür auf. »Medela«, rief ich in den schummrigen Flur hinein. »Ich brauche deine Hilfe!«

Glas klirrte, dann streckte Medela den Kopf aus einem der Zimmer heraus. Ihre schwarzen Haarspitzen erreichten fast den dunklen Dielenboden. »Was ist passiert?«

»Naola ist von der Leiter gestürzt und hat sich den Fuß verletzt. Kannst du bitte mitkommen?«

»Sicher, aber gib mir einen Moment, um mich vorzubereiten.«

Beeil dich, wollte ich sagen, hielt mich aber zurück. Stattdessen ging ich vor der Tür auf und ab, bis Medela mit einer Tasche über der Schulter zu mir stieß. Ich wollte losrennen, doch sie griff nach meinem Handgelenk. Ihre erdbraunen Finger waren trotz der sommerlichen Jahreszeit kühl.

»Nicht so hastig.« Sie bedachte mich mit einem strengen Blick aus ihren trüben Wintertag-Augen.

»Naola braucht –«

»Keine Sorge. Wir gehen schnellstmöglich zu ihr, aber atme erst tief durch, sonst muss ich dich gleich mitbehandeln.«

Ich presste die Lippen aufeinander und nickte.

Zügigen Schrittes durchquerten wir das Dorf. Auch wenn ich am liebsten den gesamten Weg gerannt wäre, passte ich mich Medelas Geschwindigkeit an. Die vertrauten Gerüche nach Heu, Nutztieren und Kräutern, die aus allen Richtungen von der Morgenbrise herangetragen wurden, beruhigten mich nicht. Erst als wir das Haus der Familie Risa betraten und ich Naola auf einem der Holzstühle im Wohnraum sitzen sah, stieß ich erleichtert die Luft aus. Dass sie trotzig dreinschaute, war ein gutes Zeichen. Val stand mit verschränkten Armen neben ihr. Vermutlich hatte sie ihrer Großmutter in meiner Abwesenheit eine Standpauke gehalten.

Medela zog einen der Stühle heran, die an dem runden Tisch in der Zimmermitte standen, und legte Naolas rechtes Bein darauf ab. Früher hatten Val und ich oft hier gesessen und uns von ihrer Großmutter Geschichten erzählen lassen. Aber heute füllten keine spannenden Abenteuer den Raum, sondern Besorgnis und Schmerz. Ich schlang die Arme um mich und sah zu, wie Medela vorsichtig Naolas Fuß, Knöchel und Schienbein abtastete. Bei einigen Berührungen verzog die alte Frau das Gesicht.

Nachdem Medela ihre Untersuchung beendet hatte, erklärte sie: »Der Knöchel ist leicht verstaucht. Ansonsten kann ich keine anderen Verletzungen feststellen.«

Erleichtert ließ ich die Arme sinken. »Da hast du aber Glück gehabt, Naola.«

Sie brummte vor sich hin.

»Ihr könnt wieder eurer Arbeit nachgehen«, fügte Medela hinzu.

»Ich melde mich, sobald ich Naola versorgt habe.«

»Gut, lass uns gehen, Li.« Val kam auf mich zu und zog mich mit sich Richtung Tür.

»Sicher, dass du uns nicht brauchst?«, fragte ich Medela.

»Ich kann mich nicht konzentrieren, wenn mir dein besorgter Blick im Nacken klebt.«

Ich wäre gern bei Naola geblieben, wollte Medela aber nicht stören, also folgte ich Val hinaus in den Flur. Vor der Backstube blieb sie stehen und strich mir über den Arm.

»Keine Sorge, das wird schon wieder. Naola ist zäh. Sobald Medela fertig ist, komme ich vorbei und bringe dich auf den neuesten Stand.«

Ich rang mir ein Lächeln ab. »Danke. Dann bis später.«

Meine Gedanken waren noch immer bei Naola, als ich zu Hause den Waschzuber aus der Gartenhütte zog. Medela würde alles tun, um Naola zu helfen, doch in einem Dorf wie Patria gab es nur begrenzte Heilmöglichkeiten. Das wurde mir jeden Tag vor Augen geführt, denn Paps konnte Medela nicht helfen, egal wie viele Kräutermischungen sie ihm zusammenstellte.

Nachdem ich den Zuber vor dem Brunnen platziert und ihn mit Wasser gefüllt hatte, ging ich ins Haus, um einen Hocker und die beiden Körbe mit dreckiger Wäsche nach draußen zu tragen. Das dauerte länger als üblich, da meine Arme zitterten – und zwar so stark, dass ich die Körbe zwischendurch abstellen musste, weil sie mir zu entgleiten drohten.

Als ich es endlich geschafft hatte, sank ich auf den Hocker und lauschte dem Gesang eines Vogels. Er saß im Kräuterbeet neben dem Holzverschlag, in dem unser Esel Furio die Nächte verbrachte.

Wäre er hier gewesen, hätte er den Kopf aus seiner Behausung gestreckt und den kleinen Sänger mit einem grummeligen Laut verscheucht. Aber da er mit Paps und Kianus auf den Feldern war, durfte der Vogel nach Herzenslust weitersingen. Das fröhliche Gezwitscher lenkte mich von meinen Gedanken ab. Nach ein paar tiefen Atemzügen hatte ich endlich genug Kraft, ein schmutziges Hemd in meinem Schoß auszubreiten. Mit einer Bürste befreite ich es vom gröbsten Dreck.

Nachdem ich einige Kleidungsstücke abgearbeitet hatte, tauchte ich meine Hände in den Brunnen und trank einen Schluck. Das kühle Wasser linderte das Kratzen in meinem Hals, aber als ich aufblickte, war er sofort wieder staubtrocken.

Von den Feldern, die gut fünfzig Schritte hinter unserem Garten lagen, stapfte mir mein jüngerer Bruder entgegen. Er hatte den Blick aufgesetzt, mit dem er schon in jungen Jahren die anderen Kinder dazu gebracht hatte, schnellstens das Weite zu suchen. Man hätte annehmen sollen, dass ich mich an seine finstere Miene gewöhnt hatte, doch sie verursachte mir jedes Mal ein mulmiges Gefühl im Magen. Ich wusste nämlich ganz genau, was folgte, wenn Kianus in solchen Momenten den Mund öffnete.

»Löckchen, wo warst du so lange?« Seine Stimme war genauso grimmig wie sein Gesicht. »Ich war vorhin im Haus und habe dich gesucht. Wo hast du dich rumgetrieben, hm? Bei Valea in der Backstube?«

»Ja, aber es gab –«

»Spar dir deine Ausreden«, unterbrach er mich barsch und verschränkte seine muskulösen Arme vor der ebenso breiten Brust. Seine blauen Augen durchbohrten mich mit ihrem Blick. »War ja klar, dass ihr wieder aneinander klebt wie zusammengewachsene Tomaten und du alles andere vergisst. Beim Phönix, du weißt doch, wie sehr wir dich hier brauchen.«

All meine Muskeln spannten sich gleichzeitig an. Ich wollte etwas Schlagfertiges erwidern, aber mein Kopf war wie leergefegt.

Kianus blickte an mir vorbei und schnaubte abfällig. »Offenbar hast du nicht nur die Zeit vergessen, sondern auch den Grund, weswegen du überhaupt losgegangen bist.«

Verwundert drehte ich mich um – und wäre vor Scham am liebsten im Boden versunken.

Val kam mit meinem gefüllten Brotkorb in den Armen auf uns zu und stellte ihn auf dem Brunnen ab. »Naola hat sich zwar über die Ruhe beschwert, die Medela ihr angeordnet hat, aber es geht ihr gut. Bald ist sie wieder ganz die Alte.«

Mein Körper entspannte sich etwas. »Das sind gute Nachrichten.«

»Was ist mit Naola?«, fragte Kianus.

Val hob die Augenbrauen. »Hat Li dir das nicht erzählt?«

»Nein, das Wichtigste hat er mir mal wieder verschwiegen.«

Verärgert funkelte ich ihn an. »Ich wollte es dir sagen, aber du hast mich nicht ausreden lassen.«

»Ach so, jetzt bin *ich* derjenige, der etwas falsch gemacht hat? Wer war denn den halben Morgen unterwegs und hat seine Arbeit liegen lassen?«

»Li hat –«, setzte Val an, aber Kianus schnitt ihr das Wort ab.

»Ich habe dir schon mal gesagt, dass du dich nicht in unsere Familienangelegenheiten einmischen sollst!«

Sie stöhnte genervt. »Wie kann man am frühen Morgen schon so schlecht gelaunt sein? Geh zurück auf die Felder und lass deine Wut an ein paar Karotten aus.«

Die Luft um uns herum knisterte wie kurz vor dem Ausbruch eines Gewitters. Wäre ich in besserer Verfassung gewesen, hätte ich mich in das Gespräch eingemischt. Aber gerade war ich froh, dass ich mich überhaupt aufrecht halten konnte. Haltsuchend legte ich meine Hand auf den Brunnenrand.

»Ich wäre besser gelaunt, wenn mein Bruder seinen mickrigen Hintern hochbekommen und endlich seine Arbeit erledigen würde«, beschwerte sich Kianus. »Aber nein, stattdessen hängt er bei dir in der Bäckerei herum. Vermutlich konntet ihr eure Hände wieder nicht voneinander lassen.«

»Du Esel!«, fuhr sie ihn an und baute sich vor ihm auf. Da sie ihm nur bis zum Kinn reichte, wirkte es nicht besonders bedrohlich. Ihre Fäuste bebten aber so stark, dass sie vermutlich jeden Moment in Flammen aufgehen und sich in einen menschlichen Phönix verwandeln würde.

Unbeeindruckt wandte sich Kianus an mich. »Wasch die Kleidung und komm danach auf die Felder. Da gibt es einiges zu tun.«

»Wenn es so viel zu tun gibt, wieso bist du dann hier?«, fragte Val.

»Erstens kann ich tun und lassen, was ich will, und zweitens: Ist da doch was zwischen euch, von dem ich wissen sollte? Du verteidigst Löckchen ständig.«

»Und du benimmst dich mal wieder unmöglich. Naola ist vorhin von der Leiter gestürzt. Li ist sofort losgerannt und hat Medela zu ihr gebracht. Willst du ihm etwa vorhalten, dass er ihr geholfen hat?«

Kianus zögerte kurz. »Nein, aber er treibt sich viel zu oft im Dorf herum und hängt seinen Träumereien nach, statt Ferrus und mir unter die Arme zu greifen.«

So gern ich ihm auch widersprochen hätte, ich konnte es nicht, denn er hatte recht. Paps war krank, auch wenn er immer tat, als ginge es ihm gut. Seine Hustenanfälle waren in den letzten Jahren schlimmer und häufiger geworden. Wir mussten ihm so viel Arbeit wie möglich abnehmen.

Kianus sah mich eindringlich an. »Ich gehe jetzt zurück auf die Felder und du machst gefälligst deine Arbeit, verstanden?«

Ich schluckte. An den meisten Tagen konnte ich seine Vorwürfe an mir abprallen lassen wie an einem Schild, mit dem ein Krieger das feindliche Schwert abwehrte. Das Dumme an der Sache war, dass ich nicht immer einen Schild bei mir trug. So auch heute nicht. Kianus' Vorwürfe trafen mich mit voller Wucht. Ich drückte die Finger noch stärker in den steinernen Brunnenrand, aber er bot mir keinen Halt.

Kianus schien davon nichts mitzubekommen – oder er ignorierte es. Nach einem letzten missmutigen Blick drehte er sich um und marschierte zurück zu den Gemüsefeldern. Dabei hüpfte sein dunkler Pferdeschwanz im Takt seiner Schritte wütend umher.

»Li, alles in Ordnung?« Die Wut war aus Vals Stimme verschwunden. Stattdessen schwang Sorge darin mit.

Ich wollte ihre Frage bejahen, aber meine Beine gaben unter mir nach. Val war sofort bei mir und umschlang meinen schlaksigen Körper mit ihrer Wärme. Zitternd vergrub ich das Gesicht in ihren Locken und sog den Duft nach frischem Gebäck ein, der die Situation für einen kurzen Augenblick besser machte.

»Wieder ein Schwächeanfall?«, fragte sie.

»Mir geht es gut«, antwortete ich, war aber weit entfernt davon. Vor meinen Augen tanzten Schleier, Hitze kroch mir aus allen Poren und das Atmen fiel mir schwer. Außerdem stand mir der Schweiß auf der Stirn. Keuchend löste ich mich von Val und sackte auf den Hocker.

»Du solltest reingehen und dich hinlegen.«

Wenn ich das tat, konnte ich mich auf erneute Vorwürfe von Kianus gefasst machen. Er hielt mich sowieso schon für nutzlos und schwach. Es war egal, was ich tat – es war nicht genug. *Nie* war es genug.

»Es geht bestimmt gleich wieder.« Ich stützte die Arme auf den Oberschenkeln ab und vergrub das Gesicht in den Händen. Dann atmete ich tief ein und aus, immer und immer wieder. Val strich mir währenddessen mit der Hand über den Rücken.

Nach einer Weile beruhigte sich mein Körper so weit, dass ich mich wieder aufrichten konnte.

In Vals grauen Augen funkelte Mitgefühl. »Du solltest noch mal zu Medela gehen. Ich weiß, sie hat beim letzten Mal keine Ursache gefunden, aber vielleicht hat sie etwas übersehen.«

Ich schüttelte den Kopf und strich mir eine schweißverklebte rote Locke von der Stirn. Die Hitze in mir war verschwunden, meine grässliche Haarfarbe leider nicht.

»Oh, warte, ich habe da was für dich.« Val griff in den mitgebrachten Korb, aus dem sie eine Keramikdose zog. »Hier, bitte. Dein Wunderheilmittel.« Sie nahm einen Keks heraus und reichte ihn mir.

Grinsend nahm ich ihn entgegen. Als sich der süße Geschmack von Honig auf meiner Zunge ausbreitete, entfuhr mir ein genüssliches Seufzen. Oh, wie ich diese Kekse liebte! Wenn der König von Ignidia die Gelegenheit gehabt hätte, Vals Gebäck zu kosten, hätte er sie ganz sicher in der Schlossbäckerei angestellt. Ich griff nach einem weiteren.

Val verzog amüsiert das Gesicht. »Gut, dass ich eine ganze Dose mitgebracht habe.«

Ich setzte eine unschuldige Miene auf und legte mir ein Kleidungsstück über die Beine. Egal wie schlecht es mir ging, Val schaffte es immer, mich aufzuheitern und mir einen Teil der Last abzunehmen, die zu schwer war, um sie allein tragen zu können.

»Kann ich dir mit der Wäsche helfen, bevor ich wieder in die Backstube gehe?«

»Nein, ich schaffe das schon.«

»Mit Armen, die zittern wie ein frisch geborenes Fohlen?« Sie schnappte sich ein bereits ausgebürstetes Hemd. »Während ich wasche, schrubbst du ein bisschen und erzählst mir deine neueste Geschichte, was meinst du? Das bringt uns sicher auf andere Gedanken.«

Ich wollte zwar protestieren, aber es wäre sinnlos gewesen. Wenn Val sich etwas in den Kopf gesetzt hatte, dann musste schon der Phönix persönlich auftauchen, um sie davon abzuhalten.

»Aber bitte lass den brennenden Vogel weg«, fügte sie hinzu, als hätte sie meine Gedanken gelesen.

Ich schüttelte amüsiert den Kopf und zog einen Erdklumpen aus dem Leinenstoff. Ich konnte nachvollziehen, dass sie meine Sympathie für den Phönix nicht teilte. Niemand tat das. Aber vermutlich fühlte sich in diesem Dorf auch niemand wie ein feuriger Vogel, der eine Schneise der Zerstörung hinter sich herzog – oder, wie in meinem Fall, eine Schneise des ständigen Versagens.

Während wir gemeinsam arbeiteten, trug ich ihr die Geschichte vor, die ich mir in den letzten Tagen bei der eintönigen Hausarbeit ausgedacht hatte. Bereits nach wenigen Worten hatte ich die Wäsche vergessen und war tief in der Welt meiner beiden Heldinnen versunken. Die Realität und alles, was mir Kopfzerbrechen bereitete, rückten in weite Ferne. Ich beschrieb Val die Sonnenaufgänge, die sich die Prinzessinnen zusammen ansahen, ihre heimlichen Treffen an den versteckten Orten des Schlosses und die vielen Hindernisse, die sie gemeinsam überwinden mussten, bis sie ihre Liebe offen ausleben durften. Wie immer lauschte Val mir mit einem Lächeln auf den Lippen. Sie war die beste Zuhörerin, die beste Bäckerin und die beste Freundin, die ich mir wünschen konnte.

Nach einer Weile hing der Großteil der gewaschenen Kleidung auf den Leinen, die sich zwischen den knorrigen Obstbäumen spannten. Nur die besonders schmutzigen Hosen waren noch übrig – die von Kianus. Sie brauchten intensivere Pflege als der Rest.

Val nahm die leere Keksdose an sich. Keine Ahnung, wohin ihr Inhalt verschwunden war. »Ich muss jetzt los. Das restliche Brot backt sich leider nicht von allein. Hoffentlich lässt Kianus dich für den Rest des Tages in Ruhe. So schlecht gelaunt war er lange nicht mehr.«

»Wann war er je gut gelaunt?«

Val zuckte mit den Schultern. »Ach, manchmal kann er ganz nett sein. Neulich hat er mir sogar ein annehmbares Kompliment gemacht.«

Beinahe wäre mir die Bürste aus der Hand gefallen. »Warte, reden wir von demselben Kianus?«

Hätte es einen Preis für die schlechtesten Komplimente gegeben, hätte mein Bruder ihn gewonnen. Und zwar jeden Tag aufs Neue. Die stets über alles informierten Dorfältesten und ich hatten vor einer Weile eine Wette darüber abgeschlossen, wie viele Varianten von *Deine Augen sind so hübsch wie die Sonne* Kianus sich in einem Monat ausdenken konnte.

»Schreib deine Prinzessinnen-Geschichte auf und gib sie ihm«, schlug Val vor. »Dann lernt er vielleicht endlich, wie man nett zu anderen Leuten ist.«

»Du weißt doch, dass er Lesen für Zeitverschwendung hält.«

»Ach, dieser ungebildete Esel hat keine Ahnung von guter Literatur und würde sie auch nicht erkennen, wenn sie der König selbst lobpreisen würde.«

Ich grinste. »Wenn er das hört, geht er dir tagelang aus dem Weg.«

»Weit würde er nicht kommen. So viele Straßen gibt es hier nicht.«

»Ja, leider.«

Der egoistische Wunsch, den ich stets zu verdrängen versuchte, schob sich in mein Bewusstsein. Val war die einzige Person, der ich je davon erzählt hatte, denn außer ihr hätte niemand Verständnis dafür gehabt – vor allem Paps und Kianus nicht.

Ich wollte mehr sehen als Patria mit den Feldern, den umliegenden Hügeln und dem Wald, der uns vom Rest von Ignidia abschnitt. Ich wollte so viele Orte bereisen, allen voran die beiden lumischen Hauptstädte Calid und Livor mit ihren Bibliotheken voller Wissen und Abenteuer, die nur darauf warteten, von mir entdeckt zu werden. Und vor allem wollte ich mich mit Menschen unterhalten, die ein völlig anderes Leben führten als ich. Möglicherweise konnte ich von ihnen neue Koch- oder Putztechniken lernen, damit die Hausarbeit zügiger erledigt war. Oder vielleicht hatten sie medizinische Tipps, die ich an Medela weitergeben konnte.

Val lächelte aufmunternd. »Irgendwann besuchen wir alle Bibliotheken, die es in Lumia gibt, und verlassen sie erst wieder, wenn wir alle Bücher gelesen haben. Das wäre schön, oder?«

Ich lächelte ebenfalls. Val wusste immer, was in mir vorging, auch ohne dass ich es aussprach. Manchmal wusste sie es sogar besser als ich selbst.

»Eines Tages vielleicht.«

Val winkte mir zum Abschied und verschwand in Richtung der staubigen Straße, die bis ans andere Ende von Patria führte. Nachdem sie um die Hausecke gebogen war, herrschte Stille um mich herum.

In meiner Kindheit waren der Garten und das Haus erfüllt gewesen von Fröhlichkeit und angenehmer Wärme, egal wie kalt die Jahreszeit gewesen war. Doch Mamas Tod hatte vor zehn Jahren eine unendliche Leere in unserem Zuhause und in meinem Herzen hinterlassen.

Ich schüttelte den Kopf, um mich zurück ins Hier und Jetzt zu bringen, säuberte die restlichen Hosen und wusch sie im Zuber aus.

Aber die Arbeit war so eintönig, dass meine Gedanken bereits nach kurzer Zeit wieder auf Wanderschaft gingen.

Gab es in größeren Städten auch Gemüsefelder und Gärten voller Kräuter? Liefen dort ebenso viele Hühner herum wie in Patria? Und fühlten sich dort manche Menschen auch völlig fehl am Platz? Ich hatte so viele Fragen und keine Antworten. Meine spärlichen Kenntnisse über Lumia stammten aus den wenigen Büchern, die es hier gab, und den Berichten der Patrianer, die bereits fort gewesen waren. Jedes Buch im Dorf hatte ich mindestens einmal gelesen und jede Erzählung mindestens einmal gehört. Der Wunsch nach mehr Wissen und eigenen Erfahrungen war seit meiner Kindheit immer größer geworden. Doch Paps hatte mir in meinen neunzehn Jahren nie erlaubt, Patria zu verlassen, auch nicht für einen kurzen Besuch in der nächsten Stadt Nostria. Ich bezweifelte, dass sich daran je etwas ändern würde. Trotzdem brannte der Wunsch, durch Lumia zu reisen, so stark in mir wie das nie erlöschende Feuer des Phönix. Gleichzeitig plagte mich das schlechte Gewissen, wann immer ich daran dachte. Wenn ich fortging, wer würde dann für Paps und Kianus waschen, kochen und putzen und auf sie aufpassen?

Mit der nassen Hose ging ich zu einer der Wäscheleinen und hängte sie zum Trocknen darüber. Als ich die Arme sinken ließ, erspähte ich Paps, der sich von den Feldern her näherte. Irritiert starrte ich in seine Richtung. Warum hatte er sein geliebtes Gemüse heute so früh verlassen? Normalerweise nutzte er jeden Sonnenstrahl für die Arbeit aus.

»Paps?«

Er reagierte nicht, sondern stützte sich auf das Tor des alten Holzzauns, der unseren Garten umgab.

Während ich ihm entgegenging, breitete sich ein mulmiges Gefühl in meinem Magen aus. Er hob den Kopf und sah mich aus glasigen Augen an. Täuschte ich mich oder waren die Furchen auf seinem Gesicht tiefer als sonst?

»Ist alles in Ordnung?«, fragte ich.

Er öffnete den Mund, doch heraus kam nur ein lautes Husten – und ein Schwall dunkles Blut.

Dann brach er vor meinen Augen zusammen.

KAPITEL 2

in dem ich einen Entschluss fasste, der alles veränderte

Ich schaffte es nicht rechtzeitig, Paps' Sturz abzufangen. Mit einem dumpfen Geräusch schlug er auf dem ausgetretenen Pfad auf und blieb reglos liegen.

»Paps!« Ich riss das Holztor so heftig auf, dass die Angeln quietschten, und sank neben ihm auf die Knie. »Kannst du mich hören?«

Er reagierte weder auf meine Stimme noch auf das Rütteln an seinen Schultern. Hastig überprüfte ich Puls und Atmung. Beides war vorhanden. Lux sei Dank!

»Hilfe«, schrie ich und versuchte, Paps hochzuziehen, doch meine Beine gaben heute schon zum zweiten Mal unter mir nach. Wir sackten zurück auf die harte Erde. »Kianus, hilf uns!«

Einige dröhnende Herzschläge vergingen, bis jemand meinen Namen rief. Ich stieß die angehaltene Luft aus und hob den Kopf. Noch nie war ich so erleichtert gewesen, meinen Bruder zu sehen. Er kam von den Feldern her angerannt und ließ sich neben uns auf den Boden fallen.

»Was ist passiert?«

»Er ist einfach umgekippt ...«

Als Kianus das Blut an Paps' Kinn sah, keuchte er. »Zu Medela. Schnell!«

Er hievte Paps auf seinen Rücken und eilte am Haus vorbei in Richtung der Straße. Ich stolperte hinterher und half ihm dabei, Paps zu stützen. Bei jedem Schritt krampfte sich mein Magen stärker zusammen.

Medela erfasste die Lage sofort. Sie scheuchte uns in eins der Zimmer. Dort legte Kianus Paps behutsam auf der hölzernen Liege ab und trat zurück, um der Heilerin Platz zu machen. Während sie Paps' Hemd aufknöpfte, fokussierte ich mich auf das Wandregal mit den beschrifteten Behältern und Gläsern. Immer wieder las ich, was darauf geschrieben stand, um mich von dem schmerzhaften Knoten in meinem Magen abzulenken. Es half nicht im Geringsten.

Medela eilte zu dem Regal, nahm eine Holzschachtel heraus und öffnete sie auf dem Weg zu dem Tisch unter dem Fenster. Dort hackte sie den Inhalt klein. Das Klackern des Messers untermalte den Takt meiner Gedanken, die wie Hammerschläge in meinen Ohren dröhnten.

Versager.

Versager.

Versager.

Ich krallte die Fingerspitzen in die raue Holzwand an meinem Rücken, aber das Gefühlschaos beruhigte sich nicht. Meine Gedanken drehten sich wild im Kreis, ohne Ziel und Verstand.

Ich habe versagt ...

Ich habe Paps nicht beschützen können ...

»Liam.« Kianus packte mich an den Schultern und sah mich eindringlich an. »Er wird wieder gesund, hörst du? Setz dich und trink einen Schluck Wasser.«

Ich schüttelte den Kopf, war aber unsicher, auf welchen Teil von Kianus' Aussage sich mein Kopfschütteln bezog. Gerade wollte ich mich weder setzen noch etwas trinken. Ich wollte, dass Paps aufwachte und uns sagte, dass alles in Ordnung war. Dass er nicht –

»Seine Krankheit ist weiter fortgeschritten, als ich gedacht habe«, teilte uns Medela mit. Bei jedem ihrer Worte schwankte die Welt um mich herum stärker. Ich musste mich an etwas festhalten

33

und erwischte den Arm meines Bruders. Er zog mich an sich, gab mir Halt, aber es war nicht genug.

Medela flößte Paps eine grünliche Flüssigkeit ein und sorgte dafür, dass er sie schluckte. »Ich fürchte, dass ich Ferrus nicht mehr lange helfen kann. Wenn er keine magische Heilbehandlung erhält, wird er bald sterben.«

Ihre Worte ballten sich in meiner Brust zu einem Knoten, raubten mir jegliche Luft zum Atmen. Ich schlang die Arme um Kianus und vergrub den Kopf an seiner Schulter.

Paps, er … er würde … Der Gedanke war zu schrecklich, um ihn zuzulassen.

»Es tut mir sehr leid«, murmelte Medela. »Aber vielleicht gibt es einen Weg, euren Vater zu retten.«

Hastig hob ich den Kopf. Tränen verschleierten meine Sicht. »Was können wir tun?«

»Bei meinem letzten Ausflug nach Vado habe ich erfahren, dass sich dort zur Zeit ein Heilmagier aufhält. Wenn ihr zu ihm geht, könnt ihr ihn möglicherweise dazu überreden, euren Vater zu behandeln.«

»Aber so viele Monaro haben wir nicht.« Kianus stand mit bebendem Unterkiefer da und klammerte sich genauso sehr an mich wie ich mich an ihn. Sein Anblick zerriss mir das Herz. Ein einziges Mal hatte ich ihn so hilflos und verloren erlebt wie jetzt – an Mamas Todestag.

»Es ist zumindest einen Versuch wert, den Heilmagier um Hilfe zu bitten«, wandte Medela ein. »Wenn ihr ihm die Situation schildert, macht er möglicherweise eine Ausnahme für euch. Oder wollt ihr untätig herumsitzen und warten, bis –«

»Nein!« Woher ich die Kraft nahm, mich aus Kianus' Armen zu befreien und auf eigenen Beinen zu stehen, wusste ich selbst nicht. Vielleicht war es mein unendlich schlechtes Gewissen Paps gegenüber. Vielleicht war es auch das Versprechen an Mama. »Ich werde diesen Heilmagier aufsuchen.«

Kianus' Augen weiteten sich vor Überraschung. »Löckchen, mit Leuten wie uns würde der doch gar nicht erst reden. Du verschwendest wertvolle Zeit, die du mit Paps verbringen könntest.«

»Ich werde ganz sicher nicht untätig herumsitzen«, rief ich. Wie konnte Kianus nur etwas so Schreckliches sagen? »Wenn sich der Heilmagier nicht überzeugen lässt, komme ich zurück und wir suchen nach einer anderen Lösung.«

»Liam –«

»Ich finde einen Weg, Paps zu retten.«

Es war alles, was ich noch tun konnte. Für ihn. Für uns alle.

Medela nickte. »Ich werde eurem Vater eine neue Medizin mischen, die sein Leiden lindert, bis du zurück bist. Aber mehr als zwei Monate wird er wohl nicht mehr haben.«

Erneut trat sie an das Regal mit den Behältern und Gläsern heran, nahm zwei davon heraus und trug sie zu ihrem Arbeitstisch, wo neben leeren oder halbvollen Schalen allerhand Werkzeuge lagen.

»Was sind das für Kräuter?«, wollte Kianus wissen, als die Heilerin den Inhalt eines Glases in eine Schale gab und mit einem Mörser zerbröselte.

»Sie helfen bei Atembeschwerden«, antwortete ich an Medelas Stelle.

Kianus betrachtete die Beschriftungen der Gläser mit verständnisloser Miene. »Kannst du das etwa lesen? Das ist doch kein Lumisch.«

»Liam war früher oft hier und hat mir beim Mischen von Medizin geholfen«, erklärte Medela.

In Kianus' Augen blitzte ein Funke von Anerkennung auf, aber er wurde sogleich wieder von der Sorge um Paps überschattet.

Medela sah mich an. »Du solltest keine Zeit verlieren, wenn du heute noch Nostria erreichen willst.«

»*Ich* werde gehen«, verkündete Kianus. »Du passt auf Paps auf, Löckchen.«

»Was ist, wenn er wieder zusammenbricht?« Hilflos hob ich die Arme. »Ich bin zu schwach, um ihn hierherzutragen.«

»Dann holst du Medela eben zu uns nach Hause.«

»Ich will mich ungern einmischen«, sagte Medela, »aber es wäre sinnvoller, wenn Liam nach dem Magier sucht. Du kannst dich in der Zwischenzeit um Ferrus und die Felder kümmern.«

Kianus schüttelte den Kopf. »Nein, ich gehe. Keine Diskussion.«

»In Ordnung«, willigte ich ein und erntete dafür einen erstaunten Blick. »Warte bitte hier, bis die Medizin fertig ist und du Paps nach Hause tragen kannst. Solange werde ich alles für deine Reise vorbereiten.«

»Gut. Frag auch gleich Ennzio nach einem Pferd. Er soll mir sein schnellstes zur Verfügung stellen.«

Ich nickte ihm zu, dann wandte ich mich an Medela. »Danke für deine Hilfe.«

»Ich tue, was ich kann.«

Langsam drehte ich mich um, ging zu Paps und strich über seine aschfahle Hand. *Verlass dich auf mich*, sagte ich stumm zu ihm, bevor ich Medelas Haus verließ und den Weg nach Hause einschlug.

Sobald ich außer Sichtweite war, steigerte ich mein Tempo und rannte, so schnell ich konnte, bis ich hektisch atmend vor unserer Haustür zum Stehen kam. Ich gönnte mir nur eine kurze Verschnaufpause, bevor ich die Tür aufriss und nach oben in das Zimmer eilte, das Kianus und ich uns schon seit unserer Kindheit teilten. Auf meinem Weg durchs Haus stopfte ich Kleidungsstücke, Seife, einen ledernen Trinkbeutel und Proviant in einen Beutel, ebenso Feuersteine und ein Säckchen mit Monaro. Das Notizbuch, das Mama mir geschenkt hatte, und eine Karte der näheren Umgebung wanderten ebenfalls hinein.

Mit dem prall gefüllten Reisebeutel und einer ausgebeulten Stofftasche eilte ich die Treppen wieder hinunter und die Straße entlang zum anderen Ende des Dorfes. Falls ich etwas vergessen haben sollte, würde ich es unterwegs besorgen.

Als ich keuchend bei Val in der Backstube stand, weiteten sich ihre Augen vor Überraschung. »Was ist los?«

In knappen Worten erzählte ich ihr von Paps' Zusammenbruch und meinem Vorhaben. Dabei zog sich mein Magen schmerzhaft zusammen, doch mein Entschluss stand fest.

»Oh Li, es tut mir so leid. Ich weiß gar nicht, was ich sagen soll.«

Val wischte sich die mehligen Hände an ihrer Schürze ab und zog mich in eine Umarmung. Ich erlaubte ihr für einen kurzen Moment, mich an sich zu drücken, dann löste ich mich wieder von ihr.

»Ich muss unbedingt diesen Heilmagier finden.«

Sie legte ihre warmen Hände auf meine Wangen und blickte ernst zu mir hoch. »Wann kommst du zurück?«

»So schnell ich kann. Bitte pass solange auf Paps und Kianus auf.«

»Natürlich. Aber versprich mir, dass du heil wiederkehrst, ja? Mit allen Armen und Beinen und deinem viel zu niedlichen Gesicht.«

Ich brachte ein dankbares Lächeln zustande und wir umarmten uns erneut.

»Bis bald, Val.« Die Worte fühlten sich fremd an in meinem Mund.

»Bis bald, Li.«

Der alte Ennzio wollte für seinen Hengst keine Entschädigung annehmen, weil ich ihm vor einigen Jahren beim Ausbau seines Stalls geholfen hatte. Ich würde ihm nach meiner Rückkehr noch einmal etwas für das geliehene Pferd anbieten. Jetzt musste ich aber schleunigst Patria verlassen, bevor mein Bruder mich aufhalten konnte.

Auf dem Rücken des schwarzen Hengstes trabte ich zum Dorfausgang. Ich kannte jede Gasse, jeden Winkel und jedes Staubkorn. Trotzdem sah alles anders aus. Vielleicht weil ich zum ersten Mal etwas anderes sehen würde als dieses Dorf, die weitläufigen Hügel und das Pulvia-Gebirge, das im Süden hoch in den Himmel aufragte.

Eine seltsame Stimmung erfasste mich. Einerseits nagte die tiefe Sorge an mir, die sich bei Paps' Zusammenbruch in meinem Inneren festgekrallt hatte. Andererseits saß da dieses erwartungsvolle Prickeln in meiner Brust, eine Vorfreude auf das Unbekannte. Mein Herz galoppierte aufgeregt. Gleichzeitig rutschte es mir in die Hose.

All diese widersprüchlichen Gefühle verursachten mir ein unendlich schlechtes Gewissen, als ich mein Heimatdorf hinter mir ließ und hineinritt in das größte Abenteuer meines Lebens, dessen Ausmaß mir zu jenem Zeitpunkt nicht einmal ansatzweise bewusst gewesen war.

KAPITEL 3

in dem ich mehrfach rennen musste

Kaum hatte ich Patria hinter mir gelassen, zog ich die Karte aus meinem Reisebeutel, um mich zu vergewissern, dass ich auf dem richtigen Weg war. Je weiter ich mich von meinem Heimatdorf entfernte, desto fester wurde mein Griff um das teils eingerissene Stück Papier. Bald zitterte es in meiner Hand, aber ich hielt den Blick weiterhin konzentriert darauf gesenkt, als müsste ich mich in einem Wirrwarr aus verschiedenen Wegen zurechtfinden, die nach Nostria führten. Doch es gab nur einen einzigen dorthin. Ich musste nicht aufblicken, um zu wissen, dass er von den Rädern unzähliger Händlerkarren zerfurcht war und sich in der Ferne zwischen den grünen Hügeln des ignidischen Südens verlor.

Aufmerksam studierte ich die Linien, aber weder meine krakelige Handschrift noch mein kaum vorhandenes künstlerisches Talent konnten die unzähligen Fragen in meinem Kopf verdrängen, die sich nur um Paps drehten. Hatte Kianus ihn bereits nach Hause gebracht? War er wach? Und wie würden sie beide auf meine Abreise reagieren?

Wie gerne hätte ich mich mit Val unterhalten, um meinen Sorgen zu entfliehen, aber sie war ungewohnt weit von mir entfernt. Außer dem Dorf kannte ich nur den angrenzenden Wald und den Fluss, der sich an den Feldern vorbeischlängelte. Er mündete in einen großen See, an dem Val, Kianus und ich viele Nachmittage verbracht hatten, umgeben von zirpenden Insekten und quakenden Fröschen.

Natürlich hätte ich meine Sorgen mit dem Pferd teilen können, aber so verzweifelt war ich noch nicht. Mit einem resignierten Seufzen verstaute ich meine selbst gezeichnete Karte wieder im Reisebeutel und ließ den Blick über die Umgebung schweifen.

In meinen Tagträumen war es stets aufregend gewesen, durch Lumia zu reisen, aber die Realität hätte langweiliger – und schmerzhafter – nicht sein können. Links von mir befand sich der endlose Laubwald voller zwitschernder Vögel, rechts erstreckten sich Hügel und in der Ferne ragte das Pulvia-Gebirge in den Himmel auf. Nichts konnte meine Aufmerksamkeit lange fesseln. Die Landschaft veränderte sich kaum. Bäume, Hügel, noch mehr Hügel, noch mehr Bäume. Und noch mehr Sorgen in meinem Kopf. Es war so, wie alle es mir gesagt hatten: Patria lag im abgelegensten Winkel von Ignidia, dem Feuer-Königreich. Im Gegensatz zur Wüste Calora, die sich hinter dem Pulvia-Gebirge befand, brannte es im mittleren und nördlichen Teil von Ignidia nicht. Das Königreich war nach der vorherrschenden Magie der Königsfamilie Ignidus benannt worden, in deren Blut seit jeher die mächtigste Feuermagie floss. Das zweite lumische Königreich – Glacida, bekannt als das Eis-Königreich – lag im Norden von Lumia. Zwischen Ignidia und Glacida floss der Latus, ein breiter Fluss, der die Grenze der beiden Reiche markierte.

Doch der Latus lag noch in weiter Ferne. Wenn mein geplanter Reiseweg ohne Zwischenfälle verlief, würde ich in einigen Stunden Nostria und morgen Abend Vado erreichen, die Stadt, in der sich laut Medela ein Heilmagier aufhielt. Vado lag nahe am Latus. Vielleicht konnte ich auf meiner Suche nach dem Heilmagier auch einen Blick hinüber nach Glacida werfen und Val davon berichten, wie es dort aussah. Darüber zerbrachen wir uns schon seit unserer Kindheit den Kopf. Ob es dort wirklich riesige Berge aus Eis und schneeweiße Raubtiere gab?

Während ich durch die gleichbleibende Landschaft ritt, sank meine Begeisterung über die erste Reise meines Lebens immer weiter. Meine Laune erreichte ihren Tiefpunkt, als am Abend dunkle Wolkenmassen heranrollten. Kurz darauf fielen die ersten Regentropfen und verwandelten sich in einen steten Strom. Ich schlang die eingepackte Decke um mich. Sie war schnell durchnässt, aber eine Pause einzulegen und Schutz zu suchen, hätte mich wertvolle Zeit gekostet. Außerdem fror ich nicht. Das tat ich selten, auch im Winter nicht. Also setzte ich meinen Ritt fort, während die Hufe des Hengstes auf dem schlammigen Untergrund schmatzende Geräusche hinterließen. Ich gab es bald auf, mir energisch jeden Tropfen wegzuwischen, der auf meiner Nase landete, und stöhnte leise. Das Nass des Himmels ertrug ich nur dann, wenn ich mich mit einem Buch und einer Portion Kekse in mein Bett kuscheln konnte.

Gut eine Stunde später ließ der Regen zum Glück wieder nach und verzog sich mitsamt den dunklen Wolken weiter in Richtung Süden. Danach trocknete die warme Abendsonne mich und den Hengst, dem das ungemütliche Wetter anscheinend nicht so viel ausgemacht hatte wie mir. Zumindest hatte er nicht ständig darüber geflucht.

Die Sonne war bereits untergegangen, als in der Ferne kleine Lichter auftauchten, die sich beim Näherkommen als die Beleuchtung der Stadt Nostria herausstellten. Sie war fortgeschrittener, was die Lichtversorgung anging. In Patria gab es kleine Laternen an den Hauswänden oder wir gingen mit Öllampen durchs Dorf. Hier standen hoch aufragende Laternen am Rand der gepflasterten Straße, auf der ich bei meiner Suche nach einem Gasthaus entlangritt. Außer mir war niemand unterwegs und so konnte ich auch nicht nach dem Weg fragen. Gern hätte ich mir die Stadt angesehen, aber angesichts der Tageszeit und meines schmerzenden

Körpers war es wohl besser, mir möglichst schnell eine Bleibe für die Nacht zu suchen. In meinem ganzen Leben hatte mein Hintern noch nie so wehgetan wie heute.

Einige Zeit später fand ich endlich das Ziel meines ersten Reisetages: ein Gasthaus am Stadtrand. Zumindest glaubte ich, dass es eines war, denn in Patria schliefen die wenigen Besucher, die sich dorthin verirrten, bei ihren Verwandten oder in den Gästezimmern der Dorfschenke. Dem Türschild dieses Gebäudes nach gab es hier freie Betten, also stieg ich ab, band mein Pferd an einen Zaunpfahl an und betrat das Haus.

Ich fand mich in einem spärlich beleuchteten Eingangsbereich wieder. Hinter einem Tisch, der fast den ganzen Raum einnahm, saß ein älterer Mann mit einem Ziegenbart. Als ich nähertrat, hob er den Kopf.

»Entschuldigung, kannst du mir helfen?«, fragte ich. »Ich suche ein Zimmer für die Nacht.«

Sein abschätziger Blick glitt von meinen zerzausten Haaren zu meiner dreckigen Kleidung bis hinunter zu meinen Schuhen, von denen einer ein Loch hatte. »›Entschuldigen Sie‹ heißt das. Schon mal was von einer höflichen Anrede gehört, Bürschchen?«

»Tut mir leid.« Verlegen machte ich mir eine gedankliche Notiz, fremde Leute von nun an mit *Sie* anzusprechen.

»Sollte es auch. So, und nun zu deinem Anliegen. Du willst hier nächtigen, was? Hast du genug Monaro dabei?«

»Wie viel kostet eine Nacht?«

»Zehn Monaro.«

Hastig fischte ich die Münzen aus meinem Geldsäckchen, das ich gut befestigt an meiner Hose trug, und drückte sie in die wulstige Hand des Mannes.

»Erster Stock, Zimmer acht.« Er überreichte mir einen Schlüssel und eine erleuchtete Laterne. »Frühstück ab Sonnenaufgang. Kostet aber extra.« Auf meine Nachfrage hin, was mit meinem Pferd passieren würde, versicherte er mir, er würde sich darum kümmern.

Das rostige Türschloss quietschte, als ich den Schlüssel darin umdrehte. In dem winzigen Zimmer dahinter standen ein Holzbett mit ausgefranstem, fleckigem Bettzeug und ein Eimer zum Waschen. Wasser war keines darin, deswegen ging ich zurück zu dem Mann mit dem Ziegenbart. Er schickte mich zum Brunnen hinter dem Haus.

Kurze Zeit später saß ich in einer sauberen Hose auf dem Bett. Ich würde heute zum ersten Mal allein schlafen. Hier gab es niemanden, der schnarchte oder dessen Bett nachts so laut knarrte, dass ich davon aufwachte. Es hätte mich freuen sollen, nachts endlich meine Ruhe zu haben, aber der winzige Raum war viel zu groß für mich allein. Und viel zu still.

Ich holte mein Notizbuch aus dem Reisebeutel und strich über den Einband. Meine Finger fanden von allein jede Unebenheit im Leder, jede Kerbe, deren Anzahl in den letzten Jahren stetig gestiegen war. Nach einem tiefen Atemzug schlug ich das Buch auf und las die Worte, die in der geschwungenen Handschrift meiner Mutter eine der Seiten zierten. Normalerweise spendeten sie mir Trost, aber ausgerechnet heute verfehlten sie ihre Wirkung und verschwammen vor meinen Augen zu einem Meer aus Tinte und Papier.

Liam, mein geliebter Sohn. Du hast mir in der dunkelsten Stunde meines Lebens das rettende Licht geschenkt.

Ich schloss die Augen und klammerte mich an jedes Wort wie an ein rettendes Seil auf stürmischer See. Vor mir tauchten Mamas Lächeln und ihre strahlenden Augen auf, blau wie der Himmel an einem herrlichen Sommertag. Ein angenehmer Blumenduft kitzelte meine Nase, als wäre ich tatsächlich wieder in meiner Kindheit und meine Mutter am Leben. Alles, was mir von ihr geblieben war, hielt ich in meinen Händen. Doch weder die gepresste rote Chrysantheme zwischen den Seiten noch die Worte auf dem vergilbten Papier konnten mir Mama zurückbringen.

In erdrückender Einsamkeit lag ich lange wach, das Buch in den Armen, und lauschte dem Klopfen meines Herzens. Irgendwann erlöste mich der Schlaf von meinen Sorgen.

Am nächsten Morgen wurde meine Freude darüber, bei Tageslicht durch Nostria zu reiten, von Schmerzen getrübt. Zwar hätte ich an manchen Orten gerne mein Pferd angehalten und die lebhafte Umgebung genauer betrachtet, aber das Ziehen in meinem Hintern und meinem Rücken erinnerten mich unermüdlich an mein Vorhaben. Ich hatte schon oft auf einem Pferd gesessen, aber mehr als zwei oder drei Stunden am Stück waren es nie gewesen.

Ich stieg ab. Den Hengst am Zügel durch die Stadt zu führen war um einiges angenehmer, als auf seinem Rücken jedem Rütteln ausgesetzt zu sein. Zwischen all den Gebäuden und den herumlaufenden Hühnern, Ziegen und Schweinen verlor ich schon nach kurzer Zeit den Überblick. In Patria wurde stets darauf geachtet, dass die Tiere in ihren Stallungen oder auf den Weiden blieben. Hier steckten sie ihre Mäuler und Schnäbel in die angepflanzten Kräutergärten und fraßen genüsslich vor sich hin.

In einer breiten Straße kam mir eine junge Frau entgegen, die an einer Hand einen Jungen führte und in der anderen einen Korb mit Stoffen trug.

Ich nickte ihr zu. »Entschuldigen Sie. Welchen Weg muss ich einschlagen, wenn ich nach Vado reiten will?«

Erschrocken zog die Frau das Kind näher an sich. Sie sah mich an, als hätte ich etwas Unmögliches von ihr verlangt. »Lux, schenke mir dein Licht«, murmelte sie und eilte mit dem Jungen weiter.

Verdutzt starrte ich ihnen hinterher. Hatte ich etwas Falsches gesagt?

»He, Jungchen«, rief mir ein alter Mann zu, der unter einem Baum in der Nähe stand. Er winkte mich zu sich. »Lass es nich' an dich ran. Die dachte bloß, du bringst Unglück.«

Ich ging mit dem Hengst auf ihn zu. »Unglück? Warum das denn?«

»Ach, weißte, manche Leute sind 'n bisschen abergläubisch. Du willst nach Vado, ja? Einfach die Straße hier entlang und an der Kirche vorbei, dann biste schon fast am Stadtausgang.«

»Was ist eine Kirche?«

»Wo kommst du denn her, hm? Aus 'ner Berghöhle?« Er gab einen merkwürdigen Laut von sich, der wie ein kehliges Lachen klang. »Die Kirche kannste nich' verfehlen. Hat 'ne Sonne aufm Dach.«

Ich bedankte mich und befolgte seine Richtungsanweisungen. Ein paar Gassen weiter erreichte ich ein Steingebäude mit einem spitz zulaufenden Turm, auf dessen Dach eine goldene Sonne thronte, das Symbol des Erschaffers von Lumia: Gott Lux. Wie es im Inneren der Kirche wohl aussah? Waren dort die Wände und Böden golden? Gab es dort Abbilder von Lux?

Weiterreiten, ermahnte ich mich und konzentrierte mich schweren Herzens wieder auf die Straße.

Außerhalb von Nostria empfingen mich die gleichen grünen Hügel, die ich gestern schon den ganzen Tag überquert hatte. Außer einigen Dörfern und Wäldchen gab es auch heute nicht viel zu sehen. Abwechselnd saß ich einige Stunden lang im Sattel oder ging neben dem Hengst her. Hin und wieder legte ich Pausen ein, die ich im Schatten verbrachte, weil die Sonne mir den Schweiß auf die Stirn trieb. Es war Mitte des sechsten Monats, bekannt als der Monat des Bären. Schenkte man der Tiersymbolik Glauben, wurde einer Person durch den Geburtsmonat eine besondere Eigenschaft zugeschrieben, die ausschlaggebend für die Persönlichkeit sein sollte. Mich hatte das Thema nie interessiert und in Patria glaubte kaum jemand daran.

Um die Mittagszeit ritt ich in ein Dorf, in dem es herrlich nach frisch gebackenem Brot duftete. Meinen Hunger konnte ich dort stillen, aber das Ziehen in meiner Brust würde erst verschwinden, wenn ich mit einem Heilmagier zurückkehrte und meine liebste Bäckerin wieder in die Arme schließen durfte.

Ich erreichte Vado früher als erwartet. Bereits am späten Nachmittag ritt ich mit dem Hengst über die Brücke, die in die Stadt hineinführte. So blieb mir genug Zeit, um mich nach dem Heilmagier zu erkundigen, ohne mir sofort eine Bleibe suchen zu müssen. Mein Herz klopfte aufgeregt, als ich vom Pferd stieg und es am Zügel durch die Stadt führte.

Vado war größer als Nostria und weitläufiger angelegt. Die Häuser bildeten Gebiete, zwischen denen sich Grünflächen und breite Straßen befanden. Da ich keine Ahnung hatte, wo ich mit meiner Suche beginnen sollte, schlenderte ich ziellos durch die Straßen. Eine davon stellte meinen Geruchssinn vor eine neue Herausforderung. Der liebliche Duft der Blumen, die an den Straßenrändern angepflanzt waren, vermischte sich mit den Aromen von frischen Backwaren, Obst und tausend anderen. Neben einer Bäckerei erspähte ich einen Laden, der Kleidung anbot. Hinter den großen Glasscheiben waren Hüte, Mäntel, Kleider und Westen ausgestellt. Fasziniert betrachtete ich die ungewöhnlichen Farben und die edlen Stickereien. Hätte jemand in Patria so etwas getragen, wäre ihm oder ihr die Aufmerksamkeit des gesamten Dorfes sicher gewesen.

Als ich von der geruchsintensiven Straße in eine schmale Gasse abbog, ragte vor mir ein Haus auf, über dessen Eingangstür ein Schild mit der Aufschrift *Insomnia – Hier werden Träume wahr* prangte. Na, das klang doch vielversprechend! Ich band das Pferd an einen nahen Zaun an und betrat das Gebäude.

Im Eingangsbereich erwarteten mich ein schwerer, lieblicher Duft und schummriges Licht, das durch die roten Vorhänge hereinfiel. An der Wand gegenüber der Tür hing ein Gemälde, auf dem eine liegende Frau abgebildet war. Ihr Körper wurde gerade so von einem Tuch verhüllt. Hastig wandte ich den Blick nach links. Dort stand ein Tresen. Dahinter saß eine Frau, die zum Glück mehr Kleidung trug als die Dame auf dem Wandbild. Sie nahm Geld von einem glatzköpfigen Mann entgegen, der anschließend in den Flur nebenan schlurfte.

Als ich nähertrat, schob die Frau gelangweilt ihre Brille nach oben. »Guten Tag. Wollen Sie zu einer bestimmten Dame?«

Irritiert sah ich sie an. »Ich möchte niemanden besuchen, sondern etwas fragen.«

»Ah, Sie sind zum ersten Mal hier, nehme ich an? Soll ich Ihnen die Hausregeln erläutern?«

Wovon redete sie da?

»Danke, aber das ist nicht nötig. Haben Sie von einem Heilmagier gehört, der gerade in der Stadt ist?«

Ihre Augenbrauen wanderten weit nach oben. »Dies ist nicht die richtige Anlaufstelle für derartige Anfragen. Wir bedienen hier andere Bedürfnisse. Sie sollten besser das Bürgerhaus aufsuchen, da kann man Ihnen sicher weiterhelfen.«

»Wo finde ich es?«

Sie beschrieb mir das Gebäude und den Weg dorthin. »Sollten Sie unsere Dienste doch noch in Anspruch nehmen wollen, sind Sie natürlich jederzeit willkommen.«

»Das ist nett, vielen Dank«, sagte ich, obwohl ich keine Ahnung hatte, wovon sie sprach.

Wenig später tauchte ich in eine Menschenmenge ein, die über einen großen Platz strömte. Zwischen Pferden, Kutschen und schwatzenden Gruppen hielt ich Ausschau nach dem Gebäude, das mir die Frau aus dem Träume-Haus beschrieben hatte, und erspähte sein rotes Ziegeldach am Rand des Platzes.

Mit dem Hengst am Zügel schob ich mich zwischen den umherlaufenden Menschen und Gefährten hindurch und suchte nach einem Ort, an dem ich ihn anbinden konnte.

»Kann ich Ihnen bei etwas behilflich sein, mein Herr?«

Ich drehte mich zu dem jungen Mann um, der zwei Schritte entfernt stand und mir freundlich zunickte.

»Ja. Wissen Sie, wo ich mein Pferd abstellen kann? Ich muss im Bürgerhaus etwas erledigen.«

»Folgen Sie mir, ich kenne da ein gutes Plätzchen.«

Er führte mich in eine der angrenzenden Gassen. Sie war so schmal, dass die Satteltaschen meines Pferdes an eins der Häuser anstießen. Hohe Gebäude warfen lange Schatten, sodass kaum Licht bis zum Boden herabfiel.

Skeptisch sah ich mich nach einem geeigneten Aufenthaltsort für mein Pferd um. »Wo genau –«

Schmerz breitete sich in meinem Bauch aus. Stöhnend beugte ich mich nach vorn, um ihn abzumildern. Im selben Moment schnellte die Hand des Mannes zu dem Geldsäckchen an meiner Hose. Er entriss es mir und eilte davon. Mein verschreckter Hengst tat es ihm gleich.

»Stehen bleiben!«

Ich rannte los – und rutschte aus. Um das Gleichgewicht zurückzuerlangen, ruderte ich mit den Armen, doch es half nichts und ich landete auf den nassen Pflastersteinen. Erneut durchzuckte mich Schmerz, dieses Mal an den Knien. Fluchend sprang ich zurück auf die Beine. Der Sturz hatte mich wertvolle Zeit gekostet, aber ich verfolgte trotzdem weiter den Mann, der gerade in eine Seitengasse abbog. Das Pferd war bereits verschwunden.

Als ich die Gasse erreichte, war sie menschenleer. Vor einer Mauer stand ein Kistenstapel. In Windeseile kletterte ich hinauf und spähte auf den Hinterhof des nächsten Hauses. Außer ein paar gackernden Hühnern war dort niemand.

Stöhnend sank ich auf die oberste Kiste und zog meinen Reisebeutel eng an mich. Durch den Stoff zeichnete sich die Form von Mamas Notizbuch ab, meinem wertvollsten Besitz. Lux sei Dank, wenigstens hatte ich nicht alles verloren. Aber ohne Pferd und ohne Geld würde ich meine Reise nicht fortsetzen können.

Paps wird sterben, schoss es mir durch den Kopf. *Und das nur, weil ich mal wieder versagt habe.*

Übelkeit stieg in mir auf. Nein, das durfte nicht passieren. Ich war schon so weit gekommen! Irgendetwas würde mir einfallen, ganz bestimmt.

Ich kletterte von den Kisten herunter und ging zurück zu dem großen Platz. Die Sonne schickte ein paar Strahlen durch die Wolkendecke hindurch, als wollte sie mich aufmuntern. Ich setzte mich auf eine Holzbank und beobachtete das rege Treiben um mich herum.

Gestohlenes Geld und entlaufenes Pferd hin oder her, ich musste diesen Heilmagier finden. Wenn ich ohne ihn zurückkehrte, würde ich mir mein ganzes Leben lang Vorwürfe machen, nicht alles versucht zu haben. Doch wie sollte ich ihn bezahlen?

»Pass doch auf, wo du hinläufst!«

Einige Schritte von mir entfernt standen eine Frau, die sich mit verärgertem Gesicht über den Oberarm rieb, und ein junger Mann in meinem Alter. Sein braunes Haar glänzte im Sonnenlicht.

»Mich anrempeln und sich dann nicht einmal entschuldigen«, murrte sie. »Unhöflich, diese Jugend.« Sie spuckte ihm vor die Füße und setzte ihren Weg fort.

Gerade als ich mich wieder abwenden wollte, schob die Frau etwas in ihre Hose – ein faustgroßes Säckchen. Im selben Moment fasste der Mann sich an die Hüfte und drehte sich ruckartig um.

Zum zweiten Mal an diesem Tag rannte ich überstürzt los. »Halt!«

Die Diebin eilte davon. Der bestohlene Mann und ich folgten ihr dichtauf, aber die vielen Menschen hinderten uns daran, sie einzuholen. Sie verschwand in einer Seitengasse, die ich wenige Augenblicke später ebenfalls erreichte. Meine Verfolgung kam zu einem jähen Ende, als ich gegen etwas prallte. Taumelnd wollte ich die Diebin am Arm packen, doch sie rammte mir etwas in den Magen und zog es blitzschnell zurück. Das hämische Grinsen auf ihrem Gesicht verriet mir, dass es nicht ihre Faust gewesen war.

Ich presste mir eine Hand auf den Bauch. Nass. Klebrig. O *Lux*. Erstaunlicherweise blieb der erwartete Schmerz aus.

Hinter mir keuchte jemand. Sofort drehte ich mich zu dem Mann um und deutete zum Ende der Gasse. »Sie ist da entlang, renn ihr nach!«

Statt der Diebin zu folgen, senkte er den Blick auf meinen Bauch. Seine Augen weiteten sich vor Entsetzen.

Es vergingen genau zwei weitere Herzschläge, bis der Schmerz kam. Stechend, heiß und heftig schoss er durch mich hindurch, zwang mich in die Knie. Ich sackte zur Seite und rollte mich zusammen. Pulsierende Wellen breiteten sich in mir aus, übernahmen die Kontrolle über alles andere. Hitze. Schmerz. Ein Paar brauner Augen. Dann nur noch Dunkelheit.

KAPITEL 4

in dem ich ein ungewolltes Bad nahm

Ein brennendes Ziehen in meinem Bauch riss mich aus der Bewusstlosigkeit. Ich musste einige Male blinzeln, bis meine Sicht klar wurde. Mit ihr kehrten schlagartig alle Erinnerungen zurück. Die Diebin. Das Messer. Das Blut ...

Was war passiert? Wo war ich?

Beim Aufsetzen verstärkte sich der Schmerz. Ein leises Stöhnen kam mir über die Lippen.

»Bleib liegen«, rügte mich eine kratzige Stimme.

Erst jetzt bemerkte ich den älteren Mann neben mir, der seine Hände über meinen nackten Bauch hielt. Sein kurzes Haar war ebenso fahl wie seine Haut.

»Wer ...«, krächzte ich, doch er schüttelte den Kopf.

»Lass mich erst deine Wunde behandeln.«

Er betonte die Wörter anders, als ich es gewohnt war, aber ich hatte keine Zeit, darüber nachzudenken. Viel zu gefesselt war ich von dem, was er tat. Aus seinen Händen floss grünes Licht in meine Wunde hinein und verschloss sie. Zeitgleich verebbten auch die Schmerzen. Als der Mann zurücktrat, war das einzige Überbleibsel der Wunde das getrocknete Blut auf meiner Haut.

Ich sah den Mann an. »Sie ... Sie sind ein Heilmagier, oder?«

»Ja, mein Name ist Carthur Salus. Wie fühlst du dich?«

»Gut, glaube ich?«

Er runzelte die faltige Stirn. »Wenn du noch Schmerzen hast, wäre jetzt der richtige Moment, mir das mitzuteilen.«

Vorsichtig betastete ich meinen Bauch, aber nichts tat weh, als wäre ich nie verletzt worden.

Zu meiner Rechten wurde eine Tür geöffnet. Der Mann, mit dem ich die Diebin verfolgt hatte, betrat den Raum. Er stellte eine Schüssel mit Wasser auf dem Tisch neben dem Bett ab und war dann so schnell wieder verschwunden, dass man hätte glauben können, er wäre nie hier gewesen.

Carthur reichte mir ein Stofftuch. »Wasch dir das Blut ab und zieh dich um. Später kannst du Heilsalbe auftragen.« Er drehte sich um und ging auf die Tür zu.

»Warten Sie bitte. Mein Vater ist schwer krank und ich suche jemanden, der –«

»Wir reden nachher.«

Die Tür schloss sich, bevor ich etwas erwidern konnte. Ich atmete tief durch und ließ den Blick durch den Raum schweifen. Nur das Bett, ein Tisch und ein Schrank standen darin. Es gab keine Bücher, keine Pflanzen oder andere Gegenstände, die ich von zu Hause kannte. Kianus ließ in unserem Zimmer immer etwas herumliegen und ich musste ständig aufpassen, nicht zu stolpern. Hier wäre mir das selbst mit geschlossenen Augen nicht passiert.

Ich wusch mir das Blut ab und stand auf. Beim Zuknöpfen meines Hemdes streiften meine Finger etwas Feuchtes. Blutflecken sprenkelten den hellen Leinenstoff, der stellenweise eingerissen war. So konnte ich Carthur unmöglich meine Bitte vortragen.

Neben dem Tisch lag mein Reisebeutel. Ich tauschte meine Kleidung aus, wusch das Hemd sauber, so gut ich konnte, und hängte es zum Trocknen über die Bettkante. Danach verließ ich das Zimmer.

Der dahinterliegende Flur war erfüllt vom Duft der Wiesenblumen, die in einer schlanken Keramikvase auf einer Kommode standen. Er führte zu einem offenen Wohnbereich mit einem runden Tisch und einem Bücherregal. Beim Anblick der vielen Bücher schlug mein Herz schneller, aber ich schob den Gedanken an sie sofort wieder beiseite. Ich musste dringend mit Carthur sprechen. Der war jedoch nirgendwo zu sehen. Außer mir war nur der junge Mann anwesend. Er saß auf einem gepolsterten Sitzmöbel und las. Als er umblätterte, rutschten ihm ein paar dunkelbraune Strähnen ins Gesicht.

Von der anderen Seite des Raumes ertönten Schritte. Carthur trat mit ein paar Tellern und einer Obstschale aus dem angrenzenden Nebenraum heraus und an den Tisch heran.

»Setz dich und iss etwas«, forderte er mich auf. »Dein Körper braucht Energie.«

»Vorher würde ich Ihnen gerne einige Fragen stellen.«

»Die beantworte ich dir erst, wenn du etwas gegessen hast.« Er ging zurück ins Nebenzimmer.

Widerwillig nahm ich Platz. Viel lieber wäre ich Carthur gefolgt, aber wenn ich Antworten von ihm haben wollte, sollte ich mich wohl kein zweites Mal widersetzen.

»Möchtest du mitessen?«, fragte ich den jungen Mann.

Er zuckte zusammen und hob den Kopf. Seine Augen waren ebenfalls braun, aber heller als sein Haar. Zwei Herzschläge später wandte er sich wortlos wieder seiner Lektüre zu.

Verwundert starrte ich ihn an. Hatte ich ihn mit meiner Frage verärgert?

Carthur kam zurück und stellte einen Korb mit einem halben Laib Käse und ein paar Brotscheiben auf dem Tisch ab. Mein Magen knurrte, aber gerade gab es Wichtigeres als eine Mahlzeit.

»Vielen Dank für Ihre Gastfreundschaft«, sagte ich zu Carthur. »Wissen Sie, mein Vater ist schwer krank und ich –«

»Langsam, Junge.« Er setzte sich zu mir und schnitt sich ein Stück Käse ab. »Sag mir erst einmal, wer du überhaupt bist.«

»Mein Name ist Liam Vallo. Ich suche nach jemandem, der meinen Vater heilen kann. Können Sie ihm helfen?«

»Dir ist wohl nicht ganz klar, was du da von mir verlangst. Magische Behandlungen kosten etwas.«

»Und wie viel verlangen Sie dafür?«

Carthur nahm sich ein paar Beeren. »Eine derartige Angelegenheit können wir *nach* dem Essen besprechen.«

Mir blieb nichts anderes übrig, als zu nicken, auch wenn ich ihm gerne weitere Fragen gestellt hätte. Was verlangte er? Wie schnell musste ich das Geld auftreiben? Wann hatte er –

»Iss wenigstens Obst«, fügte Carthur hinzu. Da ich immer noch nichts anrührte, seufzte er. »Das Gesetz verpflichtet uns Heilmagier, eine bestimmte Summe für unsere Dienste zu verlangen. Je nach Behandlung sind das fünf- bis achttausend Monaro.«

Am liebsten wäre ich zurück in die Finsternis gesunken, aus der ich vorhin erwacht war. Fünftausend Monaro! Vermutlich besaßen nicht einmal alle Patrianer zusammen so viel Geld.

»Ich sehe, dass dich dieser Preis schockiert, aber mir sind die Hände gebunden, so leid es mir tut. Über die Kosten deiner eigenen Behandlung sprechen wir später.«

»Ich … Ich kann sie leider nicht bezahlen. Heute wurde mir mein ganzes Geld gestohlen.« Schamesröte stieg mir ins Gesicht.

»Das ist natürlich ungünstig. Hat man dir dabei auch die Stichwunde zugefügt?«

»Nein. Das ist erst passiert, als ich ihm helfen wollte.« Ich deutete auf den Mann mit dem Buch, der kein Interesse daran zeigte, an unserer Unterhaltung teilzunehmen.

»Ihm hast du es zu verdanken, dass du hier bist«, erklärte Carthur. »Aber das ist jetzt unwichtig. Da dir dein Geld entwendet wurde, müssen wir überlegen, wie du deine Behandlung auf anderem Wege bezahlen kannst.«

Kurz spielte ich mit dem Gedanken, ihm die einzigartigen Gemüsesorten anzubieten, die mein Vater im Lauf der Jahre gezüchtet hatte. Ich verwarf diese absurde Idee jedoch sofort wieder. Was sollte ein Heilmagier bitte mit Gemüse anfangen?

»Gibt es etwas, das du gut kannst?«, fragte Carthur.

Vermutlich meinte er damit nicht, dass ich stundenlang Geschichten erzählen konnte. Aber was hatte ich sonst anzubieten? Waschen, kochen, eine Hausreinigung vielleicht?

Ich schüttelte den Kopf.

Die Falten auf Carthurs Stirn wurden tiefer. »Ein großes Selbstbewusstsein besitzt du offenbar nicht.«

Ich schluckte. »Können Sie wirklich keine Ausnahme machen?«

»Wie ich bereits sagte, bin ich an das Gesetz gebunden. Es schreibt mir vor, wie hoch die Kosten sein müssen, aber wann ich sie einfordere, entscheide ich selbst.« Carthur lehnte sich zurück und musterte mich von oben bis unten. »Würdest du uns bitte allein lassen? Ich möchte dir einen Vorschlag unterbreiten, muss aber zuvor etwas unter vier Augen klären.«

Ich konnte mich gerade noch zügeln, nicht vom Stuhl aufzuspringen. »Ja, natürlich, vielen Dank! Ich drehe so lange eine Runde ums Haus.«

Draußen empfingen mich eine sommerliche Brise und Vogelgezwitscher. Ich umrundete das Gebäude und fand mich an einem See wieder. Vom Ufer aus führte ein langer Steg auf das farbenfroh glitzernde Wasser hinaus. Ich schob einige Schilfrohre zur Seite und ging bis zum Rand der Holzplanken. Jetzt stand ich mitten im See, den sanften Sommerwind im Haar und umgeben von quakenden Enten. Unter mir schwappte das Wasser leise gegen die Pfeiler.

Ich machte es mir auf dem warmen Holz bequem und atmete tief den harzigen Geruch ein, der in der Luft hing. Unter anderen Umständen wäre dieser Ort perfekt gewesen, um mir eine neue Geschichte auszudenken, aber gerade nahmen Carthurs Worte all den Platz in meinem Kopf ein. War er möglicherweise bereit, mich nach Patria zu begleiten und Paps zu helfen?

Ich saß eine ganze Weile dort draußen auf dem Steg, ohne dass Carthur auftauchte. Als mich meine kreisenden Sorgen beinahe in den Wahnsinn trieben, stand ich auf, um zurück ins Haus zu gehen. Vielleicht waren die beiden ja schon fertig mit ihrer Besprechung.

Beim Umdrehen entfuhr mir ein erschrockener Laut. Schnell machte ich einen Schritt rückwärts, aber da war kein Holz mehr, auf dem meine Füße Halt finden konnten. Mit einem lauten Platschen landete ich rücklings im kalten Nass. Es jagte mir eine Gänsehaut über den Körper. Prustend kam ich zurück an die Oberfläche und strich mir die nassen Locken aus dem Gesicht.

Auf dem Steg stand der Mann mit den braunen Haaren und musterte mich mit ausdruckslosem Gesicht. Eine seiner Hände lag auf der Schwertscheide an seinem Gürtel.

Ich wollte mich hochziehen, doch meine Finger rutschten an den nassen Planken ab und ich plumpste zurück ins Wasser. Nachdem ich es mir erneut aus dem Gesicht gewischt hatte, sah ich zu dem Mann hoch.

»Hilf mir bitte.«

Seine Augenbrauen verengten sich zu einer misstrauischen Linie. Er sah mich an, als hätte ich ihn gebeten, einen Mord zu begehen, und nicht, mir zu helfen.

Völlig irritiert starrte ich zurück und wiederholte meine Bitte, dieses Mal missmutiger.

Er zögerte, dann nahm er die Schwertscheide ab und streckte sie mir entgegen. Sollte ich mich etwa daran hochziehen? Warum reichte er mir nicht seine Hand? Ich war selten sprachlos, aber dieser Kerl hier überforderte mich. Da ich jedoch aus dem See heraus wollte, griff ich nach der Schwertscheide.

Als ich auf dem Steg stand, klebte meine Kleidung an mir wie eine zweite Haut. Am liebsten hätte ich mich geschüttelt, aber stattdessen wandte ich mich dem schweigsamen Mann zu. Er hatte seit unserer Begegnung kein einziges Wort gesagt.

»Warum hast du dich angeschlichen? Du hättest dich ankündigen und mir dieses ungewollte Bad ersparen können.«

Er schwieg weiterhin. Wollte er etwa gar nichts dazu sagen?

»Danke für deine Hilfe«, ergänzte ich. Er hatte mir immerhin geholfen, wenn auch auf etwas seltsame Art und Weise. »Wie heißt du?«

Sein Blick verfinsterte sich, aber er war nicht ganz so finster wie der übliche Schlechte-Laune-Blick meines Bruders.

»Du siehst aus, als würdest du mich jeden Moment erwürgen wollen. Habe ich irgendetwas falsch gemacht?«

Seine Gesichtszüge entspannten sich wieder.

»Viel besser«, sagte ich amüsiert. »Wenn du mir jetzt noch deinen Namen verrätst, bin ich zufrieden.«

Er sah in die Ferne, als suchte er etwas zwischen den Bäumen. Wenige Augenblicke später öffnete er endlich den Mund.

»Raymond Cidus.«

Entgegen meinen Erwartungen strotzte seine Stimme nicht vor Unmut, sondern war hell und klar wie das Wasser um uns herum.

»Das war doch gar nicht so schwer, oder?« Ich grinste ihn an, wurde aber direkt wieder ernst. »Hat Carthur dich geschickt?«

Er nickte. »Ich soll dich zu ihm bringen.«

Auf dem Weg zum Haus schlug mein Herz schnell, aufgeregt und ängstlich zugleich. Um mich von meiner Nervosität abzulenken, betrachtete ich Raymond. Er ging ein paar Schritte vor mir, den Rücken durchgestreckt und eine Hand auf dem Schwertknauf. Seine schwarzen Stiefel verursachten nahezu keine Geräusche beim Gehen und sahen ziemlich bequem aus. Ich hätte gerne mit ihm getauscht, denn in meinen schwappte Wasser umher. Bevor wir nach drinnen gingen, zog ich sie aus und leerte gefühlt den halben See vor der Tür aus.

Als wir vor Carthur standen, beäugte er verdrossen die Pfützen auf dem Flurboden. »In Lux' Namen, was ist passiert?«

Ich lächelte ihn entschuldigend an. »Nur ein kleines Missgeschick. Ich kümmere mich darum, sobald ich etwas Trockenes angezogen habe. Wäre es möglich, mir eine Hose und ein Hemd zu leihen? Eines von meinen ist mit Blut besudelt und das andere, nun ja ...« Ich zupfte an dem nassen Stück Stoff.

Carthur sah aus, als hätte er am liebsten laut geseufzt. »Raymond kann dir sicher etwas leihen.«

Raymond schüttelte den Kopf, woraufhin Carthur ihm einen ungehaltenen Blick zuwarf.

»Soll Liam etwa nackt herumlaufen?«

Hitze schoss mir in die Wangen. Ich wollte etwas sagen, aber bei Raymonds finsterer Miene war das wohl keine so gute Idee. Er bedeutete mir mit einem Nicken, ihm zu folgen, und ging in das Zimmer, in dem ich aufgewacht war. Dort spähte ich neugierig über seine Schulter in den Schrank hinein. Sofort zuckte er zusammen und wich zur Seite aus.

»Keine Sorge, ich beiße nicht«, versicherte ich ihm, während ich die Kleidungsstücke betrachtete. Das waren mehr, als Kianus und ich zusammen besaßen. »Gehört das alles dir?«

Wortlos zog Raymond ein Hemd und eine Hose heraus, reichte mir beides und rauschte aus dem Zimmer.

Das Hemd war zu groß und die Hose saß mir locker auf der Hüfte, aber für den Moment würde es reichen. Ich rubbelte mir die Haare trocken und begab mich erneut nach draußen, um meine nasse Kleidung über den Zaun vor dem Haus zu hängen. Danach beseitigte ich die Pfützen im Flur und ging zu Raymond und Carthur. Sie saßen beide am Tisch. Im Gegensatz zu dem Magier würdigte Raymond mich keines Blickes. Er betrachtete eingehend die Maserung im Holz, als wollte er eine darin versteckte Botschaft entschlüsseln.

»Du kannst mir bei einem wichtigen Auftrag helfen«, erklärte mir Carthur, nachdem ich mich hingesetzt hatte. »Wenn du es schaffst, ihn zu erfüllen, betrachte ich das als Ausgleich für die Kosten deiner Behandlung. Zusätzlich werde ich dir ein Dokument aushändigen. Damit kannst du die Dienste eines Heilmagiers in Anspruch nehmen.«

Beinahe wäre mir die Kinnlade heruntergeklappt. Es klang zu gut, um wahr zu sein. »Was muss ich dafür tun?«

Carthur lehnte sich zurück. »Der Auftrag besteht darin, ein verschollenes Relikt aus dem magischen Wald Silval zu bergen. Du kennst ihn vielleicht als den Weißen Wald. Er liegt im Nordosten von Glacida und eure Reise dorthin wird einige Tage dauern.«

»Unsere?«

»Raymond wird dich begleiten.«

Raymonds eisiger Blick sprach Bände. Er stand auf, griff nach seinem Schwert und verschwand nach draußen.

Carthur blickte ihm genervt hinterher. »Entschuldige Raymonds Verhalten. Er ist ein wenig ... speziell. Traust du dir zu, den Auftrag zu erfüllen?«

Ich zögerte kurz. »Leider war ich noch nie im Eis-Königreich und mit Magie habe ich auch keine Erfahrung.«

»Das stellt beides kein Problem dar, aber du musst wissen, dass die Reise gefährlich werden könnte. Daher wirst du zusammen mit Raymond reisen. Also, was sagst du?«

Magischer Wald hin oder her, es gab einen Grund, warum ich mich auf diese Reise begeben hatte. Und ich hätte alles dafür getan, mit einem Heilmagier nach Patria zurückkehren zu können.

Entschlossen nickte ich Carthur zu. »Ja. Ich nehme den Auftrag an.«

KAPITEL 5

in dem ich mich hübscher fühlte

Den ganzen Nachmittag über saß ich mit Carthur und Raymond am Tisch und sprach mit dem Magier über die bevorstehende Reise. Raymond merkte nur ein einziges Mal etwas an. Die restliche Zeit über hörte er schweigend zu. Ich stellte Carthur einige Fragen bezüglich des Relikts, aber er konnte – oder wollte – mir nichts Genaueres darüber mitteilen. Stattdessen erklärte er uns mithilfe der Karte, die ausgebreitet auf dem Tisch lag, welchen Weg wir nehmen sollten und in welchen Städten wir übernachten konnten. Einige Ortsnamen kannte ich, andere hatte ich noch nie gehört.

Einmal legten wir eine Pause ein, in der Raymond nach draußen ging. Ich wollte ihm folgen, da meine Beine dringend nach Bewegung verlangten, aber Carthur hielt mich zurück und drückte mir ein Buch mit eingerissenem Ledereinband in die Hand.

»Das kannst du auf deiner Reise lesen. Es enthält nützliche Informationen.«

Ich blätterte darin, aber Carthur schlug den Deckel so heftig wieder zu, dass eine Staubwolke in meine Nase stieg und ich niesen musste.

»Du wirst in den nächsten Tagen genug Zeit zum Lesen haben. Wenn Raymond zurück ist, besprechen wir die letzten wichtigen Angelegenheiten. Danach werde ich die Pferde für euch organisieren.«

Nach Carthurs Aufbruch verließen Raymond und ich ebenfalls das Haus. Meine Beine waren taub vom langen Sitzen und mein Schädel brummte von der Informationsflut des Nachmittags. Was ich jetzt brauchte, war Bewegung.

»Willst du mich auf einen Spaziergang begleiten?«, fragte ich Raymond.

Statt mir eine Antwort zu geben, drehte er sich um und ging zum See. Ich sah ihm verwundert hinterher, dann steuerte ich auf die umliegenden Bäume zu. Die frische Abendluft klärte meine Gedanken, aber sie vertrieb nicht die Sorge um Paps, die mich begleitete, wohin ich auch ging. Doch jetzt hatte ich endlich einen Plan. Ich würde mit Raymond zu diesem Wald reisen, das Relikt bergen und nach Calid reiten, um einen Heilmagier zu beauftragen. Medela hatte gesagt, dass Paps noch zwei Monate bliebe. Aber was, wenn ich es nicht schaffen würde, nach Patria zurückzukehren, bevor er ...

Ich schüttelte den Kopf, um die grausige Vorstellung loszuwerden. Dann schlug ich den Weg zurück zum Haus ein. Das Einzige, das gegen quälende Gedanken half, war ein gutes Gespräch oder eine spannende Geschichte. Eines davon würde ich hoffentlich gleich bekommen.

Raymond saß mit angezogenen Beinen auf dem Steg, den Kopf auf die Knie gebettet. Die Brise spielte mit seinem Haar, das im Licht der Abendsonne goldbraun funkelte.

Ich setzte mich zu ihm. »Hier bist du also.«

Er zuckte zusammen und richtete sich auf, als hätte ich ihn bei etwas Unerlaubtem erwischt. Das Schwert, das neben ihm auf dem Steg lag, zog er näher zu sich heran.

»Ist alles in Ordnung?«, fragte ich.

Raymond nickte und wandte sich wieder dem See zu. Sein vorheriges Verhalten ließ jedoch auf etwas anderes schließen.

Um ihm nicht zu nahe zu treten, betrachtete ich den orangerot gefärbten Abendhimmel. »Lebst du hier mit Carthur zusammen?«

»Nein.«

»Warum bist du dann hier?«

»Das ist nicht von Belang.«

Auch er betonte die Wörter anders als ich, genau wie Carthur. Aus Patria war ich einen melodischeren Klang gewohnt.

Ich senkte den Kopf und sah ihn an. »Kommst du aus Glacida?«

»Wie ich bereits sagte, es ist nicht von Belang.«

Da er anschließend wieder in Schweigen verfiel, lauschte ich dem leisen Plätschern des Wassers. Leider waren meine Gedanken lauter. Unter die bisherigen Sorgen mischten sich viele neue Fragen. Vielleicht konnte Raymond mir darüber Auskunft geben, wenn er schon nicht über sich selbst reden wollte.

»Weißt du, warum Carthur dieses magische Relikt haben will?«

»Nein.«

»Schade, ich dachte, er hätte dir mehr mitgeteilt als mir.«

Wieder herrschte Stille zwischen uns. So würde das nichts werden mit meiner Ablenkung. Ein Strategiewechsel musste her.

»Ist es denn überhaupt in Ordnung für dich, wenn wir zusammen reisen? Du hast nicht besonders erfreut darüber gewirkt.«

»Ich wurde nicht gefragt.«

Überrascht erwiderte ich: »Aber Carthur kann dich doch nicht zu etwas zwingen.«

Ein Schatten fiel über Raymonds Gesicht. Offenbar hatte ich ein sensibles Thema angeschnitten. Es interessierte mich zwar, warum Raymond sich herumkommandieren ließ, aber es war zu früh, ihn nach den Gründen zu fragen. Vielleicht erzählte er es mir auf unserer Reise.

Das laute Knurren meines Magens erinnerte mich daran, wie spät es war. Ich stand auf und streckte mich. »Wenn du mich nach drinnen begleitest, bereite ich uns etwas zu essen zu. Gerade könnte ich drei ganze Rettiche verdrücken.«

Raymond verzog das Gesicht, folgte mir aber ins Haus. Während er sich am Tisch niederließ, ging ich in die Küche. Dort lagen allerhand interessante Gerätschaften herum, deren Funktion ich nicht einmal erahnen konnte. Besser, ich ließ die Finger davon, sonst riskierte ich heute vielleicht noch einen ungewollten zweiten Unfall. Ich griff nach einem Messer und schnitt mit geübten Handgriffen das Gemüse auf der Anrichte klein. Carthur hatte mir mitgeteilt, dass ich mich gern daran bedienen durfte.

Mit einer Holzplatte voller Gurken, Karotten, Brot und Käse sowie zwei Tellern ging ich zurück zu Raymond und stellte alles auf dem Tisch ab. Ich nickte ihm aufmunternd zu, doch er blieb reglos sitzen.

»Hast du keinen Hunger? Du hast den ganzen Nachmittag lang nichts gegessen.«

Schweigen.

»Willst du auch Brot mit Käse haben?«

Wieder keine Reaktion.

Ich griff nach einer Brotscheibe, legte Käse darauf und schob ihm den gefüllten Teller zu. »Bitte schön, verehrter Prinz des Schweigens.«

Er riss den Kopf hoch und starrte mich entsetzt an.

»Magst du keinen Käse oder warum siehst du mich an, als hätte ich dir etwas Schlimmes getan?«

Seine Augenbrauen verengten sich zu einer Linie.

»Du machst mich fertig.« Hungrig biss ich in mein Käsebrot. »Ich wollte dich nur aufziehen, weil du wieder so still bist.«

Während ich aß, rührte Raymond sein Essen kein einziges Mal an. Mit angespanntem Kiefer blickte er ins Leere.

»Warum isst du nichts?«

»Ich mag keinen Käse.«

Immerhin mal eine Antwort. »Und wieso hast du das nicht früher gesagt?«

»Es ist unhöflich, etwas abzulehnen.«

»Viel unhöflicher ist es doch, den guten Käse liegen zu lassen.« Raymond schob mir seinen Teller entgegen. »Ich gehe schlafen.«

»Stört dich meine Anwesenheit so sehr, dass du flüchten willst?«, fragte ich frei heraus. »Wir reisen ab morgen zusammen. Wie wäre es, wenn wir uns ein wenig unterhalten?«

»Ich führe keine sinnlosen Gespräche.«

Er stand auf und verließ so schnell den Raum, dass ich keine Gelegenheit mehr für eine Erwiderung hatte.

Seufzend biss ich von meiner Karotte ab. Hatte ich ihm irgendetwas getan, das er mir übel nahm? Oder hatte er einfach nur einen schlechten Tag? Wäre Val hier gewesen, hätte sie mich mit einem lockeren Spruch zum Lachen gebracht und mich meine Sorgen für eine Weile vergessen lassen. Doch ich saß hier allein mit meinen Ängsten und Befürchtungen, die mir vor Augen führten, dass ich nicht versagen durfte. Ich musste Carthurs Auftrag ausführen und das Relikt finden. Nur das war von Bedeutung.

Um mich abzulenken, verbrachte ich den restlichen Abend damit, durch die Bücher aus dem Regal zu blättern. Die meisten davon enthielten Abenteuergeschichten, in denen ein Ritter oder ein Soldat oder ein Magier – irgendwie waren sie alle austauschbar – die Dame in Not rettete. Diese wurde entweder von einem mystischen Wesen oder dem König des anderen Reiches gefangen gehalten und musste gerettet werden. Auch die Gegenspieler waren beliebig austauschbar. Solche Geschichten mochte ich zwar, aber gerade bevorzugte ich anderen Lesestoff. Ich ging zu meinem Reisebeutel, den ich an der Wand abgestellt hatte, holte Carthurs Buch heraus und schlug es auf. Vielleicht fand ich darin etwas über Magie oder magische Wälder.

Ich las, bis Wiehern von draußen hereindrang. Als ich vor das Haus trat, stand Carthur mit zwei Pferden am Zaun, einem fuchsfarbenen und einem weißen. Die Stute mit dem roten Fell streckte mir ihren Kopf entgegen und schnaubte freudig. Lächelnd tätschelte ich ihren Hals.

Carthur klopfte sich die Hände an der Hose ab. »Ich werde euch jetzt verlassen. Sobald ihr das Relikt geborgen habt, wird Raymond es zu mir bringen und du kannst nach Calid weiterreisen.«

Ich nickte. »Vielen Dank für alles. Wir werden den Auftrag zu Ihrer Zufriedenheit erfüllen.«

»Das hoffe ich.« Er sah mich ernst an. »Du darfst mit niemandem außer Raymond über den Auftrag sprechen oder das Relikt erwähnen. Das ist von äußerster Wichtigkeit. Hast du das verstanden?«

»Natürlich. Ich werde niemandem davon erzählen.«

»Gut, dann viel Erfolg. Die Pferde haben schon gefressen, aber du solltest sie absatteln.«

Kurz vor Sonnenaufgang saß ich auf dem Steg. Über dem Wasser hing ein dünner Nebelschleier, darüber spannte sich der farbenprächtige Morgenhimmel in Rosa, Rot und Lila. Die ersten Vögel zwitscherten und eine Brise strich kühl über meine Haut. Was für ein herrlicher Start in den neuen Tag!

Ich blieb am See, bis die Sonne vollständig aufgegangen war. Als ich mich umdrehte, zuckte ich zusammen. Wie gestern schon stand Raymond hinter mir, aber wenigstens war ich heute weit genug vom Rand des Stegs entfernt, um nicht ungewollt ein Bad nehmen zu müssen.

»Wir sollten losreiten«, sagte er.

Ich verzog amüsiert das Gesicht. »Dir auch einen guten Morgen. Bevor wir gehen, brauche ich noch etwas zu essen, sonst könnte es in meiner Nähe ungemütlich für dich werden. Willst du auch frühstücken?«

»Nein.«

In der Küche steckte ich das restliche Brot und ein Stück Käse in meinen Reisebeutel und biss auf dem Weg nach draußen in ein trockenes Brötchen. Mir wäre ein mit Fruchtmus beschmiertes Brot lieber gewesen. Es hätte mir ein Stück der Normalität zurückgegeben, die ich mit jedem Tag schmerzlicher vermisste.

Raymond wartete bei den gesattelten Pferden auf mich. Mein Essensangebot lehnte er mit einem Kopfschütteln ab und stieg auf den weißen Hengst. Ich stopfte mir den Rest meines kargen Frühstücks in den Mund und machte mich ebenfalls bereit zur Abreise.

»Kennst du die beiden Pferde?«, fragte ich, als wir nebeneinander in die Stadt hineinritten. Raymond schüttelte den Kopf. »Dann sollten wir ihnen Namen geben. Was hältst du von Stella und Felix?«

Er zuckte mit den Schultern. Seit dem Aufstehen hatte er kaum etwas gesagt, aber vielleicht war er kein Morgenmensch. Immerhin schien er keine schlechte Laune zu haben wie Kianus, der morgens noch unerträglicher war als sonst – und ja, das war definitiv möglich.

In Vado herrschte zu dieser frühen Stunde bereits geschäftiges Treiben. Während wir durch die Straßen ritten, hielt ich wachsam Ausschau nach Dieben, doch wir schafften es ohne Zwischenfälle aus der Stadt. Der heutige Aufbruch war angenehmer als die vorherigen beiden, denn heute hatte ich Gesellschaft – wenn auch recht stille.

Kaum hatten wir Vado verlassen, kehrten meine Gedanken nach Patria zurück. Ich wünschte, es gäbe eine Möglichkeit, Kianus zu kontaktieren, um herauszufinden, wie es Paps ging. Die Erinnerung an seinen Zusammenbruch verursachte mir solche Übelkeit, dass sich ein schaler Geschmack in meinem Mund ausbreitete. Eilends fischte ich in den Satteltaschen nach dem Trinkbeutel, nahm ein paar Schlucke und konzentrierte mich auf die Geräusche um mich herum. Der gleichmäßige Hufschlag der Pferde beruhigte mein aufgewühltes Gemüt, und so lauschte ich ihm für eine Weile, während ich die Landschaft betrachtete. Das Gras war herrlich grün, Insekten summten und das Licht der Sonne verfing sich auf bunten Schmetterlingsflügeln. Aber so schön es hier auch war, alles erinnerte mich an Patria, an warme Sommerabende im Garten hinter unserem Haus, an lange Arbeitstage auf dem Feld, wenn die Ernte wieder groß ausgefallen war. Und an all die Momente aus meiner Kindheit, in denen Paps noch zusammen mit Mama, Kianus und mir gelacht hatte. Ich hatte schon lange kein Lächeln mehr auf Paps' Gesicht gesehen.

Wann war das Leben nur so schrecklich kompliziert geworden?

Ich blickte zu Raymond und seinem Schimmel. »Wie gut kannst du reiten?«, fragte ich aus einem Impuls heraus und drückte meine Schenkel sanft gegen Stellas Seiten. Sie legte sofort an Geschwindigkeit zu. Nach einem erneuten Schenkeldruck zauste der Wind durch mein Haar und die Landschaft strömte in einem bunten Fluss aus Farben an mir vorbei. Er nahm meine Sorgen mit sich und ließ wunderbare Freiheit zurück.

»Wahnsinn«, juchzte ich.

Im selben Augenblick flogen Raymond und Felix an uns vorbei. Ich erhaschte einen kurzen Blick auf Raymonds entspanntes Gesicht, bevor ich nur noch seinen Hinterkopf sah. Er stand in den Steigbügeln, nach vorn über den Hals seines Hengstes gebeugt, wirkte aber, als würde ihn diese unnatürliche Pose keineswegs anstrengen.

»Warte!«

Nachdem ich aufgeholt hatte, ritten wir in gemächlicher Geschwindigkeit nebeneinander auf der gepflasterten Straße her.

»Ihr beide seid ja geflogen! Wann hast du gelernt, so zu reiten? Du sahst aus, als würdest du das ständig machen.«

»Ich reite seit meinem fünften Lebensjahr.« Seine Stimme klang ein winziges bisschen fröhlicher als sonst.

»Hast du ein Glück. Meine Familie besitzt nur einen Esel, aber er wirft jeden ab, der versucht, auf seinen Rücken zu steigen.«

»Wieso kannst du dann ein Pferd reiten?«

Ich erzählte ihm, wie Val und ich früher mit den Pferden von Ennzio ausgeritten waren, aber Raymond gab keinen Kommentar dazu ab. Während die Sonne immer höher stieg, versuchte ich vergeblich, ein längeres Gespräch mit ihm zu führen. Dabei setzte ich verschiedene Themen auf meine gedankliche *Raymond-ist-nicht-interessiert*-Liste, darunter das Wetter, die umliegende Landschaft und Essen. Letzteres war mir ein Rätsel. Wie konnte es jemand nicht mögen, über Essen zu reden?

»Du liest gerne, oder?«, fragte ich, nachdem ich in Gedanken alles durchgegangen war, was Raymond bisher in meiner Gegenwart getan hatte, außer zu schweigen.

»Ja.«

Endlich hatte ich ein Thema für eine Unterhaltung gefunden. »Und was liest du gerne?«

Er blickte weiterhin geradeaus, wie schon den ganzen Morgen über. »Warum willst du das wissen?«

»Weil es mich interessiert. Fragen wurden nicht umsonst erfunden.«

»Du bist ziemlich neugierig.«

Ich grinste. »In meinem Dorf passiert nicht so viel Interessantes. Da freut man sich über alles, was man zu hören bekommt. Also, welche Bücher liest du?«

Er wandte sich mir zu. »Ich interessiere mich für Lumias Historie und für Landeskunde.«

»Tatsächlich? Dann kennst du sicher ein paar spannende Fakten, die du mir erzählen kannst.«

»Du kannst sie selbst nachlesen.«

»Es wäre aber viel lustiger, wenn *du* sie mir erzählen würdest.« Als er sich abwandte, fügte ich hinzu: »Schon gut, schon gut, war nur ein Vorschlag. Wie sieht es denn mit spannenden Geschichten aus? Liest du die auch? Du weißt schon, von mutigen Abenteurern, die Prinzessinnen in Not retten. Von Abenteurern, die Prinzen retten, gibt es meiner Meinung nach zu wenig Geschichten.«

»Solche Literatur lese ich nicht.«

»Ich finde sie toll, aber mein Bruder sagt immer, das sei reine Zeitverschwendung. Er rasiert sich lieber stundenlang seinen nicht vorhandenen Bart ab. *Das* ist ja wohl Zeitverschwendung.«

Hatte ich mir das eingebildet oder hatten Raymonds Mundwinkel kurz gezuckt?

Abseits vom Thema Bücher hatte ich keinen Erfolg mehr, mich mit ihm zu unterhalten. Er hörte mir zwar zu, wenn ich ihm etwas erzählte, gab aber keinen Kommentar dazu ab. Irgendwann gab ich es auf und hing meinen trüben Gedanken nach, von denen ich mich mit einem Gespräch liebend gerne abgelenkt hätte. Wozu hatte man einen Reisegefährten, wenn nicht, um sich gegenseitig die Zeit zu vertreiben, bis man am Ziel ankam? Aber Raymond schien da anderer Meinung zu sein. Da ich mich nicht aufdrängen wollte, ritten wir schweigend nebeneinander her.

Am liebsten hätte ich unsere Geschwindigkeit erhöht, damit ich schnellstmöglich nach Patria zurückkehren konnte, aber das wäre eine Belastung für die Pferde gewesen. Heute war wohl der erste heiße Tag des Jahres. Die Sonne knallte bereits am frühen Nachmittag unerbittlich vom Himmel herab und heizte alles um uns herum auf, einschließlich meines Kopfes. Einen Hut hatte ich bei meiner überstürzten Abreise vergessen. Ich füllte meinen Trinkbeutel immer wieder an Flüssen auf und trank so viel wie möglich. Nach   einer

Weile wurde das dumpfe Pochen in meinem Kopf erträglicher. Meine Gedanken konnte ich damit leider nicht fortspülen. Wie es Paps wohl gerade ging? Kümmerte sich Kianus ausreichend um ihn? Oder ging er Val auf die Nerven? Auch wenn Kianus und ich uns oft zankten, es gehörte zu unserem Alltag, und den vermisste ich mehr, als ich zugeben wollte.

Vor meinem inneren Auge tauchte Val auf, kopfschüttelnd und die Arme an die Hüfte gestemmt. »Li, du wolltest doch immer die große weite Welt sehen. Mach was draus!«

Ich richtete mich im Sattel auf. Ja, Val hatte recht. Vor mir lag die erste große Reise meines Lebens. Der Anlass dafür war schrecklich, aber es wäre eine Schande gewesen, wenn ich diese Gelegenheit nicht genutzt hätte, um endlich das zu tun, wovon ich schon so lange träumte: Fremde Orte besuchen, unbekanntes Essen kosten, Geschichten lauschen und Menschen treffen. Mit neuem Wissen und neuen Fähigkeiten nach Hause zurückkehren. Und vielleicht würde ich endlich etwas finden, das dieses stumme Verlangen in mir stillte – auch wenn ich nicht wusste, was ich überhaupt suchte.

Als uns ein Händler mit einem großen Karren entgegenkam, ritt Raymond an mir vorbei nach vorn. Ob er sich von dieser Reise auch mehr erhoffte, als nur das verschollene Relikt zu finden?

Die Sonne wanderte auf den Horizont zu, als wir die ersten Häuserreihen von Numoria erreichten. Fast jedes Haus besaß um sich herum ein umzäuntes Stück Grün mit Bäumen. Mal waren sie so groß, dass sie bis über die Dächer hinauswuchsen, mal streckten sie ihre belaubten Äste bis in den benachbarten Garten und spendeten den Blumen unter sich Schatten. Die roten, gelben und lilafarbenen Blüten schienen sich mir entgegenzurecken, damit ich sie beim Vorbeireiten bewundern konnte. Zu gerne hätte ich gewusst, wie all die Blumen hießen, aber Raymond hätte mich sicher seltsam angesehen, wenn ich die Stadtbewohner danach gefragt hätte.

Das Summen von Bienen, Kinderlachen und angeregtes Plaudern begleiteten uns, während wir an Häusern mit hölzernen Streben vorbeiritten, die gerade oder schräg entlang der Wände verliefen. An einigen der Balken kletterten Pflanzen bis unters Dach. Doch so gerne ich Numoria auch bewunderte, ich brauchte dringend ein kühles Bad und frische Kleidung.

Wir hatten über den Tag verteilt mehrere Pausen eingelegt, um uns Erholung von der unbarmherzigen Sonne zu gönnen. Ich wäre am liebsten in jedes größere Gewässer gesprungen, an dem wir vorbeigekommen waren. Auf Raymonds Haut hingegen hatte ich keinen einzigen Schweißtropfen entdeckt. Wie er bei diesen Temperaturen eine enge Hose und hohe Stiefel tragen konnte, war mir ebenfalls ein Rätsel. Wie hatte er unseren Ritt überstanden, ohne in ihnen zu schwimmen?

Zwei Straßen weiter erhob sich inmitten der Wohnhäuser ein breites, mehrstöckiges Gebäude. Einer der Fensterläden an der Vorderseite hing schief und die Blumen in den Kästen hatten auch schon bessere Tage gesehen. Über der Tür hing ein Holzschild mit der Aufschrift *Gasthaus Augur*. Darunter fegte eine Frau mit schneeweißem Haar den Eingangsbereich. Als sie uns bemerkte, lehnte sie den Besen an die Hauswand und kam mit federnden Schritten auf uns zu.

»Na, ihr zwei Hübschen, wollt ihr ein Zimmer buchen?«

Ich nickte ihr freundlich zu. »Guten Abend. Wir hätten gerne zwei Zimmer, wenn das möglich ist.«

»Ihr habt Glück. Zwei kann ich gerade noch entbehren.«

Sie rief laut nach jemandem und wenige Augenblicke später kam ein junger Mann aus dem Gebäude heraus, der uns die Pferde abnahm. Die Frau führte uns in eine kleine Eingangshalle, in der ein heruntergekommener Tresen und ein paar Holzstühle standen. Von den Monaro, die Carthur uns für die Reise überlassen hatte, bezahlte ich die Übernachtung.

»Abendessen gibt's gerne günstig dazu«, erklärte die Gasthausbesitzerin. »Hoffe, ihr habt ordentlich Hunger mitgebracht.«

Ich lachte. »Oh ja, ich könnte mehrere Rettiche verdrücken.«

Raymond hingegen schüttelte den Kopf. Wie konnte er keinen Hunger haben? Er hatte den ganzen Tag über nichts Essbares angerührt.

»Du musst etwas essen«, sagte ich zu ihm. »Sonst fällst du mir noch vom Pferd.«

»Lass das meine Sorge sein.«

Ich drehte mich zu der Frau hinter dem Tresen um. »Zweimal Abendessen dazu, bitte.«

Bevor Raymond protestieren konnte, hatte ich ihr bereits das Geld in die Hand gedrückt und die Zimmerschlüssel entgegengenommen.

»Du willst doch sicher das gute Essen nicht stehen lassen, nachdem ich dafür bezahlt habe, oder?«, fragte ich ihn mit einem schiefen Grinsen.

Sein Blick verfinsterte sich. Wir trugen unser Gepäck in die Zimmer und trafen uns vor dem Speiseraum wieder, in dem kein einziger Gast saß. Wenig später stellte eine rundliche Frau zwei herrlich duftende Teller mit Kartoffeln, Soße und Gemüse vor uns ab. Schon nach dem ersten Bissen seufzte ich genüsslich auf. Bei Lux, war das köstlich!

Ich sah zu Raymond, dessen Teller unberührt auf dem Tisch stand. »Keine Sorge, da ist kein Käse drin.«

Er warf mir einen undeutbaren Blick zu, nahm dann aber die Gabel in die Hand und begann zu essen. Für eine Weile waren der Lärm aus der Küche und das Klirren unseres Bestecks die einzigen

Geräusche im Raum. Unser Schweigen störte mich nicht, denn das Essen schmeckte viel zu gut, um es nicht mit voller Aufmerksamkeit zu genießen. Val hätte dieses Essen auch geliebt. Ob die Köchin mir wohl das Rezept verraten würde?

Als mein Teller bis auf ein paar vereinzelte Soßenspritzer leer war, lehnte ich mich zufrieden auf dem Stuhl zurück. »Hat es dir geschmeckt?«

»Es war in Ordnung.«

»Meinst du das ernst? Das war das Leckerste, das ich je gegessen habe.«

Raymond senkte den Blick auf seinen Teller, doch so schnell würde ich ihn nicht vom Haken lassen. Ich wollte endlich eine richtige Unterhaltung mit ihm führen.

»Wollen wir uns die Stadt noch etwas ansehen, bevor wir schlafen gehen? Es gibt bestimmt noch einiges zu entdecken. Dann könnten wir uns auch besser kennenlernen.«

»Es gibt keinen Grund dafür.«

»Aber wir reisen doch zusammen«, entgegnete ich irritiert. »Willst du denn gar nichts über mich wissen?«

Er stand auf und ging an mir vorbei auf die Tür zu, ein gemurmeltes »Ich gehe schlafen« auf den Lippen.

Frustriert stieß ich die Luft aus. Warum vermied Raymond jegliche Gespräche mit mir? War ich ihm unsympathisch? Wenn ja, was hatte ich ihm getan?

Grübelnd schob ich die Gabel auf dem Teller hin und her, bis jemand neben mich trat. Als ich den Kopf hob, blickte ich in das Gesicht der Gasthausbesitzerin. Ihre Stirn lag in skeptischen Falten.

»Warum ziehst du denn so ein langes Gesicht? War das Essen schlecht?«

»Nein, nein, das Essen war köstlich. Aber ich glaube, mein Reisegefährte kann mich nicht ausstehen.«

Sie schwang sich auf den Stuhl, auf dem kurz zuvor Raymond gesessen hatte, und musterte mich mit ihren hellen Augen. »Wieso denkst du das?«

Ich erzählte ihr von unserem ersten Reisetag.

»Wenn ich so lange nichts gegessen hätte wie er, wäre ich auch schlecht gelaunt.« Sie grinste mich an, woraufhin ich ebenfalls grinsen musste. »Wie heißt du eigentlich, mein Kind?«

»Liam.«

»Hübscher Name. Ich bin Jean. Da ich gerade etwas Zeit habe, kann ich dir ein paar Anekdoten aus diesem langweiligen Städtchen erzählen, wenn du willst.«

»Städtchen nennst du das hier? Numoria ist riesig.«

»Dann warst du noch nie in Calid oder Livor, was? Da hättest du viel Spaß beim Erkunden. Wusstest du, dass die ignidische Hauptstadt nach dem besten Freund des ersten Königs benannt wurde? Man munkelt, sie sollen mehr als Freunde gewesen sein, aber da das schon Ewigkeiten her ist, weiß das keiner mehr so genau. So alt bin nicht mal ich.« Sie zwinkerte mir zu.

Ich legte die Arme auf den Tisch und beugte mich ein Stück in Jeans Richtung. »Kennst du noch mehr solcher Geschichten?«

Ein runzliges Schmunzeln breitete sich auf ihren Lippen aus. »Die Frage ist eher, welche ich *nicht* kenne. Gibt es etwas, das dich besonders interessiert?«

Vorfreude kribbelte in meinem Magen. »Alles!«

Jean lachte. »Da sind wir aber ziemlich lange beschäftigt. Lass mich kurz überlegen ...«

Keine Ahnung, wann ich das letzte Mal so viel gelacht hatte wie an diesem Abend, aber es war befreiend, tief in Jeans lebhaften Erzählungen zu versinken und etwas anderem als den eigenen Sorgen zu lauschen. Im Gegenzug erzählte ich Jean eine meiner ausgedachten Geschichten. Als ich sie beendet hatte, wischte sich die alte

Dame eine Lachträne aus dem Augenwinkel.

»Das war grandios! Du kannst wirklich gut erzählen.«

Ihr Lob kribbelte warm in meiner Brust. »Danke. Ich wünschte, ich könnte Raymond auch ein paar Geschichten vortragen, aber er würde sich nicht mal ansatzweise so sehr darüber freuen wie du.«

»Ach, der taut schon noch auf, du wirst sehen.« Jean stand auf und schob den Stuhl unter den Tisch. »Ich muss dich leider verlassen, auf mich wartet noch ein bisschen Arbeit. Wenn du etwas brauchst, weißt du ja, wo du mich findest.«

Da es noch hell war, trat ich hinaus auf die Straße, um mir vor dem Schlafengehen die Beine zu vertreten. Die Luft war noch immer warm, aber wenigstens schwitzte ich nicht mehr bei jeder Bewegung.

Als ich in eine Seitengasse einbog, kamen zwei Frauen auf mich zugerannt. Die Kleinere von ihnen winkte mir wild gestikulierend zu.

»Bitte helfen Sie mir!«

Sofort blieb ich stehen. Was war hier los?

»Halt die Diebin fest«, rief die Frau hinter ihr. Sie war komplett in Schwarz gekleidet.

Kaum hatte mich die kleinere Frau erreicht, hastete sie hinter meinen Rücken. Was sie sich davon erhoffte, wusste ich nicht. Schutz konnte ich ihr mit meinem schlaksigen Körper jedenfalls keinen bieten, wenn es die zweite Frau auf eine Auseinandersetzung anlegen sollte. Sie war breit wie ein Schrank und ihre Oberarme doppelt so dick wie meine.

Mein Herz klopfte schneller, je näher sie kam. Als sie sich vor mir aufbaute, raste es. Abwehrend hob ich die Arme.

»Moment, Moment. Wie wäre es, wenn wir die Sache friedlich lösen?«

»Ganz sicher nicht«, gab sie in abfälligem Ton zurück. »Das Weib da hat meinen Geldsack geklaut und gehört bestraft.«

»Sie müssen mich verwechseln«, erwiderte die Frau hinter mir, die Stimme voller Panik. »Ich habe niemanden bestohlen, so glauben Sie mir doch bitte!«

»Lügnerin! Ich hab dich schon öfter mit deinen Freunden in den Gassen herumlungern sehen. Und jetzt wolltest du mich bestehlen, du dreckiger Langfinger!«

»Nein, ich war das nicht! Ich bin Elnia, Tochter von Schmied Bork, und verdiene anständiges Geld als Bardin!«

»Dass ich nicht lache.« Die Augen der Schrank-Frau sprühten vor Zorn. »Tritt beiseite, Karottenkopf, sonst leg ich dich gleich mit um.«

Ich schluckte. »Bitte, ich bin sicher, wir können das fried–«

Ein Stoß und ich landete unsanft mit dem Hintern voraus auf dem Steinboden. Stechender Schmerz schoss mir den Rücken hinauf. Ich biss die Zähne aufeinander.

Elnia gab einen ängstlichen Laut von sich und wollte wegrennen, aber die große Frau war schneller und packte sie an ihrer Kapuze. Innerhalb von zwei Herzschlägen hatte sie Elnia gegen die nächste Hauswand gedrückt. Die Bardin schrie laut, ihre Füße baumelten in der Luft. Eine Pranke presste sich gegen ihren Mund und erstickte Elnias Geräusche. Sie zerrte vergeblich an diesem unnachgiebigen Griff. Eines der bunten Stoffbänder, die sie um die Handgelenke trug, löste sich bei ihrem Befreiungsversuch und fiel zu Boden.

»Her mit meinem Geld oder du bist tot!«, blaffte die Schrank-Frau.

Ich sprang auf die Füße. Ehe ich mir überlegen konnte, ob es eine gute Idee war, warf ich mich gegen Elnias Angreiferin. Natürlich richtete ich mit meinem Angriff rein gar nichts aus, außer dass ich mir selbst wehtat und mein Gleichgewicht wiederfinden musste.

»Lassen Sie sie los!« Ich rieb kurz über meinen schmerzenden Oberarm und ging erneut auf sie los. Dieses Mal machte ich Bekanntschaft mit ihrem Ellenbogen, den sie mir gegen die Schulter rammte. Ich stöhnte, griff aber erneut an. Egal ob Elnia sie bestohlen hatte oder ob sie log, ich konnte nicht zulassen, dass ihr etwas angetan wurde.

Jemand stieß mich von hinten beiseite, weniger grob als die Frau in Schwarz. Meine Erleichterung war grenzenlos, als ich sah, wer neben mir stand.

»Lass sie los«, wiederholte Raymond meine Worte. Aus seinem Mund klangen sie jedoch viel bedrohlicher. Er zog sein Schwert ein Stück aus der Scheide heraus.

Die Angreiferin ignorierte ihn, riss mit ihrer freien Hand Elnias Jacke auf und schnappte sich den Geldsack, der mit einem hübsch verzierten, grünen Band an der Jackeninnenseite befestigt war.

»Lass sie los oder ich mache Gebrauch von meinem Schwert.« Raymonds Stimme war jetzt noch dunkler.

»Tu's doch. Ich hab keine Angst vor dir und deinem Zahnstocher.« Sie warf Elnia mit einer schwungvollen Bewegung von sich, als wäre sie ein lästiges Gepäckstück. Die Bardin landete hustend auf dem Boden. Ich wollte ihr aufhelfen, aber sie rollte sich schluchzend zusammen. Zufrieden ließ die Schrank-Frau den Geldsack in ihrer Hand auf und ab hüpfen.

Metall blitzte auf. Raymond zog sein Schwert und hob es an. Die Klinge glänzte bedrohlich kühl im warmen Abendlicht. »Gib ihr das Geld zurück. *Sofort.*«

»Woher weißt du denn, dass es ihr gehört, hm?«

Um mich herum wurde es eisig kalt. Mit jedem Herzschlag nahm die Kälte zu. Eine Gänsehaus breitete sich auf meiner Haut aus. Was passierte hier gerade?

»Ich wiederhole mich ungern.« Raymond wirkte keineswegs so überrascht wie ich. Er stand genauso entschlossen da wie zuvor. »Gib ihr das Geld zurück und verschwinde.«

Die Frau in Schwarz ballte ihre freie Hand zur Faust. »Du willst es echt drauf ankommen lassen, was?«

Die Luft um mich herum flirrte. Ich blinzelte einige Male, aber das klärte meine Sicht nicht. Um Raymond, Elnia und mich bildete sich eine dünne Struktur, die an gefrorenes Fensterglas im Winter erinnerte.

Die Schrank-Frau funkelte Raymond hasserfüllt an. »Na prima. Ausgerechnet ein Magier.«

Magie ... Ja, natürlich! Anders war diese seltsame Situation nicht zu erklären.

»Ich warte«, erwiderte Raymond ungeduldig.

Schnaubend schleuderte die Frau den Geldsack zu Boden und stapfte mit wütenden Schritten davon.

Die Kälte verschwand innerhalb weniger Augenblicke. Ich sank neben Elnia, die noch immer zusammengekauert auf dem Boden lag, in die Hocke und legte ihr eine Hand auf die Schulter. »Sie ist weg.«

Elnia hob ihre zitternden Arme und blickte mich aus panisch geweiteten Augen an. Ein paar blonde Strähnen klebten an ihrer verschwitzten Stirn.

Ich schenkte ihr ein aufmunterndes Lächeln. »Soll ich Ihnen aufhelfen?«

Einige Herzschläge lang musterte sie mich nur. Schließlich setzte sie sich auf und nahm den Geldsack, den ich ihr hinhielt. »Danke.« Ihr Blick verweilte kurz auf mir, dann wanderte er zu Raymond. »Und auch Ihnen vielen Dank, junger Herr.«

Während Raymond das Schwert zurück in die Scheide gleiten ließ, half ich Elnia auf die Beine. Hastig zog sie die Jacke über ihren teils entblößten Oberkörper und schlang ihre dünnen Arme um sich.

»Woher wusstet ihr, dass es mein Geld war und ich es nicht gestohlen habe?«

Ich deutete erst auf ihre Handgelenke, dann auf das grüne Band, das zerrissen am Geldsack hing. »Die große Frau sah nicht so aus, als würde sie hübsch verzierte Bänder gut finden.«

Elnia lächelte zaghaft. »Nochmals vielen Dank. Ich werde dann mal gehen.«

»Wir kommen mit«, bot ich an. »Dann können Sie die Frau auch gleich bei den Ordnungshütern anzeigen.«

»Nein, das wäre sinnlos. Hier interessiert sich niemand für unbedeutende Kleinigkeiten.«

Ich starrte sie ungläubig an. »Ihnen wurde körperlich Leid zugefügt. Inwiefern ist das eine unbedeutende Kleinigkeit?«

»Es passieren täglich solche Dinge.«

»Umso wichtiger ist es, jemanden darüber zu informieren, der dagegen vorgehen kann.«

Elnia rieb sich über die Arme. »Ich will lieber nach Hause gehen.«

»Dann begleiten wir Sie wenigstens bis dorthin.«

»Nein, ich möchte keine Umstände machen.«

»Das tun Sie keineswegs. Nicht wahr, Raymond?«

Er hob die Augenbrauen, nickte aber.

»Wie kann ich mich für Ihre großzügige Hilfe erkenntlich zeigen?«, fragte Elnia, als wir einige Zeit später vor einem heruntergekommenen Haus am Rand der Stadt standen.

Ich lächelte. »Indem Sie Frauen, die keine hübschen Bänder mögen, aus dem Weg gehen.«

Sie löste zwei ihrer Armbänder, ein rotes und ein blaues. Das rote knotete sie mir ums Handgelenk. Als sie das andere Raymond umbinden wollte, machte er einen Schritt rückwärts.

»Wenn er es nicht will, nehme ich es.« Ich streckte ihr mein anderes Handgelenk hin. »Dann fühle ich mich ein bisschen hübscher.«

Sie lachte, befestigte das Band an mir und verschwand nach ein paar letzten Abschiedsworten im Haus. Raymond und ich traten den Rückweg zum Gasthaus an. Bereits nach wenigen Schritten kehrten meine Gedanken zu dem zurück, was vorhin in der Gasse passiert war.

»Warum hast du mir nicht früher gesagt, dass du ein Magier bist?«

»Es gab keinen Grund dafür.«

Ich verzog das Gesicht. Meinte er das ernst? Etwas so Wichtiges teilte man seinem Reisegefährten doch mit!

»Du hättest es mir trotzdem sagen können. Für mich ist Magie nichts Alltägliches.«

Das war noch untertrieben. Es interessierte mich brennend, was Raymond damit vollbringen konnte. Vielleicht Eiszapfen erschaffen und sie wie Speere schleudern? Einer der Helden aus Naolas Geschichten hatte das gekonnt.

»Verrätst du mir etwas über deine Magie? Ich würde gerne mehr darüber wissen.«

Raymond schwieg – mal wieder. Wann war er endlich bereit, ein richtiges Gespräch mit mir zu führen?

Ich versuchte es mit einem anderen Thema. »Geht es dir besser? Du bist nach dem Abendessen so schnell verschwunden.«

»Es geht mir gut«, entgegnete er mit ausdrucksloser Stimme und einem noch ausdruckloseren Gesicht.

»Du musst nicht –«, setzte ich an, aber er beschleunigte seine Schritte und eilte in übertrieben aufrechtem Gang voraus.

Ich folgte ihm mit zusammengepressten Lippen.

Als wir die Eingangshalle des *Augur* betraten, saß Jean hinter dem Tresen und blickte von einem Stapel Dokumente auf. Sie öffnete den Mund, aber Raymond rauschte an ihr vorbei, ohne sie anzusehen, und verschwand im angrenzenden Flur.

Jeans grauer Blick huschte zu mir. »Ist draußen was passiert? Dein Gefährte sah aus, als hätte ihn Nox persönlich verfolgt.«

»Nein, der Gott der Dunkelheit war zum Glück nicht involviert, aber ich weiß nicht, ob es Raymond recht ist, wenn ich darüber rede. Ich sehe besser mal nach, wie es ihm geht.«

Bei seinem Zimmer angekommen, klopfte ich kurz und wartete, aber es kam keine Reaktion. »Raymond? Ich bin's, Liam. Darf ich reinkommen?«

»Lass mich allein«, hörte ich seine Stimme durch das abgesplitterte Holz hindurch.

»Na gut, aber wenn etwas ist, komm zu mir, ja? Du kannst mich jederzeit wecken.«

Da ich nur Stille als Antwort erhielt, ging ich in mein eigenes Zimmer. Nachdem ich mein Hemd ausgezogen hatte, sank ich rücklings auf das knarrende Bett, starrte an die Decke und zupfte an einem der Armbänder.

Zum Glück war Raymond nicht so früh schlafen gegangen, wie er behauptet hatte, sonst hätte sich die Schrank-Frau vermutlich nur schwer verscheuchen lassen. War sie wegen der Kälte geflohen, die sich angefühlt hatte, als hätte der Winter zu früh begonnen? In Patria war diese Jahreszeit recht mild, aber es war auch schon vorgekommen, dass Eiszapfen an den Bäumen gehangen hatten. Zwar kannte ich mich mit Magie nicht besonders gut aus, aber ich wusste, dass es in Lumia vier verschiedene Arten gab, die man vererbt bekommen konnte: Feuer, Eis, Luft und Erde. Vielleicht schwitzte Raymond nicht so stark wie ich, weil seine Eismagie ihn von innen heraus kühl hielt. Ob er mir damit wohl ebenfalls Abkühlung verschaffen würde, wenn ich ihn darum bat?

KAPITEL 6

in dem ich Raymond ungewollt in Verlegenheit brachte

»Ich hoffe, heute wird es nicht so heiß«, sagte ich, als wir Numoria in den frühen Morgenstunden hinter uns ließen und auf dem Handelsweg in Richtung der Großen Brücke ritten.

Raymond starrte gedankenverloren in die Ferne. Ich betrachtete seine angenehm hervorstehenden Wangen und sein glattes, frisch rasiertes Kinn. Eine Rasur hätte mir auch gutgetan. Zwar hatte ich von Natur aus einen spärlichen Bartwuchs, aber ich hasste es, vereinzelte Haare im Gesicht zu haben, die zu meinem Verdruss auch noch dieselbe Farbe hatten wie meine Locken. Ein Grund mehr, mir keinen Bart wachsen zu lassen.

Als hätte Raymond meinen Blick gespürt, drehte er sich zu mir um. »Habe ich etwas im Gesicht?«

Ich räusperte mich. »Nein, ich … ich hatte mich nur gefragt, ob du gut geschlafen hast.«

»Warum interessierst du dich für mein Wohlergehen?« Er klang ehrlich überrascht – was wiederum mich überraschte.

»Was für ein Mensch wäre ich denn, wenn mir das egal wäre?«

Er musterte mich einige Augenblicke lang. »Danke, ich habe gut geschlafen.«

»Schön, das freut mich. Wenn du das nächste Mal vor dem Schlafengehen Lust auf einen Spaziergang hast, gib mir Bescheid. Ich begleite dich gerne.«

»Ich benötige keinen Begleiter.« In seiner Stimme schwang eine Spur von Härte mit.

»Aber es ist doch viel schöner, zu zweit spazieren zu gehen. Dabei kann man sich gut unterhalten.«

Er wandte den Blick ab und verfiel in Schweigen. Am liebsten hätte ich geseufzt.

»Schon gut, ich habe verstanden. Du hast kein Interesse daran, mit mir zu reden. Aber verrate mir wenigstens, was ich falsch gemacht habe.«

»Wieso denkst du, dass du etwas falsch gemacht hast?«

Ich zuckte mit den Schultern. »Irgendetwas muss ich dir ja getan haben, sonst würdest du mich nicht immer so finster ansehen.«

»Es liegt nicht an dir.«

»Und woran dann?«

»Darüber möchte ich nicht sprechen.«

»Und worüber würdest du gerne reden? Wir sind noch ein paar Tage zusammen unterwegs. Da wäre es doch schön, wenn wir uns besser kennenlernen.«

»Ich sehe keine Notwendigkeit dafür.«

Jetzt konnte ich mein genervtes Seufzen nicht länger zurückhalten. »In Ordnung. Dann schweigen wir uns eben für den Rest der Reise an.«

Ich drückte sanft meine Schenkel in Stellas Seiten und überholte Raymond. Was war sein Problem? Warum wollte er nicht einmal ein paar Sätze mit mir wechseln? Ich verlangte ja nicht, dass er mir seine gesamte Lebensgeschichte erzählte!

Kurze Zeit später holte er zu mir auf. »Habe ich dich verärgert?«

Wie konnte man eine solche Frage mit nahezu emotionsloser Stimme stellen?!

»Ein wenig«, gab ich zu. »Aber ich akzeptiere es, wenn du lieber schweigst, statt dich mit mir zu unterhalten. Mach dir keine Gedanken.«

»Es war nicht meine Absicht, dich zu kränken. Wenn du möchtest, darfst du mich etwas fragen.«

»Woher der Sinneswandel?«

Seine Gesichtszüge entspannten sich – zumindest ein kleines bisschen. »Ich möchte nicht, dass du dich unwohl fühlst.«

Mein Unmut verflog. War es so, wie Jean gesagt hatte, und Raymond war endlich etwas aufgetaut?

»Nett von dir, danke. Dann überlege ich mir eine Frage.«

»Du hast mir gerade schon eine gestellt.«

Ich wusste nicht, ob ich das lustig finden sollte oder nicht. »Ist das dein Ernst?«

Er sah zumindest so aus. Kopfschüttelnd wandte ich den Blick wieder nach vorn und bereitete mich auf einen schweigsamen Tag vor.

Die Sonne knallte erbarmungslos auf uns herab, während wir auf dem Handelsweg in Richtung Nordwesten ritten. Wir kamen an vielen Karren, Planwagen und Kutschen vorbei. Alle waren bis oben hin gefüllt mit Fracht unterschiedlichster Art. Auf einem Wagen, der Stoffe transportierte, saßen drei junge Mädchen, die sich gegenseitig die Haare flochten und dabei laut lachten. An einer anderen Stelle fuhren zwei Planwagen eng nebeneinander her und die Kutscher unterhielten sich über die Vor- und Nachteile von Düngern. Ich musste mich stark zurückhalten, nicht näher an sie heranzureiten und mitzudiskutieren.

Doch nicht alles an diesem Morgen verlief harmonisch. Die Straße war zwar breit genug, dass drei Gefährte problemlos nebeneinander herfahren konnten, aber trotzdem kam es zu Disputen zwischen den Händlern. Einmal mussten wir anhalten, weil sich zwei große Karren in merkwürdigen Winkeln ineinander verkeilt hatten und die Straße blockierten. Die Wagenbesitzer schrien sich an und ignorierten alle Bitten der anderen Leute, den Weg freizumachen. Einer hielt eine Flasche in der Hand und lallte laut: »Kannste nicht vernünftig fahr'n?«

»Nox soll dich und deine vergammelten Beeren holen«, schrie der andere Wagenbesitzer und trotz seiner dunklen Hautfarbe war ihm die Zornesröte anzusehen. Der Händler mit der Flasche warf ihm wüste Beschimpfungen an den Kopf, die ich mich nie getraut hätte in den Mund zu nehmen. Kianus hätte diesbezüglich keine Hemmungen gehabt.

Im Gegensatz zu den anderen Anwesenden hatten Raymond und ich das Glück, auf die angrenzende Wiese ausweichen zu können, und so ließen wir die Streithähne zügig hinter uns.

In Patria schrien sich die Leute auch ab und zu an. Meistens kam es aber nur an den Dorffesten zu größeren Auseinandersetzungen, wenn alle zu viel Alkohol im Blut hatten. Ein weiterer Grund, warum ich lieber bei Obstsäften und Wasser blieb. Wer wusste, was ich unter dem Einfluss von Alkohol tun oder sagen würde, das ich später bereute.

Am späten Vormittag brummte mir der Schädel – aber nicht vom Grübeln, sondern von der Sonne. Ich massierte meine Schläfen und verfluchte mich dafür, dass ich in Numoria keinen Hut besorgt hatte.

»Du solltest dir einen Kopfschutz aufsetzen«, sagte Raymond. Es war sein erster Satz seit Stunden.

Ich zuckte mit den Schultern. »Weit und breit keiner zu sehen.«

»Sollen wir eine Pause einlegen?«

»Das wäre toll, ja.«

Bei der nächsten Baumgruppe verließen wir den Handelsweg und setzten uns in den Schatten. In der Nähe gab es einen Fluss, an dem ich meinen Trinkbeutel füllte und mir den Inhalt anschließend über den Kopf goss. Zuerst verstärkten sich meine Kopfschmerzen, aber danach fühlte ich mich erfrischt und trank einige Schlucke des herrlich kalten Wassers. Die Pferde schienen ebenfalls eine Abkühlung nötig zu haben und steckten die Mäuler in den Fluss. Nur Raymond saß im Schatten und starrte in die Ferne. Er aß und trank definitiv zu wenig. Lebte er überhaupt?

»Hier.« Ich reichte ihm meinen gefüllten Beutel. »Trink bitte etwas. Im Reisebeutel sind Brötchen, falls du Hunger hast. Habe ich heute Morgen für dich aus dem Speiseraum mitgenommen.«

Wortlos stand er auf, nahm seinen eigenen Trinkbehälter aus dem Gepäck und ging los, um ihn aufzufüllen. Sitzend lehnte ich mich an einen der Bäume und schloss die Augen.

Als ich die Augen das nächste Mal öffnete, war die Sonne ein Stück weitergewandert. Auf dem Handelsweg fuhren ein paar Händler vorbei, doch es war Raymond, dem meine Aufmerksamkeit galt. Er ging gerade auf eins der Gefährte zu und bedeutete dem Mann auf dem Kutschbock, anzuhalten. Als Raymond zurückkam, hielt er etwas in den Händen – einen Hut.

»Für dich.« Er streckte ihn mir entgegen.

Ich starrte Raymond verdutzt an, nahm den Hut und drehte ihn zwischen meinen Fingern. »Den hast du für *mich* besorgt?«

Nickend ließ er sich neben mir nieder und verstaute das Geldsäckchen in seiner Tasche.

»Das ... Das ist echt lieb von dir. Danke.« Ich setzte den Hut auf, der trotz meiner Locken erstaunlich gut saß. »Und? Wie sehe ich aus?«

Zögerlich hob Raymond den Blick. Dabei verschwanden seine Augenbrauen beinahe unter den dunklen Haarsträhnen, die ihm links und rechts über die Stirn fielen.

»Normal?« In seiner Stimme schwang Unsicherheit mit.

»Ach, Raymond.« Der Kerl machte mich fertig. »Du hättest sagen sollen: ›Liam, gut siehst du aus mit deinem neuen Hut.‹« Als er mich fragend ansah, seufzte ich. »Du verstehst echt keinen Spaß. Das müssen wir noch üben.«

Ich nahm den Hut vom Kopf und setzte ihn Raymond auf. Seine Augen weiteten sich vor Überraschung.

»Steht dir«, sagte ich grinsend. »Gib Bescheid, wenn du ihn mal ausleihen willst.«

Raymond nahm ihn ab, drückte ihn mir in die Hand und stand so schnell auf, dass er taumelte. Einen Herzschlag später ging er bereits wieder festen Schrittes auf die Pferde zu.

Während ich in der brütenden Hitze vor mich hin schwitzte und froh über meine Kopfbedeckung war, saß Raymond aufrecht im Sattel und verzog keine Miene. Mein Neid darüber, dass ihm die Temperatur nicht so zusetzte wie mir, war grenzenlos – aber wenn ich ehrlich war, war ich noch aus einem anderen Grund neidisch. Vermutlich hatte ich mir bereits einen Sonnenstich zugezogen, denn mein überhitzter Kopf stellte sich die Frage, warum ich nicht so hübsch sein konnte wie Raymond. Seine Muskeln wölbten sich unter dem Stoff seiner Kleidung und zogen mehr als einmal meine Aufmerksamkeit auf sich. Aber das lag an der Abwesenheit anderer interessanter Dinge. Und daran, dass ich mich von meinen Gedanken ablenken wollte, die wie immer besonders laut waren, wenn ich keine Beschäftigung hatte.

Kurz vor dem Höchststand der Sonne erreichten wir eine lange Reihe von verschiedenen Gefährten, die alle die Große Brücke passieren wollten. Raymond und ich reihten uns ein. Vor uns auf dem Karren saß ein zierlicher Mann und hielt die Zügel eines pummeligen Ponys fest. Inmitten der geladenen Fracht saß ein Junge und blickte uns neugierig an. Ich winkte ihm freundlich zu.

Je länger wir dort standen, desto größer wurde die Anzahl der Reisenden hinter uns. Als wir endlich vorn standen, war die Sonne ein gutes Stück tiefer gewandert und der Latus glitzerte in ihrem Licht. Er floss leise plätschernd unter der breiten Brücke hindurch, die von Soldaten bewacht wurde.

Wir stiegen ab und gingen auf das offene Zelt an einem der steinernen Brückenpfeiler zu. Darin saß ein gelangweilt dreinblickender Mann.

»Habt ihr eine Einreisegenehmigung oder wollt ihr eine kaufen?«, fragte er mit ebenso gelangweilter Stimme und trommelte mit den Fingern auf den Tisch. Er trug dunkle Kleidung und einen Hut mit dem Symbol des Feuer-Königreichs Ignidia: eine goldene Krone, umringt von roten Flammen.

Raymond griff in Felix' Satteltasche, zog ein eingerolltes Dokument heraus und händigte es dem Mann aus. Kaum hatte dieser einen Blick darauf geworfen, sah er Raymond erschrocken an. Mein Reisegefährte schüttelte sofort den Kopf. Verwundert folgte ich der stummen Konversation.

Raymond deutete auf mich. »Er reist mit mir.«

Der Mann mit dem Hut nickte und gestikulierte eilig in Richtung der Soldaten, während er Raymonds Papiere mit einem Stempel versah. Die Wachen rückten beiseite, damit wir die Brücke betreten konnten.

»Was war das eben?«, fragte ich. Meine Worte wurden beinahe vom lauten Klackern der Hufe übertönt.

»Ich weiß nicht, was du meinst.«

»Der Mann hat dich angesehen, als wärst du der König von Ignidia persönlich.«

»Er hat nur etwas missverstanden.«

»Aber –«

»Vorsicht, eine Kutsche.«

Er lenkte Felix ein Stück nach rechts, doch das war ziemlich unnötig. Mehr als zwei Pferdelängen trennten uns von dem Gefährt.

Kopfschüttelnd wandte ich mich ab und betrachtete den Latus. Er erstreckte sich zu beiden Seiten bis weit über mein Sichtfeld hinaus und zu meiner Linken befand sich eine spärlich bewachsene Insel mitten im Fluss.

Als wir das Ende der Brücke erreichten, erwarteten uns erneut Soldaten. Dieses Mal waren sie in den Farben von Glacida gekleidet: Silber und Blau, mit dem passenden Wappen auf den Hüten. Es zeigte einen Baum mit herabhängenden Eiszapfen. Sie ließen uns passieren und wir ritten auf dem Handelsweg hinein ins Eis-Königreich. Von hier aus waren es nur noch knapp zweieinhalb Tage bis zum Wald Silval, sofern wir es in der geplanten Zeit dorthin schaffen würden.

Ich drehte mich ein letztes Mal um, ließ meinen Blick über die hinter mir liegende ignidische Landschaft schweifen. Ob ich es schaffen konnte, ein altes Relikt in einem magischen Wald zu finden? Aber Carthur hätte uns doch sicher nicht mit diesem Auftrag betreut, wenn er daran gezweifelt hätte, dass Raymond und ich Erfolg haben würden.

Oder?

»Ich könnte zwei ganze Rettiche verdrücken«, sagte ich, als wir am Abend durch eine Stadt namens Presera gingen, in der mir von allen Ecken her köstliche Gerüche entgegenströmten. Auf der Suche nach einer Bleibe führten wir die Pferde an den Zügeln durch die Straßen.

»Warum Rettich?«

»Magst du Rettich etwa nicht?«

Raymond blickte wieder auf die uneben gepflasterte Straße vor uns.

»Na komm schon, das will ich jetzt aber wirklich wissen«, schob ich hinterher.

Raymond seufzte leise. »Du wirst nicht eher Ruhe geben, bis ich dir deine Fragen beantworte, oder?«

»Vermutlich nicht«, antwortete ich mit einem vielsagenden Lächeln.

»In Ordnung. Ich erlaube dir, mir persönliche Fragen zu stellen.«

Verdutzt sah ich ihn an. Was war passiert, dass er so einfach nachgab? Doch ich wollte mich natürlich nicht beschweren. »Zu freundlich. Bereite dich schon mal auf ein paar nette Gespräche vor.«

»Nur eine Frage pro Tag«, fügte er hinzu.

Mit gespielter Empörung verschränkte ich die Arme vor der Brust. »Aber dann muss ich ja aufpassen, dass mir nicht aus Versehen eine über die Lippen kommt.«

»Eine gute Übung für dich.«

Schwierig einzuschätzen, ob er es ernst meinte oder sich einen Spaß erlaubte, denn er verzog keine Miene.

»Also gut.« Ich hielt an und streckte ihm die Hand hin, als wollte ich einen Handel abschließen. »Eine persönliche Frage pro Tag. Auf gute Zusammenarbeit, Ray.«

Er blickte mich irritiert an. »Wie hast du mich gerade genannt?«

»Ich dachte, dass es an der Zeit ist für Spitznamen.«

»Wofür soll das gut sein?«

Offenbar wurde er noch nie bei einem anderen Namen gerufen. Ich wusste nicht, ob ich das lustig oder traurig finden sollte. Wenn *ich* Raymond geheißen hätte, hätte ich gewollt, dass man mich bei einem Spitznamen rief.

»Der Name passt zu dir. Ray klingt schön.«

Er schwieg, was ich als Einverständnis dafür nahm, dass ich ihn von nun an Ray nennen durfte.

Wir kehrten in ein Gasthaus ein und ritten am nächsten Morgen in Richtung der Küstenstadt Acta weiter, der vorletzten Station unserer Reise. Von dort aus mussten wir einen halben Tagesritt zurücklegen, bevor wir den Wald Silval erreichen würden.

Gestern schon hatte ich die ersten Veränderungen in der Landschaft bemerkt, aber auf dem Weg nach Acta fiel es mir noch deutlicher auf. Je weiter nördlich wir ritten, desto mehr wichen die saftig grünen Farben einem tristen Grünton. Auch die dichten Mischwälder aus meiner Heimat suchte ich hier vergeblich. Wir ritten an großen Nadelwäldern voller Fichten, Kiefern und Tannen vorbei oder sogar stellenweise hindurch. Kältere Farben wie Braun, Grau oder moosiges Grün dominierten das Landschaftsbild und die Luft war kühl und roch harzig.

Ray war wie üblich schweigsam, aber wie vereinbart beantwortete er mir eine persönliche Frage pro Tag. Bei meiner *Liams Fragerunde* fand ich heraus, dass er ein Jahr älter war als ich und im Monat des Drachen geboren worden war, dem neunten Monat des Jahres. Angeblich hatte es wohl früher einmal Drachen in Lumia gegeben, aber es waren seit Jahrhunderten keine mehr gesehen worden. In zahlreichen Legenden und Geschichten lebten sie weiter, unter anderem in meinen. Ich fand sie beinahe so faszinierend wie den Phönix. Aber nur beinahe.

Je näher wir Acta kamen, desto ungestümer wurde das Wetter. Innerhalb weniger Stunden gingen drei kalte Regenschauer auf uns nieder, was meine Vorfreude auf das Meer aber kaum trüben konnte. Mehr als einmal reckte ich den Kopf, um danach Ausschau zu halten, und nach einer Weile entdeckte ich endlich das blaugraue Wasser. Weit draußen zog sich ein rötlicher Schleier darüber, der keinen Anfang und kein Ende hatte. Er war so weit wie das Meer selbst.

Während eine salzig riechende Windböe mit unseren Haaren spielte, deutete ich auf den Horizont. »Weißt du, was das dort hinten ist?«

Ray nickte. »Das ist Rubula, der Rote Nebel. Hast du noch nie davon gehört?«

»Sonst würde ich dich wohl nicht danach fragen.«

Er erklärte mir in knappen Worten, dass der Rote Nebel eine magische Barriere war, die Seefahrer daran hinderte, die Gewässer rund um Lumia zu verlassen. Noch nie war es jemandem gelungen, sie zu durchqueren.

»War Rubula immer schon da?«

»In den Legenden heißt es, er tauchte erst auf, als Nox aus Aethera verbannt wurde.«

In meiner Kindheit hatten die Dorfältesten oft Geschichten von Nox, dem Gott der Dunkelheit, erzählt. Angeblich war er dafür verantwortlich gewesen, dass sich die beiden Königreiche zerstritten hatten, und hatte dafür gesorgt, dass Ignidia vor vielen Jahrhunderten gegen Glacida in den Kampf gezogen war. Die Gründe dafür kannten wohl nur der damalige König und Nox selbst, aber die Folgen waren verheerend gewesen. Unzählige Tote, großes Leid und weitere Schlachten, in denen sich die Königreiche gegenseitig hatten erobern wollen. Jedoch war es keinem gelungen. Seit ungefähr hundert Jahren hatte es keinen Krieg mehr gegeben, worüber alle froh waren. Ich wusste zu wenig über die momentane politische Situation – genau genommen wusste ich gar nichts –, um beurteilen zu können, wie angespannt die Lage war. Aber natürlich hoffte ich, dass wir in Frieden weiterleben konnten.

Der Weg nach Acta führte uns an der Küste entlang, wo keine Bäume mehr die Sicht auf das Meer versperrten. Sanfte Hügel führten zu schroffen Felsen und hinab zum Wasser. Das Rauschen der Wellen setzte ich direkt auf die Liste meiner Lieblingsgeräusche. Ich wäre gerne aus dem Sattel gesprungen und in das kühle Nass hineingerannt, aber wir wollten Acta noch vor Sonnenuntergang erreichen, also zügelte ich mich.

Das Auffälligste an Acta war wohl der intensive, stets präsente Geruch nach Fisch. Nein, Moment, *Gestank* wäre wohl eine passendere Beschreibung. Selbst in den Gassen zwischen den Häusern mit den schiefen Dächern penetrierte dieser fischige Geruch meine Nase und verursachte mir Übelkeit, die einfach nicht weichen wollte. Flucht war jedoch keine Option. Es gab keine andere Stadt, die wir heute noch erreichen konnten.

Ray schien kein Problem mit dem Geruch zu haben. Er saß wie immer mit ausdruckslosem Gesicht im Sattel und ritt neben mir durch die Stadt.

Am Hafen war der Gestank am schlimmsten. Ich presste mir möglichst unauffällig ein Stofftaschentuch vor Mund und Nase, während wir an Arbeitern vorbeiritten, die mithilfe von verschiedenen Apparaturen Frachtkisten auf die Schiffe hoben und sich dabei laute Befehle zubrüllten. Über ihnen glitten ein paar weiße Vögel durch die Luft, deren Schreie sich mit denen der Menschen vermischten.

Ray führte uns zu einem Gasthaus, das weit vom Hafen entfernt lag. Dort stank es zu meiner unendlichen Erleichterung kaum mehr nach Fisch. Während Ray unsere Zimmer reservierte, wartete ich draußen bei Felix und Stella. Er tauchte mit blassem Gesicht ziemlich schnell wieder auf.

»Ist etwas passiert?«

Ray nahm mir Felix' Zügel ab. »Wir müssen weiterreiten.«

»Warum?«

Er schluckte. »Es gibt nur noch ein freies Zimmer.«

Ich ahnte, wo das Problem lag – genauer gesagt, wo Rays Problem lag. Denn für mich war es keines.

»Tja.« Ich grinste. »Wird wohl kuschelig werden heute Nacht.«

Ray sah mich an, als hätte ich den Verstand verloren. »Wir werden *nicht* zusammen in einem Zimmer schlafen!«, verkündete er so vehement, als hinge sein Leben davon ab.

»Wo ist das Problem? Wäre mein Bruder hier, könnte er dir bestätigen, dass ich nicht schnarche.«

»Darum geht es nicht.« Sein Blick schweifte unruhig umher. »Wir finden eine andere Bleibe.«

»Versuch du gerne dein Glück. Ich werde hier warten, sonst wird mir noch übler.« Ich wandte mich ab und pflückte ein paar der kleinen weißen Blumen, die an dem verwitterten Zaun vor dem Gasthaus wuchsen.

Nach einer Weile kehrte Ray zurück und ich hörte auf, Stellas Mähne mit Blümchen zu verschönern. »War deine Suche erfolgreich?«

Er schüttelte mit finsterer Miene den Kopf. »Alle Zimmer sind belegt.«

In einer so großen Stadt wie Acta erschien mir das zwar unwahrscheinlich, aber Ray hatte sicher mehrere Gasthäuser aufgesucht, so panisch, wie er mich vorhin angesehen hatte.

»Hat man dir gesagt, warum? Irgendein freies Zimmer muss es doch geben.«

»Laut einem der Gastwirte wird morgen ein großes Fest gefeiert. Deswegen ist alles ausgebucht.«

Ich schenkte ihm ein aufmunterndes Lächeln. »Keine Sorge, du wirst eine Nacht in meiner Nähe ohne bleibende Schäden überleben.«

Als wir das Gasthaus betraten, war Rays Blick so finster, dass ich freiwillig mehr Abstand als sonst zu ihm hielt. Nachdem ich das Zimmer gebucht hatte, gingen wir in den ersten Stock hinauf und fanden uns in einem schmalen Flur wieder, von dem aus drei Türen abgingen. Die beiden gegenüberliegenden waren mit Nummern versehen, die dritte stand offen und gab den Blick in ein schummriges Badezimmer frei.

Ray öffnete die Tür mit der Nummer zwei und ging hinein. Ich folgte ihm, wäre aber beinahe gegen ihn gelaufen, denn er hielt plötzlich an.

»Was ist?«, fragte ich.

Als er mir keine Antwort gab, reckte ich den Kopf und spähte an ihm vorbei. Und dann sah ich, warum Ray wie festgefroren dastand.

Das Zimmer hatte ein Doppelbett.

»Oh« war alles, was mir dazu einfiel.

»Ich schlafe auf dem Boden.« Rays Stimme zitterte.

»Ach was, das Bett ist groß genug für uns beide.«

Vehement schüttelte er den Kopf und legte sein Gepäck auf der Matratze ab. Dabei krallte er seine Finger so tief in das Bettlaken, dass ihre Spitzen darin verschwanden.

»Alles in Ordnung?« Ich ließ mich auf die andere Seite des Betts sinken. Es war weicher als das, in dem ich letzte Nacht geschlafen hatte. Mein Rücken würde es mir danken.

»Selbstverständlich.«

So angespannt, wie er klang, war ich natürlich nicht überzeugt. »Ich höre dir gerne zu, wenn dich etwas bedrückt.«

Noch während ich sprach, stürmte Ray los und seine Schritte polterten auf der Treppe. Verdutzt sah ich ihm nach.

Dass Ray die Nähe von anderen Menschen mied, war mir mittlerweile klar. Er überließ alle notwendigen Gespräche mit anderen Leuten meistens mir und hielt mich auf Distanz. Einmal am Tag durfte ich ihn zwar nach etwas Persönlichem fragen, aber wer erzählte denn nicht freiwillig etwas von sich selbst? Es fiel mir schwer, einzuschätzen, wann ich eine seiner Grenzen überschritt. Mehr Gelassenheit im Umgang mit anderen Leuten hätte ihm meiner Meinung nach gutgetan, aber sicher gab es einen nachvollziehbaren Grund für sein Verhalten. Ich musste nur herausfinden, welcher das war, damit ich angemessen darauf reagieren konnte.

Wo er wohl hingegangen war? Vielleicht zum Meer?

Der Gedanke an das endlos weite Gewässer trieb mich aus dem Gasthaus hinaus. Während ich zügig durch die Straßen ging, atmete ich flach durch den Mund. Ich kam an Ständen vorbei, an denen glitschiges Grünzeug angeboten wurde, das ich mir lieber nicht genauer ansehen wollte.

Als ich mich in einer mir unbekannten Seitenstraße wiederfand, musste ich mir eingestehen, dass ich mir den Weg zum Wasser wohl nicht so gut gemerkt hatte wie angenommen. Ich wollte umkehren und zurückgehen, da hörte ich Gekicher.

In der Nähe befand sich eine Mauer, vor der Kisten und Fässer gestapelt waren. Davor stand Ray mit zwei Frauen. Sie trugen Kleider, die ihre Körper kaum verhüllten. Wie sie mit einer derart kurzen Länge und einem tiefen Rückenausschnitt an Ort und Stelle blieben, war ein Rätsel, das ich nicht lösen wollte. Schnell konzentrierte ich mich auf Ray, der aussah, als wäre er dem Phönix persönlich begegnet.

Eine der beiden Frauen trat einen Schritt an ihn heran und warf mit einer schwungvollen Bewegung ihre dunklen Haare nach hinten. »Lass uns zusammen was trinken, Hübscher.«

»Nein, vielen Dank«, lehnte Ray höflich ab. Er hielt seine Schwertscheide umklammert und wich zurück.

»Zier dich doch nicht so«, sagte die blonde Frau, die einen halben Kopf größer war als die Brünette. Sie strich sich über die breite Hüfte und raffte den Stoff ihres Kleides ein Stück nach oben. »Wir könnten ein paar nette Stunden zusammen verbringen.«

»Nein.« Er machte einen weiteren Schritt zurück und stieß gegen die Kisten. Die Frauen näherten sich ihm weiterhin.

Ich beschleunigte meine Schritte. »Ach, da bist du ja«, rief ich Ray zu. »Dachte schon, ich hätte dich verloren.«

Alle drei drehten sich zu mir um. Auf Rays Gesicht spiegelte sich Verwunderung, die Frauen hingegen musterten mich neugierig.

Als ich sie erreichte, grinste ich Ray breit an. »Komm, lass uns zurückgehen. Wir haben doch noch etwas vor.«

»Oh, wie wundervoll, noch so ein Hübscher.« Die dunkelhaarige Frau lachte und beugte sich in meine Richtung. Dabei gewährte sie mir tiefe Einblicke in den Ausschnitt ihres kaum vorhandenen Kleides. Hätte jemand in Patria etwas Derartiges getragen, wäre er das Gesprächsthema der nächsten vier Wochen gewesen.

Ich schluckte gegen meine aufkeimende Nervosität an. »Wie gut, dass ihr meinen Freund gefunden habt. Aber ihr versteht sicher, dass wir jetzt gehen wollen.«

Ray schien meinen Wink nicht verstanden zu haben. Er stand nur schweigend da und klammerte sich an sein Schwert.

»Sieht ganz so aus, als wollte dein Freund bei uns bleiben«, säuselte die Blonde süffisant und legte ihm eine Hand auf die Schulter.

Er verkrampfte sich. »Fass mich nicht an«, gab er mit einem unmissverständlichen Unterton in der Stimme zurück, woraufhin die Blonde ihre Hand sinken ließ, ihn aber weiterhin anzüglich anlächelte.

»Machen wir uns doch einen angenehmen Abend zu viert«, schlug die Brünette vor. »Ihr dürft aber auch gerne die ganze Nacht bei uns bleiben.«

Die blonde Frau streckte ihre Hand erneut nach Ray aus, aber bevor sie ihn berühren konnte, drängelte ich mich an ihr vorbei und stellte mich neben ihn.

»Er hat gesagt, du sollst ihn nicht anfassen«, erinnerte ich sie mit Nachdruck.

Lachend warf sie den Kopf zurück. Dabei rutschte der Träger ihres Kleides über ihre Schulter. »Ihr zwei seid zum Anbeißen.«

Als die Brünette einen Schritt näherkam, hakte ich mich bei Ray unter und drückte mich an ihn. Er verkrampfte sich noch mehr, aber wenn wir dieser Situation hier entfliehen wollten, musste er das mit mir durchstehen.

»Ihr habt uns wohl missverstanden«, erklärte ich so ruhig wie möglich. »Wir haben kein Interesse an euch.«

Die Blonde musterte unsere verschlungenen Arme und zog die Augenbrauen hoch. »Seid ihr etwa ...«

Ich nickte etwas heftiger als nötig. »Richtig. Wenn ihr uns jetzt bitte entschuldigen würdet.«

»Moment«, mischte sich die Brünette ein. »Ihr wollt uns doch bloß aufziehen, oder?«

»Was soll das denn heißen? Muss ich meinen Freund etwa küssen, damit du mir glaubst?«

»Nein, nein.« Die Blonde zog sich den Träger hoch und zischte ihrer Begleiterin zu: »Komm, wir gehen. Das wird sowieso nichts.«

Die Augen der Brünetten verengten sich zu schmalen Schlitzen. Ich musste wohl noch einen Schritt weitergehen, um sie zu überzeugen.

Rays Gesicht war ein einziger Krampf. Wir waren uns nicht einmal ansatzweise so nahe, dass wir uns hätten küssen können, aber es würde hoffentlich genügen, um die beiden Frauen zu verscheuchen. Ich lehnte mich ein paar Fingerbreit in seine Richtung. Während mein Herz aufgeregt gegen meine Rippen sprang, weiteten sich Rays Augen vor Schock. Hoffentlich fiel seine Reaktion niemandem außer mir auf ...

»Ach, was soll's«, murmelte die Dunkelhaarige, drehte sich um und ging gemeinsam mit ihrer Begleiterin von dannen.

Kaum hatten sie sich ein paar Schritte entfernt, ließ ich Ray los. Er holte mehrmals hintereinander Luft und lehnte sich zitternd gegen die Kisten. Ich hätte ihm gerne beruhigend über den Arm gestrichen, aber das war vermutlich das Letzte, das er gerade wollte.

Es dauerte Ewigkeiten, bis die Frauen endlich außer Sichtweite waren. Danach atmete ich erleichtert aus. Ray zitterte immer noch.

»Tut mir leid, dass ich mich dir aufgedrängt habe«, sagte ich. »Aber die beiden hätten uns sonst vermutlich nicht in Ruhe gelassen.«

»Wolltest ...« Er stockte, holte Luft und setzte erneut an. »Wolltest du ... mich wirklich ...«

Als hätte mein Körper jetzt erst verstanden, was passiert war, schickte er Hitze in meine Wangen. »Nein, nein, natürlich nicht! Ich wollte nur, dass sie glauben, wir seien ein Paar. Hat zum Glück geklappt.«

Irgendetwas in Rays Blick trocknete meinen Hals aus und mein Herz stolperte noch immer wild herum.Es sollte sich langsam mal beruhigen, denn mein spontaner Rettungsplan war aufgegangen.

Ich räusperte mich. »Lass uns zum Gasthaus zurückgehen, bevor die beiden Damen es sich anders überlegen.«

Ray nickte und umklammerte seine Schwertscheide so fest, dass die Knöchel an seiner Hand weiß hervortraten.

»Kann ich etwas für dich tun?«, fragte ich mitfühlend, doch er schüttelte den Kopf und ging an mir vorbei. Ich folgte ihm mit ein paar Schritten Abstand.

In unserem Zimmer griff Ray nach seiner Tasche und verschwand im Bad auf dem Gang. Während ich auf seine Rückkehr wartete, ging mir das Bild nicht mehr aus dem Kopf, wie er zitternd neben mir in der Gasse gestanden hatte. Was wäre wohl passiert, wenn ich nicht zufällig vorbeigekommen wäre? Und warum war er überhaupt panisch geworden? Er trug ein Schwert bei sich und hatte keine so dünnen Arme wie ich. Der Schrank-Frau in Numoria hatte er furchtlos die Stirn geboten. Was war heute Abend anders gewesen?

Nach einer Weile kam er mit feuchten Haaren zurück ins Zimmer. »Es gibt nur kaltes Wasser«, erklärte er überflüssigerweise. In welchem Haus gab es denn zu dieser Jahreszeit warmes Wasser?

Wortlos griff ich nach meiner Kleidung für die Nacht und ging ins Bad. Eine Spinne seilte sich von der Decke ab, als ich mir das Wasser aus dem Becken ins Gesicht spritzte. Beim Ausziehen fiel mein Blick auf den schmutzigen Wandspiegel, in dem sich mein schlaksiger Körper mitsamt dem dunklen Fleck auf meiner Schulter abzeichnete. Wenn ich Pech hatte, würde ich diese schmerzhafte Erinnerung an Numoria noch ein paar Tage mit mir herumschleppen. Seufzend wollte ich nach meinem Hemd greifen, stellte aber fest, dass ich es im Zimmer vergessen hatte. Also zog ich nur die kurze Leinenhose an und ging zurück zu Ray.

Er lag auf seiner Seite des Bettes und hielt ein Buch in den Händen.

»Was liest du Schönes?«, fragte ich.

Er sah mich an und öffnete den Mund, aber heraus kam kein Wort. Stattdessen weiteten sich seine Augen.

»Warum ... Warum hast du nichts an?«, stammelte er und rutschte bis zum äußersten Rand des Bettes.

Ich setzte mich auf meine Seite. »Tut mir leid, ich hatte mein Hemd vergessen.«

»Bitte zieh dir etwas über.« Ray vergrub die Nase so tief im Buch, dass sein Gesicht vollständig zwischen den Seiten verschwand.

»Wenn es dich so sehr stört ...«

Ich kam seiner Aufforderung nach, lehnte mich mit den Armen auf dem Bauch an das Kopfende des Bettes und schloss für eine Weile die Augen.

Im Zimmer herrschte Stille, was mich unter anderen Umständen nicht gestört hätte. Aber jetzt gerade war es *zu* still.

Ich sah zu Ray, der das Buch immer noch krampfhaft umklammert hielt. Ein Grinsen schlich sich auf mein Gesicht. »Kannst aus deinem Versteck rauskommen.«

Er sah vorsichtig zu mir herüber und ließ dann das Buch sinken. Seine Schultern hatte er aber noch hochgezogen. Kannte er überhaupt so etwas wie Entspannung?

»Tut mir leid«, sagte ich. »Ich wusste nicht, dass es für dich ein Problem darstellt, wenn ich kein Hemd anhabe. Wird nicht wieder vorkommen.«

Er konzentrierte sich kommentarlos wieder auf seine Lektüre.

Kianus und ich nahmen selten unsere Kleidung mit ins Badezimmer. Es störte weder ihn noch mich, wenn wir nur mit einem Handtuch um die Hüften durchs Haus gingen. Wenn ich das jetzt getan hätte, wäre Ray dann in Ohnmacht gefallen?

Ich atmete tief durch, um die Gedanken an Kianus und mein Zuhause zu verdrängen. Nein, keine Grübeleien jetzt. Es gab nichts, was ich tun konnte, außer schnellstmöglich zum Wald Silval zu reisen. Und den würden wir morgen hoffentlich erreichen.

»Wieso bist du vorhin so überstürzt gegangen?«, fragte ich.

»Ich habe frische Luft gebraucht.«

Nach einem ganzen Tag im Freien war das eine schwache Ausrede, aber das sagte ich natürlich nicht. »Wir können das Fenster über Nacht offen lassen. Dann kannst du besser schlafen.«

Da es langsam dunkel wurde, entzündete ich die Kerze auf dem Nachttisch. Anschließend reckte ich den Kopf und las ein paar Zeilen in Rays Buch mit. »Ist das ein Buch über Magie?«

»Ja. Es behandelt Magie im zeitlichen Kontext.«

»Klingt spannend. Leihst du es mir aus, wenn du fertig bist?«

»Wenn du unbedingt möchtest.«

»Aber sicher. Du kannst im Austausch Carthurs Buch haben.« Ich holte es aus meinem Reisebeutel und reichte es Ray.

Er legte sein eigenes zur Seite, nahm es an sich und blätterte darin. »Ich kenne dieses Buch nicht. Wann hat Carthur es dir gegeben?«

»Als wir den Reiseweg besprochen haben. Du warst zu dem Zeitpunkt draußen am See.«

»Es enthält nur eine rein historische Abhandlung. Ich verstehe nicht, warum sie für unsere Reise nützlich sein sollte.«

»Aber warum hat Carthur mir dieses Buch dann gegeben?«

Ray zuckte mit den Schultern, reichte es mir zurück und schlug seines auf. »Vielleicht, damit du etwas über Lumias Geschichte lernst.«

Ich schnaubte amüsiert und machte es mir zum Lesen bequem. Für eine Weile war nur das Rascheln von Buchseiten zu hören, eines meiner liebsten Geräusche überhaupt, neben dem Knistern eines Lagerfeuers und dem Schnurren von Katzen. Ein flauschiges Tier und ein paar Kekse hätten den Moment noch schöner gemacht, aber man konnte nicht alles haben.

Einige der Informationen im Buch waren mir bekannt, beispielsweise die Geschichte der beiden lumischen Götter Lux und Nox. Ich überflog sie und blätterte einige Seiten weiter, bis mein Blick an einer Zeichnung hängen blieb, die eine ganze Buchseite einnahm. Sie zeigte einen brennenden Vogel mit riesigen Flügeln und einem langen, feurigen Schweif. Mit den Fingerspitzen strich ich darüber und glaubte, die Hitze zu spüren, die von dem Phönix ausging. Eine ferne Erinnerung schlich sich in mein Bewusstsein.

Ich hatte mit Val, Kianus und einigen anderen Kindern aus dem Dorf um ein großes Lagerfeuer herumgesessen. Vals Großmutter Naola hatte ihre Arme zu beiden Seiten ausgestreckt, um uns zu demonstrieren, wie riesig der Phönix war.

»Nehmt euch in Acht, Kinder! Der Phönix ist die scheußlichste Kreatur von allen. Alles, was er berührt, fängt sofort Feuer. Seine Augen sind so hell, dass ihr erblindet, wenn ihr ihn zu lange anseht. Und wenn ihr nicht aufpasst, packt er euch mit seinen riesigen Krallen und verschleppt euch in die brennende Wüste Calora, von wo es kein Entkommen mehr gibt!«

Ich hatte geschluckt und Vals Hand ganz fest umklammert. Sie hatte mir aufmunternd zugelächelt und in die Runde gerufen: »Ich habe keine Angst vor einem Vogel! Auch nicht, wenn er brennt.«

»Wenn du nicht brav auf deine Eltern hörst, wird der Phönix dich holen kommen, Valea.«

»Pah, soll er es doch versuchen!« Val hatte so heftig den Kopf geschüttelt, dass ihre Locken umhergewirbelt waren und mein Gesicht gekitzelt hatten.

Wie gerne hätte ich Val jetzt bei mir gehabt und ihr von meiner bisherigen Reise berichtet. Um das schmerzhafte Ziehen in meiner Brust loszuwerden, wandte ich mich Ray zu. »Hast du schon einmal vom Phönix gehört?«

»Ja, warum fragst du?«

»Nur aus Interesse. Haben dir deine Eltern Geschichten über ihn erzählt?«

In seinen Augen spiegelte sich die flackernde Kerzenflamme, aber auch noch etwas anderes, das ich nicht einordnen konnte.

»Nein«, antwortete er leise.

Die Stimmung zwischen uns fühlte sich anders an als sonst. Schwermütiger. Aber das lag sicher an meiner Kindheitserinnerung.

»Möchtest du dir eine Geschichte über ihn anhören?«, fragte ich mit ebenso leiser Stimme.

Ein paar Augenblicke lang war es still im Raum. Dann schlug Ray sein Buch zu und machte es sich bequem. Die Decke zog er trotz der sommerlichen Wärme bis zur Brust hoch.

Ich überkreuzte meine Beine, legte eines der Kissen auf meinen Schoß und begann mit meiner Erzählung. Auch wenn es keine fröhliche war, hatte ich Spaß dabei, Ray den Phönix in allen Einzelheiten zu beschreiben – und zwar so, wie ich ihn mir vorstellte: als prachtvollen Vogel mit goldroten Federn, auf denen Flammen tanzten. Letztendlich schilderte ich Ray aber nicht nur den Phönix, sondern berichtete auch von vielen spannenden Abenden am

Lagerfeuer in Patria und von Nächten, in denen Val und ich mit einer Kerze unter einer Decke gesessen und uns abwechselnd aus einem Buch vorgelesen hatten.

»Mama hat sich oft zu uns gesetzt und mitgelesen«, sagte ich und eine wehmütige Melancholie legte sich über mein Herz. In Momenten wie diesem vermisste ich meine Mutter besonders. Von ihr hatte ich die Liebe zu Geschichten geerbt. Wir hatten viele Nachmittage in meiner Kindheit draußen verbracht, in blühenden Wiesen oder im Schatten der Bäume, und sie hatte mich in fiktive Welten entführt.

Ich hob den Kopf und sah Ray an. Er lag mit geschlossenen Augen so nah an der Bettkante, als hätte er versucht, vor dem Einschlafen möglichst weit weg von mir zu liegen. Immerhin hatte er seine Behauptung, die Nacht auf dem Boden verbringen zu wollen, nicht wahr gemacht.

Ein Lächeln schlich sich auf meine Lippen. Seine Schlafstellung passte so gar nicht zu dem ansonsten auf seine Haltung bedachten, eleganten Raymond. Er lag da wie eine Katze, die sich zu einer Kugel zusammengerollt hatte, um sich vor der Kälte zu schützen.

Ich beobachtete Ray eine Weile, bis ich ebenfalls müde wurde und die Kerze löschte.

»Amira ...«, murmelte er im Schlaf, doch bevor ich mir Gedanken darüber machen konnte, wer sie wohl war, sank ich in eine angenehme Dunkelheit. Darin flog der Phönix über den Nachthimmel und erhellte die Finsternis um mich herum.

KAPITEL 7

in dem ich mich fragte, wer in Glacida die Ortsnamen vergab

Als ich am nächsten Morgen die Augen öffnete, hatte die Sonne bereits ihre Reise über Lumia angetreten. Ray lag so dicht neben mir, dass ich meine Hand nur ein kleines Stück hätte ausstrecken müssen, um ihn zu berühren. Im frühen Licht schimmerten seine dunklen Haare in unterschiedlichen Brauntönen und hingen ihm in Strähnen über sein sommersprossenfreies, makelloses Gesicht. Er war ein hübscher Mann. Sicher hätte er keine Schwierigkeiten damit gehabt, einen Partner oder eine Partnerin zu finden, sofern er nicht schon vergeben war. Aber darüber wollte er ganz bestimmt nicht reden.

Ray regte sich, blinzelte – und schoss dann so hektisch hoch, dass er beinahe aus dem Bett fiel. Erst im letzten Moment fing er sich.

Ich setzte mich ebenfalls auf. »Guten Morgen. Hast du gut geschlafen?«

Er saß stocksteif da, auf seine zitternden Arme gestützt, und atmete tief durch.

»Du hast übrigens im Schlaf geredet und mir all das gesagt, was du mir sonst verschweigst«, zog ich ihn auf und beobachtete amüsiert, wie sich seine Augen weiteten.

»Was habe ich gesagt?« Seine Stimme passte zu der Panik in seinem Blick.

»War doch nur Spaß«, lenkte ich ein. Musste er immer alles so ernst nehmen? »Du hast ›Amira‹ gemurmelt. Verrätst du mir, wer sie ist?«

Ray schwang sich aus dem Bett, schnappte sich ohne ein weiteres Wort Kleidung und Gepäck und eilte hinaus in den Flur.

Mit einer Mischung aus Ungläubigkeit und Belustigung packte ich mein eigenes Hab und Gut zusammen. Nachdem ich den Zimmerschlüssel abgegeben hatte, trat ich hinaus in die salzige Morgenluft. Über mir spannte sich ein wolkenverhangener Himmel, der angenehmere Temperaturen als an den vorherigen Tagen verkündete. Ray wartete vor dem Gasthaus auf mich. Die Pferde hatte er schon gesattelt.

»Danke für gestern Abend«, murmelte er beim Aufsitzen.

»Gern geschehen. Aber sag mal, warum hast du nicht mitgespielt? Dann wären wir die beiden Frauen bestimmt früher losgeworden.«

»Ich …« Er schluckte – und schwieg. Etwas anderes hatte ich gar nicht erwartet. Trotzdem wäre es schön gewesen, mal eine Antwort zu bekommen.

»Schon gut. Lass uns losreiten.«

Heute zog ein frischer Wind durch die Gassen der Küstenstadt, der uns durch die Haare zauste. Meine waren sowieso schon ein einziges Chaos, daher machte ich mir keine Gedanken darüber. Ray hingegen zupfte mehrere Male an seinen und strich sie sich aus dem Gesicht, aber es war ein sinnloses Unterfangen. Er gab es schnell wieder auf. Als ich ihm den Hut reichte, lehnte er dankend ab.

Wir ließen Acta hinter uns und ritten in Richtung Norden, zurück ins Landesinnere. Laut Ray sollten wir den Wald Silval am frühen Nachmittag erreichen. Mein Herz hüpfte jetzt schon vor Aufregung. Was würde uns dort wohl erwarten? Drachen vermutlich nicht. In den Erzählungen lebten sie immer in Höhlen oder Bergen. Und der Phönix hatte sich bestimmt ein wärmeres Versteck gesucht als einen Wald im Nordosten des Eis-Königreichs.

»Hast du eine Vermutung, in welchem Teil des Waldes wir das Relikt finden könnten?«, fragte ich, als wir zu Fuß eine Felsenlandschaft mit viel losem Gestein erklommen, die ungeeignet für einen Ritt zu Pferd war.

»Vermutlich ist das Relikt mit Magie geschützt. Wir sollten nach einem Ort mit viel magischer Kraft Ausschau halten.«

»Und wie finden wir diesen Ort?«

»Mit meinem Schwert.«

Ich grinste. »Ist dein Schwert ein Kompass?«

Er sah mich irritiert an. »Nein, aber Nivaris kann mich zu Stellen führen, an denen sich starke Magie konzentriert.«

»Nivaris?«

»So heißt mein Schwert.«

»Es hat einen Namen?«

»Selbstverständlich. Jede magische Waffe hat einen Namen.«

Am liebsten hätte ich ihm noch mehr Fragen zu magischen Waffen gestellt, aber da wir eine tiefe Schlucht erreichten, musste ich mich auf den Weg konzentrieren. Sonst hätte meine erste Reise vermutlich ein abruptes Ende mit tödlichem Ausgang gefunden.

Als wir die Ausläufer der felsigen Landschaft erreichten und wieder aufsaßen, erhob sich am Horizont eine dunkle Masse, die sich beim Näherkommen als Wald entpuppte. Der wolkige Himmel ließ ihn noch trostloser erscheinen. Auf dem Weg dorthin wieherte Stella mehrere Male und blieb sogar zwischendurch stehen. Ich strich ihr sanft über den Hals, aber sie beruhigte sich nicht. Im Gegenteil: Je näher wir dem Wald kamen, desto unruhiger wurden sie und Felix. Auch Ray versuchte es mit Streicheleinheiten, aber sie waren genauso wirkungslos wie meine.

Zwischen den Bäumen empfing uns ungewohnte Stille. Selbst der Hufschlag wurde auf dem schmalen, erdigen Pfad verschluckt, auf dem Ray vorausritt. Alles, was ich vernahm, war das Schnaufen der Pferde und das übermäßig laute Klopfen meines Herzens. An den Ästen hingen schwarze, modrige Flechten. Unter ihnen erstreckte sich wild wucherndes Gebüsch und versperrte uns die Sicht auf andere Teile des Waldes. Auch nach oben hin war es dunkel. Das Blätterdach ließ kaum Licht hereinfallen.

Wer auch immer gedacht hatte, es sei eine gute Idee, diesen Ort *Silval, den Weißen Wald* zu nennen, hatte entweder eine blühende Fantasie gehabt oder schlichtweg keine Ahnung von passenden Namen. Man hätte diesen Wald den *Dunklen Wald* taufen sollen. Oder den *Wald des unheimlichen Lichts*, denn ein mulmiges Gefühl breitete sich in meinem Magen aus, je weiter wir hineinritten. Mir gefiel es hier ganz und gar nicht. Es war viel zu still, viel zu dunkel und die Luft hinterließ beim Atmen einen sauren Geschmack im Mund.

Nach kurzer Zeit endete der Pfad in einem Haufen Gestrüpp. Wir stiegen ab und Ray sah sich aufmerksam um.

»Die Pflanzen sind kein Hindernis«, erklärte er. »Zu Fuß kann ich uns einen Weg freischlagen. Wir werden die Pferde am Waldrand zurücklassen.«

Uns blieb keine andere Wahl, auch wenn es mir schwerfiel, mich von Stella zu trennen, ohne zu wissen, ob sie wohlauf sein würde. Weit und breit gab es kein Gewässer. Das Gras rund um den Wald war verdorrt und wahrscheinlich sogar für widerstandsfähige Pferdemägen ungenießbar. Doch sie weiter in den Wald hineinzuführen, wäre ein kräftezehrendes Unterfangen für alle Beteiligten gewesen.

Zurück am Waldrand banden wir die Pferde an einem Baum fest. Zum Abschied ließ ich ihnen ein paar Karotten zurück, die wir in Acta gekauft hatten.

Im Wald zog Ray Nivaris aus der Scheide. Trotz des spärlichen Lichts glänzten die Klinge und der helle Stein, der in den Griff eingearbeitet war. Einen Moment später leuchtete das Schwert sogar.

»Tritt zur Seite.«

Nachdem ich einen Schritt rückwärts gemacht hatte, hielt er die Waffe locker vor sich in die Luft. Die Klingenspitze richtete sich in die Richtung aus, in der ich stand.

»Wir sind wohl auf dem richtigen Weg«, schlussfolgerte ich.

Ray nickte, ging an mir vorbei und zerteilte das nächstliegende Gestrüpp mit einem gezielten Schnitt.

»Wird dein Schwert dadurch nicht stumpf?«

»Nein, es ist aus einem widerstandsfähigen Material gefertigt.«

»Und aus was genau?«

Er warf mir einen schnellen, aber unmissverständlichen Blick zu. »Ich würde mich gerne auf den Weg konzentrieren.«

Ich gab ein amüsiertes Schnauben von mir. »Wohl eher auf den nicht vorhandenen Weg.«

Es kam mir vor, als irrten wir seit Ewigkeiten durch diesen finsteren Wald. Jeder Baum war verfault und jedes Gestrüpp schwarz. Ich hatte es längst aufgegeben, meine Schuhe von Schlamm zu befreien. Mein Magen knurrte mehrere Male, aber der faulige Gestank um mich herum verdarb mir jeglichen Appetit. Bereits nach kurzer Zeit zog ich meine ärmellose Weste aus, die ich immer über meinem hellen Leinenhemd trug, und stopfte sie in meinen Reisebeutel. Das half jedoch kaum gegen die stickige Luft. Am liebsten hätte ich noch mein Hemd aufgeknöpft, aber Ray zuliebe verzichtete ich darauf. Er ging vor mir und schlug unaufhörlich das Gestrüpp aus dem Weg. Hin und wieder wischte er sich den Schweiß von der Stirn und prüfte in regelmäßigen Abständen, ob wir uns auf dem richtigen Weg befanden, aber das Schwert zeigte meist entgegen der Richtung, in die wir unterwegs waren.

Als wir eine Verschnaufpause einlegten und Ray sich erneut den richtigen Weg zeigen ließ, stöhnte er genervt auf. Ich starrte ihn verwundert an, weil ich nicht gedacht hätte, dass er zu einer solchen Reaktion fähig war.

»Es ist zwecklos«, sagte er. »Warum zeigt Nivaris ständig in eine andere Richtung?«

Ich kickte ein morsches Stück Holz zur Seite. »Vielleicht gibt es hier mehrere Orte mit starker Magie?«

»Das könnte eine Möglichkeit sein, ja.« Ray ging auf den nächstbesten Busch zu und zerteilte ihn heftiger, als es nötig gewesen wäre.

Und so schlugen wir uns weiter durch das Unterholz. Meine Arme waren mittlerweile zerkratzt und ich hatte einen blutigen Schnitt auf der Wange von einem fiesen Ast, den ich im Vorbeigehen übersehen hatte. Doch nicht mein zerschrammter Körper war es, der mich beunruhigte, sondern das mulmige Kribbeln, das sich in meine Glieder geschlichen und jedes Härchen auf meinem Körper aufgerichtet hatte – das Gefühl, beobachtet zu werden. Unzählige Male hatte ich mich umgesehen, aber niemanden entdecken können. Trotzdem hielt sich dieses Unwohlsein hartnäckig in mir fest.

Als es mir zu viel wurde, schloss ich mit einem großen Schritt zu Ray auf. »Ich glaube, da ist –«

Aus dem Gebüsch sprang ein schwarzer Schatten auf mich zu. Er krallte sich an mein linkes Bein und grub die spitzen Zähne in meinen Oberschenkel. Schreiend machte ich einen Satz zur Seite – direkt in Rays Arme. Ich klammerte mich an ihn. »Ray! Hilfe!«

Mit einer schnellen Bewegung stieß er mich von sich, packte den Schatten und zerrte ihn von mir weg. Als ich erkannte, was der Schatten war, stieg mir Hitze in den Kopf.

»Oh«, murmelte ich und musterte den wild um sich tretenden Hasen. Ray hielt ihn am Nacken fest. Das Tier war schwarz wie die Nacht, aber seine Augen glühten feuerrot. Eines seiner Ohren war abgeknickt. Einen solchen Hasen hatte ich noch nie gesehen. Er sah genauso krank aus wie alles andere an diesem Ort.

Rays Blick wanderte zu meinem Bein. Das Langohr hatte mit seinen Zähnen und Krallen Löcher in meine Hose gerissen. Zum Glück blutete nichts. Ich steckte meine Hand in die Tasche und zog eine halbe Karotte heraus, die ich an Stella hatte verfüttern wollen. Ich legte sie auf den Boden. »Setz den Hasen bitte ab.«

Kaum war Ray meiner Bitte nachgekommen, schnappte sich das Tier seine Mahlzeit und verschwand blitzschnell im Gebüsch. Mein Herzschlag beruhigte sich wieder.

Nach diesem Abenteuer setzten wir unseren Weg durch den Wald fort. Sicherheitshalber blieb ich in Rays direkter Nähe und zu meiner Erleichterung gab er keinen Kommentar dazu ab.

An einer Stelle wurde der Weg breiter und führte nahezu hindernisfrei zu einem Fluss, der mehrere Kutschen breit war. Darin floss zwar Wasser, aber es war kein Geräusch zu hören.

Ray umklammerte sein Schwert fester. »Bleib dicht hinter mir.«

Langsam näherten wir uns dem Gewässer. Ray sah sich aufmerksam um, dann ging er in die Hocke und untersuchte das schwarze Wasser. Ich stellte mich zu ihm, bereit, ihn jederzeit vor hungrigen Hasen zu beschützen. Ein paar Augenblicke später stand er wieder auf und malte mit einer Hand seltsame Formen in die Luft. Feine Linien aus Licht flossen aus seinen Fingern und verbanden sich zu einem leuchtenden Muster. Ray stieß das kreisförmige Symbol mit einer Hand kräftig von sich. Es sank ins Wasser hinein, wo es kurz darauf verblasste.

»Es ist kein magischer Fluss«, erklärte er. »Trotzdem sollten wir beim Durchqueren Vorsicht walten lassen.«

Ich sah mich nach einer geeigneten Stelle für unser Vorhaben um, doch es ragten keine Steine aus dem Wasser empor, die wir als Trittsteine hätten benutzen können, und nirgendwo lagen umgefallene Baumstämme.

»Kannst du uns eine Eisbrücke oder so etwas erschaffen?«

»Du hast seltsame Ideen. Meine Magie eignet sich nicht für solche Zwecke.«

»Und wofür dann?«

»Um Siegel zu erschaffen oder zu brechen. Ich kann damit keine Objekte bilden, außer ...«

Er hielt inne und sah mich länger und intensiver an als sonst. Mein Herz machte einen winzigen Sprung. Schließlich streckte er mir einen Arm entgegen und sagte leise: »Halt dich fest.«

Es war das erste Mal, dass er von sich aus Körperkontakt erlaubte. Lächelnd hakte ich mich bei ihm unter und Ray zog mich enger an sich. Sein Arm war steif wie ein Holzbrett. Um uns herum bildete sich dieselbe Struktur, die ich in Numoria schon einmal gesehen hatte. Diese hier war heller und trüber. Sie enthielt Eiskristalle, die sich kugelförmig um uns herum wanden. Ich streckte eine Hand aus und berührte sie. Unter meinen Fingerspitzen kribbelte eisige Kälte.

»Was ist das? Es fühlt sich fest an.«

»Mein Eisschild.«

»Aber du hast doch gerade behauptet, dass du keine Objekte erschaffen kannst.«

»Der Schild ist eine spezielle Form von einem meiner Siegel. Er blockt äußere Einflüsse und Magie vollständig ab und wird uns sicher ans andere Ufer bringen.«

Ich nickte. »Schön, dann mal los.«

Gemeinsam wateten wir in den Fluss hinein. Das Wasser floss um Rays Schild herum und reichte uns schon nach wenigen Schritten bis zur Hüfte, wurde aber zum Glück nicht mehr tiefer.

Als wir das andere Ufer erreichten, verschwand der magische Schild und Ray ließ mich sofort los. Vor uns erstreckte sich ein begehbarer Pfad. Es war eine enorme Zeitersparnis, nicht dauernd Gestrüpp zerschlagen zu müssen.

Kurze Zeit später erreichten wir eine Stelle, an der ein glatter Stein aus der Erde ragte. Auf ihm waren Striche eingeritzt. Ray ging in die Hocke, erschuf in seiner Hand eine Lichtkugel und nahm die Steintafel in Augenschein.

Ich kauerte mich neben ihn. Der Stein war stellenweise von Moos überwachsen, doch ich erkannte die Symbole trotzdem. Es dauerte kurz, bis ich mir ihre Bedeutungen in Erinnerung gerufen hatte.

»Licht erhellt die Dunkelheit
und zeigt den rechten Weg.«

Ray sah mich verdutzt an. »Du kannst das lesen?«

Ich zuckte mit den Schultern. »Ja, kann ich.«

»Aber das ist Alt-Lumisch. Warum beherrschst du eine Sprache, die seit Hunderten von Jahren nicht mehr verwendet wird?«

»Unsere Heilerin Medela beschriftet ihre Kräutertinkturen damit. Ich war früher oft bei ihr und habe mir vieles erklären lassen. Sie hat mir ein Buch über diese alte Sprache ausgeliehen.«

Die Anerkennung auf Rays Gesicht war mir so unangenehm, dass ich mich räusperte und hastig aufstand. »Was fangen wir jetzt mit dieser Inschrift an?«

Ray setzte zu einer Antwort an, aber da raschelte es im Blätterdach und wir blickten beide nach oben.

Auf einem Ast schräg über uns erspähte ich eine Eule. Das Tier war in einem Wald zwar kein seltener Anblick, aber hier musste man auf alles vorbereitet sein. Der Hase mit den glühenden Augen hatte sich ziemlich unnatürlich verhalten. Und ich behielt Recht in der Annahme, dass auch die Eule nicht normal war. Sie leuchtete nämlich auf und erhob sich mit einem Sprung in die Luft. Doch statt zu fliegen, schwebte sie kurz auf der Stelle und glitt dann langsam zu Boden. Auf der Höhe unserer Köpfe leuchtete sie heller.

Ich musste die Augen zusammenkneifen, um nicht geblendet zu werden. Durch den Spalt beobachtete ich, wie sich die Umrisse der Eule veränderten – sofern man dieses gleißende Licht noch als Eule bezeichnen konnte. Sie verformte sich, bis sie eine menschenähnliche Silhouette angenommen hatte. Schließlich verblasste das Licht und vor uns stand eine große Frau mit goldglänzendem Haar, das sanft durch die Luft wehte, obwohl kein Windhauch zu spüren war. Sie trug ein Kleid aus unzähligen Federn, das aussah, als hätte sie darin den Regenbogen eingefangen. Die Federspitzen endeten in strahlend bunten Farben.

»Im Namen von Lux grüße ich euch, Fremde.« Ihre Stimme hatte einen weichen, melodischen Klang. »Mein Name ist Aluna und ich bin die Hüterin des Waldes Silval. Was führt euch hierher?«

Ich zögerte und sah zu Ray, der Aluna misstrauisch musterte. Eine Hand hatte er auf Nivaris' Knauf gelegt. Auf mich machte die Eulenfrau jedoch nicht den Eindruck, als wollte sie uns angreifen.

»Ich bin Liam und das ist Ray. Wir sind auf der Suche nach einem alten Relikt, das hier angeblich zu finden sein soll. Kannst du uns weiterhelfen?«

Sie nickte. Ein melancholischer Ausdruck trat auf ihr Gesicht. »Dieser Wald ist von einem Fluch befallen. Einst trugen die Bäume saftig grüne Blätter und überall wuchsen Blumen und Sträucher voller Beeren. Oh, und die vielen, vielen Tiere ...«

Aluna breitete einen Arm aus und machte eine ausschweifende Bewegung. Dabei fächerte sich ihr Kleid auf, als hätte sie einen schillernden Flügel ausgebreitet.

»Seht ihr all diese Fäulnis? Sie entsteht, weil die Magie hier in ein Ungleichgewicht geraten ist. Wenn ihr das Relikt erhalten wollt, müsst ihr das Gleichgewicht zwischen allen vier magischen Elementen wiederherstellen. Sucht dazu meinen Gefährten Umbrin auf. Wenn ihr weiter diesen Weg entlanggeht, werdet ihr ihn finden.« Sie deutete auf den Pfad vor uns. »Ich werde auf der Insel im See warten.«

»Moment«, warf ich ein. »Was müssen wir tun? Ein Rätsel lösen?«

Aluna lächelte. Ihr Körper leuchtete jetzt wieder. »Das müsst ihr selbst herausfinden.«

Ich wollte zu einer weiteren Frage ansetzen, doch da sagte Ray: »Liam.«

Mein Herz stolperte. Es war das erste Mal, dass er meinen Namen aussprach. Mir gefiel, wie er aus seinem Mund klang.

»Ja?«

»Lass uns weitergehen.« Ohne meine Antwort abzuwarten, setzte er sich in Bewegung.

Ich drehte mich noch einmal zu Aluna um, doch wo sie eben gestanden hatte, lagen nur ein paar Federn. Wer wohl dieser Umbrin war, von dem sie gesprochen hatte?

An einer Stelle unseres Weges wechselte Ray die Richtung und wir schlugen uns wie zuvor durch das Unterholz.

»Wohin gehen wir?«, fragte ich. »Aluna meinte doch, wir sollen dem Pfad folgen.«

»Ich muss überprüfen, ob sie die Wahrheit sagt.«

»Misstraust du ihr?«

»Selbstverständlich. Du kannst nicht einfach fremden Leuten vertrauen.«

»Aber warum sollte Aluna lügen? Sie ist doch die Waldhüterin und es klang, als wollte sie den Fluch loswerden.«

»Ich habe nicht behauptet, dass sie lügt. Aber sie könnte uns auf einen Irrweg leiten, der uns von unserem Ziel abbringt.«

»Und wie willst du das herausfinden?«

Er blieb stehen, blickte sich aufmerksam um und zog Nivaris aus der Scheide. Die Klingenspitze zeigte in meine Richtung – dieselbe, in die Aluna uns geschickt hatte.

»Die Hüterin folgt uns nicht«, sagte er beim Zurückstecken des Schwertes.

»Woher weißt du das?«

»Nivaris hätte sonst in eine der Baumkronen gezeigt.«

Ich sah ihn verständnislos an. »Ich dachte, dein Schwert zeigt auf den stärksten magischen Ort.«

»Genau genommen deutet Nivaris auf die stärkste Quelle von Magie in der näheren Umgebung. Das schließt Lebewesen mit ein, weil sie ebenfalls magische Quellen sind.«

»Das bedeutet, wenn Aluna hier wäre, hätte Nivaris auf sie gezeigt?«

Ray nickte und wir begaben uns zurück auf den Pfad.

Magie war viel komplexer, als ich angenommen hatte. In Büchern und Geschichten wurden sie immer als eine unbesiegbare Kraft dargestellt, die alle Feinde dem Erdboden gleichmachen konnte. Aber das war wohl alles nur erfunden, um die Zuhörenden bei Laune zu halten und sie nicht mit Einzelheiten über die Anwendung zu langweilen. Vielleicht bot sich mir in diesem Wald die ideale Gelegenheit, mehr über echte Magie herauszufinden.

Der Pfad zog sich endlos hin. Kamen wir überhaupt voran? Ich hätte schwören können, dass wir an dem Baum mit den langen Flechten schon einmal vorbeigekommen waren.

Jemand flüsterte mir etwas ins Ohr.

»Was hast du gesagt?«, fragte ich Ray, den Blick noch immer auf die Umgebung geheftet.

»Ich habe gar nichts gesagt.«

Überrascht wandte ich mich ihm zu. »Aber wer hat mir dann etwas zugeflüstert?«

»Das hast du dir sicher –« Er blieb stehen und sah sich um. Seine Finger schlossen sich um Nivaris' Griff.

Das mulmige Gefühl in meinem Magen verstärkte sich. Gerade wollte ich fragen, was Ray in Alarmbereitschaft versetzt hatte, als ich erneut ein Flüstern an meinem Ohr vernahm.

»Liam ...« Und wieder. *»Liam ... Liam ...«*

»Ray? Hörst du das auch?« Ich trat näher an ihn heran. »Da flüstert jemand meinen Namen.«

Er zog Nivaris aus der Scheide. »Bleib dicht bei mir«, warnte er mich überflüssigerweise, denn ich hatte nicht vor, von seiner Seite zu weichen.

KAPITEL 8

in dem der schlimmste Fall eintrat

Mein Blick huschte wachsam umher, aber zwischen den dicht stehenden Bäumen erkannte ich kaum etwas. Außer meinem Atem hörte ich auch nichts. Es war viel zu still für einen Wald.

»*Liam ...*«

Eine Windböe fegte über uns hinweg. Sie verwandelte die Ruhe in einen kurzen Sturm aus raschelnden Blättern und knackenden Ästen. Mein Name verlor sich darin, bis er aus einer anderen Richtung wieder zu mir herandrang, lauter und eindringlicher als zuvor.

Meine Nackenhaare stellten sich auf. Was passierte hier?

Wenige Augenblicke später herrschte wieder Stille. Sie war jetzt noch unheimlicher, denn darin konnte sich alles Mögliche verbergen.

»Ray? Du hörst das auch, oder?«

»Ja.«

Ein zweiter Windstoß rauschte durch das Blätterdach, unnatürlich laut aufgrund der vorherigen Stille.

»*Liam ... Du bist schwach ... Du bist völlig nutzlos ...*«, flüsterte es mir aus den Bäumen zu. Das Geflüster schwoll an, drang jetzt aus allen Sträuchern und unter jeder Wurzel hervor, bis ich meine eigenen Gedanken nicht mehr hören konnte.

»*Du bist schwach!*«

»*Du bist ein Versager!*«

»*Niemand wird dich je lieben!*«

Die Worte bohren sich wie Messerspitzen in meine Brust. Immer und immer wieder hörte ich dieselben Sätze. Sie kamen von links, rechts, oben, unten –

»Aufhören«, rief Ray in dem Moment, in dem auch ich den Stimmen Einhalt gebieten wollte. Nivaris zitterte in seiner Hand. »Sofort aufhören!«

Schnell legte ich eine Hand auf seine Schulter. Er zuckte heftig zusammen, wich zur Seite aus und starrte mich aus weit aufgerissenen Augen an, das Schwert zur Verteidigung angehoben.

»Ray, keine Angst, ich bin es nur.«

Er stieß geräuschvoll die Luft aus. Nivaris behielt er aber in der Hand.

Die Stimmen flüsterten mir noch immer all diese unschönen Sätze zu, aber sie waren leiser als zuvor. Ich konzentrierte mich ganz auf Ray. »Was hörst du?«

»Meinen Namen und etwas anderes.«

»Dann hören wir unterschiedliche Dinge.«

War es Erleichterung, die sich auf seinem Gesicht spiegelte? Aber wenn ja, warum?

»Ich vermute, dass wir uns in Umbrins Prüfung befinden«, sagte er.

Seine Erklärung nahm mir einen Teil des Unwohlseins, das sich in mir festgesetzt hatte. »Lass uns weitergehen.«

Während die Stimmen um uns herum weiter flüsterten, setzten wir unseren Weg fort. Sie waren mal leiser, mal lauter, aber es waren stets dieselben Worte, die ich schon vor dem Besuch in diesem verfluchten Wald gehört hatte, weil sie mich immer dann heimsuchten, wenn ich am wenigsten mit ihnen umgehen konnte.

Nach einer Weile ertrug ich sie nicht mehr länger. »Liams Fragerunde. Was ist deine Lieblingsfarbe?«

»Manchmal stellst du sinnlose Fragen«, erwiderte Ray, sah aber aus, als wäre auch er froh über die Ablenkung. »Blau.«

»Und welches Blau genau? Es gibt unzählige Farbtöne. Himmelblau und Nachtblau und –«

»Egal. Jedes Blau ist meine Lieblingsfarbe.«

Mal wieder bewies er, dass ihm nicht viel an einem tiefgründigen Gespräch lag. Aber ich redete einfach weiter, um die Stimmen zu übertönen, die jetzt so nah zu sein schienen, dass ihr kalter Atem über meinen Nacken strich.

»Ich mag die Farbe am liebsten, die der Himmel am Morgen hat, kurz bevor die Sonne aufgeht. Es ist eine Mischung aus Orange, Blau und Grau.«

»Das ist keine Farbe, sondern eine Beschreibung.«

»Nicht jeder hat so eine langweilige Antwort parat wie du. Ich habe lange überlegt, wie ich diese Farbe nennen soll, aber ich hab's nicht so mit Namen. Daher bin ich immer noch auf der Suche nach einem passenden. Mein Bruder kann das besser. Sein Spitzname für mich ist aber ziemlich bescheuert. Den hat er mir gegeben, als wir noch Kinder –«

»Hörst du das?«

Ich zögerte. »Was denn?«

»Genau. Es ist still.«

Tatsächlich. Das Geflüster war einer unheimlichen Ruhe gewichen, die lauter nicht hätte sein können. Wir blieben stehen. Mein Herz trommelte wild in meiner Brust.

Im Blätterdach über uns regte sich etwas. Ich trat näher an Ray heran, den Blick wachsam nach oben gerichtet.

Ein Schatten löste sich aus der Dunkelheit und glitt zu Boden. Aus ihm leuchteten uns zwei goldene Punkte entgegen. Nein, nicht zwei Punkte. Zwei Augen. Und es war auch kein Schatten, der wenige Schritte von uns entfernt auf dem Erdpfad saß, sondern –

»Eine Eule«, sagte ich zu Ray, ohne den Blick von dem Vogel abzuwenden. Ob das wohl Umbrin war?

Er ruckte mit dem Kopf und musterte uns ebenso neugierig wie wir ihn. Im Zwielicht war sein Gefieder schwarz wie der Himmel in einer Nacht, in der der Mond im Schatten lag. Der Vogel gab einen leisen Ruf von sich, ähnlich dem eines Käuzchens, und breitete die Flügel aus. Nachdem er sich abgestoßen und einige Schritte weit geflogen war, landete er wieder auf dem Boden und drehte den Kopf zu uns um.

»Willst du, dass wir dir folgen?«, fragte ich.

Die Eule flog weiter, landete wieder und wandte sich uns erneut zu.

Ray und ich tauschten einen Blick, dann gingen wir dem Vogel hinterher, der seine Prozedur einige Male wiederholte, bis er aus unserem Sichtfeld verschwand und erst wieder auftauchte, nachdem wir eine längere Strecke zurückgelegt hatten. Er führte uns zu einem offenen Teil des Waldes, wo sich ein großer See befand. Kaum waren wir aus dem Dickicht herausgetreten, sog ich gierig die frische Luft in meine Lunge. Endlich konnte ich wieder frei atmen.

Der Himmel über uns war genauso trist wie die Umgebung rund um das Gewässer. In seiner Mitte befand sich eine Insel, auf der dichter Nebel waberte. Das Schilf rings um den See war fast so schwarz wie die modrigen Flechten, die an den Bäumen hingen, und verströmten einen ebenso ekelerregenden Geruch. Weder quakende Frösche noch schnatternde Wasservögel waren zu hören. Verständlich. An diesem Ort hätte ich freiwillig auch keine Zeit verbracht, wenn ich es nicht gemusst hätte.

Um mir einen besseren Überblick über die neue Umgebung zu verschaffen, trat ich ans Ufer. Wider Erwarten war das Wasser klar. Steine und Pflanzen bedeckten den Grund, jedoch entdeckte ich keine Fische oder andere Wasserbewohner.

Ich drehte mich zu Ray und der Eule um, die sich auf einem kniehohen Stein niedergelassen hatte. Im Tageslicht schillerte ihr dunkles Gefieder in verschiedenen Grün- und Blautönen.

»Bist du Umbrin?«, fragte ich das Tier in der Hoffnung, dass es wie Aluna eine menschenähnliche Form annehmen und mit uns sprechen würde. Sein Blick drang bis in die tiefsten Winkel meiner Seele vor und jagte mir einen eisigen Schauer über den Rücken.

Als die Eule den Kopf zu Ray drehte, atmete ich erleichtert aus. Sie musterte ihn mit demselben Blick und Ray klammerte sich an Nivaris' Knauf. Schließlich breitete sie ihre Flügel aus, unter denen zwei Steine hervorschwebten, die so groß waren wie die Augen des Vogels. Einer von ihnen sah aus wie verhärtete Erde, der andere war trüb – und wenn mich nicht alles täuschte, bewegte sich darin etwas.

Neugierig trat ich näher, doch das wäre nicht nötig gewesen, weil der trübe Stein bereits auf mich zuschwebte. Ich griff ihn aus der Luft und betrachtete ihn von allen Seiten. Sein Inneres erinnerte an dünne Nebelschwaden, die an kühlen Herbsttagen über den Ausläufern des Pulvia-Gebirges hingen.

Die Eule breitete die Flügel aus und flog lautlos über das Wasser zu der Insel, wo sie im Nebel verschwand.

Ich sah Ray an, der den anderen Stein in der Hand hielt. »Das ist vermutlich die Insel, auf der Aluna auf uns warten wollte, oder?«

Er nickte, ließ den verklumpten Erdbrocken in seiner Hosentasche verschwinden und zog Nivaris aus der Scheide. Das Schwert leuchtete nicht wie zuvor. Ray hielt seine Hand über die Klinge, aber noch immer passierte nichts. Sein Blick wanderte zum See, der sich ruhig und glatt vor uns erstreckte.

»Ich kann meine Magie nicht einsetzen. Wir müssen ohne meinen Schild zur Insel kommen.« Er atmete tief durch und verstaute seine Waffe. »Das heißt, wir müssen schwimmen.«

Ich ahnte bereits, wo Rays Problem lag. »Du kannst dich gerne wegdrehen und ich schwimme voraus.«

»Nein, du gehst auf keinen Fall allein. Wer weiß, was in diesem See lauert.«

»Na schön.« Ich stellte mein Gepäck ab, schlüpfte aus Schuhen und Socken, die ich zu meinem Beutel legte, und trat ans Ufer heran.

»Willst ... Willst du mit Kleidung schwimmen?« Rays Stimme zitterte.

Ich lächelte ihn aufmunternd an. »So ist es doch angenehmer für dich, oder?«

Einige Augenblicke lang sah er mich stumm an, dann sagte er leise: »Danke.«

»Nichts zu danken.« Ich tauchte meinen Fuß ins Wasser. Es war kühl und nach der stickigen Hitze im Wald eine willkommene Abwechslung.

Nachdem Ray sich zu mir gesellt hatte, wateten wir gemeinsam hinein und schwammen zu der Insel. Der Nebel dort war so dicht, dass ich beim Verlassen des Sees die Hand vor Augen nicht mehr sehen konnte. Außerdem war es kalt. Wieder wurde mir mulmig. Es könnte uns alles Mögliche auf dieser Insel erwarten – und nicht zwingend etwas Gutes. In den meisten Geschichten lauerten unheimliche Gestalten im Nebel. Hoffentlich war das in der Realität anders.

Vorsichtig tastete ich mit beiden Armen um mich und erwischte Rays Hand. Sofort wand er sich in meinem Griff.

»Bitte halt dich an mir fest. Ich will nicht riskieren, dich zu verlieren.«

Es dauerte einige Augenblicke, bis sich seine kühlen Finger um mein Handgelenk schlossen. Schweigend drangen wir weiter in den Nebel vor. Mit jedem Schritt wurde es kälter und ich zitterte immer stärker. Von Umbrin keine Spur. Außerdem hatte ich die Orientierung verloren, aber Aluna hatte gesagt, sie würde hier auf uns warten. Irgendwo musste sie sein.

Als meine Zähne klappernd aufeinanderschlugen, zog Ray an meiner Hand.

»Nein!«

In seiner Stimme schwang blanke Angst mit, die sich sofort auf mich übertrug. Vor mir im Nebel tauchte eine Silhouette auf, deren Umrisse klarer und klarer wurden.

Ich wollte Rays Hand fester umklammern, aber von ihm fehlte jede Spur. »Ray? Wo bist du?« Hektisch sah ich mich um, doch er war verschwunden. Stattdessen stand dort –

»Kianus? Was machst du denn hier?«

Ich eilte zu ihm, sank neben ihn auf das gefrorene Gras. Er beugte sich über etwas – nein, über jemanden.

»Paps«, krächzte ich und legte meine zitternde Hand auf seine Schulter. Der Stoff seines Hemdes war nass und eiskalt. Ich rüttelte an ihm, aber seine Augen blieben geschlossen.

»Er ist tot.« Kianus' Stimme bebte und in seinem Blick spiegelten sich Enttäuschung und Wut in gleichem Maße. »Du warst nicht rechtzeitig zurück, um ihn zu retten.«

»Nein!« Die aufsteigende Verzweiflung schnürte mir den Hals zu. »Paps ist nicht tot! Medela sagte doch, er ... er ...«

Kianus senkte den Blick auf den reglosen, aschfahlen Körper unseres Vaters, dessen Brust sich weder hob noch senkte. Es war kein einziger Hauch von Leben mehr in ihm.

Tränen brannten in meinen Augen. »Nein! Bitte nicht!«

Ich hatte zu lange gebraucht, um hierherzukommen, hatte zu viel an mich selbst gedacht und viel zu viel Zeit damit verschwendet, mir Lumia anzusehen. Ich hätte schneller reiten sollen, galoppieren, die gesamte Strecke hindurch, Tag und Nacht, ohne Pausen ...

Ich zog an meinen Haaren, bis es wehtat. Nein, nein, nein! Es war nicht zu spät, es *durfte* nicht zu spät sein! Wie riesige Felsbrocken prasselten die Gedanken und Emotionen auf mich ein, begruben mich unter sich, nahmen mir die Luft zum Atmen.

Ich bin zu spät. Ich kann nichts mehr tun.

Kianus schnaubte wütend. »Das werde ich dir nie verzeihen. Immer enttäuschst du uns. Wie kannst du nur mit solch einer Schuld leben? Allein und einsam sein, das ist es, was du verdienst!«

Jedes einzelne Wort war wie ein Hammerschlag auf mein zerrüttetes Inneres. Mittlerweile kauerte ich auf dem Boden wie ein Häufchen Elend, die Beine hilflos umschlungen und den Kopf zwischen den Knien. Mein Körper war bereits so taub, dass ich die Kälte um mich herum nicht mehr spürte. Ich hatte versagt. Wegen mir war Paps tot.

»Ray hast du auch im Stich gelassen!«

Es dauerte, bis ich zwischen all meinen Selbstvorwürfen verstand, was mich an seiner Aussage irritierte. Woher kannte Kianus Ray?

Ich hob den Kopf, blickte aber zu meiner Verwunderung nicht in Kianus' Augen, sondern in Rays. Er kniete zwischen mir und meinem Bruder und sah mich mit zusammengezogenen Augenbrauen an.

»Du hast mich im Stich gelassen.« Sein Tonfall war eisig.

Ich kämpfte mit all meiner verbleibenden Kraft dagegen an, mich weiter in den schwarzen Abgrund ziehen zu lassen, und rammte meine Faust in den frostigen Boden. »Es tut mir leid! Ich wollte dich suchen, aber du warst einfach verschwunden und dann ...« *Dann lag Paps hier.*

»Du hast mich aufgegeben.«

»Nein! Ich würde dich niemals im Stich lassen. Bitte glaub mir.«

Rays Blick wurde weicher und ein Lächeln breitete sich auf seinem Gesicht aus. Ich hatte ihn noch nie zuvor lächeln sehen. Und als hätte Rays Lächeln mich in die Realität zurückgebracht, verstand ich endlich, was gerade passierte. Es ergab überhaupt keinen Sinn, dass Kianus und Paps hier waren. Wie hätten sie den Wald vor Ray und mir erreichen sollen? Und woher sollte Kianus

Ray kennen, wenn ich ihn selbst erst vor wenigen Tagen kennengelernt hatte? Es gab nur eine logische Erklärung: Das alles hier war nicht echt.

Diese Erkenntnis war wie der erste warme Sonnenstrahl nach einer langen, düsteren Nacht. Ich atmete tief durch und stand langsam auf. Meine Beine zitterten, aber nicht mehr wegen der Ängste, die mich Augenblicke zuvor beinahe erdrückt hätten, sondern weil mein Körper mir kaum gehorchte. Trotzdem richtete ich mich zu meiner vollen Größe auf.

»Versager«, fauchte Kianus. »Wegen dir ist unser Vater tot.«

Ich ballte die Hände zu Fäusten. »Nein. Das hier ist nicht real.«

Kianus und Ray erhoben sich ebenfalls. Sie musterten mich mit ausdruckslosen Gesichtern und schienen darauf zu warten, dass ich weitersprach.

»Ich mag zwar ein Versager sein, aber ich werde nicht aufgeben. Ich gehe Ray suchen, finde das Relikt und rette Paps. Nichts wird mich davon abhalten, weder ein verfluchter Wald noch irgendetwas anderes. Umbrin, lass mich gehen, damit ich meinem Vater helfen kann.«

Stille. Dann verschwammen Paps, Kianus und Ray zu einem undeutlichen Schleier und lösten sich schließlich ganz auf. Aus dem Nebel drang eine tiefe Stimme zu mir heran.

»Du bist nicht so schwach, wie ich angenommen habe. In dir wohnt ein starker Wille. Und den wirst du brauchen, wenn du alle Relikte erhalten willst.«

Schlagartig wurde es hell und der Nebel verschwand zusammen mit der Kälte. Wenige Schritte von mir entfernt lag Ray auf dem Boden, zusammengerollt und zitternd. Ich lockerte meine verkrampften Finger, dann eilte ich zu ihm und rüttelte sanft an seiner Schulter.

»Ray! Wach auf!«

»Nein, nein«, murmelte er vor sich hin. Er schien mich nicht wahrzunehmen. »Ich darf nicht ... Ich darf das nicht tun ...«

Sein Körper bebte stärker. Ich zog seinen Kopf auf meinen Schoß und hielt seine eiskalte Hand fest in meiner.

»Ray, ich bin bei dir.«

Sein Atem wurde etwas gleichmäßiger, aber er kam nicht zu sich. Ich strich ihm die Haarsträhnen aus dem Gesicht und legte meine Hand auf seine Wange.

»Halte durch. Du bist viel stärker, als du denkst. Bitte, Ray, komm zu mir zurück.«

Nach einer Weile ließ sein Zittern nach und er blinzelte träge.

»Ray«, flüsterte ich und half ihm beim Aufsetzen. »Du hast es geschafft.«

Benommen rieb er sich über das Gesicht. Er war mir so nah, dass ich die Eiskristalle sehen konnte, die sich in seinen Wimpern verfangen hatten.

»Geht es dir gut?«, fragte ich.

Sein Blick war anders als sonst. Weicher. Ein klein wenig wie vorhin im Nebel, als er mich angelächelt hatte. Er öffnete den Mund, aber dann senkte er den Kopf und betrachtete unsere verschränkten Hände. Langsam entzog er sich meinem Griff. Zurück blieb kalte Leere.

»Hast du ...« Ray unterbrach sich und presste die Lippen aufeinander. Nach kurzem Zögern fragte er: »Was ist gerade passiert?«

»Ich weiß es selbst nicht so genau. Erst habe ich dich verloren, dann waren da mein Vater und Kianus ...« Mich schüttelte es bei dem Gedanken daran, wie Paps reglos vor mir gelegen hatte. »Als der Nebel weg war und ich dich sah, habe ich dich warm gehalten.«

Nachdenklich sah Ray mich an, als überlegte er, ob er mir von seinem Erlebnis erzählen sollte. Doch er tat es nicht.

Ich stand auf und streckte ihm meine Hand entgegen. »Lass uns weitergehen. Vielleicht finden wir jetzt Umbrin.« Der Schreck saß mir noch in den Knochen, aber mein Körper und mein aufgewühltes Inneres hatten sich einigermaßen beruhigt.

Er erhob sich ohne meine Hilfe. Während wir über das kühle Gras gingen, blinzelte die Sonne durch die Wolkendecke hindurch. Die Insel war kleiner als vermutet, vielleicht dreißig Schritte lang. Aufgrund des Nebels war es schwierig gewesen, ihre Größe einzuschätzen.

Ein Schatten flog über uns hinweg und landete wenige Armeslängen vor uns. Es war die schwarze Eule. Eine weitere gesellte sich zu ihr. Kaum war sie in den Sinkflug übergegangen, verwandelte sie sich bereits, und als ihre Füße den Boden berührten, stand die Frau mit den wehenden Haaren und dem schillernden Kleid vor uns. Sie blickte mit einem freundlichen Lächeln von Ray zu mir.

»Umbrin ist beeindruckt von euch.«

Aluna griff zwischen die vielen Federn ihres Kleides und zog zwei Steine heraus, die ähnlich groß waren wie die, die wir vorhin von der schwarzen Eule erhalten hatten. Mir gab Aluna einen rötlich gefärbten, der meine Handinnenfläche angenehm wärmte. Ray erhielt einen, der aussah wie ein Stück Eis.

»Umbrins Prüfung können nur diejenigen bestehen, die einen starken, selbstlosen Willen haben. Vor euch sind viele Menschen gescheitert, denn sie wollten den Kelch der Vier für ihre eigenen Zwecke nutzen.«

»Den was?«, fragte ich.

»Das Relikt, nach dem ihr sucht.«

Sie streckte ihre Arme aus. Beim Zusammenführen ihrer Hände brach ein gleißendes Licht zwischen ihren Fingern hervor und beim Öffnen formte sich daraus ein Gefäß, das etwa so groß war wie mein Unterarm: ein silberner Kelch mit trübem Glasgefäß und verschnörkelten Ornamenten an Rändern und Griffen. Er hatte einige Kerben und glänzte nur stellenweise, als wäre er von einer Schmutzschicht überzogen.

Aluna streckte ihn uns entgegen. Ray machte keine Anstalten, das Relikt an sich zu nehmen, deswegen tat ich es. Wider Erwarten war es so leicht wie ein Kätzchen.

»Vereint die Elemente«, forderte Aluna uns auf. »Wir haben sie euch bereits gegeben.«

Ich hob den Kelch ein Stück an und drehte ihn hin und her. An beiden Handgriffen gab es Vertiefungen, die genau dieselbe Größe wie die Steine hatten. Vorsichtig drückte ich den rötlichen Brocken in eines davon. Er verschmolz auf magische Weise mit dem Kelch. Ray tat es mir gleich, und als wir alle Steine hineingedrückt hatten, leuchtete das Gefäß auf. Bunte Lichtstrahlen tanzten durch die Luft, breiteten sich in alle Richtungen aus. Was auch immer sie berührten, erhielt seine natürliche Farbe zurück. Das Schilf am Ufer wurde saftig grün, ebenso das Gras und die Sträucher. Fasziniert sah ich zu, wie sich das Licht immer weiter ausdehnte und dem Wald all seine Farben zurückgab.

»Endlich!« Aluna klang unendlich erleichtert. Als ich mich ihr zuwandte, glitzerten ihre Augen. »Ihr dürft den Wald nun verlassen.«

Die restliche Anspannung fiel von mir ab. Ich atmete aus, doch es gab noch etwas, das ich wissen musste. »Die Nebelbilder waren nur Trugbilder, oder?«

»Umbrin hat in eure Herzen geblickt und eure tiefsten Ängste zum Vorschein gebracht. Was ihr gesehen habt, muss nicht der Realität entsprechen, aber was ihr gefühlt habt, schon.«

Also hatte Umbrin nicht wissen können, ob Paps noch am Leben war oder nicht. Das beruhigte mich aber nur wenig. Ich musste so schnell wie möglich zurück nach Patria und mich vergewissern, dass Paps noch atmete.

Mit dem Kelch in den Armen drehte ich mich zu meinem Reisegefährten um – und konnte kaum glauben, was sich vor mir abspielte.

Auf Rays Schulter saß Umbrin und ließ sich ausgiebig streicheln. Rays Gesichtsausdruck war so entspannt wie nie zuvor.

»Ich wusste nicht, dass du Tiere magst«, sagte ich lächelnd.

Er ging nicht darauf ein, sondern widmete sich weiterhin Umbrin, der sein Köpfchen an Rays Wange rieb. Ray lehnte sich ihm entgegen und schloss die Augen.

Ich musste noch einen Moment länger hinsehen, um es wirklich glauben zu können. Dann zog eine Bewegung meine Aufmerksamkeit auf sich. Aluna machte eine ausschweifende Geste und erschuf eine schillernde magische Brücke, über die wir den See überqueren konnten, ohne schwimmen zu müssen. Mit jedem Schritt klebte meine Kleidung weniger an mir und als wir das Ufer erreichten, war sie trocken. Umbrin flatterte von Rays Schulter und verschwand zwischen den Bäumen. Wir verabschiedeten uns von Aluna, zogen unsere Socken und Schuhe an und traten den Rückweg an.

Im sanften, weißen Licht, das uns umgab, reckten sich hier und da grüne Sprösslinge aus der toten Umgebung. Es flogen auch schon die ersten Insekten umher. Vermutlich hatten sie sehnsüchtig darauf gewartet, dass endlich Leben in ihr Zuhause zurückkehrte. Jetzt musste nur noch Paps geheilt werden und alles war wieder gut.

An einer Stelle unseres Weges sprang ein schwarzer Hase mit einem abgeknickten Ohr aus dem Gebüsch. Ich zuckte zusammen, doch das Tier sah mich nur mit seinen dunklen Augen an, die jetzt nicht mehr glühten, und hüpfte munter weiter.

»Dieses Mal wollte er mich nicht fressen«, stellte ich zufrieden fest. Ray hatte einen unergründlichen Blick aufgesetzt, doch ich war mir sicher, dass seine Mundwinkel gezuckt hatten.

Die Sonne näherte sich dem Horizont, als wir den Waldrand und die Pferde erreichten. Stella stieß ihr Maul gegen mein Kinn und wieherte freudig.

Leise lachend strich ich ihr über die Nüstern. »Ich freue mich auch, dich zu sehen.«

Ray blickte zum Himmel hinauf. »Wir sollten hier übernachten. Bis nach Acta schaffen wir es vor Sonnenuntergang nicht mehr und danach ist es zu dunkel, um die zerklüfteten Felsen zu überqueren.«

»Lass uns bitte trotzdem losreiten«, erwiderte ich, da sich die Erinnerung an Umbrins Prüfung zurück in mein Bewusstsein drängte. »Ich möchte so schnell wie möglich zu meinem Vater.«

»Es wäre unklug, ein gefährliches Gebiet bei Nacht zu durchqueren.«

Ich schluckte. Sein Argument war nachvollziehbar, aber es kam nicht gegen das schmerzhafte Ziehen in meiner Brust an. »Bitte lass uns so lange reiten, bis es komplett dunkel ist.«

Vermutlich merkte er mir meine Besorgnis an, denn er nickte. »In Ordnung.«

Die grauen Wolken, die uns bei unserer Ankunft empfangen hatten, waren verschwunden. Stattdessen zierten die orangefarbenen Töne des späten Abends die Landschaft. Alles wirkte freundlicher und auch die Pferde waren ruhiger. Während wir ritten, dachte ich über die Ereignisse im Wald nach. Hoffentlich würde es nicht zu spät sein, wenn ich mit einem Heilmagier nach Patria zurückkehrte.

»Lass uns hier das Zelt aufschlagen«, schlug Ray vor, als es bereits so dunkel war, dass ich kaum mehr Felix' weißes Fell vor mir sehen konnte. Auf seiner Hand schwebte eine magische Lichtkugel, mit der er die nähere Umgebung erhellte. Er lenkte den Hengst zu einer nahen Baumgruppe.

Gähnend folgte ich ihm. Wir banden die Pferde an einem Baum an und bauten unser mitgebrachtes Stoffzelt auf. Entweder hatte Ray in seinem ganzen Leben noch kein Zelt errichtet oder er war übermüdet, denn ständig verhedderte sich der Stoff mit einem der Pfähle oder wir mussten von vorn anfangen, da Rays Seite in sich zusammenfiel. Ich fragte nicht nach, woran es lag. Vermutlich hatten ihn die Ereignisse des Nachmittags genauso mitgenommen wie mich.

Als unser Unterschlupf endlich stand, legte ich eine der Decken hinein und sank erschöpft darauf nieder. Ray nahm ebenfalls eine Decke aus seinem Gepäck. Er breitete sie ein paar Schritte vom Zelt entfernt auf dem Gras aus, legte Reisebeutel und Schwert darauf ab und setzte sich.

»Willst du nicht schlafen?«, fragte ich träge.

Er schüttelte den Kopf und zog etwas aus seiner Tasche. »Ich muss mich noch um Nivaris kümmern.«

»Dann hältst du zuerst Wache?«

»Ich werde meinen magischen Schild aufbauen, damit wir uns beide ausruhen können. Er wird die ganze Nacht halten.«

»Du kannst wieder Magie einsetzen?«

Statt einer Antwort zog er Nivaris aus der Scheide. Es leuchtete in einem sanften, bläulichen Licht.

»Ist es denn nicht anstrengend für dich, den Schutzschild so lange aufrecht zu halten?«

»Nein. Ich besitze genug magische Kraft dafür.«

»Gut, dann gehe ich mal schlafen.«

Ich machte es mir bequem, deckte mich zu und betrachtete Ray, der Nivaris auf seinem Schoß abgelegt hatte. Mit langsamen, festen Handgriffen glitt sein Tuch an der Klinge auf und ab. Die gleichmäßige Bewegung schickte mich in einen erschöpften Schlummer.

Mitten in der Nacht wachte ich auf. Ray lag nicht neben mir im Zelt. Hatte er etwa noch nicht geschlafen? Er sollte sich dringend auch hinlegen, wenn er morgen ausgeruht sein wollte. Ich stand auf, um nach ihm zu sehen.

Er saß an derselben Stelle, an der er am Abend sein Schwert poliert hatte, und starrte in den Nachthimmel. Vor ihm schwebte eine Lichtkugel, die seine entspannten Gesichtszüge erhellte.

Ich setzte mich zu ihm auf die Decke. »Warum bist du noch wach?«

Er stützte sich auf seinen Armen ab und lehnte sich nach hinten. »Ich konnte nicht schlafen.«

Ich machte mir nicht die Mühe, ihn zu fragen, was ihn davon abgehalten hatte. Er hätte mir vermutlich sowieso keine Antwort gegeben. Schweigend hob ich den Blick zum Himmel und betrachtete die unzähligen Sterne. Nur das leise Schnauben der Pferde durchdrang die Stille, während meine Gedanken zu den Ereignissen im Wald zurückkehrten.

»Ich wollte dir noch etwas erzählen«, sagte ich nach einer Weile. »Bei Umbrins Prüfung habe ich Trugbilder im Nebel gesehen. Da waren Paps und Kianus ... und du.«

»Ich?« Ray klang überrascht.

»Ja. Als du aufgetaucht bist, ist mir endlich klar geworden, wie ich die Prüfung bestehen kann.«

»Was habe ich denn getan?«

»Du ... Du hast mich angelächelt.« Aus irgendeinem Grund fiel es mir schwer, die Worte auszusprechen. Sie fühlten sich an wie ein Geständnis, obwohl ich nur wiedergab, was geschehen war. »Und, na ja, ich würde dich auch im wirklichen Leben gerne lächeln sehen.«

Rays Augen weiteten sich. »Ich ...« Er unterbrach sich und blieb mir erneut eine Antwort schuldig, wie so oft in den letzten Tagen.

»Warum versuchst du immer, deine Gefühle zu verstecken?«

Er senkte den Blick, als hätte ich ihn bei etwas ertappt. Dabei war es mehr als offensichtlich, dass er etwas vor mir verbarg.

»Darüber möchte ich nicht sprechen.«

»Möchtest du mit niemandem darüber reden oder nur nicht mit mir? Bin *ich* das Problem?«

»Nein«, erwiderte er hastig und setzte sich aufrecht hin. »Es liegt nicht an dir.«

Ich rutschte ein Stück näher an ihn heran. »Wenn du möchtest, kannst du mir erzählen, was dich belastet. Mir tut es immer gut, wenn ich meine Sorgen mit jemandem teilen kann.«

Er presste die Lippen aufeinander und krallte seine Finger in die Decke. Seine Arme zitterten. Hatte ich etwas Falsches gesagt?

»Alles in Ordnung?« Als Ray weiterhin schwieg, fügte ich hinzu: »Soll ich dich allein lassen?«

Geräuschvoll stieß er die Luft aus und mied meinen Blick. Das war mir Antwort genug. Ich stand auf und wollte zurück zum Zelt gehen, doch Ray hielt mich auf. »Bitte bleib hier.«

Ich setzte mich wieder neben ihn und wartete darauf, dass er weitersprach. Vielleicht würde er mich endlich teilhaben lassen an seinen Gedanken und Gefühlen.

»Es ist bestimmt schwer für dich, mit jemandem wie mir reisen zu müssen«, murmelte er. »Bitte vergiss mich, wenn sich unsere Wege trennen.«

»Warum sollte ich das tun?«

»Weil es das Beste für uns beide ist.«

Ich schüttelte den Kopf. »Weißt du, ich habe bis vor Kurzem noch nie mein Heimatdorf verlassen. Das hier ist meine allererste Reise. Und du bist ein wichtiger Teil davon, Ray. Wie könnte ich dich je vergessen?«

Zögerlich streckte ich meine Hand aus und berührte seinen Arm. Ray zuckte zusammen, stieß mich aber nicht von sich. Ich ließ meine Finger über den Saum seines Hemdes hinab zu seiner kühlen Hand gleiten und strich beruhigend darüber.

»Ich hätte große Lust, weiterhin mit dir durch Lumia zu reisen.«

Es war die Wahrheit. Ray schwieg zwar die meiste Zeit über, aber ich fühlte mich trotzdem wohl in seiner Gegenwart, vor allem seit unserem Abenteuer im Wald.

»Das geht nicht«, erwiderte Ray. »Bald werden sich unsere Wege trennen. Du reitest nach Calid und ich werde Carthur das Relikt bringen.«

»Aber wir könnten uns doch wiedersehen. Wie wäre es, wenn du mich in Patria besuchen kommst? Du musst unbedingt Val kennenlernen! Aber meinem Bruder gehen wir besser aus dem Weg. Er würde sich darüber aufregen, dass ich einen gutaussehenden Mann mitbringe, und hätte bestimmt Angst, dass du ihm die Frauen im Dorf streitig machst.« Bei dieser Vorstellung musste ich grinsen und senkte den Blick, damit Ray es nicht sah. »Wenn du vorbeikommst, zeige ich dir die Felder und die Bäckerei von Vals Familie. Und natürlich kann ich dir ein paar spannende Geschichten erzählen.«

In Patria gab es nicht viel Interessantes zu entdecken, aber ich musste Ray das Dorf zumindest schmackhaft machen, wenn ich wollte, dass er mich besuchen kam. Ich blickte auf und wollte ihm noch mehr darüber erzählen, doch ich brachte kein einziges Wort über die Lippen. Denn Ray wandte sich mir im selben Augenblick zu – und zwar mit einem Lächeln.

Es war so schön wie die Sonne am Morgen, wenn sie ihre ersten Strahlen über die Welt schickte. In seinen Augen funkelte das Licht der Magiekugel und jegliche Anspannung war aus seinem Gesicht verschwunden.

»Ray«, flüsterte ich. »Du lächelst.«

Er lachte leise. »Ja, das ist mir bewusst.«

»Das solltest du öfter machen. Steht dir echt gut.«

Sein Lächeln wurde breiter, ebenso wie meines. Während wir uns ansahen, strich ich mit dem Daumen an seinem entlang. Ich wusste nicht, warum meine Hand noch immer auf seiner lag, aber es fühlte sich zu gut an, um etwas daran zu ändern.

Nach einer Weile zog sich Ray zurück und sank rücklings auf die Decke.

»Willst du hier draußen schlafen?«, fragte ich.

Er nickte.

Da er scheinbar kein Bedürfnis danach hatte, die Nacht neben mir im Zelt zu verbringen, stand ich auf und wollte allein dorthin zurückgehen. Doch etwas hielt mich zurück.

Ray war in meiner Gegenwart noch nie so entspannt gewesen wie jetzt. Möglicherweise war er bereit, mir eine Frage zu beantworten, die ich mir in den letzten Tagen oft gestellt hatte. Er hatte mir zwar zu verstehen gegeben, dass er nicht daran interessiert war, mich kennenzulernen oder überhaupt ein vernünftiges Gespräch mit mir zu führen, aber was hatte ich schon zu verlieren? Im schlimmsten Fall würde er mich weiter anschweigen.

Ich straffte die Schultern. »Tut mir leid, dass ich dir oft zu nahe trete. Ich weiß, das ist keine Entschuldigung, aber manchmal bin ich unsicher, wie ich mich dir gegenüber verhalten soll. Ich hoffe, du nimmst es mir nicht übel.«

Überraschung spiegelte sich in seinen Augen. Er sah aus, als suchte er nach einer passenden Erwiderung, sagte dann aber doch nichts, also ergriff ich wieder das Wort.

»Ich hätte noch eine letzte Frage. Darf ich sie außerhalb von Liams Fragerunde stellen oder muss ich bis morgen damit warten?«

Ray schnaubte belustigt. »Stell sie ruhig.«

Ich nahm all meinen Mut zusammen und fragte über den kleinen nervösen Sprung meines Herzens hinweg: »Magst du mich?«

Es vergingen zwei stille Atemzüge. Drei. Vier. Als Ray mir nach dem fünften immer noch keine Antwort gegeben hatte, ging ich zum Zelt. Sein Schweigen lag mir schwer im Magen.

Nachdem ich mich hingelegt hatte, hörte ich Ray jedoch noch etwas sagen. Es war nur ein einziges Wort, aber es reichte, um mich mit einem Lächeln auf den Lippen einschlafen zu lassen.

»Ja.«

KAPITEL 9

in dem mein Herz schwerer war als je zuvor

»Liams Fragerunde«, verkündete ich, als wir nach Acta aufgebrochen waren. »Hast du ein Haustier?«

Wie immer saß Ray aufrecht im Sattel. Sein emotionsloses Gesicht war mir bereits vertraut, aber heute Morgen sah ich Ray mit anderen Augen. Unser gemeinsamer Abend hatte etwas zwischen uns verändert. Sein Lächeln war so –

»Ja, ich habe eine Katze.«

Nachdem ich Ray gestern mit Umbrin gesehen hatte, konnte ich ihn mir auch gut mit einer Katze vorstellen. Vermutlich lag sie auf seinem Schoß, während er las, oder auf einem Kissen neben ihm.

»Ich liebe Katzen. Wie heißt sie?«

Sein Blick wanderte in die Ferne. »Azura.«

»Ein schöner Name. Willst du mir mehr über sie verraten?«

Er zögerte, doch dann erzählte er mir zu meiner großen Freude davon, wie weich das Fell seiner Katze war und wie viele Stunden sie schon gemeinsam verbracht hatten. Beim Zuhören breitete sich ein angenehm warmes Gefühl in meiner Brust aus. Ray hatte noch nie so lange über etwas gesprochen wie über Azura.

»Darf ich sie bald mal kennenlernen?«, fragte ich mit nervös klopfendem Herzen.

Ray umklammerte den Sattelknauf fester. »Der Kelch der Vier soll in Livor abgeliefert werden.« Mit dem abrupten Themenwechsel zerstörte er die Leichtigkeit zwischen uns. Oder hatte ich sie mir bloß eingebildet? »Sobald wir die Große Brücke erreicht haben, gebe ich dir Carthurs Bescheinigung, mit der du einen Heilmagier beauftragen kannst. Danach trennen sich unsere Wege.«

Seine Worte versetzten mir einen Stich. »Das heißt, du willst mich nicht wiedersehen?«

»Es ist besser so.«

Wie immer war ihm nicht anzuhören, was er wirklich dachte, und dieses Mal tat es besonders weh.

»Dann sag mir doch wenigstens, warum.«

»Ich ... Ich kann es dir nicht sagen.«

Natürlich. Was auch sonst.

»Weißt du, ich hatte gedacht, dass ...« Am liebsten hätte ich mir auf die Zunge gebissen. Es hätte sowieso nichts geändert, wenn ich meine Gefühle aussprach.

»Was hast du gedacht?«

»Schon gut.« Schnell lenkte ich Stella an ihm vorbei und konzentrierte mich auf einen Baum in der Ferne.

Ich hatte mich getäuscht. Letzte Nacht hatte rein gar nichts verändert. Was hatte ich denn erwartet? Dass Ray sich jetzt mit mir unterhalten würde? Oder dass er ernst gemeint hatte, was er gesagt hatte, bevor ich eingeschlafen war? Vermutlich hatte ich es mir nur eingebildet.

Stella wieherte leise, als wollte sie mich beruhigen. Ich strich ihr über den Hals und lenkte meine Gedanken auf das, was wichtiger war als Rays Zurückweisung: dass Umbrins Prüfung nicht Realität werden durfte.

»Lass uns schneller reiten«, teilte ich Ray über die Schulter mit und drückte meine Schenkel gegen Stellas Seiten.

Der Rückweg zur Großen Brücke verlief unspektakulär. Es gab keinen Überfall, keine geteilten Betten und Ray schaffte es sogar, noch stiller zu sein. Ich wollte es an mir abprallen lassen wie an einer

Mauer, aber es misslang mir. Sein Schweigen fraß sich in mich, hinterließ unzählige Zweifel. Es *musste* an mir liegen, dass er nicht reden wollte. Ob er mir die Sache mit dem Käsebrot übelnahm? Aber wenn ja, wer war tagelang sauer wegen einer kleinen Neckerei?

Als die Große Brücke in Sicht kam und wir abstiegen, war der Himmel so trist wie mein Inneres. Die Reisenden, die nach Ignidia wollten, standen ungefähr hundert Schritte von uns entfernt.

»Willst du sofort nach Livor aufbrechen?«, fragte ich.

Ray nickte und zog ein versiegeltes Dokument aus einer der Satteltaschen, das er mir zusammen mit dem Passierschein für die Brücke überreichte. »Gib diese Bescheinigung dem Heilmagier, den du beauftragst.«

»Danke.« Ich verstaute beide Dokumente in meinem Gepäck. »Was ist mit Stella? Soll ich sie dir überlassen, damit du sie Carthur bringen kannst?«

»Nein, sie kann bei dir bleiben. So kommst du schneller nach Hause.«

Rays Gesicht war ausdruckslos wie eh und je, als würde es ihm überhaupt nichts ausmachen, dass wir uns in wenigen Augenblicken für immer voneinander verabschieden würden. Aber mir machte es etwas aus. Die Vorstellung, ohne Ray weiterreisen zu müssen, stimmte mich traurig.

»Ich muss jetzt gehen.« Rays Stimme war zu neutral für einen Abschied zwischen zwei Menschen, die zusammen eine abenteuerliche Reise überstanden hatten.

»Danke für alles«, sagte ich, um eine ruhige Tonlage bemüht. In seinen Augen suchte ich vergeblich nach etwas, das mir bestätigte, dass ihm dieses Gespräch ebenso schwerfiel wie mir. »Ich fand es schön, mit dir zusammen zu reisen.«

Ray zögerte. »Ja, es war angenehm, deine Bekanntschaft zu machen.«

Seine Förmlichkeit baute die Distanz wieder auf, die wir im Wald überwunden hatten, und das tat weh. Mehr, als es vielleicht sollte.

»Liams Fragerunde. Darf ich dich zum Abschied umarmen?«

Er verkrampfte sich und musste nicht einmal etwas sagen, damit ich verstand, was das zu bedeuten hatte. Das Beste wäre gewesen, wenn ich mich in den Sattel geschwungen hätte und davongeritten wäre, ohne mich umzudrehen. Aber ich hätte es nicht gekonnt, selbst wenn ich es gewollt hätte. Dafür hoffte ich noch immer viel zu sehr, dass Ray es sich anders überlegte.

Nach ein paar Augenblicken streckte er mir seine Hand entgegen. »Das ist alles, was ich dir geben darf.«

Zögerlich schloss ich meine Finger um seine. Wir hielten uns kurz aneinander fest, bevor Ray sich zurückzog. Die Leere in meiner Handfläche breitete sich bis in mein Herz aus.

Als er sich umdrehen wollte, hielt ich ihn zurück. »Warte.« Ich löste das rote Armband, das die Bardin Elnia mir geschenkt hatte, und griff nach Rays Arm. Er zuckte zusammen, ließ es aber zu, dass ich das Band an seinem Handgelenk befestigte. »Damit du mich nicht vergisst.«

Er starrte das Band an, als hätte ich ihm beim Anlegen die Haut damit verbrannt. Aber dann trat ein anderer Ausdruck auf sein Gesicht. Ein sanfterer, weicherer, ein –

Hastig wandte er sich von mir ab und griff nach Felix' Zügeln. »Leb wohl, Liam.«

Seine Stimme war leiser als sonst. Bildete ich es mir nur ein oder war sie auch weniger neutral als sonst?

»Leb wohl, Ray. Ich hoffe, dass du glücklich wirst.« Ich wollte ihm noch mehr mitteilen, aber mir wollten keine passenden Worte einfallen, um meine Gefühle auszudrücken.

Er stieg auf und ritt davon, ohne sich noch einmal umzudrehen. Ohne mich noch einmal anzulächeln.

Ich sah den beiden nach, bis sie ein Punkt in der Ferne waren. Mit einem schweren Klumpen im Magen setzte ich mich auf Stellas Rücken und schlug die entgegengesetzte Richtung ein. Weg von Ray. Weg von allem, was wir zusammen erlebt und durchgestanden hatten. Ich blickte nach vorn – auf den Weg, der mich zum Ziel meiner Reise führen würde: nach Calid. Und von dort aus mit einem Heilmagier zurück nach Patria.

In Numoria kehrte ich ins *Augur* ein, wo Ray und ich vor einigen Tagen schon genächtigt hatten. Jean freute sich über meinen Besuch und wollte wissen, warum ich allein kam. Ich brachte es nicht über mich, ihr den Grund dafür zu nennen. Sie besaß genug Taktgefühl, nicht nachzufragen, und drückte mir den Schlüssel für dasselbe Zimmer wie letztes Mal in die Hand.

Als ich eintrat, kehrten aus irgendeinem Grund die Erinnerungen an Rays und meine gemeinsame Nacht in Acta zurück. Wie unangenehm es Ray gewesen war, mich nur in einer Hose zu sehen. Wie friedlich er geschlafen hatte, zusammengerollt wie eine Katze. Und wie nah wir beieinander gelegen hatten, bis er aufgewacht und ich für einen Moment in seinen braunen Augen versunken war.

Seufzend stellte ich mein Gepäck ab, setzte mich auf das Bett und betrachtete das blaue Band an meinem Handgelenk. Schon seit ich die Große Brücke überquert hatte, musste ich ständig an die letzten Augenblicke mit Ray denken und wie er mir seine Hand entgegengestreckt hatte.

Das ist alles, was ich dir geben darf.

Vielleicht interpretierte ich mehr in seine Worte hinein, als gut für mich war, aber ... Was hatte er damit andeuten wollen? Dass er mich nicht umarmen durfte? Aber warum sollte ihm jemand verbieten, andere zu umarmen?

Je länger ich grübelte, desto unruhiger wurde ich. Als ich es nicht mehr aushielt, verließ ich das Zimmer, um meine Gedanken bei einem Spaziergang zum Schweigen zu bringen. Auf dem Weg nach draußen traf ich auf Jean, die mit einem abgenutzten Besen den Boden in der Eingangshalle reinigte.

»Wenn du Gesellschaft haben willst, können wir uns mit einem Gläschen Herbana zusammensetzen und ein wenig plaudern«, bot sie an.

»Was ist Herbana?«

Ihre Augenbrauen schossen in die Höhe. »Du kennst es nicht? Das müssen wir dringend ändern. Komm mit.«

Mit Schwung schleuderte Jean den Besen in eine Ecke und winkte mich mit sich in den Speiseraum, der auch heute menschenleer war. Sie verschwand in der Küche, aus der sie kurze Zeit später mit zwei gefüllten Gläsern zurückkehrte. Eines davon stellte sie vor mir auf dem Tisch ab, dann nahm sie auf dem gegenüberliegenden Stuhl Platz.

»Lass es dir schmecken. Ist meine hauseigene Spezialmischung.«

Neugierig betrachtete ich den Inhalt des Glases. In der grünlichen Flüssigkeit schwammen verschiedene Kräuter und Beeren. Der Geruch erinnerte mich an Medelas Kräutertinkturen, die zwar für vieles geeignet waren, aber nicht zum Trinken.

»Schau nicht so pikiert«, rügte mich Jean, aber ich hörte ein Grinsen aus ihrer Stimme heraus. »Glaub mir, es schmeckt gut.«

Zögerlich setzte ich das Glas an die Lippen und trank einen Schluck. Was auch immer sich da in meinem Mund befand, es brannte fürchterlich im Gaumen. Hustend hielt ich mir die Hand vor den Mund. Als ich mich wieder beruhigt hatte, musste ich einige Male blinzeln, um Jean klar zu sehen.

Sie brach in ein kehliges Lachen aus. »Du trinkst selten Alkohol, was?«

»Genau genommen trinke ich nie welchen«, krächzte ich und schob das Glas von mir weg.

»Solltest du vielleicht mal tun. Dann müsstest du dir nicht so viele Gedanken machen.« Die alte Dame lehnte sich auf dem Stuhl zurück und musterte mich mit verschränkten Armen. »Jetzt erzähl mir doch mal, was dich so sehr beschäftigt, dass du aussiehst, als hätte es fünf Tage hintereinander geregnet.«

»Es ist nur ...« Keine Ahnung, wie ich ihr erklären sollte, wo das Problem lag, wenn ich es doch selbst nicht wusste. »Hast du Lust, mir eine Geschichte zu erzählen?«

»Aber sicher. Wie wäre es mit *Der Prinz und der Gardist*, der wohl bekanntesten Geschichte über den Prinzen von Glacida?«

»Wie kommst du denn jetzt darauf?«

»Aus aktuellem Anlass natürlich. Er dürfte bald aus dem Exil zurückkehren. Aber so, wie du mich gerade ansiehst, kennst du die Geschichte nicht, stimmt's?«

Ich schüttelte den Kopf. »Ich weiß so gut wie nichts über die Königsfamilien, außer, welche Magie sie beherrschen. Es wäre schön, mehr über sie zu erfahren.«

Jean lehnte sich zurück. »Gut, dann lass mich dir erzählen, weswegen der glacidische Prinz vor drei Jahren das Gesprächsthema von ganz Lumia wurde.« Sie nahm einen Schluck von ihrem Getränk. »Es gab damals einen Vorfall mit einem jungen Gardisten, der dem Prinzen für König Victors Geschmack zu nahe gekommen war. Um Gerüchten vorzubeugen, wollte er seinen Sohn schnellstmöglich unter die Haube bekommen. Es gab eine Zeremonie, in deren Rahmen der junge Prinz seine zukünftige Königin wählen und sich mit ihr verloben sollte. Das ganze Schloss war voll mit Blumen und Bändern und pompösem Schnickschnack. Vermutlich mussten die Bediensteten auch jeden Teller dreimal polieren.«

Mitleidig verzog ich das Gesicht. »Oh je, das war bestimmt nicht schön. Geschirr putzen ist lästig. Aber Wäsche waschen ist noch schlimmer.«

Jean lachte. »Vermutlich musste auch jeder Vorhang im Schloss mehrfach gereinigt werden, bis König Victor zufrieden war. Nun, jedenfalls hat sich halb Glacida in den Thronsaal gedrängt, um zu sehen, welche Frau die zukünftige Königin werden würde. Es war eine romantische Szenerie. Ein lichtdurchfluteter Saal, langsame Musik, viele schöne Frauen. Aber dann ...« Sie trank erneut aus ihrem Glas.

»Jetzt mach es doch nicht so spannend«, beschwerte ich mich mit übertriebener Empörung. »Was ist passiert? Hat jemand einen kostbaren Teller zerbrochen?«

»König Victor hätte Luftsprünge gemacht, wenn es nur das gewesen wäre. Aber ihm sind an dem Tag sicher einige graue Haare gewachsen, denn der Prinz hat sich statt einer Frau einen seiner Leibwächter geschnappt und mit ihm getanzt. Daraufhin wurde er für drei Jahre ins Exil verbannt.«

Ich starrte sie verwundert an. »Der Prinz hat mit einem Mann getanzt?«

»Ja, und er hat damit wohl den größten Skandal in der Geschichte Glacidas ausgelöst. Der König war nicht besonders amüsiert darüber, wie du dir vielleicht vorstellen kannst. Sobald der Prinz ins Schloss zurückkehrt, werden wir erfahren, ob er sich anders entscheiden wird als vor drei Jahren.«

»Was denkst du darüber, dass er Männer mag?«

Jean zuckte mit den Schultern. »Was soll ich denn darüber denken? Jeder soll lieben, wen er möchte. Aber vor allem das glacidische Königshaus ist da anderer Meinung, was die eigenen Sprösslinge angeht.«

Wie der Prinz sich wohl gefühlt hatte, als er im Saal gestanden hatte? Unter Druck gesetzt? Missverstanden? Vielleicht sogar verzweifelt, da er sich mit jemandem hätte vermählen müssen, den er nicht liebte?

»Muss der Prinz eine Frau heiraten?«

Jean nickte. »So ist es Tradition in Glacida. Etwas anderes wird nicht geduldet.«

Nachdenklich betrachtete ich die Tischplatte. Ich bewunderte den Mut des Prinzen, sich gegen das aufzulehnen, was ihm falsch vorkam. Hätte ich denselben Mut gehabt, wäre ich vor einem Jahr nicht so töricht gewesen, mich von meinem Bruder provozieren zu lassen und etwas zu tun, wofür ich nicht bereit gewesen war.

Kianus hatte mich wochenlang damit aufgezogen, dass ich ja noch nie ein Mädchen geküsst hätte. Ich war genervt und auch beschämt gewesen, da ich der Ältere von uns beiden war, aber im Gegensatz zu ihm noch keine Erfahrung in Liebesangelegenheiten gehabt hatte. Aus einem Impuls heraus hatte ich Macina, die Tochter des Dorfvorstehers, gefragt, ob sie mit mir im Stall ein paar Kekse essen wollte. Zu meinem Erstaunen war sie mitgekommen. Die Kekse waren schnell vergessen gewesen. Wir hatten uns ins Heu fallen lassen und unsere Gliedmaßen in ungesunden Winkeln umeinandergeschlungen. Dieser Moment war vieles gewesen, nur nicht schön. Ich hatte keine Ahnung gehabt, was ich mit meinem Körper anstellen sollte, und als Macina mich gebeten hatte, ihr das Kleid auszuziehen, war ich mit einer Entschuldigung auf den Lippen geflüchtet. Beim Verlassen des Stalls hätte ich vermutlich einer überreifen Tomate Konkurrenz machen können.

»Liam?« Jeans Stimme riss mich aus meinen Erinnerungen. »Wo bist du denn mit deinen Gedanken? Hast du über den Prinzen nachgedacht?«

»Unter anderem, ja.« Ich schob meinen Stuhl zurück und stand auf. »Ich werde mir noch ein wenig die Beine vertreten. Danke für die Geschichtsstunde.«

»Gerne. Es ist jedoch eine Schande, dass du mein gutes Herbana verschmähst.«

Ich grinste entschuldigend. »Tut mir leid. Ich fürchte, ich kann das nicht trinken, ohne bleibende Schäden davonzutragen.«

»Bleibt mehr für mich.« Sie zog mein Glas zu sich. »Viel Spaß da draußen. Aber komm mir heil wieder zurück, ja?«

»Keine Sorge, ich kann auf mich aufpassen.« Ich winkte ihr zu und verließ den Speiseraum.

Stella und ich erreichten Calid etwa zweieinhalb Tage später am frühen Nachmittag. Eine Zugbrücke führte über einen breiten Wassergraben in die ringförmig ummauerte Stadt hinein. Inmitten einer großen Menge aus Pferden, Menschen, Kutschen und Planwagen passierte ich das Eingangstor und betrat einen weitläufigen Platz, auf dem reges Treiben herrschte. Wohin ich auch blickte, gingen oder rannten Menschen umher, mal langsam, mal hektisch und chaotisch. Rufe, Lachen und Pferdegewieher drangen aus allen Richtungen zu mir heran. Wo sollte ich in diesem Gedränge überhaupt anfangen, nach einem Heilmagier zu suchen?

In einiger Entfernung ragte Schloss Ruclavis wie ein riesiges Feuer im Herzen der Stadt auf, mit unterschiedlich hohen Rundtürmen aus rotbraunem Stein, die wie Flammen in den blauen Himmel züngelten. Doch es wirkte trotz seiner Größe keineswegs bedrohlich. Das Sonnenlicht ließ es in warmen Farben erstrahlen und umschmeichelte es mit weichen Schatten. Bevor ich hierhergekommen war, hatte ich mir ein Schloss als ein Gebäude vorgestellt, das imposant über dem Rest der Stadt dominierte. Doch dieses wirkte wie der Mittelpunkt einer großen Gesamtheit verschiedener Gebäude, als wollte es nicht beherrschen, sondern vereinen.

Als ich mich davon losreißen konnte, erspähte ich in der Nähe eine Gruppe von Leuten in kupferfarbener Rüstung, die Lanzen in den Händen hielten und wachsam das Treiben um sich herum verfolgten. Ich lenkte Stella zu ihnen.

»Guten Tag«, grüßte ich freundlich. »Wo finde ich einen Heilmagier?«

Einer der Männer wandte sich mir zu und musterte mich mit teils irritiertem, teils misstrauischem Blick. »Wie heißen Sie?«

»Mein Name ist Liam Vallo, aber warum wollen Sie das wissen?«

Er räusperte sich. »Entschuldigung, ich habe Sie sicher verwechselt. Sie suchen einen Heilmagier? Da gehen Sie am besten zur Magier-Gilde im achten Abschnitt. Aber vorher sollten Sie Ihr Pferd in Obhut geben. Zu Fuß kommen Sie leichter durch die Stadt.« Er deutete nach links zu einer überfüllten Straße. »Gehen Sie dort entlang, bis Sie an einen Pferdehof kommen.«

Ich bedankte mich für die Auskunft und ritt in die angegebene Richtung. Stella ruckte immer wieder mit dem Kopf oder wieherte unruhig. Sie fühlte sich in dieser Menschenmasse offenbar genauso unwohl wie ich. Dementsprechend atmeten wir beide erleichtert aus, als wir den Hof erreichten. Auf dem Grundstück befand sich eine große, eingezäunte Grünfläche, wo einige Pferde grasten. Neben der Weide stand ein großer Stall mit einem überdachten Außenbereich.

Kaum hatten Stella und ich das große Holztor passiert und den Vorhof betreten, kam uns eine junge Frau mit einer bunten Flickenmütze entgegen.

»Möchten Sie Ihr Pferd hier unterbringen?«

»Ja, gerne. Wie viele Monaro wären das?«

»Fünf.«

Ich holte den Geldsack hervor, den Carthur uns für die Reise überlassen hatte, und drückte der Frau das Geld in die Hand. »Wissen Sie, wie ich am schnellsten zur Magier-Gilde komme? Ich bin zum ersten Mal hier.«

Sie beschrieb mir grob den Aufbau der Stadt. Ich prägte mir alles so gut wie möglich ein, dankte ihr und machte mich auf den Weg.

Während ich durch Calid ging, fühlte ich mich in die Zeit zurückversetzt, als ich Patria verlassen hatte. Wohin ich auch blickte, zog etwas Interessantes meine Aufmerksamkeit auf sich – prächtige Gebäude, hübsch angelegte Blumenbeete oder Läden, hinter deren Fenster Gegenstände ausgestellt waren, deren Zweck ich nicht kannte. Alles war neu und aufregend. Immer wieder riss ich mich von meiner Umgebung los und konzentrierte mich auf mein Ziel.

Calid war, wie mir die Dame vom Pferdehof erklärt hatte, in neun gleich große Abschnitte gegliedert. Zwischen ihnen befanden sich breite Straßen, die wie die Speichen eines Rades zum Schloss in der Mitte der Stadt führten. Um diese Straßen zu erreichen, musste man dem ringförmigen Pflastersteinweg folgen, der um ganz Calid in der Nähe der Schlossmauer entlangführte. Er wurde von Händlern und Kutschen genutzt, um Fracht und Gäste zu transportieren, aber es gab neben dem Weg einen abgetrennten Bereich für Leute, die zu Fuß unterwegs waren. An vielen Stellen konnten die Fußgänger von dieser ringförmigen Straße in einzelne Gebiete innerhalb der Abschnitte abbiegen. Große Holzschilder wiesen die wichtigsten Gebäude aus: Das Schloss, die Bibliothek und die Magier-Gilde. In dieser Stadt schien alles einem System zu folgen, als sei sie eine Einheit aus vielen einzelnen Teilen. Somit war es nicht schwer, sich zurechtzufinden, auch wenn man aus einem Dorf stammte, in dem es nur eine einzige Straße gab.

Nach fast zwei Stunden erreichte ich den Abschnitt, in dem sich die Magier-Gilde befand, eine weitläufige Anlage mit ähnlich aussehenden Gebäuden, von denen eines aufgrund seiner Größe und den davor postierten Wachleuten hervorstach. Vermutlich war dies das Hauptgebäude. Ich setzte mich auf eine der umstehenden Bänke und holte meinen Trinkbeutel heraus. Innerhalb weniger Augenblicke trank ich ihn bis auf den letzten Tropfen leer. Zwar brachte mir das Linderung, aber am angenehmsten wäre jetzt ein kühles Bad gewesen. Hier in der Stadt kroch die Hitze wie eine Schlange zwischen den Gebäuden hin und her und trieb mir den Schweiß aus allen Poren.

Ich ruhte mich im Schatten aus, bis meine Kleidung nicht mehr überall an mir klebte, dann stand ich auf und ging auf die Wachen vor dem größten Gebäude zu.

»Guten Tag«, begrüßte ich die Frau, die eine ähnliche Rüstung trug wie die Wachleute am Eingang der Stadt. »Ich möchte bitte mit einem Heilmagier sprechen.«

Ihr Blick glitt skeptisch an mir auf und ab. »Kannst du dir überhaupt die Dienste eines Magiers leisten? Falls nicht, verzieh dich wieder.«

Ich nahm das eingerollte Dokument aus dem Reisebeutel und hielt es der Frau so hin, dass sie das blaue, ungebrochene Siegel darauf gut sehen konnte. »Reicht das hier aus, um die Gilde betreten zu dürfen?«

Sie zog scharf die Luft ein und öffnete die große Tür hinter sich. »Verzeihung, mein Herr. Bitte sprechen Sie mit dem Gildenmeister. Erste Tür links.«

Ich ging an den beiden Wachen vorbei in das Gebäude hinein. Vor mir lag ein gefliester Flur, von dem aus rechts eine Treppe in ein höheres Stockwerk führte und links drei Türen zu anderen Räumen abgingen. Ich steuerte auf die erste Tür zu und klopfte. Es verstrichen ein paar nervöse Herzschläge, bis mich eine tiefe Stimme hereinbat.

Hinter einem wuchtigen Schreibtisch, auf dem sich Papierberge türmten, saß ein Mann mit langem, grauem Haar. Er blickte auf, als ich die Tür hinter mir schloss. Fasziniert ließ ich meinen Blick über die deckenhohen Regale schweifen. Einige der Bücher darin hatten so interessante Titel, dass ich sie am liebsten herausgezogen und mich mit ihnen in den Sessel an der Wand gesetzt hätte.

»Wer bist du?«, fragte der Mann.

»Mein Name ist Liam Vallo und ich möchte gerne die Dienste eines Magiers in Anspruch nehmen. Können Sie mir da weiterhelfen?«

Der Gildenmeister lehnte sich mit verschränkten Armen zurück.

»Hast du genug Monaro dabei?«

Statt ihm eine Antwort zu geben, händigte ich ihm die Bescheinigung aus.

Als er einen Blick auf das Siegel warf, keuchte er leise. »Wer, sagtest du, bist du? Und woher kommst du?«

»Liam Vallo. Ich stamme aus dem Süden von Ignidia.«

Seine Augen verengten sich zu schmalen Schlitzen. »Wieso besitzt du dann ein Dokument mit dem königlichen Siegel von Glacida?«

Überrascht warf ich einen Blick darauf. Tatsächlich, das Symbol darauf war der Baum mit den Eiszapfen. Als Ray mir das Dokument überreicht hatte, hatte ich es mir nicht genauer angesehen. Warum auch? Carthur hatte mir versichert, dass ich damit einen Heilmagier beauftragen konnte.

Der Gildenmeister hatte meine Verwunderung wohl bemerkt, denn er warf das Dokument unachtsam auf den Tisch, stand auf und beugte sich zu mir. In seinen dunklen Augen blitzte es gefährlich.

»Raus hier.«

»Nein, bitte hören Sie –«

»Ich habe genug gehört, um zu wissen, dass du ein dreister kleiner Dieb bist, der dieses Dokument gestohlen hat!«

Was für eine Unverfrorenheit, mir so etwas vorzuwerfen! Das konnte ich nicht auf mir sitzen lassen, vor allem, da es hier nicht um mich ging, sondern um Paps' Leben.

»Ich habe nichts gestohlen«, erwiderte ich mit fester Stimme. »Ich habe einen Auftrag ausgeführt und dieses Dokument rechtmäßig als Belohnung dafür erhalten.«

Der Gildenmeister richtete sich wieder auf und ließ betont langsam den Blick zu meiner löchrigen Hose und meinen dreckigen Schuhen hinabgleiten. »Entweder du verlässt dieses Haus jetzt ohne Widerrede oder ich rufe die Wachen, was deutlich weniger angenehm für dich werden wird. Du hast die Wahl.« Seine Stimme war ruhig, aber die unterschwellige Drohung unüberhörbar.

Ich schluckte hart und überlegte fieberhaft, was ich tun konnte, aber es gab keinen Beweis dafür, dass ich das Dokument rechtmäßig erworben hatte. Von dem geheimen Auftrag durfte ich nichts erzählen, und selbst wenn: Wer hätte mir geglaubt, dass ich im Wald Silval gewesen war und ein altes Relikt geborgen hatte?

»Ich bitte Sie«, flehte ich den Gildenmeister an. »Mein Vater ist schwer krank. Wenn ich keinen Heilmagier zu ihm bringe, wird er sterben.«

»Ich glaube dir kein Wort. Geh oder ich rufe die Wachen.«

»Hören Sie mir –«

»Verschwinde endlich.«

»Bitte, ich –«

»Wachen!«

Schritte ertönten, dann wurde die Tür aufgerissen und zwei Wachmänner traten ein. Sie ergriffen jeweils einen meiner Arme.

»Lasst mich los!« Ich wand mich in ihrem Griff, aber sie hielten mich eisern fest.

»Was sollen wir mit ihm tun?«, fragte einer von ihnen.

Der Gildenmeister machte eine abwinkende Geste. »Werft ihn

vor die Tür und stellt sicher, dass er sich keinen Zutritt mehr zum Gebäude verschaffen kann.«

Verzweiflung kroch meinen Hals hoch und schnitt mir die Luft ab. »Ich will doch nur –«

»Hinfort mit ihm.«

Die Wachen setzten sich in Bewegung. Ich protestierte laut, als sie mich hinaus in den Flur zerrten, doch so sehr ich mich auch wand, ich schaffte es nicht, mich freizukämpfen.

»Halt gefälligst still«, murrte der Wachmann, der zuvor mit dem Gildenmeister gesprochen hatte. »Oder willst du eine Kostprobe meiner Schwertkünste bekommen?«

Wie zur Untermalung seiner Worte blitzte der metallene Knauf der Waffe im hereinfallenden Licht auf. Ich hörte auf, mich körperlich zu wehren, rief aber immer wieder, dass sie mich loslassen sollten.

Meine Bemühungen blieben vergebens. Nur wenige Augenblicke später zerrten mich die Männer aus dem Gebäude. Einer verpasste mir einen schwungvollen Tritt, sodass ich der Länge nach vor der Eingangstür landete. Schmerz zuckte durch mein rechtes Knie.

»Hau ab, du dreckiges Gesindel.« Ein paar Tropfen Spucke landeten auf meinem Gesicht. »Solltest du noch einmal aufkreuzen, rufen wir die Ordnungshüter. Die werden dich nicht so glimpflich davonkommen lassen wie wir.«

Beim Aufsetzen brannten Tränen in meinen Augen. Hinter mir tuschelten die Wachen, aber ihre Worte waren so laut, dass ich sie ohne Probleme verstand. Um ihnen nicht noch mehr Gelegenheiten zu bieten, sich über mich lustig zu machen, wischte ich mir die Spucke vom Gesicht und entfernte mich trotz meines schmerzenden Knies möglichst aufrecht von ihnen, bis ich außer Sichtweite war. Erst dann ließ ich meinen Tränen freien Lauf und stützte mich haltsuchend an einem Gebäude ab.

Es ist vorbei.

Ich kann nichts mehr tun.

Paps wird sterben.

Von purer Verzweiflung getrieben, eilte ich durch Calid. Ich fragte alle möglichen Leute, ob sie einen Heilmagier kannten, der bereit wäre, mir für wenige Monaro zu helfen. Einige belächelten mich mitleidig, andere lachten mich aus. Ich ließ alles über mich ergehen, denn um Paps zu retten, hätte ich jegliche Schande auf mich genommen.

In einer Straße fand ich zwar eine Einrichtung, in der zwei Heilmagier praktizierten, aber sie warfen mich raus, ohne mich ausreden zu lassen. Danach hatte ich nicht mehr die Kraft, es noch einmal zu versuchen, und stolperte weiter durch die Stadt.

Keine Ahnung, wie viele Stunden ich erfolglos umhergeirrt war, aber irgendwann fand ich mich vor dem Pferdehof wieder und holte Stella ab, um mich innerlich völlig leer auf den Rückweg nach Patria zu machen.

Das Wetter hätte verregnet sein sollen, als ich mein Heimatdorf wenige Tage später erreichte – nass, grau und trüb –, um meinen Gemütszustand zu unterstreichen. Aber stattdessen strahlte die Sonne fröhlich vom Himmel, während ich mit Stella auf der staubigen Straße ins Dorf hineinritt. In meinem Inneren herrschte eine dumpfe Leere. Nur ein einziges Wort kreiste unermüdlich in meinem Kopf: *Versager.*

»Liam?«

Träge hob ich den Kopf und musste mehrfach blinzeln, bis meine Sicht sich klärte. Es war Naola, die auf mich zukam.

»Wie geht es deinem Knöchel?«, fragte ich träge. Jedes einzelne Wort kostete mich Unmengen an Energie.

»Mir geht es gut, aber bei Lux, was ist denn mit dir passiert? Du siehst schrecklich aus.« Sie blickte mich besorgt an. »Wo warst du denn nur? Wir waren alle in Sorge um dich, besonders dein Vater.«

Bei der Erwähnung von Paps drehte sich mir der Magen um. Wenigstens war ich noch rechtzeitig da, um mich von ihm zu verabschieden.

Naola bot an, mich durchs Dorf zu begleiten. Ich schüttelte den Kopf, aber sie ließ sich nicht davon abbringen, neben Stella herzugehen, bis wir mein Zuhause erreicht hatten. Nach dem Absteigen musste ich mich am Sattel festhalten, weil meine Beine heftig zitterten. Naola legte mir eine Hand auf die Schulter.

»Danke«, brachte ich hervor.

Sie folgte Stella und mir ums Haus herum bis zu dem Verschlag, in dem unser Esel untergestellt war. Furio beschwerte sich lautstark, als ich mit der Stute eintrat, aber ich ignorierte sein Zetern. Naola half mir dabei, Stella abzusatteln und den beiden Tieren frisches Wasser und Heu hinzustellen. Anschließend begleitete sie mich bis zur Haustür.

»Ruh dich bitte aus, ja? Und wenn du etwas brauchst, gib Bescheid.«

Ich nickte und öffnete die Tür. Am liebsten hätte ich kehrtgemacht und Patria auf schnellstem Wege wieder verlassen, nur um die Enttäuschung auf den Gesichtern meiner Familie nicht sehen zu müssen. Doch ich konnte nicht länger davonrennen. Ich ging den schmalen Flur entlang zu unserem Wohnraum, in dem ein Tisch und einige Stühle standen. Dort saß mein Bruder und blickte mir überrascht entgegen.

»Liam!«

Er sprang auf und kam auf mich zu. Unzählige Emotionen spiegelten sich auf seinem Gesicht, als er mich in eine innige Umarmung schloss, die ich nicht hatte kommen sehen. Kianus drückte mich so fest an sich, dass mir die Luft wegblieb, lockerte seinen Griff aber schnell wieder. Ich vergrub mein Gesicht an seiner Brust, in der sein Herz schnell und erwartungsvoll schlug. Was hätte ich dafür gegeben, Kianus' Hoffnung nicht zerstören zu müssen …

155

Als wir uns wieder voneinander lösten, musterte er mich argwöhnisch. »Du siehst aus, als wärst du dem Phönix persönlich begegnet. Was ist passiert?«

Seine Worte brachten die Welt dazu, sich zu drehen. Oder hatte sie das vorher schon getan? Ich musste mich an der Wand abstützen, um nicht zu fallen.

Kianus legte mir einen Arm um die Schultern und führte mich zu einem der Stühle, auf den ich kraftlos niedersank. Während ich mich auf meine Atmung fokussierte, stelle Kianus ein Glas Wasser und eine Schüssel mit kalter Gemüsesuppe vor mir ab.

»Iss«, forderte er mich mit einem Unterton auf, der keinen Widerstand duldete.

Mit zitternden Fingern griff ich nach dem Löffel. Kianus sah mir stumm dabei zu, wie ich die Schüssel langsam leerte. Mir war so übel, dass ich mich bei jedem Schluck am liebsten erbrochen hätte, aber ich riss mich zusammen.

Erst als ich meine Mahlzeit beendet hatte, sagte Kianus wieder etwas. »Erzähl mir, was passiert ist.«

Würde er mir glauben, dass ich alles versucht hatte, um Paps zu retten? Oder würde er wütend werden, weil ich es nicht geschafft hatte? Ich seufzte leise, denn das Ergebnis würde in beiden Fällen dasselbe bleiben: Ich hatte versagt, so wie Kianus es bei Umbrins Prüfung gesagt hatte, wie es alle von mir erwartet hatten, ich selbst eingeschlossen – obwohl ich mit aller Kraft versucht hatte, mir das Gegenteil zu beweisen.

»Es tut mir leid, Kianus.« Die Worte waren rau, schmerzten in meinem Mund. »Ich habe es nicht geschafft, einen Heilmagier hierherzubringen.«

Er presste die Lippen aufeinander. »Danke, dass du es versucht hast.«

Vehement kämpfte ich gegen die Tränen an, die mir in die Augen stiegen. Es schmerzte, Kianus so niedergeschlagen zu sehen, vor allem, weil es meine Schuld war. Ich öffnete den Mund, aber kein Wort der Welt hätte irgendetwas besser gemacht. Und so stand ich nur langsam auf und ging zu der Tür, die in Paps' Schlafzimmer führte. Ich schaffte es, eine Hand auf die Türklinke zu legen, hielt aber inne. Das Herz schlug mir bis zum Hals und mein Magen war ein einziger Krampf. Doch mir blieb keine andere Wahl, als Paps die Wahrheit mitzuteilen. Die bittere, niederschmetternde Wahrheit.

Nach einem tiefen Atemzug betrat ich das Schlafzimmer. Durch die halb geschlossenen Fensterläden fiel nur wenig Licht auf das Doppelbett, das viel zu groß für eine Person war. Darin lag Paps, begraben unter mehreren Decken. Langsam ging ich auf ihn zu. Jeder Schritt kostete mich unendlich viel Kraft, aber irgendwie schaffte ich es bis zu ihm und streckte zögerlich eine Hand aus, um ihm die grauen Haare aus dem Gesicht zu streichen. Schweiß stand auf seiner hohen Stirn und seine dürre Hand klammerte sich an die Decken, als seien sie das Einzige, das ihm Halt geben konnte. Ich wünschte, *ich* hätte ihm Halt geben können, aber das hatte ich nie gekonnt. Weder bei Mamas Tod noch in all den Jahren danach.

»Paps«, flüsterte ich, kaum fähig, überhaupt ein Wort zu sagen. »Ich bin wieder da.«

Seine Lider flatterten, dann öffnete er die Augen. Erst huschte sein Blick orientierungslos umher, doch als Paps mich erkannte, krächzte er meinen Namen und hustete danach fürchterlich.

Ich nahm seine Hand in meine. Sie war federleicht. »Es tut mir so leid, Paps. Ich habe ... Ich konnte nicht ...«

Ein lauter Schluchzer erfüllte den Raum, gefolgt von einem weiteren. Nacheinander brachen sie in immer kürzeren Abständen aus mir heraus. All die Enttäuschung, die Verzweiflung und die Wut über mich selbst rollten über mich hinweg und rissen mich mit sich.

Versager, Versager, Versager!

Irgendwann zog mich jemand auf die Beine. Der Duft von frisch gebackenem Brot stieg mir in die Nase, dann fand ich mich in einer innigen Umarmung wieder.

»Li«, flüsterte Val und streichelte mir über den Kopf. »Ich bin da. Komm mit, du musst dich ausruhen.«

Wir schafften es hinauf in den ersten Stock. Val half mir, mich auf mein Bett zu legen. Sie schenkte mir ein warmes, liebevolles Lächeln, das mich unter anderen Umständen getröstet hätte. Aber nicht heute. Nichts würde mich je wieder trösten können, denn bald würde ich ein weiteres Mitglied meiner Familie verlieren. Und ich konnte rein gar nichts dagegen tun.

Die Dunkelheit, in die ich sank, war mir mehr als willkommen.

KAPITEL 10

in dem ich nicht glauben konnte, was ich hörte

Es war egal, ob ich schlief oder wach war. Die Albträume waren furchtbar, die Realität noch schlimmer. Doch selbst der traumlose Schlaf, in den ich ab und an glitt, erlöste mich nur kurzzeitig von der unumstößlichen Tatsache, dass Paps meinetwegen sterben würde. Weil ich trotz all meiner Anstrengungen wieder versagt hatte. Weil ich die wichtigste Aufgabe in meinem Leben nicht hatte erfüllen können.

Ich wusste nicht, wie viel Zeit vergangen war, als ich endlich genug Kraft zum Aufstehen hatte. Auf dem Weg hinunter ins Erdgeschoss waren meine Beine wackelig wie zwei lasche Karotten. Am Tisch nahm Kianus gerade eine karge Mahlzeit zu sich.

»Bei Lux, du siehst schrecklich aus«, sagte er.

»Danke für das Kompliment. Wie spät ist es?«

»Nachmittag. Setz dich und iss etwas von dem Brot, das Valea vorhin vorbeigebracht hat.«

Wortlos kam ich seiner Aufforderung nach. Er stellte mir ein Glas Wasser, Brot und geschnittenes Gemüse hin. Nachdem ich gegessen hatte, fühlte ich mich lebendiger, aber das schloss leider mit ein, dass mir der verschwitzte Geruch in die Nase stieg, der mich umgab.

»Ich glaube, ich brauche dringend ein Bad. Hilfst du mir mit dem Befüllen der Wanne?«

Kianus nickte. Wir standen auf und gingen zusammen ins Badezimmer, das gerade groß genug war, dass wir uns nicht gegenseitig über die Füße stolperten. Er nahm sich zwei Eimer und öffnete die Tür, die hinaus in den Garten führte. Als ich ihm folgen wollte, schüttelte er den Kopf und verschwand in Richtung Brunnen.

Ich zog mir die unangenehm riechende Kleidung aus und wollte sie in den Korb mit der Schmutzwäsche legen, aber er war so voll, dass bereits Kleidung auf den Boden daneben gefallen war. Anscheinend hatte Kianus in meiner Abwesenheit nicht gewaschen.

Er kam zurück und füllte das Wasser aus den Eimern in die Wanne. Unter anderen Umständen wäre es mir unangenehm gewesen, dass er mich komplett nackt sah, aber ich war zu erschöpft für irgendeine Spur von Schamgefühl. Kianus ging zurück zum Brunnen. In der Zwischenzeit setzte ich mich in den Holzbehälter, lehnte mich an den Rand und schloss die Augen.

Als die Wanne gut gefüllt war, zog Kianus einen Hocker heran und setzte sich zu mir. »Du hast noch weniger auf den Rippen als sonst. Hast du auf deiner Reise überhaupt etwas gegessen?«

Ich nickte und griff nach der Seife auf dem schmalen Fenstersims neben mir. »Keine Sorge, ich habe genug gegessen.«

Er beobachtete mich einige Augenblicke lang beim Einseifen. »Valea war oft hier, um nach dir zu sehen. Sie wird froh sein, dass du endlich wach bist.«

»Warst du auch besorgt um mich?«

»Natürlich nicht! Ich wusste, dass du früher oder später aus deinem Schönheitsschlaf erwachst und mir wieder auf die Nerven gehst.«

Meine Mundwinkel zuckten. Typisch Kianus. »Wie lange habe ich denn geschlafen?«

»Fast zwei Tage. Möchtest du mit Paps sprechen?«

Beinahe wäre mir die Seife aus den Händen gefallen. Bisher hatte ich die Gedanken an das, was mir nach dem Bad bevorstehen würde, recht gut verdrängt. Aber jetzt konnte ich nicht mehr vor ihnen davonlaufen und sie auch nicht von mir schrubben wie den getrockneten Schweiß.

»Ja, ich würde gerne mit ihm reden«, murmelte ich. »Wie ... Wie geht es ihm denn?«

»Schlecht«, erwiderte Kianus ebenso leise.

»Tut mir leid, dass ich versagt habe.«

Er öffnete den Mund, doch da tönte ein lautes »Li!« durch den kleinen Raum. Wir drehten beide die Köpfe zur Tür. Dort stand Val, mit Mehl in den Haaren und Teigresten auf ihrem weiten, grünen Hemd, aber mit strahlenden Augen. Sie überbrückte die Distanz zwischen der Tür und der Badewanne innerhalb von zwei Herzschlägen, beugte sich zu mir herunter und schlang ihre Arme um mich.

Ich lachte. »Val, du wirst ganz nass.«

»Glaubst du, das interessiert mich?« Sie drückte mich fest an sich. Der Duft von frisch gebackenen Keksen stieg mir in die Nase. »Ich bin so froh, dass du wach bist. Du hast mir Angst gemacht, weißt du das?«

Ein missmutiges Schnauben drang an meine Ohren, gefolgt von lauten, schnellen Schritten. Kianus hatte wohl das Badezimmer verlassen. Vermutlich mit finsterer Miene. Immerhin hatte er sich einen Kommentar zu Val und mir verkniffen.

Sie setzte sich auf den leeren Hocker und ließ ihren Blick prüfend an mir auf- und abwandern. »Du hast abgenommen.«

Ich zuckte mit den Schultern. »Das ist gerade nicht meine größte Sorge.«

»Trotzdem solltest du etwas essen. In der Küche stehen ein paar Kekse. Die habe ich vorhin gebacken.«

»Woher wusstest du, dass ich wach bin?«

Val grinste. »Seelenverwandte, schon vergessen?«

Wärme prickelte in meiner Brust. »Du weißt gar nicht, wie sehr ich dich und deine Kekse vermisst habe.«

»Oh doch, das kann ich mir gut vorstellen.« Ihr Grinsen verschwand. »Aber jetzt erzähl doch mal. Was ist passiert, nachdem du Patria verlassen hast?«

Ich schluckte. »Eigentlich wollte ich zuerst mit Paps darüber sprechen.«

»Verständlich. Dann lass uns später reden.« Sie beugte sich näher zu mir und tunkte ihre Hände ins Badewasser. Anschließend griff sie nach der Seife, die ich zurück in die Schale auf dem Fenstersims gelegt hatte, und schäumte sie in ihren Händen auf. »Lust auf eine Massage? Die hast du dir nach deinem Abenteuer mehr als verdient.«

»Ich habe dir doch noch gar nicht erzählt, was ich alles erlebt habe.«

Vals Hände wanderten sanft durch mein Haar. »So lange, wie du weg warst, sicher einiges.«

Ich seufzte genüsslich auf und gab mich Vals Aufmunterungsversuch hin, doch die Gedanken an das Gespräch mit Paps drängten sich unermüdlich vor die Entspannung.

Kurze Zeit später klopfte ich mit zitternden Fingern an Paps' Schlafzimmertür. Nach einem leisen »Herein« trat ich ein. Wie immer, wenn ich hier war, tauchten vor meinem inneren Auge Erinnerungen auf. Mama und ich in dem großen Bett, eng aneinandergekuschelt. Stunden, Abende, Jahre, gefüllt mit Geschichten, Blumenduft und liebevollen Zärtlichkeiten.

Heute lag Paps darin. Allein. Krank.

Schuldgefühle schlossen sich um mein Inneres, drückten zu, bis es wehtat. Ich hätte ihn retten können. Ich hätte –

»Oh, Liam.« Paps' Stimme war schwach und zittrig. »Es ist so schön, dich zu sehen.«

Ich zwang mich zu einem Lächeln. »Wie geht es dir?«

»Um ehrlich zu sein, ziemlich schlecht. Aber erzähl mir erst einmal, wo du warst und was du erlebt hast.«

Während ich überlegte, wo ich am besten anfangen sollte, kam Kianus hereingepoltert. »Ich will es auch hören.« Er zog den Schreibtischstuhl heran und setzte sich neben uns. Unter seinem stämmigen Körper verschwand der Stuhl fast vollständig.

Als hätte mir Kianus' Anwesenheit einen Schubs gegeben, sprudelten die Worte nur so aus mir heraus. Ich erzählte ihnen von meiner erfolglosen Suche nach einem Heilmagier und wie ich Ray begegnet war. Die Details über Carthurs Auftrag ließ ich aus. Zu meiner Erleichterung fragten weder Paps noch Kianus danach. Ich schloss meine Schilderung damit, dass ich in Calid des Diebstahls bezichtigt worden und deswegen ohne einen Heilmagier zurückgekehrt war.

»Du warst in Calid?«, fragte Paps überrascht.

Kianus verschränkte die Arme. »Löckchen war scheinbar in ganz Lumia unterwegs, aber es war trotzdem umsonst.«

Ich senkte den Blick. Mein Herz war so schwer wie das gesamte Pulvia-Gebirge. »Tut mir leid, dass ich nichts erreicht habe.«

»Sag so etwas nicht«, erwiderte Paps. »Ich bin dir dankbar, dass du versucht hast, einen Heilmagier für mich zu finden.«

»Aber es war zwecklos. Du wirst …« Ich brachte es nicht über mich, den Satz zu vollenden.

Paps griff nach meiner Hand. Sie war viel zu kühl für diese Jahreszeit. »Ich bin trotzdem stolz auf dich.«

Tränen stiegen mir in die Augen. Von einem Moment auf den anderen ertrug ich es nicht mehr, hier zu sein, und sprang auf.

»Wo willst du hin?«, rief Kianus, doch da eilte ich schon in den Flur hinaus und auf die Haustür zu.

Draußen knallte mir sommerliche Hitze entgegen. Sie vermischte sich mit Selbstvorwürfen, Ängsten und Verzweiflung zu einem flammenden Wirbel, erschwerte mir das Atmen, aber ich rannte weiter, musste mich bewegen – denn wenn ich stehen blieb, würde ich möglicherweise nie wieder den Mut finden, weiterzugehen.

Paps' Worte hallten wie ein Echo in mir nach, aber ich schüttelte sie von mir, wollte nicht hören, dass er stolz auf mich war, nur weil ich *versucht* hatte, ihn zu retten. Dieser Versuch war nichts wert, nichts, worauf ich hätte stolz sein können, denn ich hatte versagt. Mal wieder. Umbrin hatte recht gehabt. Mit allem, was er mich während der Prüfung hatte erleben lassen. Trotzdem hatte ich geglaubt, es schaffen zu können. Ich hatte ein einziges Mal an mich selbst geglaubt. Was hatte es mir und meinen Liebsten eingebracht? Leid und noch mehr Schmerz.

Der Hufschlag von Pferden übertönte meine Gedanken. Ich blinzelte einige Male und kehrte in die Realität zurück.

An der knorrigen Eiche am Dorfeingang ritten gerade drei fremde Männer in dunkler Kleidung vorbei. Die vorderen beiden waren wie Tag und Nacht. Einer war groß und sein Haar fast so dunkel wie sein Gewand. Es fiel ihm in einem geflochtenen Zopf vorn über die Schulter. Der Mann neben ihm war kleiner und sein blondes Haar strahlte im Licht der Sonne so hell, dass ich mich schnell dem dritten zuwandte, dessen Gesicht ein voller Bart zierte.

Wenige Schritte entfernt von mir hielten sie an. Der Mann mit dem Zopf beugte sich ein Stück zu mir herunter. »Guten Tag, junger Herr. Wir suchen Liam Vallo. Kennen Sie ihn?«

Verwundert starrte ich ihn an. »Das bin ich, aber wer sind Sie? Und was wollen Sie von mir?«

»Mein Name ist Magnus Fortis. Ich wurde beauftragt, Ihnen meine Dienste als Heilmagier anzubieten.«

Die Hitze hatte wohl auch meinen Ohren zugesetzt. Das konnte doch nicht wahr sein, oder?

»Ein Heilmagier? Wer hat Sie geschickt?«

»Ich kann Ihnen nichts über meinen Auftraggeber mitteilen, aber ich erzähle Ihnen gerne mehr von mir selbst. Nur würde ich das ungern auf offener Straße tun. Gibt es einen Ort, an dem wir uns ungestört unterhalten können?«

Es dauerte einen Moment, bis ich über meine Fassungslosigkeit hinweg ein Nicken zustande brachte. »Kommen Sie gerne mit.«

Als wir den Wohnraum betraten, fielen Kianus beinahe die Augen aus dem Kopf. »Löckchen, wer sind diese Leute?«

»Sie sind hier, um Paps zu helfen.«

Magnus neigte höflich den Kopf in Richtung meines Bruders und stellte sich vor.

»Ein Heilmagier, hm?« Kianus schnaubte abfällig. »Das kaufe ich dir nicht ab. Du bist bestimmt irgendein Quacksalber, der uns schaden will!«

»Kianus«, zischte ich entsetzt. »Wo sind deine Manieren?«

Magnus lächelte, aber es wirkte gequält. »Verzeihen Sie, falls ich einen falschen Eindruck erweckt habe. Aber seien Sie versichert, dass ich nur hier bin, um zu helfen. Schon seit vielen Jahren bin ich als Heilmagier tätig und habe Erfahrung mit der Behandlung von Atemwegsbeschwerden. Man hat mich beauftragt, Liam Vallo aufzusuchen. Deswegen bin ich heute mit Lucius und Michael hier.«

»Entschuldigen Sie die Unhöflichkeit«, sagte der blonde Mann und hob den Blick, um mich anzusehen. Er war fast einen halben Kopf kleiner als ich. »Ich habe mich noch nicht vorgestellt. Mein Name ist Lucius Flavo.«

Der dritte Mann – Michael – brummte etwas Unverständliches in seinen wild abstehenden Bart.

»Und wer schickt dich?«, fragte Kianus den Heilmagier.

»Darüber darf ich keine Auskunft geben.«

Kianus trat einen Schritt auf Magnus zu, die Augen vor Zorn lodernd. »Entweder beantwortest du meine Fragen oder ich werfe euch eigenhändig aus Patria raus, mitsamt euren Gäulen!«

»Moment, Moment!« Ich hob beschwichtigend die Arme. »Kianus, was hältst du davon, wenn wir Medela dazuholen und sie bitten, sich mit Herrn Fortis zu unterhalten? Sie kann bestimmt beurteilen, ob er Paps helfen kann.«

Es dauerte einige Augenblicke, bis Kianus sich von Magnus abwandte. »Schön, ich gehe sie holen. Löckchen, du passt währenddessen auf, dass hier niemand unerlaubt etwas anfasst.«

Nachdem er zur Tür hinausgestapft war, räusperte ich mich und sah die Besucher entschuldigend an. »Möchte jemand etwas trinken? Oder Kekse?«

Unser kleines Haus war voll wie nie zuvor. Medela saß mit unseren Besuchern am Tisch und wechselte einige Worte mit Magnus Fortis. Kianus und ich lehnten nebeneinander an der Wand und lauschten dem Gespräch.

Nach einer Weile wandte sich Medela uns zu. »Ich bin überzeugt davon, dass Meister Fortis eurem Vater helfen kann.«

Erleichtert atmete ich aus. »Danke, Medela. Wir geben Paps Bescheid.«

Während Kianus und ich an die Schlafzimmertür herantraten, standen Magnus und Medela auf. Lucius und Michael blieben sitzen. Michael starrte gelangweilt aus dem Fenster, Lucius' Blick ruhte auf Medela. Er musterte sie interessiert. Auch sie sah ihn an, mit ebenso neugierigem Ausdruck. Auf mich wirkte es wie ein stummer Austausch, aber die beiden hatten bisher kein einziges Wort miteinander gewechselt.

Kianus folgte mir in Paps' Schlafzimmer. Als ich unserem Vater von den guten Neuigkeiten berichtete, weiteten sich seine Augen, doch er stimmte der Heilbehandlung zu. Daraufhin traten Magnus und Medela ein.

»Ferrus, dürfte ich bei deiner Behandlung zusehen?«, fragte sie.

Paps nickte und hörte dann Magnus zu, der sich ihm vorstellte und erläuterte, wie die Prozedur ablaufen würde.

»Sollen wir draußen warten?«, fragte ich Paps.

Kopfschüttelnd zog er sich das Hemd aus. Magnus tastete seinen Oberkörper ab und stellte ihm Fragen. Anschließend begann er mit seiner magischen Behandlung. Genau wie bei Carthur floss auch aus Magnus' Händen grünes Licht heraus und in Paps' Brust hinein. Er hustete einige Male, woraufhin Magnus innehielt und ihm gut zuredete, bevor er erneut Magie wirkte.

Die ganze Zeit über wagte ich kaum zu atmen. Kianus lehnte in einer lässigen Pose neben mir an der Wand, die Arme vor der Brust verschränkt, doch ich kannte ihn lange genug, um seine Fassade zu durchschauen. Sein Kiefer zitterte, ebenso die Finger, die er krampfhaft in seine Arme grub. Am liebsten hätte ich ihm eine Hand auf die Schulter gelegt, aber Kianus hätte sicher einen Aufstand gemacht, wenn ich ihm in der Anwesenheit anderer Leute mein Mitgefühl gezeigt hätte.

Nach einer Ewigkeit zog Magnus seine Hand zurück. »So, das wäre geschafft, Herr Vallo. Sie sollten sich jetzt einige Tage lang schonen und eine spezielle Kräutermischung trinken. Ich werde Medela mitteilen, wie sie hergestellt wird.«

Ich trat von der Wand weg. »Ist Paps jetzt geheilt?«

»Er wird bald vollständig genesen sein.«

Wärme breitete sich in mir aus, lockerte meine angespannten Muskeln und verscheuchte die restlichen Sorgen in meinem Kopf, bis nur noch Erleichterung zurückblieb.

»Vielen Dank, Magnus.« Paps' Stimme war fester als zuvor. »Ich stehe tief in Ihrer Schuld und werde Ihnen die Behandlung so schnell wie möglich bezahlen.«

»Das ist nicht nötig. Ich habe nur meine Pflicht getan.«

Er und Medela verließen den Raum. Nachdem die Tür geschlossen worden war, setzten Kianus und ich uns links und rechts von Paps auf das Bett. Schluchzend und zugleich lachend schlang ich meine Arme um ihn. Jetzt würde alles wieder gut werden.

»Danke, ihr beiden«, flüsterte er. »Ich bin froh, dass ihr bei mir seid.«

»Liam ist derjenige, der dich gerettet hat«, sagte Kianus. Auch ihm war anzuhören, wie froh er war, dass es Paps besser ging. »Ohne ihn wäre der Heilmagier nie hierhergekommen.«

Sein Lob überraschte mich. »Aber du hast dich um Paps gekümmert, während ich weg war.«

»Jungs«, unterbrach Paps uns mit einem amüsierten Kopfschütteln. »Könnt ihr euch nicht ein einziges Mal vertragen und an der Tatsache erfreuen, dass wir bald in unser altes Leben zurückkehren können?«

Seine Worte hätten mich erleichtern sollen, aber sie taten es nicht. Hastig stand ich auf und verkündete: »Ich komme später wieder, wenn ich mich um unsere Besucher gekümmert habe.«

Paps nickte und sank zurück in die Kissen. Kianus folgte mir in den Wohnraum, wo wir auf Magnus und seine Begleiter trafen. Medela war schon gegangen.

»Gibt es in diesem Dorf eine Möglichkeit zur Übernachtung?«, erkundigte sich Magnus. »Wir würden gerne erst morgen früh abreisen, da es schon recht spät ist.«

Ich winkte sie mit mir zur Tür. »Bei Alanso in der Dorfschenke gibt es ein paar freie Betten.«

Nachdem die drei Männer sich zu Alanso zurückgezogen hatten, machte ich mich auf den Weg nach Hause. Dabei kam ich an der

Bäckerei vorbei und machte einen Zwischenstopp, um Val zu berichten, was passiert war. Natürlich gab sie sich nicht mit der Kurzfassung der Ereignisse zufrieden und bestand darauf, mich nach Hause zu begleiten, damit ich ihr genau schildern konnte, was ich seit meiner Abreise alles erlebt hatte.

Hand in Hand schlenderten wir durch Patria. Val hing gebannt an meinen Lippen, als ich ihr von der Begegnung mit Ray, meiner Heilbehandlung und auch von dem ungewollten Bad im See erzählte.

»Weißt du, was Ray gemacht hat, als ich ihn gebeten habe, mir aus dem Wasser zu helfen? Er hat mir statt seiner Hand sein Schwert hingehalten. Und dann hat er mich einfach nur finster angestarrt. Du hättest ihn erleben müssen! So jemand wie Ray ist mir noch nie begegnet.«

»Ich habe das Gefühl, dass auf deiner Reise einiges passiert ist.«

»Ach was«, erwiderte ich, obwohl das nicht stimmte. Aber ich hatte das Bedürfnis, Val zu widersprechen, weil in ihrer Stimme ein Unterton mitschwang, der meinen Magen nervös flattern ließ.

»Das sieht mir aber anders aus. Du grinst bis über beide Ohren.«

Tatsächlich taten meine Mundwinkel ein bisschen weh. Hatte ich beim Erzählen so viel gelächelt?

»Li, was verschweigst du mir?«

»Gar nichts.«

»Du weißt, dass du ein schlechter Lügner bist. Gibt es vielleicht ein paar spannende Neuigkeiten aus deinem Liebesleben?«

Ungläubig schüttelte ich den Kopf. »Valea Risa, du hast eine blühende Fantasie.«

Ein verschmitztes Lächeln umspielte ihre Lippen. »Ach ja? Dann erzähl mal weiter.«

Jegliche Details zu Carthurs Auftrag ließ ich aus. Ich teilte Val nur mit, dass Ray und ich einen wichtigen Auftrag für ihn ausgeführt hatten.

Kurze Zeit später erreichten wir mein Zuhause. Kianus war nicht da. Vermutlich ging er auf den Feldern seiner Arbeit nach. Während ich eine Gemüsesuppe für Paps zubereitete, schilderte ich Val, was in Numoria passiert war. Anschließend legte ich eine kurze Pause ein, um Paps das Essen zu bringen. Da er friedlich schlief, stellte ich ihm die Schüssel auf das Nachttischchen und ging zurück zu Val. Beim Abwaschen der Kochutensilien beschrieb ich ihr den Abend in Acta.

»Als Ray das Doppelbett gesehen hat, ist er sofort geflüchtet. Er wollte nicht mit mir zusammen schlafen.«

»Wer wollte nicht mit dir schlafen?«

Val und ich drehten die Köpfe in Richtung Flur. Dort stand Kianus mit hochgezogenen Augenbrauen. An seinen Schuhen klebte Erde und in seinen langen Haaren hing ein Grashalm.

»Hat dich eine Frau abgewiesen oder was?«, spottete er.

»Nein, du Esel«, schimpfte Val, bevor ich antworten konnte. »Wenn du schon lauschst, hör wenigstens richtig zu.«

Er verschränkte die Arme vor der Brust. »Wirklich zu schade. Ich dachte, du hättest endlich deine Unschuld verloren, nachdem du dich bei Macina so ungeschickt angestellt hast.«

Meine Wangen erhitzten sich. Schnell gab ich ein paar Tropfen Öl auf einen Schwamm und rieb damit über das gusseiserne Innere des Kessels.

»Hast du deine geliebten Wörter verloren, Löckchen? Was war denn jetzt mit deinem Stelldichein?«

»Es war kein ... Wir haben nur im selben Bett geschlafen.«

»Und dabei ist nichts passiert? Du scheinst bei den Frauen noch unbeliebter zu sein, als ich dachte.«

»Es war keine Frau.«

Kianus entglitten die Gesichtszüge. »Du hast mit einem Mann zusammen im *selben* Bett geschlafen?« Er klang fast schon entsetzt.

»Ja, habe ich.«

»Wo ist das Problem?«, fragte Val ihn. »Hätte Li etwa auf dem Boden schlafen sollen?«

»Wäre eine Möglichkeit gewesen, ja.«

Val gab ein genervtes Stöhnen von sich und drehte ihm demonstrativ den Rücken zu. »Was ist an dem Abend noch passiert, Li?«

Beim Weitererzählen konzentrierte ich mich darauf, Kianus' Anwesenheit zu ignorieren, aber ich wusste, dass er jedes Wort aus meinem Mund einer gründlichen Prüfung unterzog, deren Bewertungskriterien nur er allein kannte. Nach einer Weile ging er wortlos in den Garten hinaus.

»Wie kann man nur so ein Esel sein?«, beschwerte sich Val, doch sie sah ihm länger nach, als es nötig gewesen wäre.

Ich zuckte mit den Schultern und fuhr mit meiner Geschichte fort. Als ich beim Wald Silval ankam, ließ ich sowohl Umbrins Prüfung als auch die Nacht mit Ray unter dem Sternenhimmel aus. Diesen Moment wollte ich für mich haben.

Im Anschluss an meine Erzählung spazierten Val und ich zurück zur Bäckerei. Die Gassen wirkten enger als sonst, die Häuser kleiner und schiefer. Es kam mir außerdem so vor, als würde ich beim Gehen mehr Staub aufwirbeln.

Was sich nicht verändert hatte, war Val. Sie erzählte mir, was während meiner Reise in Patria passiert war, und ich lachte über ihre nüchterne Berichterstattung. Doch ich musste mich bereits nach kurzer Zeit korrigieren: Auch meine beste Freundin hatte sich verändert. Etwas an der Art, wie sie über meinen Bruder sprach, irritierte mich.

Es war normal, dass sie ihn erwähnte, immerhin waren wir drei zusammen aufgewachsen. Kianus war nur knapp ein Jahr jünger als wir, aber das hielt sie nie davon ab, ihn als ihren hilflosen kleinen Bruder zu betrachten. Die beiden stritten sich schon, seit ich denken konnte. Hitzige Diskussionen gehörten zu unserem Alltag, ebenso das anschließende, manchmal tagelang andauernde Schweigen zwischen den beiden Sturköpfen.

»Dieser Esel hing mir ständig im Nacken! Stell dir vor, er wollte sogar, dass ich mit auf die Felder komme. Wie nervig kann man bitte sein?«

»Klingt nicht so, als hätte es dich gestört.«

Val blieb stehen und sah mich irritiert an. »Hast du mir überhaupt zugehört?«

»Habe ich«, antwortete ich lächelnd. Nach fünfzehn Jahren Freundschaft wusste ich, wann sie etwas so meinte, wie sie es sagte, und wann nicht. Als sie Kianus gerade erwähnt hatte, war weder ein verärgertes Funkeln in ihren Augen zu sehen gewesen noch hatte sie geseufzt. Außerdem klang ihre Stimme keineswegs genervt. In der Regel traf einer dieser drei Fälle zu, wenn sie über Kianus sprach.

Val verzog das Gesicht, als hätte ich sie beleidigt, und stemmte die Hände an ihre breite Hüfte. »Liam Vallo, was auch immer du mir gerade unterstellen willst – es stimmt nicht.«

»Ich habe dir doch gar nichts unterstellt.«

»Doch, hast du. Mit deinem zuckersüßen Lächeln und deinem unschuldigen Blick hast du angedeutet, dass ich es gut fand, Zeit mit deinem nervigen Bruder zu verbringen.«

Ich grinste. »Zuckersüßes Lächeln? Seit wann sagst du solch nette Dinge über mich?«

»Ich sage immer nette Dinge über dich.« Sie warf ihre dunklen Locken zurück. »Jedenfalls hat Kianus deine Abwesenheit mehr ausgemacht, als er zugeben will. Das kannst du ihm ruhig ordentlich unter die Nase reiben.«

»Keine Sorge, werde ich tun.«

Wir kamen an der Dorfschenke vorbei. Durch die halb geöffneten Fenster drangen einzelne Gesprächsfetzen zu uns nach draußen. Ich erkannte die Stimme des Magiers und die von Lucius. Sie sprachen über Paps' Heilung.

»Lass uns zuhören«, flüsterte Val und lehnte sich ein paar Schritte von einem offenen Fenster entfernt an die Hauswand.

»Aber das ist unhöflich.«

Val verdrehte die Augen, machte aber keine Anstalten, wegzugehen. Da sie mich immer noch festhielt, musste ich ebenfalls an der Wand ausharren und dem Gespräch lauschen.

»Er wird höchst erfreut sein, dass wir den Auftrag so schnell abgeschlossen haben«, sagte Lucius gerade. Sie sprachen wohl über ihren Auftraggeber.

»In der Tat«, antwortete Magnus. »Ich habe vor unserer Abreise ein paar Worte mit ihm gewechselt. Auf mich wirkt er viel erwachsener. Wir werden sicher bald wieder zur Normalität zurückkehren können.«

»Mir ist immer noch schleierhaft, warum wir hierherkommen sollten.« Das war Michael. »Wieso wollte der Prinz einem kranken Mann aus irgendeinem Hinterwäldler-Dorf helfen?«

Ich glaubte, mich verhört zu haben, doch Vals aufgerissene Augen nahmen mir meine Zweifel. Innerhalb eines Herzschlags wuchs meine Neugier ins Unermessliche und ich konzentrierte mich darauf, kein einziges Wort zu verpassen.

»Nicht so laut«, rügte ihn Magnus. »Ich werde mir jetzt noch ein Glas Wein genehmigen. Der Wirt hat sehr von ihm geschwärmt. Möchte jemand mittrinken?«

Ein Stuhl scharrte über den Boden. »Ich werde mich auf mein Zimmer begeben«, verkündete Lucius.

»Möchtest du nicht den Wein probieren?«

»Nein, ich verzichte.«

»Bleibt mehr für uns«, erwiderte Michael mit einem zufriedenen Brummen.

Val zog mich zur Seite. »Was haben wir da gerade gehört?«

Ich zuckte mit den Schultern. Warum hatte der Prinz einen Magier nach Patria geschickt, um meinen Vater zu heilen? Weder Paps noch ich kannten den Prinzen. Es ergab keinen Sinn, egal wie ich es drehte und wendete.

Wir setzten den Weg zur Bäckerei fort, aber kaum waren wir zehn Schritte gegangen, griff Val das Thema wieder auf. »Du bist dem Prinzen nicht zufällig auf deiner Reise begegnet, oder?«

»Das hätte ich ja wohl bemerkt.«

»Wie kannst du dir da so sicher sein? Du weißt doch nicht mal, wie er aussieht.«

Da hatte sie zwar recht, aber ... »Er hätte sich bestimmt zu erkennen gegeben.«

»Wenn du meinst.«

Als wir vor der Bäckerei stehen blieben, in deren oberem Stockwerk sich die Wohnräume der Familie Risa befanden, umarmte Val mich zum Abschied.

»Ich bin froh, dass du zurück bist und dass Ferrus bald gesund wird. Dann ist endlich wieder alles beim Alten.«

Ihre Worte versetzten mir, wie vorhin schon die von Paps, einen Stich. »Ja. Alles ist wieder so, wie es war.«

Sie zog die Brauen hoch. »Habe ich etwas Falsches gesagt?«

»Nein, es ist alles gut. Ich bin nur müde.«

Sie musterte mich noch einen Moment lang, dann öffnete sie die Haustür. »Ruh dich gut aus. Wir sehen uns morgen.«

»Löckchen, du hast deinen Kopf heute wieder in den Wolken, was?«, begrüßte mich Kianus zu Hause. »Was geht denn hinter deinen Sommersprossen ab, hm? Träumst du von jemandem?«

Unter anderen Umständen hätte ich ihm einen bösen Blick zugeworfen, aber gerade brachte mich sein Kommentar in die Realität zurück.

»Der glacidische Prinz hat den Heilmagier geschickt.«

Kianus' Augen wurden so groß wie Radieschen. »Was?«, rief er ungläubig aus, senkte aber sofort die Lautstärke und warf einen hektischen Blick zu Paps' geschlossener Schlafzimmertür. »Du willst mich doch auf den Arm nehmen!«

»Nein. Ich habe mit Val zufällig ein Gespräch unserer Besucher mitangehört, in dem sie über den Prinzen geredet haben.«

»Aber wir kennen ihn doch gar nicht.«

»Ich weiß, und bitte erzähl Paps nichts davon. Er soll sich erst erholen, bevor wir ihn mit diesen neuen Informationen konfrontieren.«

Kianus nickte und fuhr sich mit einer Hand übers Gesicht. »Wie müde bist du?«

»Warum fragst du?«

Er mied meinen Blick. »Ich bräuchte morgen eine saubere Hose.«

Ein Grinsen schlich sich auf mein Gesicht. »Lass mich raten. Du hast nicht gewaschen, während ich weg war?«

»Ich hatte anderes zu tun.«

»Du hättest Val um Hilfe bitten können. Oder wolltest du nicht, dass sie sieht, wie wenig Ahnung du von Hausarbeit hast?«

Ein missmutiges Schnauben – was auch sonst. »Das bisschen Wäsche hätte ich geschafft, wenn ich mich nicht um unseren Vater, die Felder *und* unsere Mahlzeiten hätte kümmern müssen!«

Einen Moment lang herrschte Stille. Dann nahm ich all meinen Mut zusammen und fragte: »Soll ich dir zeigen, wie man wäscht?«

»Das ist doch deine Aufgabe.«

»Weißt du, es schadet nie, etwas Neues zu lernen. Man weiß nie, wann man dieses Wissen brauchen könnte.«

Seine Augen wurden schmal. »Was willst du damit sagen?«

»Nichts«, erwiderte ich schnell und ignorierte das Ziehen in meinem Bauch. »Also, soll ich es dir zeigen? Es wird dich sicher nicht umbringen, Wäsche waschen zu können.«

»Wenn du mich dann endlich in Ruhe lässt ...«

Ich versteckte meine Erleichterung hinter einem Winken und ging voraus ins Bad. Gemeinsam trugen wir die schmutzige Wäsche hinaus in den Garten. Aus der Hütte neben dem Eselverschlag holte ich den hölzernen Waschzuber und brachte ihn zum Brunnen. Danach zeigte ich Kianus alles, was ich mir vor vielen Jahren von Vals Mutter über das Wäschewaschen hatte beibringen lassen. Er hörte zu, ohne Fragen zu stellen, und erstaunlicherweise verließ keine Beschwerde seinen Mund, als ich ihm ein Kleidungsstück in die Hand drückte. Beim Waschen stellte er sich ungeschickt an und gab mehr als einmal einen missmutigen Laut von sich. Ich amüsierte mich im Stillen darüber, aber gleichzeitig freute es mich, dass er nicht aufgab.

Als die nasse Wäsche auf der Leine hing, grummelte er: »Das reicht für den Rest meines Lebens.«

»Was soll ich denn sagen? Ich mache das mehrmals pro Woche.«

Er klopfte mir auf die Schulter und ging zum Haus. Irritiert blickte ich ihm hinterher. Hatte er mir mit dieser Geste sein Mitgefühl ausdrücken wollen? Nein, das passte nicht zu ihm.

Ich blieb noch einen Moment länger im Garten und betrachtete die knorrigen Obstbäume, die Kräuter neben dem Eselverschlag und die Blumen, die am Zaun wuchsen. Gedanklich war ich jedoch weit weg von alldem, denn auf dem Rückweg von der Bäckerei hatte sich eine Idee in mir geformt, die mir einerseits Bauchschmerzen bereitete, sich andererseits aber genau richtig anfühlte.

Entschlossen machte ich mich daran, die Waschutensilien wegzuräumen. Dabei musste ich an Kianus' angestrengtes Gesicht von vorhin denken. Ich hatte ihm nicht ohne Hintergedanken gezeigt, wie man schmutzige Kleidung wusch.

Jetzt

Ich öffne die Augen und blicke in das gespannte Gesicht meiner Besucherin. Ihr Stift schwebt über den Buchseiten, die sie seit Beginn meiner Erzählung mit Notizen gefüllt hat.

»Ich brauche eine kurze Pause«, teile ich ihr mit. »Möchtest du auch etwas zu trinken haben?«

»Sehr gerne. Wasser reicht völlig aus.«

Ich erhebe mich aus meinem Sessel und begebe mich zu meinem Schreibtisch, wo das unbeschriebene Blatt Papier liegt, das ich heute Abend mit Worten hatte füllen wollen. Das dort stehende Wasserglas trinke ich in einem Zug leer. So sehr ich es liebe, Geschichten zu erzählen – meine Kehle fühlt sich währenddessen immer an, als wäre ich in der Wüste Calora unterwegs und hätte seit Tagen keinen einzigen Tropfen getrunken.

Mit dem leeren Glas in der einen und einer Kerze in der anderen Hand mache ich mich auf den Weg zu den Räumen der Bibliothek, zu denen nur meine Mitarbeiter und ich Zugang haben. Gedanklich bin ich noch immer im Lesesaal. Ob meine Erzählung den Erwartungen meiner Besucherin entspricht? Vermutlich nicht. Aber ich bin nie gut darin gewesen, Erwartungen zu erfüllen.

Im Korridor, der zum Lesesaal führt, kommt mir zum zweiten Mal an diesem Abend eine Person entgegen. Ich brauche nicht viel Licht, um zu wissen, wer sich mir nähert. Er besitzt einen Schlüssel zur Bibliothek, weil er mich in den letzten Jahren so oft außerhalb der Öffnungszeiten besucht hat, dass ich ihm einen habe anfertigen lassen.

Lächelnd trete ich ihm entgegen. Er schenkt mir ebenfalls ein Lächeln, das mein Herz auch nach all den Jahren noch zum Stolpern bringt.

»Brauchst du vor dem Schlafengehen noch neuen Lesestoff?«, frage ich. »Oder hattest du Sehnsucht nach der ruhigen Atmosphäre hier?«

»Weder noch. Ich hatte Sehnsucht nach etwas anderem.«

Wärme kribbelt in meiner Brust. Einen Moment lang sehen wir uns im schummrigen Licht der Kerzen an. Dann sage ich: »Ich habe gerade eine Besucherin, die sich eine Geschichte anhört. Setz dich doch zu uns.«

Er hebt die Augenbrauen. »Eine Besucherin zu solch später Stunde?«

»Ich war ebenfalls überrascht. Sie ist sehr interessiert an einem ganz bestimmten Mann, über den sie ein Buch schreiben möchte.« Während ich ihm erzähle, um welchen Mann es sich handelt, kommt mir eine Idee. »Hättest du Lust, die Geschichte mit mir gemeinsam weiterzuerzählen? An der jetzigen Stelle könntest du dich gut einbringen.«

»Ich weiß nicht recht.«

»Aber dann würde die junge Frau besser verstehen, was damals passiert ist.«

Er legt den Kopf leicht schief. »Was bekomme ich, wenn ich einwillige?«

»Das, weswegen du hier bist«, flüstere ich und lehne mich ihm entgegen.

Wenig später kehren wir gemeinsam in den Lesesaal zurück und setzen uns in die beiden leeren Sessel.

Die Frau mustert uns mit amüsiertem Blick. »Hast du noch einen Besucher gefunden?«

Ich schmunzle. »Er wird mich beim Erzählen unterstützen. Ich verspreche dir, dass sich auf diese Weise einige deiner Fragen von selbst beantworten.«

»Woher weißt du denn, dass ich welche habe?«

»Es würde mich wundern, wenn du keine hättest.«

Lachend nimmt sie ihren Stift in die Hand. »Gut, dann bin ich mal gespannt.«

Ich wende mich meinem Miterzähler zu. »Du darfst gerne loslegen.«

Er streicht sich eine nicht vorhandene Falte aus seinem blauen Hemd, räuspert sich und beginnt zu sprechen. Dabei ruht sein Blick aber nicht auf der Besucherin, sondern auf mir. Ich weiß, wie viel Überwindung ihn das hier kostet. Er hat noch nie mit mir zusammen eine Geschichte erzählt, aber es gibt für alles ein erstes Mal.

Ich bin froh, dass ich auch dieses erste Mal zusammen mit ihm erleben darf, schenke ihm ein dankbares Lächeln und versinke in seinen Worten und seiner Stimme, die hell und klar ist wie das Wasser eines Sees in den frühen Morgenstunden.

Suchen wir nicht alle das Gleiche

in dieser großen, weiten *Welt?*

Sind wir nicht alle gefangen

in unserer eigenen?

Versuchen wir nicht alle, einfach nur

genug zu sein?

KAPITEL 11

Raelyn - wenige Tage zuvor

Sie verhielten sich, als wäre nie etwas passiert. Als wäre ich nie fort gewesen. Nichts hatte sich verändert.

Und trotzdem war alles anders.

Alles.

KAPITEL 12

Raelyn – wenige Tage zuvor

»Welch freudige Überraschung.«
Der Mann hinter dem Schreibtisch stützte seine Arme auf dem Tisch ab und musterte erst mich, dann den Gegenstand in meinen Händen. Er wusste, was ich ihm brachte, auch wenn ein Tuch die wahre Gestalt des Objekts verhüllte.

Wortlos stellte ich es vor ihm ab, drehte mich um und ging zurück zur Tür. Ich wurde aufgehalten, bevor ich sie erreichte.

»Hast du dich an alle Regeln gehalten?« Seine Stimme klang neugierig, aber es schwang etwas Lauerndes darin mit. Genau wie vor knapp zwei Wochen, als er mir den Auftrag erteilt hatte.

Ich presste die Lippen aufeinander und nickte, ohne mich umzudrehen.

»Sehr gut. Dann bleibt mir nur noch eines zu sagen.«

Er machte eine Pause und ließ mich warten. Doch ich hatte nichts gegen das Warten. Es zögerte hinaus, was ich nicht hören wollte. Was ein endgültiges Ende von dem bedeutete, das ich noch nicht loslassen konnte.

»Willkommen zurück, Hoheit.«

KAPITEL 13

in dem ich mich für mich selbst entschied

Liam

»Oh, Liam, guten Morgen.« Alanso stand in einem ausgefransten Nachthemd an der Hintertür der Dorfschenke und blickte mich überrascht an. »Was führt dich denn zu dieser frühen Stunde hierher?«

»Ich will Magnus Fortis etwas fragen. Er ist doch noch nicht abgereist, oder?«

»Nein, der ist gestern recht spät ins Bett. Der Wein hat ihm wohl geschmeckt.« Alanso winkte mich herein. »Ich richte ihm aus, dass du hier bist.«

Ich folgte ihm durch den Flur mit den Gästezimmern zu der Tür, die in den Schankraum führte. Darin hatte ich schon unzählige Abende damit verbracht, den Patrianern meine Geschichten zu erzählen. Ich setzte mich an einen der fünf leeren Tische. Obwohl ich allein war, kam es mir vor, als würde ich bereits den ganzen Raum ausfüllen.

Vor meiner Reise hatte ich zwar gewusst, dass mein Heimatdorf klein war, aber nachdem ich Städte wie Acta oder Calid gesehen hatte, kam es mir winzig vor. Hier gab es keine Straßen voller geschäftiger Leute und keine gut besuchten Gasthäuser, deren Speiseräume drei- oder viermal so groß waren wie der Schankraum von Alanso. In Patria gab es bloß unzählige Hühner, Gemüse und Unmengen an Staub, den ich jeden Tag aufs Neue von den Möbeln in unserem Haus wischen durfte, weil der Wind ihn unermüdlich hereinwehte.

Je länger Magnus und seine Begleiter auf sich warten ließen, desto mehr Zeit hatte ich, um Vergleiche zwischen Patria und den Städten anzustellen, die ich mit Ray besucht hatte. Mit jedem vergehenden Herzschlag verfestigte sich der Knoten in meinem Magen, der sich gestern bei Paps' und Vals Worten gebildet und beim Wäschewaschen mit Kianus verfestigt hatte. Sie freuten sich darauf, dass alles wieder so werden würde wie vorher. Warum konnte ich das nicht auch? Warum war nach der Reise mit Ray meine Lust auf Abenteuer noch nicht gestillt?

Ich kannte die Antworten auf meine Fragen, aber das machte es nicht besser. Ganz im Gegenteil: Sie führten mir vor Augen, dass ich nicht das erreicht hatte, was ich mir – abgesehen von Paps' Heilung – von dieser Reise erhofft hatte.

Nach einer Ewigkeit ertönten Schritte auf der Treppe und die drei Männer gesellten sich zu mir an den Tisch. Michael mied meinen Blick, aber Magnus und Lucius lächelten mich freundlich an.

»Wie kann ich Ihnen helfen, Liam?«, fragte Magnus. »Ist etwas mit Ihrem Vater?«

Augenblicklich meldete sich mein schlechtes Gewissen. Bevor ich mein Zuhause vorhin verlassen hatte, hatte ich nach Paps gesehen. Er hatte friedlich in seinem Bett geschlafen. Sein Gesicht hatte zwar wieder etwas an Farbe gewonnen, aber –

Ich verdrängte die Gedanken an Paps und blickte Magnus fest entschlossen in die Augen. »Ich möchte Sie nach Glacida begleiten, um Ihrem Auftraggeber persönlich zu danken.«

Er tauschte einen schnellen Blick mit Michael, der mich ansah, als hätte ich ihn persönlich beleidigt. »Tut mir leid, aber wir können Sie nicht mitnehmen. Ich bitte Sie, die Sache auf sich beruhen zu lassen. Ihr Vater ist geheilt und Sie können wieder in Ihr gewohntes Leben zurückkehren.«

Auch er erwartete, dass ich dort weitermachte, wo ich vor meiner Reise aufgehört hatte. Als hätte sich rein gar nichts verändert.

»Ich bin Ihnen dankbar für die Heilung meines Vaters, aber es ist mir sehr wichtig, mit Ihnen zu kommen.«

Michael schnaubte missmutig und klang dabei wie Kianus, wenn ihm etwas gründlich missfiel. »Ihr eigentliches Problem ist doch, dass Sie sich keine Einreisegenehmigung nach Glacida leisten können. Letztendlich wollen Sie uns bloß ausnutzen.«

»Aber, aber, Michael«, erwiderte Lucius. »Liam weiß seine Vorteile eben zu nutzen. Daran ist nichts Verwerfliches.«

Michael brummte und schwieg. Daraufhin sah Lucius mich an.

»Wenn Sie nach Glacida wollen, nehmen wir Sie gerne mit. Aber Sie müssen sich während der Reise an unsere Bedingungen halten. Einverstanden?«

Die anderen beiden Männer zogen scharf die Luft ein, doch keiner widersprach Lucius. Ich war ebenfalls überrascht. War Lucius derjenige, der Entscheidungen für die Gruppe treffen durfte? Bisher hatte ich angenommen, dass Magnus diese Position bekleidete. Aber da ich erreicht hatte, was ich wollte, schob ich diese Überlegungen beiseite.

»Vielen Dank«, sagte ich zu Lucius. »Wann wollen Sie abreisen?«

Wir vereinbarten, uns in einer Stunde am Eingang von Patria zu treffen und uns gemeinsam auf den Weg nach Glacida zu machen. Ich musste mich zügeln, nicht den ganzen Weg nach Hause zu rennen. Bei dem Gedanken, mich wieder auf Stellas Rücken zu schwingen, machte mein Herz einen freudigen Hüpfer, aber darunter verkrampfte sich mein Magen. Gestern hatte ich gedacht, die Welt würde sich nicht mehr weiterdrehen, und heute drehte sie sich so schnell, dass ich mich fragte, wie ich in nur einer einzigen Stunde packen, mein Pferd satteln und meiner Familie beibringen sollte, dass ich nicht das tun wollte, was alle von mir erwarteten.

Als ich die Haustür öffnete, stand Paps vor mir im Flur.

»Du sollst dich doch schonen«, rügte ich ihn. »Geh bitte zurück ins Bett.«

»Mir geht es besser und die Arbeit wartet. Kianus sollte nicht alles allein machen, jetzt, da ich geheilt bin.« Er schwieg kurz, bevor er hinzufügte: »Hast du kurz Zeit? Ich würde gerne mit dir sprechen, bevor ich auf die Felder gehe.«

Eigentlich hatte ich erst in Ruhe packen wollen, um mich innerlich auf das Gespräch mit Paps und Kianus vorzubereiten. Doch vielleicht war es besser, wenn ich diese Gelegenheit nutzte. Dann hatte ich es hinter mir.

Ich nickte und wir setzten uns an den Esstisch. Paps' Blick ruhte lange auf mir, bevor er endlich das Gespräch eröffnete.

»Ich fürchte, es ist an der Zeit, dass wir über gewisse Dinge sprechen.«

»Und über welche Dinge?«

»Du sagtest gestern, dass du während deiner Reise in Calid warst. Hast du dort ...« Er zögerte. »Ist dir dort etwas aufgefallen?«

»Wie meinst du das?«

Polternde Schritte ertönten auf der Treppe. Wenige Augenblicke später murmelte Kianus uns ein verschlafenes »Guten Morgen« zu, gähnte laut und schlurfte in Richtung Küche. Auf halbem Weg blieb er stehen und musterte uns. Seine Brauen verengten sich zu einer misstrauischen Linie.

»Was ist denn hier los?«

»Setz dich«, forderte Paps ihn auf. »Wir besprechen gerade etwas Wichtiges.«

Wortlos kam mein Bruder der Aufforderung nach.

Zwar hätte ich zu gerne gewusst, was Paps mit Calid hatte andeuten wollen, aber es gab etwas, über das ich noch dringender sprechen musste.

»Ich habe gestern etwas erfahren«, teilte ich ihm mit. »Der glacidische Prinz hat den Heilmagier hierhergeschickt.«

Falten kräuselten sich auf seiner Stirn. »Ich verstehe nicht ganz.«

»Ich auch nicht. Deswegen ...« Ich hielt inne, holte Luft und kratzte jedes noch so winzige Körnchen Mut in mir hervor. »Deswegen will ich nach Glacida reisen und herausfinden, woher er uns kennt.«

»Was?«, rief Kianus so laut, dass es in meinen Ohren nachhallte. »Das ... Nein. Das kannst du nicht tun.«

Ich ignorierte den Einwand und wartete auf Paps' Reaktion. Er betrachtete schweigend die Tischplatte. Als er mich endlich ansah, waren seine Augen merkwürdig leer. So leer, wie sie es immer dann waren, wenn jemand über Mamas Tod sprach.

»Du willst uns verlassen?«

»Nicht für immer. Aber ich würde gerne das Rätsel um den Prinzen lösen. Danach komme ich zurück.«

»Schreib ihm doch einen Brief«, murrte Kianus. »Wenn du keine Antwort bekommst, weißt du, dass er kein Interesse daran hat, dir eine Erklärung zu liefern. Dann können wir einfach so weitermachen wie bisher.«

»Ich will aber nicht so weitermachen wie bisher«, entgegnete ich so schnell, dass ich keine Zeit hatte, darüber nachzudenken, ob es klug war. Am liebsten hätte ich mir auf die Zunge gebissen, aber die Worte ließen sich nicht mehr zurücknehmen. Alles in mir spannte sich an, doch mir blieb kaum ein Moment Zeit, um mir Vorwürfe zu machen, denn Kianus' Miene verfinsterte sich wie der Himmel kurz vor einem heftigen Sturm.

»Deswegen wolltest du mir zeigen, wie man wäscht, hm? Damit du mit bestem Gewissen abhauen und uns im Stich lassen kannst?«

»Nein, ich wollte nicht –«

»Du hast doch eben gesagt, dass du weggehen willst!«

»Nur für eine Weile, ich –«

»Lange genug, damit Paps und ich uns völlig abschuften und du dir eine schöne Zeit in einem protzigen Schloss machen kannst!«

»Kianus.« In Paps' Stimme schwang eine ungewohnte Härte mit. »Lass Liam ausreden.«

Kianus starrte ihn entsetzt an. »Hast du nicht gehört, was er gesagt hat? Er will uns alles allein machen lassen! Willst du das einfach so hinnehmen?«

»Liam ist erwachsen. Er kann selbst über sein Leben entscheiden.«

Stille senkte sich über uns. Sie war so erdrückend, dass mir das Atmen schwerfiel.

»Du erlaubst mir also, nach Glacida zu reisen?« Meine Stimme zitterte.

»Wenn du gehen willst, steht es dir frei, dies zu tun.«

Kianus stöhnte. »Das ist doch jetzt nicht wahr! Ihr seid beide verrückt!«

Die Reaktion meines Bruders überraschte mich keineswegs, aber dafür die von Paps. Warum willigte er jetzt ein, mich gehen zu lassen, nachdem er es Kianus und mir all die Jahre über verboten hatte? Was hatte sich verändert?

»Kommt ihr denn ohne mich zurecht?«, fragte ich, um den unzähligen Zweifeln in meinem Kopf eine Stimme zu verleihen.

Kianus öffnete den Mund, aber Paps war schneller. »Das werden wir wohl müssen. Irgendjemand aus dem Dorf hilft uns bestimmt.«

Von den Patrianern würde sich ganz sicher jemand bereit erklären, Paps und Kianus unter die Arme zu greifen, allen voran Val. Trotzdem fühlte ich mich immer noch schlecht. Das Versprechen, das ich Mama an dem Tag gegeben hatte, als sie von uns gegangen war, hallte laut und deutlich in meinem Kopf wider.

Ich verspreche dir, auf alle aufzupassen.

»Bist du sicher, Paps? Ich will euch nicht im Stich lassen.«

Er legte mir die Hand auf die Schulter. Sie war schwerer als gestern und in der Geste lag Entschlossenheit.

»Weißt du, deine Mutter hätte gewollt, dass du dir die Welt ansiehst, wenn du die Gelegenheit dazu hast.«

Mühevoll atmete ich ein. »Wirklich?«

»Ja.« Ein zaghaftes, aber unendlich trauriges Lächeln erschien auf Paps' faltigem Gesicht. »Miana hat sich immer gewünscht, dass ihre beiden Söhne glücklich sind. Und ich weiß, dass du hier nicht glücklich bist, Liam. Ich sehe es dir jeden Tag aufs Neue an.«

Mein Magen zog sich schmerzhaft zusammen. Offenbar hatte ich meine Gefühle schlechter vor Paps verbergen können, als ich angenommen hatte.

»Außerdem bist du ja nicht für immer weg«, fügte er hinzu.

»Nein, natürlich nicht. Du, Kianus und Val, ihr seid doch meine Familie.«

In seinen Augen glitzerten Tränen, aber er hielt sie genauso zurück wie ich. »Tu, was du für richtig hältst. Wir kommen hier schon zurecht.«

Ich wunderte mich immer noch darüber, dass Paps keine großen Einwände gegen mein Vorhaben äußerte. Aber vielleicht war auch ihm etwas Wichtiges klar geworden, als ich weg gewesen war.

Vor meiner Reise zum Wald Silval hatte ich Angst davor gehabt, meine Wünsche auszusprechen. Doch wenn mir Paps' Krankheit eines klar gemacht hatte, dann, dass das Leben zu kurz war, um nicht das zu tun, was ich wirklich tun wollte. Und gerade wollte ich nichts sehnlicher, als dem Prinzen für die Heilung meines Vaters zu danken. Vielleicht würde ich eine Möglichkeit finden, mich bei ihm erkenntlich zu zeigen und meine Schuld zu begleichen.

Erleichterte, angenehme Wärme lockerte den Krampf in meinem Magen. »Danke, Paps. Es bedeutet mir viel, dass ich gehen darf. Ich komme zurück, sobald ich kann, aber ich bin unsicher, was mich in Livor erwarten wird.«

Er schwieg, genauso wie Kianus. Mein Bruder saß mit finsterem Blick und zusammengepressten Lippen da. Wenn ich noch packen und mich von Val verabschieden wollte, durfte ich keine Zeit mehr verlieren.

Ich stand auf. »Dann gehe ich mich jetzt auf die Reise vorbereiten. Macht euch bitte keine Sorgen um mich. Ich werde mit Magnus und seinen Begleitern mitgehen.«

Paps stand mit mir auf. Und dann tat er etwas, was er seit mehreren Jahren nicht mehr getan hatte: Er umarmte mich.

»Alles Gute, mein Sohn«, flüsterte er mir ins Ohr.

Ich drückte ihn fest an mich. Sein dürrer Körper war warm und roch nach Erde und Zuhause. »Danke. Ich hab dich lieb, Paps.«

»Ich dich auch.«

Wenige Augenblicke nach mir betrat Kianus unser Zimmer und knallte die Tür hinter sich zu. Er schnaufte schwer und wütend.

»Warum willst du unbedingt diesem Prinzen danken?«

Ich ging an ihm vorbei zum Schrank und zog ein paar Kleidungsstücke heraus. »Es ist das Mindeste, das ich tun kann.«

»So ein Unsinn! Nimm doch einfach mal etwas hin und hinterfrag nicht alles! Warum kannst du dich nicht weiterhin um den Haushalt kümmern, ein hübsches Mädchen aus dem Dorf heiraten, ein paar Kinder bekommen und –«

»Ich will so ein Leben nicht führen!«, erwiderte ich heftiger als gewollt.

Kianus stöhnte. »Dein jetziges Leben ist dir offenbar nicht gut genug, was?«

Mit zusammengebissenen Zähnen steckte ich zwei Hemden in meinen Reisebeutel. Die angespannte Stimmung schwebte zwischen

Kianus und mir wie eine geballte Faust, die noch nicht sicher war, wen sie treffen sollte.

»Lass mich in Ruhe«, sagte ich in ruhigerem Tonfall. »Ich bin dir keine Erklärung schuldig.«

»Nein«, räumte er zu meiner Überraschung ein. »Aber du bist verantwortlich für deine Familie. Wir brauchen dich hier und das weißt du.«

»Ja, aber ich weiß auch, dass ich nicht mein ganzes Leben hier verbringen kann. Wenn ich jetzt nicht nach Glacida reise, werde ich vermutlich nie wieder die Möglichkeit haben, mit dem Prinzen zu sprechen. Ich muss diese Gelegenheit nutzen.«

»Du willst aber sicher nicht nur wegen diesem Schnösel von hier weggehen.«

Ich nickte. »Du hast recht. Ich will mehr von Lumia sehen, so viel mehr als das, was Patria mir geben kann. Du und Paps und Val, ihr bedeutet mir unendlich viel. Aber ich muss etwas für mich selbst tun.«

Einen Moment lang sahen wir uns stumm an – er wütend, ich zögernd –, bis ich mich traute, ihm all das mitzuteilen, was mir auf dem Herzen lag.

»Du bist stark, Kianus. Die Arbeit hier fällt dir leichter als mir. Außerdem bist du ein hübscher Kerl. Die Händler würden dir das Doppelte für das Gemüse bezahlen, wenn du es verlangen würdest. Sobald Paps wieder gesund ist, wird euch sicher jemand auf den Feldern und hier im Haus helfen. Eines Tages wirst du dich verlieben und dir ein eigenes Leben aufbauen. Du hast es so sehr verdient, glücklich zu sein, und ich möchte das auch sein. Deswegen werde ich euch für eine Weile verlassen, aber ich werde zu euch zurückkehren. Das verspreche ich dir.«

Während ich sprach, presste Kianus die Lippen aufeinander, schluckte, mahlte mit dem Kiefer. In seinem Blick lagen so viele unterschiedliche Emotionen, dass ich nicht wusste, welche dominierte.

»Du ... Du willst wirklich gehen, oder?«

»Ja.«

Zwei Herzschläge vergingen, dann schlang Kianus die Arme um mich und drückte mich eng an sich.

»Liam«, murmelte er in mein Ohr. »Ich finde deine Entscheidung falsch, aber ich werde sie akzeptieren. Bitte komm bald zurück.«

Ich hielt meinen Bruder fest und genoss den Moment zwischen uns. Es tat gut, endlich all das gesagt zu haben, was mir so lange auf der Seele gebrannt hatte. Und es tat gut, dass Kianus mir Akzeptanz entgegenbrachte. Das war mehr, als ich erwartet hatte. Sowohl er als auch Paps hatten mich heute überrascht.

»Ich komme auf jeden Fall wieder. Pass dahin bitte gut auf Paps auf. Er soll genug essen und so wenig wie möglich arbeiten.«

»Für wie unfähig hältst du mich eigentlich?«

»Beim Wäschewaschen hast du dich schon mal nicht schlecht angestellt«, gab ich mit einem schiefen Grinsen zurück.

Kianus schnaubte, aber nicht abfällig oder missmutig, sondern amüsiert. Er drehte sich um und ging zur Tür.

»Ich gebe Valea Bescheid. Sie will sich bestimmt von dir verabschieden.«

»Danke. Wir treffen uns am Dorfausgang.«

Stella und ich waren die Ersten an der alten Eiche, unserem vereinbarten Treffpunkt. Ich setzte mich auf den Zaun. Während die Stute mit ihrem Schweif Fliegen verscheuchte, prickelte in meiner Brust eine erwartungsvolle Vorfreude auf die bevorstehende Reise. Meine Zweifel und mein schlechtes Gewissen waren ebenfalls Dauergäste in meinem Inneren, aber sie waren nach dem Gespräch mit Paps und Kianus weniger präsent als zuvor.

Kurze Zeit später kamen Kianus und Val auf mich zu. Die Schultern meiner besten Freundin hingen herab und sie hatte die Hände in den Taschen ihrer grünen Latzhose vergraben. Mein Herz wurde schwer.

»Willst du wirklich wieder gehen?«, fragte sie mit traurigem Gesicht, als sie vor mir stehen blieb. »Ich habe gerade erst aufgehört, dich zu vermissen.«

Ich glitt vom Zaun herunter. »Du wirst mir auch fehlen. Aber ich muss unbedingt mit dem Prinzen sprechen.«

Sie nickte. »Bitte komm schnell zurück, ja? Dein Bruder verbringt sonst wieder mehr Zeit mit mir, als nötig wäre, weil er vor Sehnsucht nach dir vergeht.«

Kianus gab ein Schnauben von sich, das ähnlich klang wie das der sich nähernden Pferde. »So ein Unsinn!«

Val umarmte mich zum Abschied und drückte ihre Lippen an meine Stirn.

»Könnt ihr das nicht machen, wenn ihr allein seid?«, murrte Kianus.

Sie drehte sich zu ihm, küsste ihre Fingerspitzen und hauchte den Kuss in Kianus' Richtung. Er taumelte rückwärts, murmelte ein schnelles »Bis bald, Löckchen« und verschwand um die nächste Hausecke.

Nachdem uns die glacidischen Gäste erreicht hatten, setzte ich mich auf Stellas Rücken. Val streckte mir ihre Hand entgegen. Ich drückte sie fest und lächelte meiner geliebten Bäckerin ein letztes Mal zu. Dann folgte ich meinen drei neuen Reisegefährten hinaus aus Patria und hinein in mein nächstes Abenteuer, das nicht nur die Zukunft von Lumia für immer verändern sollte, sondern auch meine eigene.

KAPITEL 14

Raelyn – wenige Tage zuvor

»Du siehst erwachsener aus«, begrüßte mich mein Vater, als ich das Besprechungszimmer betrat, in das er mich hatte rufen lassen. Sein Haar hatte dieselbe graue Farbe und der Bart dieselbe Länge wie vor drei Jahren. Auch an seiner Haltung hatte sich nichts geändert. Er saß aufrecht auf einem der gepolsterten Stühle, beide Arme auf den Lehnen abgelegt. Aus seinen dunklen Augen blitzte mir Neugier entgegen, aber keinerlei Freude.

Mein Vater hatte sich nicht verändert, ebenso wenig Schloss Splendor mit seinen hohen Wänden und den kalten Farben. Ganz so, als wäre in meiner Abwesenheit die Zeit stehen geblieben. Doch in mir hatte sich etwas verändert. Vor allem in den letzten Tagen.

Je näher ich meinem Vater kam, desto enger schnürte sich die Kette, die sich bei meiner Ankunft im Schloss um meine Brust gelegt hatte. Ich blieb vor ihm stehen, neigte den Kopf und setzte mich auf den Stuhl gegenüber.

»Beantworte mir ein paar Fragen«, forderte er mich auf, ohne sich mit Höflichkeiten aufzuhalten. »Dein Betreuer Recen hat Carthur Salus seine Notizen übergeben, aber ich will hören, was du selbst zu deiner Zeit in Vado zu sagen hast. Der Heilmagier berichtete, dein Gesundheitszustand sei hervorragend.«

Mit Fragen hatte ich gerechnet. Trotzdem stieg mir Galle den Rachen hinauf.

»In den Notizen stand, dass du mehrfach ein Bordell aufgesucht hast«, fuhr mein Vater fort. »Ist das korrekt?«

»Ja.«

»Erzähl mir, was du dort getan hast.«

Es dauerte einen langen Moment, bevor ich in der Lage war, meinen Mund zu öffnen. »Ich ... Ich habe ...«

Sein Lachen hallte von den Wänden wider. »Keine Angst, du musst mir keine Einzelheiten erzählen. Sag mir einfach, mit wie vielen Frauen du den Geschlechtsakt vollzogen hast.«

»Ich ... Ich war immer bei derselben Frau.«

»Ah, du hast Gefallen an ihr gefunden? Wie sah sie aus?«

»Dunkelhaarig«, war alles, was ich hervorbrachte. Am liebsten hätte ich ein Badezimmer aufgesucht und mir den Mund ausgespült, um den bitteren Geschmack loszuwerden.

»Deine Mutter hatte ebenfalls dunkles Haar.« Mein Vater seufzte. »Cara hätte gewollt, dass du ein anständiger Prinz wirst und ihr viele Enkelkinder schenkst.«

Seine Worte stachen mir wie Nadeln in die Brust. *Anständiger Prinz ... Enkelkinder ...*

Jemand klopfte an die Tür und trat auf Geheiß meines Vaters ein. Der Anblick des blonden Mannes versetzte meinen Körper augenblicklich in eine eiserne Starre. Ich wollte aufspringen und flüchten, konnte mich aber nicht rühren. Nicht einen einzigen Muskel. Nur meine Gedanken wirbelten umher und versuchten, eine Erklärung zu finden für das, was hier gerade passierte. Doch sie fanden keine.

Wie festgefroren saß ich da und sah zu, wie Lucius Flavo sich erst vor meinem Vater, dann vor mir verbeugte.

»Willkommen zurück auf Schloss Splendor, Prinz Raelyn.« Sein Lächeln war ebenso freundlich wie in der Zeit vor meinem Exil.

Unter dem Tisch ballte ich meine Hände zu Fäusten, aber es half nicht gegen den Druck, der sich in meinem Inneren aufbaute. Ich senkte den Blick. Der Saum meines Hemdes konnte nicht vollständig das rote Armband verdecken, das an meinem Handgelenk zitterte.

Nein, nein! Ich wollte, ich *durfte* nicht an ihn denken. Nicht jetzt und auch sonst nie wieder.

»Du kommst genau richtig«, sagte mein Vater zu Lucius. »Raelyn hat mir gerade von seinem Exil erzählt.«

Lucius setzte sich auf den Stuhl neben ihm. »Oh, ich kann es kaum erwarten, davon zu hören.«

»Dafür ist später noch Zeit. Ich muss gleich zu einem wichtigen Treffen erscheinen. Aber vorher habe ich eine letzte Frage an dich, Raelyn.«

Es kostete mich immense Kraft, den Kopf zu heben und ihn anzusehen.

»Bist du bereit, deine Königin zu erwählen?« In seinen Augen blitzte etwas auf. Etwas, das die Eisenglieder um meinen Oberkörper enger zerrte.

Der Gedankenwirbel löste sich auf. In mir war alles leer, so unendlich dunkel und leer. Nur ein einziges Wort war übriggeblieben. Die Antwort auf die Frage meines Vaters.

Nein.

»Ja«, antwortete ich kaum hörbar.

Er lehnte sich zufrieden auf seinem Stuhl zurück und sah Lucius an. »Habe ich es dir nicht gesagt? Raelyn wird zur Vernunft kommen.«

Lucius nickte. »Natürlich, Majestät. Ich hatte nie Zweifel daran, dass der Prinz ein würdiger Nachfolger für Euch sein wird.«

Mein Vater wandte sich wieder mir zu. »Lucius wird dir einige Fragen stellen und anschließend alles für die Willkommenszeremonie in die Wege leiten. Ich bin froh, dass du ein anständiger Prinz geworden bist, Raelyn. So hätte es deine Mutter gewollt.«

Als er den Raum verließ und ich allein mit Lucius war, wuchs meine Anspannung ins Unermessliche.

Warum war er hier?

Warum *lebte* er noch?

»Ihr fragt Euch sicher, warum ich hier bin«, eröffnete er unser Gespräch, das ich nicht bereit war zu führen. Sein lockerer Tonfall trug nicht zu meiner Beruhigung bei. »Nachdem Ihr ins Exil geschickt wurdet, hat der König mich für würdig befunden, den Platz als sein engster Berater einzunehmen. Er wusste meine Expertise in gewissen Themengebieten damals sehr zu schätzen und tut es heute noch.«

Ich krallte meine Finger in die Armlehne des Stuhls, unfähig, etwas zu sagen oder auch nur einen klaren Gedanken zu fassen. Aus welchem Grund hatte mein Vater diesen Mann am Leben gelassen?

»Wie ich sehe, überrascht Euch meine Anwesenheit. Nun, das ist nur allzu verständlich. Aber da wir beide schon vertraut miteinander sind, seid Ihr sicher gerne bereit, mir von Eurem Auftrag im Wald Silval zu erzählen.«

Es misslang mir offenbar, meine Überraschung zu verbergen, denn Lucius fügte hinzu: »Bitte entschuldigt, Hoheit. Ich habe Euch im Unklaren darüber gelassen, dass ich weiß, was Ihr in den letzten Tagen unternommen habt. Meister Salus ist früher als erwartet zurückgekehrt und hat mir mitgeteilt, dass er Euch den Auftrag übergeben hat, das Relikt zu finden.«

»Weiß der König von meinem Mitwirken?«

»Nein, Carthur Salus hat unbefugt darüber entschieden, Euch in den Wald zu schicken, obwohl er nur Euren Gesundheitszustand überprüfen sollte. Ich hielt es für angebracht, dem König nicht davon zu erzählen, dass sein Sohn sich in Gefahr begeben musste.« Er lehnte sich zurück und betrachtete seine Fingernägel. »Aber wenn Ihr es wünscht, setze ich den König darüber in Kenntnis.«

»Nein«, erwiderte ich sofort.

»Nun gut. Dann bleibt das unser Geheimnis. Aber im Gegenzug verratet Ihr mir, wie Ihr es geschafft habt, das Relikt zu bergen.«

Alles in mir sträubte sich dagegen, ihm einen Einblick in das zu geben, was ich erlebt hatte. Doch wenn ich nicht wollte, dass er meinen Vater über meine Beteiligung an diesem Auftrag informierte, musste ich ihm entgegenkommen.

»Der Wald war von einem Fluch befallen. Ich habe ihn gebrochen und das Relikt als Dank dafür erhalten.«

Lucius legte nachdenklich die Finger an sein glattes Kinn. »Mir ist zu Ohren gekommen, dass Ihr Hilfe hattet. Aber wer war mächtig genug, diesen gefährlichen Auftrag mit Euch auszuführen? Er muss ja ein herausragender Magier gewesen sein.«

»Wer es war, tut nichts zur Sache«, erklärte ich mit Nachdruck, aber Lucius lachte nur leise.

»Wenn Ihr so über diesen Unbekannten sprecht, könnte man annehmen, dass Ihr seine Identität geheim halten wollt.«

Ein Holzsplitter stach in mein Nagelbett. »Er ist niemand von Bedeutung«, log ich.

»Ihr macht mich neugierig. Erzählt mir mehr von ihm.«

»Willst du mich etwa noch länger davon abhalten, mich von meiner Reise zu erholen?« In meiner Stimme schwang ein unmissverständlicher Unterton mit. Ich hatte genug von diesem Mann, der sich mehr herausnahm, als ihm zustand.

Lucius' Lächeln war freundlicher denn je. »Keinesfalls, Hoheit. Wir können unser Gespräch gerne zu einem späteren Zeitpunkt fortsetzen.«

Ich ertrug seine Nähe keinen Augenblick länger, stand auf und verließ wortlos den Raum.

Vermutlich war dies nicht das letzte Mal, dass Lucius die Reise zum Wald thematisieren würde. Aber egal, wie oft er es versuchen würde, ich würde niemals über die Ereignisse der letzten Tage sprechen, auch wenn die Erinnerungen daran sich ständig in mein Bewusstsein drängten. Jetzt war nicht die Zeit, mich mit ihnen zu beschäftigen. Sie würde nie kommen, denn die Reise zum Wald Silval war vorbei. Ich musste anfangen, sie zu vergessen.

Ich musste anfangen, *ihn* zu vergessen.

KAPITEL 15

Raelyn – wenige Tage zuvor

Amiras lautes und fröhliches Lachen hallte von den hohen Wänden des Speisesaals wider, als ich ihn im Begleitschutz meiner Garde betrat. Er war wie alles in diesem Schloss erstickend groß.

»Oh, Raelyn!« Meine Schwester schob ihren Stuhl zurück, doch bevor sie sich auch nur einen Schritt von der üppig gedeckten Tafel entfernen konnte, erhob unser Vater die Stimme.

»Amira, du setzt dich *sofort* wieder hin.«

Zwei Augenblicke lang blieb sie, wo sie war. Dann zog sie ihren Stuhl mit einem grässlichen Scharren näher und nahm darauf Platz.

Dies war das erste Mal seit meiner Rückkehr, dass Amira und ich uns begegneten. Ich hatte diesen Moment mehr gefürchtet, als dass ich ihn herbeigesehnt hatte. Ihre blonden Locken reichten ihr noch immer bis zur Hüfte und sie trug eins ihrer glitzernden Kleider. Doch als sich unsere Blicke im Vorbeigehen flüchtig trafen, sah ich in eine blaue Leere, die ich nicht erwartet hatte.

Schweigend trat ich an meinen Vater heran und neigte vor ihm den Kopf. Dabei spürte ich deutlich Amiras Blick auf mir ruhen. Nachdem ich mich auf dem Stuhl neben dem König niedergelassen hatte, schob ich den leeren Teller vor mir beiseite und nahm einen Schluck Wasser aus dem silbernen Trinkbecher.

»Guten Morgen, Hoheit«, grüßte mich Lucius, der auf der anderen Seite des Tisches neben Amira saß. »Hattet Ihr eine erholsame Nacht?«

Auch wenn es mir in jeglicher Hinsicht widerstrebte, Konversation mit diesem Mann zu betreiben, wäre es unklug gewesen, ihm nicht zu antworten. Meinem Vater würde es missfallen.

»Ja«, log ich.

Lucius lächelte mich mit demselben freundlichen Lächeln an, das mir bereits bei unserem allerersten Treffen aufgefallen war. Vor vier Jahren hatte ich sein hellblondes Haar und die eisblauen Augen mehr als einmal betrachtet. Die silberne Uniform von damals hatte er gegen ein dunkleres Gewand eingetauscht, aber ob er es freiwillig getan hatte, konnte ich genauso wenig beantworten wie die Frage, warum er hier war.

Heute ließ ich mich weder von seinem Lächeln noch von seinem Aussehen beeindrucken.

»Das freut mich zu hören.« Er nahm sich eine leere Schale und füllte sie mit dem aufgeschnittenen Obst, das auf einer Platte in der Tischmitte bereitstand. »War Eure Nachtruhe ebenfalls erholsam, Prinzessin?«

Amira biss in ein Brötchen mit süßem Aufstrich. Ihre Essensvorlieben waren noch dieselben. Sie kaute einige Male und antwortete mit vollem Mund: »Ich kann mich nicht beklagen.«

Lucius ließ sich nicht anmerken, ob ihm Amiras unangemessenes Verhalten missfiel. »Habt Ihr denn sonst Grund zur Klage?«

»Nachts jedenfalls nicht. Ich wurde sehr gut unterhalten.«

Er öffnete den Mund, schloss ihn wieder und suchte offenbar nach den passenden Worten. Vor einigen Jahren hatte er stets die Fassung bewahrt und immer eine angemessene Bemerkung parat gehabt. Ihn sprachlos zu sehen, rief eine gewisse Genugtuung in mir hervor.

Ein freches Grinsen breitete sich auf Amiras Gesicht aus. »Sieh mich nicht so geschockt an. Ich habe nichts Verbotenes getan und mir auch keinen Gardisten mit aufs Zimmer genommen. Dafür war mein Buch zu spannend.«

Lucius atmete erleichtert auf. »Entschuldigt, Prinzessin. Ich wollte Euch natürlich nichts Derartiges unterstellen.«

»Zu schade. Ich dachte, dass sich endlich mal jemand für mein Leben interessiert.«

Unser Vater gab ein leises, warnendes Schnauben von sich. »Genug jetzt, Amira.«

Seufzend blickte sie in meine Richtung. Ihre Augen waren jetzt nicht mehr so leer wie vorhin. Darin funkelte etwas, das unser Vater schon immer ignoriert hatte, egal wie oft sich Amira ihm widersetzt hatte.

»Können wir uns später treffen und uns ein wenig unterhalten?«, fragte sie mich. »Ich muss dir unbedingt erzählen, was hier im Schloss alles passiert ist.«

Schweigend legte ich ein Brötchen auf meinen Teller und schnitt es auf.

»Wir haben sehr viele neue Bücher in der Bibliothek«, fügte sie schwärmerisch hinzu. »Ein paar davon würden dir gut gefallen. Neulich habe ich eins über Katzen gele–«

»Amira!« Die Stimme unseres Vaters tönte bedrohlich laut durch den Saal. »Hör auf, Raelyn mit deinen Banalitäten zu behelligen.«

Klackernd fiel Amiras Messer auf den Porzellanteller. Sie stand wortlos auf und verließ den Saal mit wehenden Haaren.

Nach dem Frühstück beorderte mein Vater Lucius und mich ins Besprechungszimmer und erklärte mir den Plan für die kommenden Tage. Ich sollte mir ein neues Gewand für meine Willkommenszeremonie maßschneidern lassen, meine Etikette auffrischen und an diversen Treffen des königlichen Rats teilnehmen. Ich hörte ihm stumm zu, weil es nichts zu sagen gab. Im Anschluss an das Gespräch entschuldigte sich Lucius mit der Erklärung, er hätte für einige Tage außerhalb des Schlosses etwas Wichtiges zu erledigen.

Damit war er nicht der Einzige, denn heute würde auch Magnus Fortis das Schloss verlassen. Auf meinen Befehl hin. Aber davon durften weder mein Vater noch Lucius erfahren.

Bevor Liam und ich uns an der Großen Brücke getrennt hatten, hatte ich sein Dokument mit einem unsichtbaren magischen Siegel versehen. Gestern hatte mir das Ziehen in meiner Hand verraten, dass dieses Siegel geschmolzen war. Folglich war das Dokument nicht ordnungsgemäß geöffnet worden. Daraufhin hatte ich umgehend Magnus Fortis aufgesucht und ihm den Auftrag erteilt, heute mit zwei von ihm auserwählten Begleitern, die Stillschweigen bewahren konnten, nach Patria zu reiten und Liams Vater zu heilen. Denn sonst wäre alles umsonst gewesen, was Liam durchgemacht hatte. Und das konnte ich noch weniger ertragen als die Last des Risikos, einen Heilmagier loszuschicken. Ich hoffte, dass Magnus und seine Begleiter sich an meinen Befehl hielten und keine Informationen über ihren Auftraggeber preisgeben würden.

In den folgenden Tagen war ich froh darüber, Beschäftigung zu haben. Somit war ich nicht ständig meinen Gedanken ausgesetzt. In ruhigen Momenten kreisten sie unermüdlich um den Mann, der vor ungefähr zwei Wochen in mein Leben getreten war. Seitdem hatte sich vieles verändert. Das bereitete mir mehr Sorgen, als ich bereit war, mir einzugestehen. Ich verdrängte die Gedanken an Liam sofort, sobald sie sich in mein Bewusstsein schlichen, aber es war ein mühseliges, kräftezehrendes Unterfangen.

Immer wenn mir meine Schwester begegnete, ließ ich meine Garde sofort einen anderen Weg einschlagen. Nach meiner Rückkehr waren fünf neue Gardisten als meine persönlichen Leibwächter eingesetzt worden, zwei Frauen und drei Männer. Es hatte mich verwundert, dass mein Vater nach dem Vorfall vor drei Jahren überhaupt zugelassen hatte, mich von Männern bewachen zu lassen. Doch es war mir egal, wer in meiner Garde diente. Nie wieder würde mir jemand zu nahe kommen – kein Gardist, kein Fremder aus einem kleinen Dorf und auch nicht meine eigene Schwester. Denn egal, wem ich bisher mein Vertrauen geschenkt hatte, früher oder später hatte es sich als eine schlechte Entscheidung mit fatalen Konsequenzen herausgestellt. Ich war es leid, diese Konsequenzen tragen zu müssen.

Auf meine jüngste Fehlentscheidung hatte ich jedoch wenig Einfluss gehabt. Ich hatte erst bemerkt, dass ich sie überhaupt getroffen hatte, als es zu spät gewesen war, sie rückgängig zu machen.

Ray. Du lächelst.

KAPITEL 16

in dem ich meine nicht vorhandenen Kampfkünste
unter Beweis stellen musste

Liam

An den ersten beiden Reisetagen meinte es das Wetter nicht gut mit uns. Es regnete von morgens bis abends und wir kamen auf den matschigen Wegen nur langsam voran. Unter den Pferdehufen platschte das Wasser so laut, dass ich mich mit Lucius nicht in normaler Lautstärke unterhalten konnte. Trotz des schlechten Wetters und meiner damit einhergehenden trüben Stimmung war mein Herz leichter als bei meiner ersten Reise durch Lumia. Paps hatte mir erlaubt zu gehen und Kianus hatte es ebenfalls akzeptiert. Die Gedanken an meine Familie waren nicht mehr mit ständigen Sorgen und Vorwürfen verbunden.

Am dritten Abend unserer Reise erreichten wir Trebos, eine Kleinstadt in der Nähe von Numoria. Dort suchten wir uns ein Gasthaus. Magnus und Michael zogen sich nach dem Abendessen auf ihre Zimmer zurück, Lucius und ich blieben im Speiseraum sitzen und unterhielten uns. Schon seit der Abreise zeigte er großes Interesse an meinem Leben in Patria. Er hörte mir aufmerksam zu und stellte viele Fragen, die ich ihm bereitwillig beantwortete. Sie lenkten mich von meinen Gedanken ab, in denen neben meiner Familie auch Ray vorkam. Warum hatte ich ihn nicht gefragt, wo er wohnte? Dies wäre die ideale Gelegenheit gewesen, ihn wiederzusehen.

Gerade war ich dabei, Lucius von den einzigartigen Gemüsesorten zu erzählen, die Paps züchtete, da wurde ich von einem lauten Lachen unterbrochen. Wir drehten die Köpfe zum Eingang des

Speiseraums. Dort standen zwei Männer. Einer von ihnen hatte so breite Schultern, dass ich mich fragte, wie er es durch die Tür geschafft hatte. Der kleinere Mann deutete auf den Tisch neben uns. Während sie dorthin gingen, wandte ich mich wieder Lucius zu und fuhr mit meiner Erzählung fort, aber ich kam nicht weit. Unsere neuen Tischnachbarn waren entweder von Natur aus laute Gesellen oder hatten schon vor ihrer Ankunft etwas getrunken, denn ihr grölendes Lachen übertönte meine Worte.

»Wir können unser Gespräch gerne woanders fortsetzen«, schlug Lucius vor.

Ich nickte und erhob mich. Doch kaum hatte ich meinen Stuhl unter den Tisch geschoben, rief jemand: »Seht euch den da an!«

Irritiert wandte ich mich zu dem bärtigen Mann am Nebentisch um, der mit ausgestrecktem Finger auf mich deutete. Jetzt reckte auch sein Begleiter den Kopf in meine Richtung. Holz schrammte über den Boden. Im nächsten Moment standen der Hüne und der Bart-Mann neben mir. Obwohl ich im Vergleich zu anderen Männern groß war, musste ich den Kopf anheben, um den großen Mann anzusehen. Er erinnerte mich an die Schrank-Frau aus Numoria. Ob die beiden verwandt waren?

Ein unschönes Gefühl beschlich mich, doch ich wollte keine voreiligen Schlüsse zu ziehen. »Kann ich etwas für Sie tun?«

Der Bart-Mann musterte mich mit einem schiefen Grinsen, das eine Zahnlücke in seinem Mund entblößte. »Ich hätte da 'ne Frage an dich.«

»Und was möchten Sie wissen?«

Sein Grinsen wich einer missbilligenden Fratze. »Warum jemand wie du frei herumläuft. Du solltest dich schämen, dich mit so einer Haarfarbe zu zeigen.«

»Lass meinen Begleiter in Ruhe«, sagte Lucius, der sich jetzt ebenfalls erhoben hatte, mit ruhiger Stimme. Während er um den Tisch herumkam, trug er sein stets freundliches Lächeln zur Schau, das kein bisschen zu der angespannten Situation passen wollte.

Der Bart-Mann trat einen Schritt zurück, näher an den Hünen heran. »Von einem Winzling wie dir lasse ich mir gar nichts sagen.«

»Du tätest gut daran, meiner Bitte nachzukommen.«

»Sonst was?«, blaffte der Mann.

»Wenn du uns in Ruhe lässt, kommt niemand zu Schaden.« Lucius klang freundlich, aber in seiner Stimme schwang ein lauernder Unterton mit.

»Was erlaubst du dir eigentlich, du Kurzgeratener? Willst du mir ernsthaft drohen? Dass ich nicht lache!«

»Interpretiere meine Worte, wie du willst.«

Der Bart-Mann holte mit der Faust aus, aber Lucius duckte sich darunter hinweg und der Schlag ging ins Leere.

»Was hast du für ein Problem mit mir?«, rief ich, um die Aufmerksamkeit des Mannes von Lucius wegzulenken. Ich war unsicher, ob Lucius ihm etwas entgegenzusetzen hätte, wenn eine Prügelei ausbrach.

Der Bart-Mann spuckte mir vor die Füße. »Du siehst aus wie Nox persönlich. Einsperren sollte man dich, bevor du Unheil über Ignidia bringst!«

Fassungslos sah ich ihn an. Hatte er mich gerade wirklich mit dem Gott der Dunkelheit verglichen?

Als der Boden unter mir bebte, war Nox sofort vergessen. Der Hüne bekam große Augen und der bärtige Mann zog die Stirn kraus, sichtlich verwirrt über diese Wendung der Ereignisse. Die anderen Gäste schrien oder sprangen auf, um sich an die Wand zu flüchten.

»Ich warne dich kein weiteres Mal.« Lucius blickte den Bart-Mann mit eiskaltem Blick an. Obwohl er nicht an mich gerichtet war, jagte er mir einen Schauer über den Rücken. »Tu, was ich verlange, oder du bekommst die Folgen zu spüren.«

Wie zur Untermalung seiner Worte bebte die Erde noch stärker. Ich krallte mich an den Tisch hinter mir, während irgendwo etwas zu Bruch ging und das Geschirr auf den Tischen laut klirrte.

»Elendes Magier-Gesindel«, zischte der bärtige Mann Lucius zu. »Immer haltet ihr euch für was Besseres.«

Mit einem letzten, hasserfüllten Blick zu mir wandte er sich ab. Wenige Augenblicke später verebbte das Beben.

»Komm.« Lucius' Stimme war jetzt wieder ruhig und er lächelte mich aufmunternd an. »Lass uns auf mein Zimmer gehen. Dort sind wir ungestört.«

Auf dem Weg hinaus zeigten manche der Gäste auf uns, andere beobachteten uns mit unverhohlenem Unmut. Mit wild kreisenden Gedanken folgte ich Lucius hinaus in den Flur und von dort aus zu seinem Zimmer am Ende des Ganges. Er bot mir den Platz auf seinem Bett an.

»Was ist gerade passiert?«, fragte ich, während er sich auf den einzigen Stuhl im Raum setzte.

»Sprichst du von diesem Rüpel oder dem Beben?«

»Von beidem«, antwortete ich in der Hoffnung auf eine Entwirrung meiner Gedanken.

Lucius schlug die Beine übereinander und strich sein Gewand glatt. »Um mit dem einfachen Thema anzufangen: Da dieser Taugenichts sich nicht mit Worten hat bekehren lassen, habe ich ihm eine Kostprobe meiner Magie gegeben. Ich bin ein Erdmagier. Das bedeutet, ich kann Erde und Steine für meine Zwecke nutzen.«

Unter anderen Umständen hätte ich nachgefragt, was er mit seiner Magie alles tun konnte, aber gerade gab es etwas, das mich dringender interessierte. »Und was meinte der Mann damit, dass ich aussehe wie Nox?«

Lucius betrachtete mich einen Moment lang. »Bist du gläubig?«

»Ja, ich glaube an Lux.«

»Dann weißt du sicher, dass es außer Lux noch einen weiteren lumischen Gott gibt.«

Ich zuckte mit den Schultern. »Nox wurde von seinem Bruder aus Aethera verbannt, als er Ignidia zwang, einen Angriff auf Glacida zu starten.«

»Dementiert das die Existenz von Nox?«

»Ich habe mich nie besonders viel mit ihm beschäftigt«, gab ich zu.

Lucius lachte, aber ich verstand nicht, warum. »Ich nehme an, du hast noch nie gehört, welche Haarfarbe Nox hat?«

Ich schüttelte den Kopf, ahnte aber bereits, worauf Lucius hinauswollte.

»Sein Haar ist rot. Genau wie deines.«

»Aber es gibt doch sicher einige Leute, die rote Haare haben.«

»Und wie viele kennst du?«

Ich presste die Lippen aufeinander, was ihm als Antwort zu genügen schien.

»Die Anzahl der Rothaarigen in Lumia ist gering. Du hast vielleicht schon davon gehört, dass die Lumier sich im Laufe der Jahrhunderte von Nox abgewandt haben. Sowohl rotes Haar als auch der Phönix sind für viele Menschen ein Zeichen von Unglück. Das halte ich für völligen Unsinn.«

»Glaubst du denn an Nox?«

»Die historischen Ereignisse lassen sich nicht leugnen«, sagte er, was keine Antwort auf meine Frage war. »Aber nun genug von Göttern und irgendwelchen Unglücks-Hirngespinsten. Berichte mir lieber von deiner Reise zum Wald Silval, die du vorhin erwähnt hast.«

Ich war froh, die unangenehmen Themen fallen lassen zu können, und erzählte ihm, was er hören wollte. Doch das ungute Gefühl von der Situation im Speiseraum wollte trotz der Ablenkung nicht verfliegen.

»Du weißt, dass du nicht einfach tun und lassen kannst, was du willst«, zischte Magnus Lucius zu, als ich am nächsten Morgen aus dem Gasthaus ins Freie trat.

»Und du weißt genau, dass deine Worte nur leere Drohungen sind.« Im Gegensatz zu Magnus war Lucius die Ruhe selbst. Er wandte sich von seinem Reisegefährten ab und nickte mir freundlich zu. »Guten Morgen, Liam. Bist du bereit für die Weiterreise?«

Zu gerne hätte ich gefragt, worüber die beiden gesprochen hatten, aber Magnus' verärgerter Miene nach sollte ich das wohl besser lassen. »Ja, bin ich. Ich hoffe nur, heute scheint die Sonne. Vom Regen habe ich mehr als genug.«

Während wir auf Michael warteten, sprachen die beiden kein Wort mehr miteinander. Das Schweigen setzte sich nach unserer Abreise den ganzen Vormittag über fort. Michael ignorierte die angespannte Stille und ritt stumm voraus, aber ich hatte nach einer Weile genug davon und sagte zu meinen Begleitern: »Ich weiß, dass der Prinz euch beauftragt hat, nach Patria zu kommen.«

Lucius verzog keine Miene, aber Magnus gab einen überraschten Laut von sich und Michael drehte sich zu mir um. »Wie in Lux' Namen hast du das herausgefunden?«

Ich grinste. »In einem Dorf wie Patria haben die Wände Ohren.«

Er brummte etwas Unverständliches. »Du weißt, dass du nicht mit dem Prinzen sprechen kannst, oder? Jemand wie du würde nie in seine Nähe gelassen werden.«

»Ich bin sicher, er wird einen Weg finden, mit dem Prinzen in Kontakt zu treten«, widersprach Lucius seinem bärtigen Gefährten. »Wie siehst du das, Magnus?«

Zum ersten Mal seit unserer Abreise aus Trebos sagte der Heilmagier etwas. »Das liegt nicht in unserer Hand.«

»Was ist der Prinz für ein Mann?«, fragte ich. Alles, was ich im Voraus über ihn in Erfahrung bringen konnte, würde sicherlich von

Nutzen sein.

Lucius lachte. »Du musst etwas konkreter werden.«

»Wie sieht er denn aus?«

»Ganz passabel.«

»Du musst etwas konkreter werden«, wiederholte ich seine Worte und grinste ihn an.

Er grinste ebenfalls. »Wenn du eine Frau fragen würdest, würde sie dir sicher sagen, dass er umwerfend hübsch ist. Makellose helle Haut, dunkle Augen.«

»Aber du findest ihn nicht umwerfend hübsch?«

»Ich kenne schönere Männer.« Lucius sah mich einen Moment länger an, als es nötig gewesen wäre.

Schnell wandte ich den Blick ab. »Und was ist der Prinz für ein Mensch?«

»Eher von der stillen Sorte. Er redet nur das Nötigste.«

Rays Bild tauchte vor meinem inneren Auge auf. »So jemanden kenne ich auch.«

»Tatsächlich? Die beiden würden sich bestimmt hervorragend verstehen.«

In den kommenden Stunden unterhielten wir uns über alles Mögliche. Ray wollte mir die ganze Zeit über nicht aus dem Kopf gehen. Hatte er den Kelch schon in Livor abgeliefert? Wohnte er dort? Vielleicht würde ich ihm zufällig begegnen, wenn wir die Stadt in ein paar Tagen erreichen würden. Die Wahrscheinlichkeit war gering, aber ein kleiner Teil von mir hoffte trotzdem darauf. Dann konnte ich ihm die gute Neuigkeit von Paps' Heilung überbringen.

Ob er sich wohl für mich freuen würde?

Am fünften Tag unserer Reise erreichten wir die Hauptstadt von Glacida. Livor lag im nordwestlichen Teil des Eis-Königreichs, am Hang des Clivos-Gebirges. Weiter oben im Norden befand sich ein

Ödland voller Eis und Schnee: die Frostwüste Alsia. Die Hitze des Sommers war hier deutlich weniger zu spüren als in den südlicheren Gebieten, was mir sehr gelegen kam. So konnte ich mir alles in Ruhe ansehen, ohne mir ständig den Schweiß von der Stirn wischen zu müssen.

Rund um Livor herum befand sich ein See, der so groß war, dass man jeden, der ihn unrechtmäßig zu überqueren wagte, schon von Weitem erkannte. Der einzige Weg in die Stadt führte über eine lange Brücke aus hellem Stein, auf deren Pfeilern steinerne Skulpturen standen. Über uns flogen ein paar graue Vögel und hießen uns mit ihren Rufen willkommen.

Auf dem höchsten Punkt von Livor thronte Schloss Splendor. Seine Türme erhoben sich wie Berge in den Himmel, spitz und weiß, und sie strahlten so hell, als wären sie eine Lichtquelle. Unterhalb des Schlosses erstreckten sich Häuserreihen auf verschiedenen Ebenen. Mal waren sie höher gelegen, mal ebenerdig wie die Ausläufer der Insel, an deren Steinstrand das Wasser des Sees sanfte Wellen schlug.

Nachdem wir das Ende der Brücke erreicht hatten, passierten wir einen breiten Torbogen und fanden uns auf einem breiten Platz wieder, von dem verschiedene Straßen abgingen. Magnus führte uns auf eine, die links und rechts von gepflegten Blumenbeeten gesäumt war. Zwischen ihnen standen in regelmäßigen Abständen schlanke Bäume. Sie ragten wie die Türme des Schlosses hoch hinauf in das wolkenlose Blau über uns.

Egal an welchen Ort Magnus uns führte, Schloss Splendor war überall gut zu sehen, ganz so, als wollte es sicherstellen, dass niemand vergaß, welches das wichtigste Gebäude dieser Stadt war. Auf unserem Weg dorthin kamen wir an Laternen oder Bäumen vorbei, an denen große Papierseiten hingen. In unterschiedlichen Schriften wurde darauf für kommende Anlässe wie Feste und Märkte geworben oder es wurden Arbeiter gesucht, unter anderem auch Bedienstete für das Schloss. Vielleicht konnte ich auf diesem Wege hineingelangen? Ich hielt Ausschau nach Gesuchen für Köche oder für den Haushalt, erspähte zu meiner Enttäuschung aber nur Meldeaufrufe für die sogenannte Garde, die Wächter der Königsfamilie.

Wir ritten außerdem an Statuen aus weißem Stein vorbei, die einen Mann in langen Gewändern und einer Krone mit mehreren Zacken zeigten. Vermutlich waren dies Abbilder von Lux, dem Schöpfer von Lumia. In Calid hatte ich keine einzige solche Statue gesehen, obwohl der Gott des Lichts im ganzen Land verehrt wurde.

Ein paar Straßen unterhalb der Schlossmauer passierten wir einen Platz, auf dem ein imposantes Gebäude stand. Auf dem Giebel ragte eine Sonne aus silbernem Metall in den Himmel, die an die Krone der Lux-Statuen erinnerte. Eine ähnliche Sonne hatte ich in Nostria schon einmal gesehen. Durch die offenen Flügeltüren strömten Menschen in das Gebäude hinein und hinaus. Über ihnen flatterte ein hellblaues Stoffbanner, auf dem in großen Lettern etwas in der Schrift geschrieben stand, mit der Medela ihre Kräutertinkturen und Dosen beschriftete. Im Wald Silval hatte Ray mir verraten, dass es Alt-Lumisch war. *Möge euch das helle Licht den Weg leuchten*, prangte dort auf dem Banner.

»Ist das eine Kirche?«, fragte ich Lucius.

Sein stets freundlicher Gesichtsausdruck verschwand. »Ja. Dort gehen die Livoraner hin, um Lux nahe zu sein.«

Ich setzte zu einer weiteren Frage an, doch er begann ein Gespräch mit Magnus. Hatte ich Lucius verärgert? Wenn ja, womit? Bisher hatte er mir immer bereitwillig meine Fragen beantwortet.

Irritiert wandte ich mich wieder der Kirche zu.

Die Sonne hatte ihren höchsten Stand bereits überschritten, als ich die Mauer erspähte, die Schloss Splendor umgab. An einer Stelle befand sich ein metallenes Tor, vor dem Wachleute standen. Davor erstreckte sich ein Platz, der von hohen Hecken gesäumt war.

Kurz bevor wir diesen erreichten, hielt Michael sein Pferd an und drehte sich zu uns um. »Hier trennen sich unsere Wege.« Er lenkte sein Pferd nach links in eine Gasse.

»Auf Wiedersehen«, rief ich ihm hinterher, doch er drehte sich nicht noch einmal zu uns um.

»Ich werde auch gehen«, erklärte Magnus und steuerte die entgegengesetzte Richtung an. »Es war mir eine Ehre, Ihre Bekanntschaft zu machen, Liam. Leben Sie wohl.«

Lucius sah ihm einige Augenblicke lang nach. Dann fragte er: »Hast du dir schon überlegt, wie du ins Schloss gelangen willst?«

Unschlüssig betrachtete ich die Umgebung. Den direkten Weg aufs Schlossgelände konnte ich nicht nehmen, da die Wachen mich ganz sicher aufgehalten hätten. Über die hohe Mauer zu klettern kam auch nicht infrage. Vermutlich würde ich mir dabei sämtliche Knochen brechen, sofern ich an dem glatten Stein überhaupt Halt fand.

»Ich kenne einen Weg, wie du es möglicherweise in die Nähe des Prinzen schaffen kannst«, sagte Lucius, als hätte er meine Gedanken gelesen.

Überrascht sah ich ihn an. »Und wie?«

»Gerade werden neue Rekruten für die Garde gesucht, wie du vielleicht schon auf einem der Aushänge gelesen hast. Wenn du es geschickt anstellst, wirst du aufgenommen und kannst sogar der baldigen Zeremonie beiwohnen.«

»Was für eine Zeremonie?«

»Der Prinz ist vor Kurzem aus dem Exil zurückgekehrt. Zu diesem freudigen Anlass wird in zwei Tagen eine Willkommenszeremonie im Schloss abgehalten.«

Dadurch könnte sich durchaus eine Gelegenheit für mich ergeben, dem Prinzen meinen Dank auszusprechen, aber …

»Warum hilfst du mir?«

Lucius warf sein blondes Haar zurück. »Gibt es einen Grund, warum ich es nicht tun sollte? Du möchtest doch unbedingt dem Prinzen danken. Ich bewundere dich dafür, dass du nur deswegen hierhergekommen bist, und würde dir gerne dabei helfen, dein Ziel zu erreichen.«

Ich wurde das Gefühl nicht los, dass mehr hinter seiner Hilfsbereitschaft steckte als reine Freundlichkeit. Er hatte schon erstaunlich wenig Einwände gezeigt, als ich darum gebeten hatte, mit nach Glacida reisen zu dürfen. Und auch jetzt schien er nicht den geringsten Zweifel an meinen Absichten zu hegen. Doch das war mir mehr als recht. So musste ich nicht selbst einen Weg ins Schloss hinein finden.

Ich nickte ihm zu. »Danke, das ist sehr nett von dir. Wie kommen wir jetzt ins Schloss?«

Wir hielten bei einem unscheinbaren Holztor in der Mauer an. Auf Lucius' Klopfen hin öffnete sich ein schmaler Sichtschutz. Lucius sagte leise etwas zu der Person hinter dem Tor, das daraufhin für uns geöffnet wurde. Nachdem wir hindurchgeritten waren, standen wir auf einem von Hecken gesäumten Platz, die uns die Sicht auf das weitere Schlossgelände versperrten. Eine der beiden Wachen in blauer Uniform nahm uns Pferde und Gepäck ab.

»Wohin wird Stella gebracht?«, fragte ich Lucius, während wir auf eine Lücke in den Hecken zusteuerten.

»In den Stall. Dort kannst du später auch dein Gepäck abholen. Aber zuerst gehen wir ins Schloss.«

Der Weg führte durch eine Allee zu einem Rundbogengang aus hellem Stein. Zu beiden Seiten erstreckte sich ein gepflegter Garten mit kunstvoll geschnittenen Büschen und vielen Blumen in Weiß- und Blautönen. Ich hatte noch nie blaue Rosen gesehen, doch mir blieb kaum Zeit, mir alles genauer anzusehen oder darüber nachzudenken. Lucius eilte voraus und ich hatte Mühe, mit ihm Schritt zu halten, obwohl er kleiner war als ich.

Kurze Zeit später erreichten wir eine Abzweigung, die auf einen Innenhof führte. Dort standen einige Männer beisammen. Sie trugen alle die gleiche blaue Kleidung wie die Wachen am Tor und Helme aus Metall. Während ich mit Lucius den Hof überquerte, beobachteten sie uns, aber im Gegensatz zu mir würdigte Lucius die Männer keines Blickes. Er steuerte auf eine geöffnete Tür zu, die ins Schloss hineinführte.

Schon nach kurzer Zeit hatte ich keine Ahnung mehr, wo wir uns befanden. Jeder Gang sah gleich aus: gefliester Marmorboden, auf dem unsere Schritte unnatürlich laut widerhallten; riesige Fenster, die die Korridore mit Licht fluteten; und überall das glacidische Wappen – an den blau-silbernen Wandbehängen, eingemeißelt in Säulen, auf Türen und sogar auf dem Boden. Der majestätische Baum mit den herabhängenden Eiskristallen verfolgte mich, wohin ich auch blickte. Es war fast schon unheimlich.

Irgendwann erreichten wir eine Tür. Auf Lucius' Klopfen hin wurden wir hereingebeten und betraten ein Zimmer, an dessen Wänden deckenhohe Regale standen. Sie quollen über vor Dokumenten, Büchern und anderen Schriftstücken. Der Schreibtisch am anderen Ende des Raumes war genauso unordentlich. Hinter ihm saß ein Mann in Paps' Alter, vermutlich ein wenig älter, fünfzig vielleicht. Sein dunkles Haar stand in starkem Kontrast zu seiner hellen Kleidung, unter deren Stoff sich kräftige Armmuskeln spannten.

»Lucius, was führt dich denn hierher?« Seine Stimme war tief, aber nicht unfreundlich. »Du warst ewig nicht hier.«

»Verzeih, dass wir einfach so hereinplatzen, Bendik. Darf ich dir Liam Vallo vorstellen, einen guten Freund von mir? Er möchte deiner Garde beitreten.«

Mit interessiertem Blick stand Bendik auf und reichte mir über den Tisch hinweg die Hand. Sein Händedruck war so fest, dass ich die Zähne aufeinanderpressen musste, um den dumpfen Schmerz ertragen zu können. Glücklicherweise ließ er schnell wieder von mir ab.

»Du willst also ein Gardist werden, ja? Hast du eine Ausbildung vorzuweisen oder etwas Vergleichbares, das dich qualifiziert?«

Ein *Nein* lag mir bereits auf der Zunge, aber Lucius hatte mich bei der Schilderung seines Plans gebeten, ihm das Reden zu überlassen. Also schwieg ich und wischte mir meine schwitzigen Hände möglichst unauffällig an der Hose ab.

»Liam ist sehr geschickt«, erklärte Lucius im Brustton der Überzeugung. Wenn ich nicht gewusst hätte, dass er log, hätte ich es ihm geglaubt. »Er kann gut mit Menschen umgehen. Zwar ist er nicht der Stärkste, aber das macht er mit seiner schnellen Auffassungsgabe wieder wett. Ich bin sicher, dass du Verwendung für ihn hast.«

Bendik erhob sich. »Dann wollen wir doch mal sehen, was du draufhast, Liam.«

Ein nervöses Flattern breitete sich in meinem Magen aus. Wäre Val hier gewesen, hätte sie aufmunternd meine Hand gedrückt. Ich stellte mir vor, wie ihre warme Hand in meiner lag, und nickte Bendik zu.

»Ich lasse euch nun allein«, verkündete Lucius, während er auf die Tür zuging. »Meine Anwesenheit wird an anderer Stelle verlangt.«

Ich schluckte gegen mein aufwallendes Unwohlsein an, konnte es aber nicht vollständig verdrängen. Wie Bendik wohl mein Können testen wollte? Mit einem Faustkampf vielleicht? Oder Denkaufgaben?

»Komm mit.« Bendik winkte mich mit sich hinaus in den Korridor. Er führte mich zwei lange Gänge entlang bis zu einem Raum, in dem Unmengen an blauer Kleidung, Helmen, Stiefeln und weiterer Ausrüstung in Regalen aufbewahrt wurden.

»Nimm dir eine passende Uniform und alles, was dazugehört. Ich warte hier draußen.«

Die Tür fiel hinter mir ins Schloss. Erleichtert stieß ich die Luft aus und ließ meine Schultern kurz kreisen, um die Anspannung loszuwerden. Dann ließ ich den Blick über die schummrig ausgeleuchteten Regale schweifen und zog wahllos einige der blauen Uniformen heraus. Die meisten Jacken waren mir zu groß, die Hosen entweder zu weit oder zu kurz. Es dauerte eine Weile, bis ich etwas fand, das mir passte. Anschließend suchte ich nach einem Gürtel, aber keiner war eng genug, sodass ich mich mit einem begnügen musste, der locker und dementsprechend schief saß. Aus einer Ecke nahm ich mir ein Paar klobiger Metallstiefel. Wie ich es damit zur Tür schaffte, ist mir bis heute ein Rätsel. Bendik schien sich diese Frage damals ebenfalls gestellt zu haben, denn je länger er mich musterte, desto missmutiger wurde sein Blick.

»Bei Lux, du siehst grauenhaft aus.« Seine Worte ließen mich innerlich zusammenschrumpfen. »Wenn du meiner Garde beitrittst, lasse ich dir alles maßschneidern. Wo hast du diese Stiefel überhaupt gefunden? Die benutzen wir schon seit zehn Jahren nicht mehr.«

Er scheuchte mich zurück in den Raum und reichte mir ein Paar schwarzer Lederstiefel aus einem niedrigen Schrank, den ich erst jetzt bemerkte, weil er im Schatten eines Regals stand. Die Schuhe passten und waren um einiges bequemer. Zudem gab mir Bendik weiße Handschuhe und einen der Helme, die auf den obersten Brettern gelagert wurden. Er saß schräg auf meinen Locken, egal wie ich ihn bewegte. Als ich Bendik ansah, zuckte ein Muskel an seinem Auge, aber er kommentierte mein jämmerliches Erscheinungsbild nicht, sondern führte mich zurück in den Korridor.

Ungefähr fünfzig glacidische Wappen später erreichten wir einen weitläufigen Innenhof, auf dem Männer in der gleichen Uniform wie ich mit Waffen übten. Lanzen und Schwerter erspähte ich am häufigsten. Die meisten Gardisten waren in meinem Alter. Sie warfen mir neugierige Blicke zu, als wir an ihnen vorbeigingen. Viele unterbrachen ihr Tun und verneigten sich vor ihrem Gardistenführer, der den Gruß nur mit einem schnellen Nicken erwiderte, während er zielstrebig auf eine leere Ecke des Hofes zusteuerte. Dort befanden sich ein Ständer mit verschiedenen Waffen und eine mannsgroße Strohpuppe, die entfernt an eine Vogelscheuche erinnerte.

Bendik deutete darauf. »Such dir eine Waffe aus. Danach werde ich das Geschick testen, das Lucius an dir gepriesen hat.«

Tja, das war es dann wohl gewesen. Ich würde niemals auch nur ansatzweise die Aufnahmeprüfung für die Garde bestehen. Was hatte Lucius sich dabei gedacht, mir Fähigkeiten anzudichten, die ich nicht einmal im Traum je hätte besitzen können?

Doch der Gedanke daran, dass der Prinz meinem Vater das Leben gerettet hatte und ich ihm dafür danken wollte, gab mir meine Motivation zurück. Nein, ich durfte nicht aufgeben, bevor ich zumindest versucht hatte, mich Bendik in einem Kampf zu stellen.

Ich ging auf den Waffenständer zu und nahm wahllos ein Schwert heraus. Es war schwerer als erwartet, aber ich behielt es in den Händen, um zu verbergen, wie wenig Ahnung ich hatte.

Bendik zog ein langes, dünnes Schwert aus der Scheide an seinem Gürtel, zerrte die Strohpuppe heran und platzierte sie hinter mir.

»Stell dir vor, die Puppe ist der König und du musst ihn vor mir beschützen, weil ich ihn töten will.« Er erhob seine Waffe. »Verteidige ihn!«

Eine im Sonnenlicht blitzende Klinge sauste an mir vorbei auf die Puppe zu. Ich war zu langsam, um mein Schwert rechtzeitig anzuheben. Aus einem Impuls heraus streckte ich mein Bein aus. Der Gardistenführer stolperte darüber und taumelte, fing sich aber schnell wieder und durchbohrte die Brust der Strohpuppe.

»Besser als erwartet«, sagte Bendik zu meiner Überraschung. Ich hatte nicht im Geringsten das Gefühl, dass ich meine Sache gut gemacht hatte. »Noch mal von vorn.«

Dieses Mal benötigte er nur einen kräftigen Hieb gegen meine Schulter, um an mir vorbeizukommen. Wäre Kianus hier gewesen, hätte er mich ausgelacht.

»Konzentrier dich«, rügte mich der Gardistenführer.

»Ich werde mein Bestes geben.«

»Das heißt: ›Ich werde mein Bestes geben, *Ductius*.‹ Sprich mich gefälligst mit meinem offiziellen Titel an.«

Ich nickte beschämt. »Verzeihung. Verstanden, Ductius.«

Bendik trat zu mir heran und griff nach meinem Arm. »Locker lassen.« Er zeigte mir, wie ich mich positionieren sollte, und ich ahmte die Haltung so gut ich konnte nach. »Halt das Schwert nur so fest, dass du es leicht in alle Richtungen bewegen kannst. Und um Lux' Willen, verkrampf dich nicht so. Eine gewisse Anspannung brauchst du, aber deine Muskeln dürfen nicht zittern wie ein Zweig im Sturm. Nimm dir eine andere Waffe, die da ist zu schwer für dich.«

Ich probierte einige der Schwerter aus. Eines davon war so leicht, dass ich es mit einer Hand halten konnte.

Bendik sah mich zufrieden an. »Gute Wahl. Als Gardist ist es von Vorteil, wenn du eine Hand frei hast. Du musst immer in der Lage sein, im Notfall zu anderen Mitteln zu greifen, falls du mit deiner Waffe allein nicht mehr auskommst.«

Er löste ein Säckchen von seinem Gürtel, das kaum größer war als seine Hand, und öffnete es.

»Meine Leute nennen das hier gerne das ›Pfui-Pulver‹. Recht passender Name, wie ich finde.«

Als er mir das geöffnete Säckchen hinhielt, stieg mir ein beißender Geruch in die Nase. Angewidert verzog ich das Gesicht. Dagegen war der Fischgestank in Acta um ein Vielfaches erträglicher gewesen.

»Das ist Aspern-Pulver. Ein glacidischer Gelehrter hat es speziell für meine Garde entwickelt. Nur eine Fingerspitze voll davon im Gesicht deines Gegners und es verätzt sofort die Haut.«

Ich schluckte. Anscheinend musste man als Gardist auf alles vorbereitet sein.

Bendik zog die Schnur des Säckchens wieder zu und reichte es mir. »Jeder Gardist trägt es bei sich. Deine Handschuhe verhindern, dass du dich selbst damit verletzt, aber du musst aufpassen, es nicht einzuatmen. Danach bist du nämlich reif für einen Heilmagier.«

»Entschuldigen Sie, Ductius, aber warum erzählen Sie mir das alles? Muss ich nicht erst eine Prüfung bestehen, bevor ich in die Garde aufgenommen werde?«

Seine Mundwinkel zuckten belustigt. »Die hast du bereits bestanden, als Lucius dich empfohlen hat. Er war der beste Gardist, den ich je hatte, und ich schätze seine Meinung sehr.«

Deswegen hatte Lucius mir den Vorschlag unterbreitet, der Garde beizutreten. Er hatte gewusst, dass ich aufgenommen werden würde.

»Oh«, war alles, was mir zu Bendiks Erklärung einfiel.

»Um ehrlich zu sein, haben wir gerade einen personellen Engpass. In letzter Zeit haben sich einige Gardisten eine hochansteckende Krankheit eingefangen. Sie sind alle in Isolation. Es kommt mir daher sehr gelegen, dass du uns beitreten möchtest. Für die Zeremonie des Prinzen brauche ich jedes wachsame Augenpaar, das ich bekommen kann. Natürlich ist es von Vorteil, wenn der Besitzer auch ein Schwert halten kann, aber ich kann mir nicht erlauben, wählerisch zu sein.« Er reichte mir die Hand. »Um es kurz zu machen: Willkommen in der Garde, Liam.«

KAPITEL 17

Raelyn

»Hier versteckt Ihr Euch also, Hoheit.« Mit einem Lächeln auf dem Gesicht kommt Oleo auf mich zu, die Hände tief in den Taschen seiner grauen Uniform vergraben. Seine schwarzen Haare bilden einen angenehmen Kontrast zu den hellen Regalen der Bibliothek.

»Ich habe mich nicht versteckt«, erwidere ich kühl.

Oleo stützt sich lässig an dem Regal ab, aus dem ich gerade ein Buch gezogen habe. »Wonach steht Euch heute der Sinn? Eine abenteuerliche Geschichte über Magier und Drachen? Oder eine leidenschaftliche Liebesgeschichte, die Euer Herz höherschlagen lässt?«

Er sagt diese Dinge einfach so, ohne einen Hauch von Schamgefühl. Beneidenswert.

»Ich lese keine fiktiven Geschichten.« Die Lüge kommt mir nur schwer über die Lippen.

Oleo grinst und lehnt sich in meine Richtung. Dabei hält er nicht den Abstand ein, den er einzuhalten hat. Instinktiv weiche ich einen Schritt zurück, aber nicht so weit, wie ich es gekonnt hätte.

»Keine falsche Scheu, Hoheit. Ich an Eurer Stelle würde mich auch in eine Romanze flüchten, wenn ich könnte.«

»Wieso bist du hier?«

Er kommt ein Stück näher. »Vielleicht genau aus diesem Grund.«

Ich kann nicht anders, als ihn anzusehen. Mein Herz klopft laut und schnell in meiner Brust. Seine braunen Augen sind hell gespren-

224

kelt, seine Wimpern dunkel, nicht ganz schwarz.

»Raelyn«, flüstert er und ist mir jetzt so nah, dass ich den Blick auf seinen Mund senken muss …

Ich schlug die Augen auf. Hastig setzte ich mich auf und atmete einige Male tief durch. Mein Mund fühlte sich so trocken an, als hätte ich seit Tagen nichts getrunken. Ich setzte das Glas von meinem Nachttisch an die Lippen. Dabei schwappten ein paar Tropfen Wasser über den Rand und landeten in meinem Schoß.

Ich schlief selten mitten am Tag ein, aber nach der Anprobe meines Zeremoniegewandes war ich erschöpft gewesen und hatte mich hingelegt, um mich beim Lesen zu entspannen. Das Buch über Kampftaktiken lag aufgeschlagen neben mir auf einem der Kissen. Ich klappte es zu, stand auf und ging ins Badezimmer. Dort wusch ich mir den kalten Schweiß vom Gesicht, während mein Traum in mir nachhallte.

Wenn es doch nur ein Traum gewesen wäre …

Auf der Suche nach Ablenkung durchquerte ich mein Zimmer und trat auf den Balkon hinaus. Die sommerliche Luft und der Ausblick auf den Garten brachten mir jedoch keinerlei Linderung.

Nachdem mein Gardist Oleo und ich in diesem privaten Moment erwischt worden waren, hatte mein Vater mich nach jeglichen Details über den Vorfall ausgefragt: Ob Oleo mich zu etwas überredet hätte, das ich gar nicht gewollt hatte. Ob er mich angefasst oder mich bedrängt hätte. Ich hatte all seine Fragen mit Nein beantwortet. Trotzdem war Oleos Platz am nächsten Tag neu besetzt worden.

Ich stützte mich auf dem Balkongeländer ab und ließ meinen Blick über die Blumenbeete und Büsche schweifen, ohne etwas davon wahrzunehmen.

Auch wenn mir niemand Auskunft über Oleos Verbleib gegeben hatte, wusste ich, dass er getötet worden war, um den Vorfall geheim zu halten. Ich hatte lange um ihn getrauert. Er war der erste Gardist gewesen, der mehr in mir gesehen hatte als den unnahbaren Prinzen, der ich stets vorgab zu sein. Oleo hatte außerdem etwas in mir ausgelöst. Etwas, von dem ich nicht gewusst hatte, dass ich es empfinden konnte.

Ich krallte meine Fingerspitzen in die Balkonbrüstung, bis sich der Stein unangenehm in meine Haut drückte.

Die Geschichte von uns beiden hatte sich trotz der Vorkehrungen zur Geheimhaltung wie ein Lauffeuer verbreitet. *Der Prinz und der Gardist*, Kapitel eins. Und es sollte nicht das letzte Kapitel bleiben. Ich wünschte, es wäre kein Buch geworden, dessen Inhalt jeder in Lumia kannte und sogar von fahrenden Schauspielgruppen parodiert wurde.

Ein Vogel landete zwei Armeslängen von mir entfernt auf dem Balkongeländer, neben dem großen Topf mit Lavendel. Amira hatte mir den Strauch vor vielen Jahren zum Geburtstag geschenkt. Seitdem stand er dort auf der Brüstung und trotzte jeglichem Wetter. Doch heute beruhigte mich der süßliche Duft des Lavendels nicht.

Der Vogel fiepte leise, bevor er sich wieder in den blauen Himmel erhob. Die Farbe brachte mich gedanklich zurück zu jenem Tag vor vier Jahren, als Oleos Nachfolger seinen Dienst angetreten hatte. Seine blauen Augen und sein blondes Haar hatten im Tageslicht geleuchtet.

Ich hätte nie gedacht, dass mein Vater jemanden am Leben lassen würde, der sich nach Oleo auch nur ansatzweise in meine Nähe wagte.

Aber ich hatte mich getäuscht.

KAPITEL 18

in dem ich Soße ins Gesicht bekam

Liam

Nachdem Bendik mir gezeigt hatte, wo es zum Stall ging, machte ich mich auf den Weg dorthin, um mein Gepäck abzuholen. Auf dem Hof, auf dem die Gardisten ihre Waffenübungen austrugen, befand sich ein steinerner Rundbogen, der hinaus aufs Schlossgelände führte. Von dort aus schlängelte sich ein Kiesweg bis zum Stall. Er befand sich ungefähr hundert Schritte von mir entfernt in der Nähe der Mauer. Auch in diesem Teil des Gartens wuchsen überall weiße und blaue Blumen. Zwischen ihnen standen Büsche in Tierformen: Bären, Katzen und Wölfe. Da Bendik mir keinen Zeitpunkt genannt hatte, wann ich zurückkehren sollte, nahm ich mir Zeit, mich umzusehen und mir alles einzuprägen. Wenn ich nach Patria zurückkehrte, wollte ich Val bis ins kleinste Detail von meinem Aufenthalt im Schloss erzählen.

Als ich Stimmen hörte, drehte ich mich um. Zwei Männer in der gleichen Uniform wie ich kamen auf mich zu. Einer von ihnen war doppelt so breit wie ich, der andere von zierlicher Statur. Warum traf ich in letzter Zeit ständig auf Schrank-Menschen? Erst in Numoria, dann in Trebos und jetzt hier. Hoffentlich war dieser Kerl netter als die anderen.

»Hallo«, grüßte ich sie. »Ich bin Liam, der neue Gardist.«

Der Schrank-Mann musterte mich von oben bis unten. »Siehst ja nicht gerade aus, als hättest du was drauf. Bendik muss verzweifelt sein, wenn er einen Kerl wie dich einstellt.«

»Ich bin hier, weil Gardistenführer Bendik es so wollte«, entgegnete ich freundlich.

»Vermutlich hast du diese Uniform nur an, weil du dir das leichteste Schwert ausgesucht oder dem Gardistenführer Honig um den Mund geschmiert hast.«

»Gregery, sei nicht so fies«, rügte ihn sein Begleiter und lächelte mich entschuldigend an. Dabei bildeten sich Grübchen auf seinem schmalen Gesicht. Ich schätzte ihn vom Alter her ähnlich ein wie mich, vielleicht ein Jahr jünger. »Willkommen in der Garde, Liam. Ich bin Finnian, aber bitte nenn mich Finn. Bist du auf dem Weg zurück zum Schloss?«

»Nein, ich muss zum Stall.«

»Wir begleiten dich gern«, bot Finn an.

Gregery verdrehte die Augen. »Ich habe Besseres zu tun, als den Neuling herumzuführen. Lass uns gehen, Finn. Unsere Pause ist sowieso schon viel zu kurz.«

Finn schüttelte den Kopf. »Ich bringe Liam hin. Wir treffen uns später zur Abendschicht.«

Missmutig brummend ging Gregery zurück zum Hof.

»Ist er immer so gut gelaunt?«, fragte ich.

Finn grinste. »Er ist Fremden gegenüber etwas ruppig, aber wenn man ihn besser kennt, kann man sich ganz nett mit ihm unterhalten.«

Gemeinsam gingen wir zum Stall. Durch ein offen stehendes Tor gelangten wir auf einen Vorplatz, wo mir der vertraute Geruch von frischem Heu in die Nase stieg. In einer Ecke türmten sich gestapelte Strohballen, vor denen Bedienstete beladene Schubkarren hin- und herschoben. Niemand erhob Einwände, als wir das lichtdurchflutete Gebäude betraten, das in keiner Weise an die kleinen Ställe in Patria erinnerte. Dieses Gebäude hier hatte weiß gestrichene Wände und breite Boxen, in denen die Pferde genug Platz hatten, um ein paar Schritte zu gehen. Ein kühler Luftzug sorgte dafür, dass sich die Hitze nicht staute. Es gab Plätze, an denen die Tiere gewaschen und versorgt werden konnten, und an den Wänden hingen in ordentlichen Reihen Ausrüstung und Reitzubehör.

Nachdem ich in mehr als zwanzig Boxen gespäht hatte, fand ich Stella endlich in einer der äußersten. Sie wieherte freudig, als ich zu ihr trat und ihr über den Kopf strich.

»Hallo, meine Hübsche. Ich freue mich auch, dich zu sehen.«

»Eine schöne Stute«, sagte Finn, der gerade seinen Helm abnahm. Sein kurzes blondes Haar leuchtete im hereinfallenden Tageslicht so hell wie seine Haut und seine Augenfarbe erinnerte an die Blumen im Schlossgarten. Er wischte sich den Schweiß von seinen sommersprossigen Wangen. »Ganz schön heiß heute.«

»Glaub mir, im Gegensatz zu Ignidia ist das hier das reinste Paradies.«

Er sah mich erstaunt an. »Du bist aus dem Feuer-Königreich?«

Auf der Suche nach meinem Gepäck erzählte ich ihm von meiner Heimat. Letztendlich musste ich einen Bediensteten fragen, wo ich es finden konnte. Er schickte mich in einen der geschlossenen Räume im hinteren Teil des Stalls. Anschließend ging ich mit Finn zusammen zurück zum Schloss.

»Könntest du mir zeigen, wo sich die Schlafsäle befinden? Bendik meinte, ich solle jemanden nach dem Weg fragen.«

»Natürlich. Wir können danach auch gerne gemeinsam zum Abendessen gehen, wenn du willst.«

Ich lächelte ihn an. »Danke, das wäre toll.«

Finn führte mich in den Teil des Schlosses, in dem sich die Räumlichkeiten der Gardisten befanden, und zeigte mir einen der fünf Schlafsäle. Ein so riesiges Zimmer wie dieses hatte ich noch nie gesehen. Hätten sich alle Bewohner von Patria hier zusammengefunden, wäre noch genug Platz für ein paar Pferde, Hühner und Katzen gewesen. Trotz seiner Größe war der Raum nur spärlich eingerichtet. Darin standen zwanzig Stockbetten, zwischen denen jeweils ein Holzschrank stand. Manche der Betten waren ordentlich hergerichtet, mit aufgeschütteltem Kissen und zusammengelegter Decke, andere sahen aus wie Kianus' Bett: unordentlich und zerwühlt.

Finn brachte mich zu einem der freien Betten in der Mitte und deutete dann zur Wand. »Ich schlafe da drüben am Fenster. Ist ganz schön, nachts die Sterne zu sehen.«

Ich räumte meine beiden Reisebeutel aus und stopfte meine Kleidung, zwei Bücher und ein paar andere Utensilien in die leeren Fächer des Schrankes neben dem Bett. Anschließend folgte ich Finn zum Speiseraum am Ende des Ganges. Dort erwarteten uns drängelnde Männer, lautes Gelächter und Töpfe voller duftender Speisen. Den Großteil des Essens hatte ich noch nie gekostet. Ich verbrachte eine ganze Weile damit, mir mein Abendessen zusammenzustellen.

Mit vollem Teller gesellte ich mich zu Finn an den größten Tisch, an dem kaum mehr Platz war, aber Finn hatte mir neben sich etwas freigehalten. Er nickte mir zu, warf einen schnellen Blick nach links und rechts und gab dann ein paar Tropfen aus einem Fläschchen in ein Wasserglas. Es sah aus wie die Medizin, die Paps oft in seine Getränke hatte geben müssen, als er krank gewesen war.

Als ich Finn danach fragen wollte, quetschte sich Gregery neben ihn auf die Bank und drückte ihn ungewollt gegen den nächsten Sitznachbarn. Gregery betrachtete das Fläschchen.

»Bist du etwa krank? Muss ich das melden gehen?«

Finns Augen weiteten sich vor Entsetzen. »Nein, ich –«

»Das ist meine Medizin«, erklärte ich schnell. »Ich habe nur vergessen, mir ein eigenes Wasserglas zu holen, deswegen hat Finn mir seins angeboten.«

Während Finn mich überrascht ansah, schnaubte Gregery so abfällig, dass er mich an Kianus erinnerte, was die ganze Situation nicht besser machte.

»Einen Tag hier und schon krank. Du solltest dich schämen.«

»Lass das mal meine Sorge sein.« Ich griff nach dem Fläschchen in Finns Hand und steckte es in meine Hosentasche.

»Solange du mich nicht ansteckst, kann's mir egal sein.« Gregery versenkte Messer und Gabel in dem Stück Fleisch auf seinem Teller und malträtierte es mit groben Bewegungen. Anschließend tunkte er ein großes Stück davon in braune Soße und schob es sich in den Mund.

»Wasch guckscht du so?« Beim Sprechen fiel ihm ein Brocken aus dem Mund. »Hascht du nichtsch Bescheres zu tun, alsch mich anschustarren?«

Ich widmete mich ebenfalls meinem Essen, aber während ich mir eine Gabel mit Gemüse in den Mund schob, spürte ich seinen bohrenden Blick auf mir.

»Kein Wunder, dass du aussiehst wie eine Karotte, wenn du nur Viehfutter frisst.« Er lachte laut und gehässig. »Das wird immer verrückter mit dir. Wo, sagtest du, kommst du her?«

»Gregery«, zischte Finn warnend. »Lass Liam in Ruhe.«

»Hast du nichts dazu zu sagen, Karottenkopf?«

Ich schluckte und hob den Blick. Gregerys dunkle Augen funkelten wie die einer Katze, kurz bevor sie ihre Krallen in einer wehrlosen Maus versenkte.

»Warum ich kein Fleisch esse, ist meine Sache.«

»Da irrst du dich. Gardisten sollen darauf achten, dass sie gesund sind und bei Kräften bleiben. Hier.« Er ließ ein Stück Fleisch auf meinen Teller plumpsen, mitten hinein in die Soße. Ein paar Spritzer landeten auf meinem Gesicht. »Damit du groß und stark wirst.«

Ich wischte die Soße so langsam mit dem Handrücken weg, als würde mir die Demütigung nichts ausmachen. »Danke, dass du dich um mich sorgst, aber ich kann selbst entscheiden, was ich esse.«

»Wage ich zu bezweifeln. Sonst hättest du mehr Muskeln und keine so vorlaute Klappe.«

Mir war der Appetit gründlich vergangen, aber ich wollte nicht noch mehr Aufmerksamkeit auf mich ziehen, als mir durch Gregerys Aktion sowieso schon zuteilgeworden war. Ich hielt den Blick gesenkt und aß stumm das Gemüse. Zu meiner Erleichterung ließ Gregery mich in Ruhe. Das Einzige, was ich von ihm hörte, waren die schmatzenden Geräusche, die er beim Verschlingen des Fleischs von sich gab.

Als er fertig war, verabschiedete er sich von Finn und entfernte sich. Ob er mir dabei einen gehässigen Blick zuwarf, konnte ich nicht sehen, denn ich hob erst den Kopf, als ich mir sicher war, dass er gegangen war.

»Es tut mir so leid«, murmelte Finn. »Das war meine Schuld.«

Ich schüttelte den Kopf. »Du kannst nichts dafür, dass er seinen Frust an mir auslassen wollte. Wollen wir gehen?«

Wir stellten unser Geschirr auf einen Abstellwagen, wo sich bereits einige andere Teller stapelten, und traten hinaus auf den Gang. Außer uns war niemand dort. Ich zog Finns Fläschchen aus der Hosentasche und reichte es ihm.

Mit einem dankbaren Lächeln nahm er es entgegen. »Bisher habe ich allen, die mich darauf angesprochen haben, gesagt, das Zeug hier würde meinem Wasser Geschmack verleihen.« Er schwenkte demonstrativ das Fläschchen, bevor er es in seiner Uniform verstaute. »Bitte verrate niemandem, dass es Medizin ist. Wenn es jemand herausfindet, habe ich ein großes Problem.« Er senkte die Stimme. »Gardisten, die chronisch krank sind, sind hier nicht gerne gesehen.«

»Ist es denn etwas Ernstes? Falls du die Frage erlaubst.«

»Ich habe von Geburt an ein schwaches Herz. Das Medikament hier ist ganz neu auf dem Markt und war nicht billig. Aber es soll angeblich besser helfen als alles, was ich davor genommen habe.«

Ich nickte. »Danke, dass du es mir erzählt hast.«

»Das war das Mindeste, das ich tun konnte, nachdem du mich vor Gregery gerettet hast. Ich hoffe, dieser Rüpel hat dir nicht deine erste Mahlzeit im Schloss verdorben.«

»Nein, es war echt lecker. Ist das Essen hier immer so gut?«

»Es schmeckt ganz passabel.«

Ich grinste. »Ist das dein Ernst?«

Auf Finns Gesicht erschien ebenfalls ein Grinsen. »Meine Mutter ist eine hervorragende Köchin. Vielleicht bin ich deswegen verwöhnt.«

Ich lachte über seine ehrliche Art. Hoffentlich würden wir in der nächsten Zeit viele Gelegenheiten haben, uns zu unterhalten.

Er machte sich gemeinsam mit mir auf den Weg zum Schlafsaal, würde mich dort aber verlassen, wie er mir mitteilte. Im Gegensatz zu mir musste er nämlich seinen Abenddienst hinter sich bringen. Ich erfuhr, dass er vor zwei Monaten in die Garde aufgenommen worden war. Eigentlich hatte er Schreiner werden wollen, aber seine Familie hatte aufgrund eines Schicksalsschlages fast ihr gesamtes Vermögen verloren. Ein Freund von Finn hatte ihm geholfen, Gardist zu werden.

»Und deswegen bin ich jetzt hier«, schloss er seine Erzählung. Wenige Augenblicke später hielten wir vor dem Schlafsaal an. »Man verdient als Gardist ganz gut und kann sogar befördert werden.«

»Was bedeutet ›befördert werden‹?«, fragte ich und kam mir vor wie ein unwissendes Kind. Doch Finn lachte mich nicht aus, wie Gregery es vermutlich getan hätte. Er erklärte mir, dass man, wenn man seine Aufgaben gewissenhaft erledigte und ausgezeichnete Leistungen erbrachte, durchaus zu einem Leibgardisten für die Königsfamilie aufsteigen konnte, sofern dort gerade ein Platz frei war. Damit war man von einigen lästigen Pflichten entbunden.

»Ich musste schon einmal das Badezimmer putzen, weil einige Bedienstete ausgefallen sind.« Finn verzog das Gesicht. »Königsgardisten müssen so etwas nicht machen.«

»Wärst du gerne ein Königsgardist?«

»Das ist mein Ziel, ja. Am liebsten in der Garde der Prinzessin.«

»Warum in ihrer?«

Seine Mundwinkel wanderten nach oben. »Du hast sie noch nie gesehen, oder?«

»Nein, ich kenne niemanden aus der königlichen Familie.«

»Das wird sich spätestens bei der Zeremonie ändern. Da wirst du genügend Zeit haben, die Prinzessin in Augenschein zu nehmen. Glaub mir, der Anblick lohnt sich.«

»Ist sie denn so hübsch?«

Finn strahlte. »Oh ja! Aber überzeug dich gerne selbst.«

»Werde ich.«

Im Schlafsaal hielten sich außer mir noch andere Gardisten auf. Auf meine Begrüßung hin nickten sie entweder höflich oder ignorierten mich. »Lux, schenke mir dein Licht«, rief einer von ihnen verzweifelt, als er meine roten Haare sah, und legte die Hände wie zum Gebet aneinander. Schnell wandte ich mich ab und ging zu meinem Bett.

Als ich mich hingelegt hatte, fiel mir das Gespräch mit Lucius wieder ein, das wir in Trebos geführt hatten. Waren rote Haare wirklich ein schlechtes Omen? Aber Nox, der Gott der Dunkelheit, war schon lange tot. Glaubte man den alten Legenden, hatte Lux seinen Bruder vor mehreren hundert Jahren hinab nach Lumia verbannt. Warum also glaubten die Leute noch daran, dass es Unglück brachte, wenn jemand dieselbe Haarfarbe hatte wie Nox? Ich war schließlich nicht mit ihm verwandt, geschweige denn ein Magier. Was sollte schon passieren, wenn man mir begegnete?

In jener ersten Nacht im Schloss fühlte ich mich dem Phönix noch mehr verbunden als sonst. Er hatte es sich bestimmt auch nicht ausgesucht, brennende Federn zu haben, genauso wenig, wie ich mir meine Haarfarbe ausgesucht hatte.

KAPITEL 19

in dem ich mich unbeliebt machte

Liam

Am nächsten Morgen stand ich schon vor dem Frühstück auf dem Hof und übte mich im Umgang mit dem Schwert. Bendik hatte sich die Zeit genommen, mich persönlich zu unterrichten, wofür ich einerseits dankbar war, aber andererseits hätte es schlimmer nicht kommen können, denn Bendik war ein unerbittlicher Lehrer. Bereits nach einer Stunde fühlte ich mich, als hätte ich fünf Tage lang am Stück nur Wäsche gewaschen. Meine Arme bebten, mein Körper lechzte nach Erholung und mein Magen knurrte so laut, dass der Prinz es vermutlich in seinem Schlafgemach hörte.

Als Bendik nach dem weiß-Lux-wievielten Angriff erneut sein Schwert anhob, entfuhr mir ein Stöhnen.

»Ductius, ich würde gerne eine Pause einlegen.«

»Hier wird keine Pause gemacht, bevor du mich nicht einmal getroffen hast!«

Mit zusammengebissenen Zähnen umklammerte ich mein Schwert fester, aber es gelang mir nicht, mich in eine kampftaugliche Position zu bringen.

Bendik stöhnte. »Na schön, für heute entlasse ich dich. Geh was Vernünftiges essen und sieh zu, dass du ein heißes Bad nimmst. Aber sobald die morgige Zeremonie vorbei ist, wirst du ordentlich üben, haben wir uns verstanden?«

Erleichtert ließ ich meine Waffe sinken. »Ja, Ductius.«

»Nach den Feierlichkeiten werde ich dich für den normalen Schichtdienst einteilen. Bis dahin gibst du dein Bestes. Und tu mir bitte einen Gefallen: Wenn du übst, stell niemandem ein Bein. Vor der Zeremonie brauche ich all meine Gardisten unversehrt.«

Ich nickte. »Danke, dass Sie sich die Zeit für mich genommen haben. Kann ich mich dafür erkenntlich zeigen?«

»Wie bitte? Wovon redest du?«

Vor meinem inneren Auge tauchte sein chaotisches Arbeitszimmer auf. »Ich habe gestern die Dokumente auf Ihrem Schreibtisch gesehen und dachte, Sie bräuchten möglicherweise Hilfe beim Abarbeiten.«

Bendik gab ein amüsiertes Schnauben von sich. »Na sieh mal einer an, du bist ja ein aufmerksames Bürschchen. Komm nachher in mein Arbeitszimmer. Dann sehen wir weiter.«

Nachdem ich meinen Hunger gestillt hatte, begab ich mich zum Gemeinschaftsbad, das sich nur ein paar Schritte vom Speiseraum entfernt befand. Gestern Abend schon hatte mich dieser große Raum mit der gefliesten Trennwand fasziniert, die das Bad in zwei Hälften teilte. Im hinteren Teil ragten Rohre aus den Wänden, aus denen Wasser floss. Für heute Abend hatte ich mir fest vorgenommen, diese neue Art der Körperreinigung auszuprobieren. Jetzt begnügte ich mich mit einer schnellen Wäsche an einem der steinernen Becken an der Wand, über denen breite Spiegel hingen. Auf dem Weg zurück zur Tür besah ich mir das im Boden eingelassene Becken, an dessen Wänden sich Sitzvorsprünge befanden. Jetzt war das Becken leer, aber nach der Tagesschicht würden sich dort sicherlich einige Gardisten ihre wohlverdiente Erholung gönnen.

Auf dem Weg zu Bendiks Arbeitszimmer verlief ich mich dreimal. Als ich es endlich gefunden hatte, stand er an einem der Regale an der Wand und zog ein dickes Buch daraus hervor.

»Ah, Liam. Gut, dass du kommst. Ich hätte hier ein paar Rechnungen, die überprüft und abgeheftet werden müssen.«

»Sagen Sie mir gerne, was ich tun soll.«

Er erklärte mir, worauf ich zu achten hatte. Anschließend entfernte er ein paar Bücher von einem Stuhl, der in einer Ecke stand, und schob ihn an seinen Schreibtisch heran, sodass wir uns gegenübersitzen konnten. Während er einen Stapel Dokumente abarbeitete, überprüfte ich Rechnungen von Ausrüstungs- und Waffenlieferungen einer Schmiede in Livor.

Nach einer Weile legte ich das letzte Papier beiseite. »Ductius, ich bin fertig.«

Überrascht sah er mich an. »Mit allem, was ich dir gegeben habe?«

Ich nickte und deutete auf einen der beiden Stapel vor mir. »Diese Rechnungen hier enthalten Fehler. Sie sollten sie später auf jeden Fall noch einmal ansehen und mit dem Schmied Kontakt aufnehmen. Er hat Ihnen oft mehr Schwerter in Rechnung gestellt, als aufgelistet waren.«

Bendik lehnte sich mit verschränkten Armen zurück. »Welcher Arbeit bist du nachgegangen, bevor du hierherkamst?«

»Meine Familie bewirtschaftet Gemüsefelder.«

»Ah, deswegen kannst du rechnen.«

»In meinem Heimatdorf kann jeder rechnen und schreiben.«

Er hob die Augenbrauen. »Es ist mir neu, dass Leute aus ländlichen Regionen eine derartige Ausbildung genießen. Die meisten Dörfer haben nicht einmal eine Schule in der Nähe.«

»Das haben wir auch nicht, aber Lesen, Schreiben und Rechnen wird bei uns allen Kindern beigebracht, sobald sie einen Stift halten können.«

»Scheint wohl eine Tradition zu sein in eurem Dorf.«

»Ich würde behaupten, dass es wesentlich schlechtere Traditionen gibt.« Beispielsweise, eine horrende Summe Monaro für eine magische Heilbehandlung zu verlangen, nur weil das irgendein längst verstorbener König so festgelegt hatte. Das sagte ich natürlich nicht laut.

Bendik grunzte. »Stimmt schon, aber genug davon. Wir haben Arbeit vor uns.« Er schob mir einen dicken Stapel mit unordentlich aufeinandergelegten Dokumenten und Briefen entgegen. »Die hier kannst du in die hölzernen Fächer im Regal einsortieren. Einfach nur nach Datum. Ich gehe mir Tee holen, möchtest du auch welchen?«

»Vielen Dank, Ductius, aber nein.«

Er ließ mich mit dem Dokumentenstapel allein zurück. Als er wiederkam, hatte ich die Hälfte davon abgearbeitet und einen Verbesserungsvorschlag für das chaotische Sortiersystem des Regals entworfen. Ich war gerade dabei, Bendik meinen Vorschlag zu unterbreiten, da klopfte jemand an der Tür. Einen Moment später stand Lucius im Raum.

»Oh, Liam, welch angenehme Überraschung. Gehst du Bendik zur Hand?«

»Und wie er das tut.« Bendik klopfte mir auf die Schulter. »Du hast wahrlich nicht untertrieben, Lucius. Er begreift schnell, wo das Kernproblem einer Sache liegt.«

Meine Wangen erwärmten sich. Während ich überlegte, was ich dazu sagen sollte, übernahm Lucius das Reden.

»Das freut mich zu hören. Ich wollte etwas mit dir besprechen, Bendik, aber da Liam gerade hier ist, komme ich später wieder.«

»Gute Idee. Wir sind ziemlich beschäftigt.«

»Dann werde ich euch nicht länger stören.« Lucius wandte sich mir zu. »Hast du dich schon eingelebt?«

Ich nickte und Bendik lachte. »Er kann zumindest bei einem von zehn Versuchen den leichtesten Schwerthieb parieren.«

Lucius schmunzelte. »Das klingt, als wäre Liam bereit für die Zeremonie morgen.«

»Er wird es schon schaffen. Herumstehen dürfte ihm zumindest leichtfallen.«

Meine Wangen wurden noch wärmer und ich räusperte mich verlegen. »Könnten Sie mir den morgigen Ablauf erklären, Ductius?«

Nachdem Lucius gegangen war, beschrieb Bendik mir die Vorgehensweise der Zeremonie und was davor und danach geschehen würde. »Es sind genug andere Gardisten da, um bei einem Notfall eingreifen zu können, aber sei stets wachsam. Und sprich um Lux' Willen niemanden an, der einen höheren Rang bekleidet als du. Das würde zu unnötigen Komplikationen führen.«

»Verstanden, Ductius.«

»Schön. Dann erklär mir jetzt noch einmal, wie du mein Regal umsortieren willst.«

Den Rest des Nachmittags verbrachte ich in Bendiks Arbeitszimmer. Als ich es verließ, schwirrte mir der Kopf von all den durchgearbeiteten Dokumenten. Was ich brauchte, war Entspannung, und was gab es da Besseres als ein angenehmes Bad?

Das Gemeinschaftsbad war gut besucht. Im Becken saßen einige Gardisten und unterhielten sich. Unter ihnen war auch Finn, der mir zuwinkte, als ich den Raum betrat. »Hallo, Liam, komm doch zu uns!«

Ich nickte ihm zu und schlüpfte hinter eine Abtrennung, um mich meiner Kleidung zu entledigen. Dann ging ich mit einem Handtuch um die Hüfte zum Becken und stieg hinein. Das Wasser war angenehm warm. Kurz bevor ich mich neben Finn setzte, löste ich das Handtuch und legte es hinter mich auf die Fliesen, dort, wo die Handtücher der anderen Männer lagen.

»Du hast echt krasse Haare«, sagte ein junger Mann mit Spitzbart, der mir gegenübersaß.

Ich schluckte. »Äh, danke ...?«

»Ich finde Liams Haare ziemlich schick.« Finn grinste den bärtigen Kerl frech an. »Aber deine sind echt öde, Alban. Du könntest sie ruhig mal in Form schneiden. Ach, und der schreckliche Bart muss ab. Vielleicht spricht dich dann eine der Bediensteten an, denen du immer heimlich nachstellst.«

Alban senkte den Blick. Die anderen Männer lachten.

»Gibt es in der Garde auch Frauen?«, erkundigte ich mich bei Finn. Seit meiner Ankunft hatte ich keine einzige Gardistin gesehen.

»Ja, einige sogar. Sie haben ihre eigenen Räumlichkeiten und ein privates Bad. Offiziell wird das als reine Sicherheitsmaßnahme begründet, aber jeder weiß, was passieren würde, wenn sie sich die Räume mit uns teilen müssten.«

Alle außer mir amüsierten sich darüber. Wäre Kianus hier gewesen, hätte er bestimmt längst versucht, sich zu den Gardistinnen zu schleichen.

»Und was ist mit Männern, die Männer attraktiv finden?«, fragte ich.

Das Lachen um mich herum erstarb augenblicklich. Einige der Gardisten starrten mich skeptisch an.

»Die haben Glück.« Finn schlug mir sanft die Faust gegen den Oberarm. »Liam, du bist echt klasse.«

»Das war eine ernst gemeinte Frage«, gab ich zurück.

Er blickte in die Runde. »Ich wüsste nicht, dass wir einen schwulen Gardisten haben. Kennt ihr einen?«

Albans Nebensitzer schüttelte den Kopf. »Wir haben nur einen schwulen Prinzen, der jetzt aber hoffentlich zur Vernunft gekommen ist.« Alle außer Finn und mir lachten. »Habe gehört, man soll ihn im Exil ordentlich verdroschen haben. Geschieht ihm recht.«

»Psst«, machte Alban. »Rede nicht so abfällig über Seine Hoheit. Wer weiß, wer alles mithört.«

Einige Männer gaben Kommentare dazu ab. Mit jedem davon verging mir die Lust auf Baden mehr. Schließlich hielt ich es nicht mehr aus, schnappte mir mein Handtuch und stieg aus dem Becken. Dann eilte ich in den hinteren Teil des Badezimmers.

Finn kam hinter mir her. »Ist alles in Ordnung?«

»Ja, sicher doch.«

Ich warf mein Handtuch auf einen der Holzständer, stellte mich unter das nächstbeste Rohr und drehte an dem Metallrad an der Wand. Das eiskalte Wasser ließ mich für einen Moment das eben Gehörte vergessen. Energisch griff ich nach der Seife auf einem der Wandvorsprünge und seifte mich damit ein.

»Möchtest du vielleicht noch spazieren gehen?«, fragte Finn. »Das Wetter ist so schön heute Abend.«

Ablenkung war genau das, was ich jetzt brauchte. Ich willigte ein und wir vereinbarten, uns in einer halben Stunde am nächsten Ausgang zu treffen.

Als wir in den Garten traten, war für kurze Zeit nur der knirschende Kies unter unseren Stiefeln zu hören. Dann räusperte sich Finn.

»Kann ich dich etwas Persönliches fragen?«

»Was willst du denn wissen?«

Er blieb stehen und wippte einige Male auf den Zehen auf und ab. »Fühlst du dich zu Männern hingezogen?«

»Keine Ahnung. Ich war noch nie verliebt.«

Finns blaue Augen weiteten sich. »Echt? Wie alt bist du denn?«

»Neunzehn.«

»Du bist ein Jahr älter als ich und warst noch nie verliebt? Das kann ich echt kaum glauben. Ich hatte schon ein paar Freundinnen.«

»Hast du jetzt auch eine?«

»Nein, da ich in der Garde bin, wäre das zu kompliziert. Wir würden uns kaum sehen.«

Wir setzten unseren Weg fort und gingen zwischen den hüfthohen Hecken entlang. Die Abendsonne tauchte den Garten in ein warmes, goldenes Licht, doch gerade hatte ich keine Lust, mir die Umgebung anzusehen. Meine Gedanken drehten sich um Finns Frage.

In den letzten Jahren hatte ich oft darüber gegrübelt, zu welchem Geschlecht ich mich hingezogen fühlte, aber ich hatte keine eindeutige Antwort darauf gefunden. Es hatte einfach niemand mein Interesse geweckt. Kianus hingegen hatte die Mädchen lange angestarrt – und zwar nicht nur ihre Gesichter. Val und ich hatten uns heimlich darüber amüsiert.

Ich riss mich aus meinen Gedanken und sah Finn an. »Wie fühlt es sich an, verliebt zu sein?«

»Das spürst du einfach. Du musst ständig an die Person denken. Wenn du in ihrer Nähe bist, fängt dein Herz an zu rasen. Du wirst nervös und hinterfragst jedes einzelne Wort, um herauszufinden, ob deine Gefühle erwidert werden. Verliebt zu sein ist überwältigend.«

Nichts davon kam mir bekannt vor, also sagte ich nur: »Das klingt aufregend.«

Wir blieben vor einem Brunnen stehen, in dessen Mitte Wasser in die Höhe schoss und laut plätschernd zurück ins Becken fiel. Die Abendluft war erfüllt von den Liedern der Vögel, die in den umliegenden Bäumen und Hecken saßen, doch auch das fröhliche Gezwitscher konnte meine kreisenden Gedanken nicht beruhigen.

»Kopf hoch.« Finn legte einen Arm um meine Schultern und zog mich zu sich heran. »Du hast noch genug Zeit, um herauszufinden, wie sich Verliebtsein anfühlt.«

Trotz der gedrückten Stimmung musste ich lächeln. Finn war wirklich ein netter Kerl.

»Das wirst du schön bleiben lassen, Neuling«, rief eine barsche Stimme, die ich zuletzt gestern Abend gehört hatte.

Finn und ich drehten uns zu Gregery um. Er kam auf uns zugestürmt, baute sich vor mir auf, eine Hand am Knauf seines ungezogenen Schwertes, und funkelte mich an. »Finger weg von Finn!«

Finn schob sich mit ausgestreckten Armen zwischen mich und den muskulösen Gardisten. »Gregery, beruhige dich, es ist alles in Ordnung.«

Ich bewunderte ihn für seinen Mut, denn der zierliche Blondschopf hatte Gregery, der fast zwei Köpfe größer war als er, rein gar nichts entgegenzusetzen.

»Aus dem Weg! Ich muss dem Neuling Manieren beibringen.«

»Lass ihn bitte in Ruhe. Liam hat nichts getan!«

Gregery drückte sich mühelos an ihm vorbei und packte mich am Kragen. Meine Füße hoben vom Boden ab. Er zog mich so nah an sich, dass zwischen seiner dicken Nase und meiner nur wenige Fingerbreit verblieben. Panik flackerte in mir auf.

»Ich hasse Kerle wie dich«, schnauzte er mich an. Ein paar Speicheltropfen landeten auf meinem Gesicht. »Du lässt deine schmutzigen Finger von Finn und allen anderen Männern hier im Schloss. Hast du mich verstanden, Karottenkopf?«

Ich wollte etwas Schlagfertiges erwidern, aber ich konnte keinen zusammenhängenden Satz bilden.

»So ein schwacher Nichtsnutz wie du sollte gar nicht erst in die Garde aufgenommen werden. Lass dir eines gesagt sein: Wenn du auch nur ansatzweise versuchst, irgendetwas Dummes zu tun, wirst du nicht so glimpflich davonkommen wie heute. Verstanden?«

Mit einer groben Bewegung stieß er mich von sich. Ich landete unsanft auf meinem Hintern und schnappte nach Luft. Zitternd krallte ich meine Hände in den spitzen Kies, um meine Anspannung loszuwerden, doch es half nicht im Geringsten.

»Gregery!« Finn stellte sich mit verschränkten Armen vor mich. »Du hast das alles falsch verstanden.«

Gregery klopfte sich die Hände an seiner Hose ab, als hätte er sich beschmutzt. »Ich habe genau gehört, was er im Waschraum gesagt hat. Und so nah, wie er dir gerade war, bestätigt das nur mein Bild von ihm.«

»Er hat nichts –«

»Tu dir selbst einen Gefallen und halte dich fern von dem Rotschopf. Wir wissen alle, dass rotes Haar Unglück bringt, und wenn der Kerl noch schwul ist, dann hat er dich schneller angefasst, als du ›Lux‹ sagen kannst.«

Er warf mir einen hasserfüllten Blick zu, drehte sich um und verschwand wütenden Schrittes wieder in Richtung Schloss.

Meine Beine zitterten so sehr, dass ich mich nicht traute, sie zu belasten, also blieb ich sitzen. Als Hitze in mir aufstieg, hätte ich am liebsten laut gestöhnt. Kein Schwächeanfall, bitte nicht jetzt …

Finn ging neben mir in die Hocke. »Heiliger Lux, ist alles in Ordnung?«

»Mir geht es gleich wieder gut«, erwiderte ich, aber meine Worte waren so zittrig wie meine Beine. »Ich bleibe noch ein bisschen hier. Du kannst ruhig schon zurückgehen.«

»Ich lasse dich ganz sicher nicht allein. Wer weiß, ob Gregery zurückkommt. Du hast nichts falsch gemacht, hörst du? Ich werde diesen Rüpel morgen nach der Zeremonie zur Rede stellen.«

»Nicht … Nicht nötig«, murmelte ich und schnappte mehrmals nach Luft. Bei jedem Atemzug atmete ich pure Hitze ein.

»Soll ich dem Gardistenführer davon erzählen? Solche Vorfälle lässt er nicht durchgehen.«

»Nein, bitte nicht.«

»In Ordnung. Aber mit Gregery werde ich trotzdem reden.«

Ich wischte mir ein paar Schweißtropfen von der Stirn. »Danke, dass du dich um mich kümmerst.«

»Ist doch selbstverständlich. Freunde unterstützen einander.«

Finn blieb bei mir, bis ich wieder in der Lage war, aufzustehen und zum Schloss zurückzugehen. Den schmerzhaften Fall zu Boden konnte ich noch in meinem Hintern spüren, als ich erschöpft in mein Bett sank.

Der nächste Morgen war schon direkt nach dem Aufstehen chaotisch. Zwischen den hektisch hin und her laufenden Männern, die alle gleichzeitig das Bad benutzen wollten, konnte ich meinen Helm nicht finden. Den brauchte ich aber unbedingt für die Zeremonie. Ich ging zu dem Raum, in dem die Uniformen aufbewahrt wurden, und holte mir einen neuen. Der Umweg kostete mich so viel Zeit, dass ich rennen musste, um rechtzeitig auf dem Hof zu sein, wo Bendik zur achten Stunde des Tages eine Gardistenversammlung angesetzt hatte.

Als ich dort ankam, hatte sich bereits eine unüberschaubare Anzahl an blau uniformierten Männern und Frauen eingefunden. Sie standen in mehreren Reihen hintereinander, mit einem freien Gang in der Mitte. In einer der Reihen erspähte ich Finn. Da dort kein Platz mehr war, stellte ich mich neben den nächstbesten Gardisten. Ich nickte ihm höflich zu, aber er hielt den Blick geradeaus gerichtet. Im Gegensatz zu dem Chaos im Schlafsaal und im Gemeinschaftsbad ging es hier ruhig und geordnet zu. Manche Gardisten führten Gespräche, die meisten standen jedoch still da und warteten auf Bendiks Ankunft.

Nachdem eine Glocke in einem der Türme acht Mal geschlagen hatte, traf Bendik ein. Mit erhobenem Haupt schritt er zwischen den Gardisten hindurch und stellte sich vor die erste Reihe.

»Guten Morgen.« Seine Stimme hallte laut über den Hof. Zum Gruß klopften alle mit der Faust an ihre Brust. »Heute findet die Willkommenszeremonie für den Prinzen statt. Ihr wisst alle, was das heißt: Überstunden.« Aus den Reihen ertönte vereinzeltes Gelächter. »Diejenigen, die noch nicht das Vergnügen hatten, bei einer Veranstaltung teilzunehmen, bleiben nach meinen Ankündigungen hier, damit ich euch die nötigsten Regeln dazu erklären kann, bevor ihr das Ansehen der Garde zunichtemacht.«

Bendik schilderte uns den genauen Ablauf der Zeremonie und was es dabei für uns zu beachten gab. Währenddessen schweiften meine Gedanken zu meinem Vorhaben. Vielleicht würde sich heute eine Gelegenheit ergeben, mit dem Prinzen zu sprechen. Falls nicht, wusste ich zumindest schon einmal, wie er aussah, und konnte die nächsten Tage damit verbringen, mir einen Plan zurechtzulegen.

Nach Bendiks Ansprache blieben Finn, ich und ungefähr zehn weitere Gardisten auf dem Hof zurück. Die anderen machten sich auf den Weg zu ihren Posten. Bis zum Beginn der Zeremonie war es noch ungefähr eine Stunde hin, aber Bendik hatte uns mitgeteilt, dass sich die ersten Gäste bereits auf dem Schlossgelände befanden und seine Leute »gefälligst ohne weitere Zwischenfälle ihre hübschen und weniger hübschen Hintern dorthin bewegen sollten«. Wessen Hintern er hübsch fand, hatte er uns vorenthalten.

Jetzt blickte er uns aus schmalen Augen und mit verschränkten Armen an. »Ich habe wenig Zeit, um euch die wichtigsten Regeln zu erklären, aber um alle zu kennen, müsstet ihr sowieso eine Woche lang in der Bibliothek verbringen, unser jüngster Zugang vermutlich zwei.«

Ich grinste. Währenddessen fuhr Bendik fort, allerhand Regeln aufzuzählen, die es zu beachten galt. Am Ende seiner Rede fügte er hinzu: »Leider wurde mir gestern Abend mitgeteilt, dass zwei Gardisten, die heute Dienst im Thronsaal haben, erkrankt sind. Daher habe ich mich entschlossen, zwei von euch mit dieser Aufgabe zu betreuen.« Er sah erst Finn, dann mich an. »Ihr beide dürft heute euer Können unter Beweis stellen.«

Überrascht tauschten wir einen Blick.

»Verzeihung, Ductius«, warf Finn zögerlich ein. »Der Wachdienst im Thronsaal ist eine wichtige Aufgabe. Möchten Sie die wirklich an Liam und mich abtreten?«

Bendiks Gesicht wurde finster. »Stellst du etwa mein Urteilsvermögen infrage?«

Finn streckte den Rücken durch und schüttelte den Kopf. »Nein, Ductius.«

»Das will ich schwer hoffen«, murrte er. »Liam Vallo, Finnian Clarus, ihr seid heute für die Bewachung des Thronsaals verantwortlich. Begebt euch unverzüglich dorthin und meldet euch bei Offizierin Emilia Palam. Sie ist für euch zuständig und wird euch weitere Anweisungen geben.«

Finn und ich schlugen uns die Faust gegen die Brust und verließen gemeinsam den Hof. Als wir außer Hörweite waren, raunte Finn mir zu: »Wenn wir unsere Sache gut machen, wird der Gardistenführer bestimmt sehr zufrieden sein. Das eröffnet uns vielleicht ganz neue Wege.«

»Das hoffe ich auch«, sagte ich, sprach aber von einem anderen neuen Weg als Finn. Er wusste nichts von meinem Vorhaben, mit dem Prinzen zu sprechen, und das sollte so bleiben. Ich musste nur zusehen, dass ich mich so unauffällig wie möglich verhielt und alle Gelegenheiten nutzte, die sich mir bieten würden.

Eine halbe Ewigkeit später erreichten wir den Thronsaal. Er befand sich im mittleren und größten Teil des Schlosses. Der Weg dorthin war länger als die Straße, die durch Patria führte. Hier war alles entweder lang oder hoch oder beides zusammen. Wer auch immer dieses Gebäude entworfen hatte, musste wohl lange Spaziergänge geliebt haben. Oder er war größenwahnsinnig gewesen. Zu beiden Seiten der Halle vor dem Thronsaal führten lange Treppen in den ersten Stock.

»Was befindet sich dort oben?«, fragte ich Finn.

»Die Gemächer der Königsfamilie. Da dürfen nur die Königsgardisten rauf. Ist aber vermutlich eine sehr eintönige Aufgabe, leere Zimmer zu bewachen.« Sein Tonfall war nüchtern, aber sein Blick verriet, dass er das nicht so öde fand, wie er gerade behauptete.

Die Gardisten, die vor den geöffneten Flügeltüren des Thronsaals stationiert waren, nickten uns zu und ließen uns eintreten. Zusammen mit Finn ging ich die mehr als zwanzig Stufen bis zu einem blauen Teppich hinunter. Dieser zog sich zusammen mit unzähligen weiß-blauen Blumengestecken bis zum anderen Ende des Saals, wo sich ein erhöhter Bereich mit drei leeren Thronen befand. Links und rechts neben dem Teppich standen metallene Pfosten, zwischen denen Seile hingen. Dahinter tummelten sich die ersten Gäste. Manche trugen ausladende bunte Kleider und kunstvolle Frisuren, andere bestickte Gewänder und Hüte. Wäre Val hier gewesen, hätten wir uns leise darüber unterhalten, welcher Gast die auffälligste Kleidung trug und wer sich in den nächsten Augenblicken blamieren würde, weil er schon zu viel Vennum getrunken hatte, ein traditionelles glacidisches Getränk, wie Finn mir verraten hatte, das umherhuschende Bedienstete auf silbernen Tabletts servierten.

Was Val wohl gerade machte? Stand sie in der Backstube und knetete den Teig für Honigkekse? Im Trubel der letzten Tage hatte ich kaum an sie gedacht, doch jetzt fehlte sie mir umso mehr. Genauso wie Paps und – so ungern ich es zugab – auch Kianus.

Während wir über den Teppich gingen, hob ich kurz den Blick zur Decke, wo blaue und silberne Stoffbänder in kunstvollen Schlaufen hingen.

»Die wurden ganz sicher mit Luftmagie aufgehängt«, sagte Finn.

»Woher weißt du das?«

»Mein Vater ist Luftmagier. Als ich noch klein war, hatte ich einen Drachen aus Holz. Papa hat ihn mit seiner Magie fliegen lassen, während ich der edle Ritter war, der den Drachen einfangen und sich mit ihm anfreunden wollte.« Ein Lächeln erschien auf seinem Gesicht. »Das waren schöne Zeiten.«

Wir gingen an festlich dekorierten Tischen mit den Speisen und Getränken vorbei, die am Rand des Saals standen. Sie hätten ganz Patria für mehrere Monate mit Essen versorgt. Es waren wohl keine Mühen und Kosten gescheut worden, um dem zurückgekehrten Prinzen einen angemessenen Empfang zu bereiten.

Finn führte mich zu einer Gardistin mit hüftlangem, hellem Haar, die in der Mitte des Saals stand und sich mit einem anderen Gardisten unterhielt. Als wir neben ihr stehen blieben, wandte sie sich uns zu.

»Hat Bendik euch geschickt?«, fragte sie freundlich.

Finn neigte den Kopf. »Ja, Offizierin Palam. Finnian Clarus und Liam Vallo melden sich zum Dienst im Thronsaal.«

»Gut, dass ihr hier seid. Kommt mit.«

Wir folgten ihr zum Rand der niedrigen Stufen, die hinauf zu den Thronen führten. Sie deutete auf die Absperrungen davor.

»Ihr seid das letzte Glied in der Reihe der Gardisten. Nehmt hier eure Positionen ein und achtet darauf, dass eure Füße stets auf dem Marmorboden bleiben und nicht den Teppich berühren.«

»Warum dürfen wir jetzt darauf gehen, aber später nicht mehr?«, fragte ich.

»Das ist eine Frage des Respekts. Sobald die Königsfamilie den Saal betritt, haben alle mit niedrigerem Rang beiseite zu treten. Bendik wird mich umbringen, wenn heute etwas schiefgeht, also benehmt euch, ja? Ihr seht nämlich beide aus, als hättet ihr es faustdick hinter den Ohren.« Sie zwinkerte uns zu, wandte sich ab und lief zurück zur Saalmitte.

Ich stellte mich mit Finn auf die uns zugewiesenen Posten zu beiden Seiten des Teppichs. Zwischen uns waren gut fünf Schritte Abstand. Als mein Blick auf den von Finn traf, hob er grinsend die Hand und winkte mir zu. Bendik hatte uns zwar viele Regeln aufgezählt – darunter: keine lauten Gespräche führen und schon gar nicht lachen oder rufen –, aber davon, dass man seinen Kollegen nicht zuwinken durfte, hatte er nichts gesagt. Also winkte ich zurück.

Während wir auf den Beginn der Zeremonie warteten, strömten weitere Gäste und Gardisten in den Saal und verteilten sich, bis es unmöglich war, sich hinter den Absperrungen frei zu bewegen. Nach einer Weile schlossen sich die Flügeltüren mit einem dumpfen Geräusch. Sofort kehrte Stille unter den Anwesenden ein und ihre Blicke richteten sich auf den Mann, der kurz zuvor den Saal betreten hatte.

Mit großen Schritten ging er auf die Throne zu. Sein Kinn war fast so spitz wie die Feder, die auf seinem hellen Hut auf und ab wippte. Mit einer schwungvollen Drehung, bei der sein weißes Gewand durch die Luft wirbelte, positionierte er sich ein paar Schritte von Finn und mir entfernt vor den Treppen. Erst ließ er den Blick über die Gäste schweifen, dann füllte seine Stimme den Saal.

»Einen wunderschönen guten Morgen an alle Anwesenden. Es ist mir eine außerordentliche Freude, Sie hier im Namen von Lux willkommen zu heißen. Mein Name ist Calvyn Nuntio. Ich bin der Sprecher des königlichen Hofs von Glacida und werde Sie heute durch die Zeremonie leiten, die der Rückkehr unseres verehrten Kronprinzen gewidmet ist.«

Während die Gäste höflich applaudierten, betrachtete ich die umstehenden Gardisten. Sie standen alle aufrecht und völlig regungslos hinter den Absperrungen, eine Hand auf dem Schwert ruhend, die andere stramm an die Seite gepresst. Ich korrigierte meine Haltung und konzentrierte mich wieder auf Calvyn.

»Nun will ich Sie nicht länger hinhalten und heiße die hochverehrte Königsfamilie Glacidus willkommen.«

Alle wandten sich den sich öffnenden Flügeltüren zu. Passend dazu begannen die Musiker, die ich bei ihrem Eintreten schon interessiert beobachtet hatte, eine Melodie zu spielen. Derartige Klänge hatte ich noch nie vernommen. Sie tanzten durch die Luft wie Blütenblätter an einem warmen Frühlingstag.

Calvyn räusperte sich laut. »Begrüßen wir Seine Majestät Victor Glacidus, unseren edlen Herrscher und hochverehrten König von Glacida.«

Mit eleganten Schritten ging ein Mann die Treppen hinunter und durch den Saal. Je näher er kam, desto aufgeregter klopfte mein Herz. Er war der König von Glacida! Nie hätte ich gedacht, dass ich einmal jemandem von solch hohem Rang begegnen würde. Es fühlte sich unwirklich an, doch der große Mann, der auf seinen Thron zuschritt und dabei den ganzen Saal einzunehmen schien, war echt und keine Gestalt aus meiner lebhaften Fantasie. Sein dunkelblaues Wams war mit Ornamenten bestickt, die mit der goldenen Krone auf seinem Kopf um die Wette funkelten, und der Umhang um seine Schultern stand in starkem Kontrast zu seinem grauen Haar. Auf seinem kantigen Gesicht lag ein ernster Ausdruck.

Als er sich auf seinen samtbezogenen Thron setzte, verbeugten sich alle Gäste vor ihm, sofern es der Platz zuließ. Auch wir Gardisten bekundeten unseren Respekt mit einer Verbeugung. Die Bewegung tat gut. Mein Körper kribbelte von der unbequemen Position, in der ich verharren musste. Keine unnötigen Bewegungen machen und möglichst mit neutralem Gesichtsausdruck stillstehen – das war eine weitere Regel von Bendik. Dummerweise konnte ich beides nicht besonders gut. Ray hätte damit wohl überhaupt kein Problem gehabt.

Bei diesem Gedanken musste ich ein Kichern unterdrücken.

»Lassen Sie uns nun Amira Glacidus begrüßen, unsere geliebte Prinzessin«, verkündete Calvyn.

Amira … Woher kannte ich diesen Namen bloß? Während ich darüber nachdachte, schritt die Prinzessin durch den Saal. Ihre blonden Locken wallten sanft hinter ihr und ihrem blauen Kleid her. Finn hatte nicht übertrieben. Das liebliche Lächeln, das sie den Gästen, Gardisten und mir im Vorbeigehen schenkte, harmonierte mit ihren weichen Gesichtszügen und ihren freundlichen Augen, die dieselbe Farbe wie ihr Kleid hatten. Sie setzte sich auf den Thron neben ihrem Vater.

Endlich fiel mir ein, wann ich ihren Namen schon einmal gehört hatte: in Acta, als Ray und ich im selben Bett geschlafen hatten. Aber das war sicher nur Zufall. Es gab in Lumia sicher einige Frauen, die Amira hießen.

»Zuletzt begrüßen wir Raelyn Raymond Glacidus, unseren verehrten Kronprinzen.«

Beinahe hätte ich gegrinst. *Raelyn Raymond?* Der Name des Prinzen klang fast so altmodisch wie –

Im nächsten Moment krachte die Erkenntnis und mit ihr die Realität wie ein riesiger Felsbrocken auf mich nieder und begrub mich unter sich. Vermutlich brach ich unzählige Regeln, als ich den Kopf so heftig herumriss, dass mir schwindelig wurde. Ich beugte mich nach vorn, um den Mann besser sehen zu können, der auf den Teppich trat.

Der elegante Gang. Das dunkle Haar. Das ausdruckslose Gesicht. All das war mir schmerzlich vertraut. Ich biss mir auf die Unterlippe. Das … Das konnte nicht wahr sein!

Meine Gedanken verwandelten sich in einen wilden Strudel. Nur ein einziger von ihnen war klar und deutlich.

O Lux, ich bin ein toter Mann.

KAPITEL 20

in dem ich am liebsten im Boden versunken wäre

Liam

Ich war mehr als nur tot. Toter als eine Maus in einer Mausefalle oder eine geschlachtete Kuh. Sogar toter als ein gefallener Gott.

Es war Ray, der über den Teppich ging, und mit jedem seiner Schritte wollte ich sehnsüchtiger im Boden versinken. Doch natürlich tat sich unter mir kein rettendes Loch auf und so musste ich hilflos zusehen, wie er sich mir näherte. Sein Gesicht war ausdruckslos und seine Haltung aufrecht wie immer.

Meine größte Befürchtung war, dass Ray mich erkennen könnte, auch wenn die Wahrscheinlichkeit dafür ziemlich gering war. Er hielt den Blick geradeaus gerichtet und der metallene Helm auf meinem Kopf verbarg zum Großteil meine verräterischen Haare. Trotzdem pochte mein Herz so heftig gegen meine Rippen, dass jeder einzelne Schlag meinen Körper zum Erbeben brachte. Viel unsinniger war jedoch der Gedanke, dass Ray mich in der blauen Uniform hässlich finden könnte, weil das Blau sich mit meiner Haarfarbe biss – aber ich konnte nichts gegen diesen Unsinn tun. Mein Kopf spielte völlig verrückt, also hinterfragte ich keinen meiner wirren Gedanken und brachte meinen Körper möglichst unauffällig in die vorgeschriebene Haltung zurück.

Wenige Augenblicke später ging Ray an mir vorbei die Stufen hinauf und setzte sich auf seinen Thron. Er wirkte verloren auf dem ausladenden, prunkvollen Stuhl.

Ich stieß die angehaltene Luft aus und brachte Ordnung in meine Gedanken. Ray war der glacidische Prinz, der in Vado im Exil gewesen war. Vermutlich hatte er sich innerlich darüber lustig gemacht, dass ich ihn nicht erkannt hatte. Im Nachhinein betrachtet war sein Deckname nicht besonders originell gewesen. Wir hatten wohl beide keinen Hang dazu, uns kreative Namen auszudenken.

Nur mit Mühe konnte ich ein Stöhnen unterdrücken. Ray war verbannt worden, um für seinen Tanz mit einem Mann bestraft zu werden. Und dann kam ein Kerl wie ich daher, der von nichts eine Ahnung hatte, und schaffte es, jeden Fehltritt mitzunehmen, der überhaupt möglich war. O Lux, ich hatte den Prinzen mit meinem Geplapper und meinen Fragen belästigt, ich hatte seine Hand gehalten, wir hatten im selben Bett geschlafen – und ich hatte ihn in peinliche Verlegenheiten gebracht. Konnte man *noch* mehr versagen als ich?

Als ich zu Finn blickte, stand ihm Verwirrung ins Gesicht geschrieben. Hoffentlich war meine Reaktion nicht noch mehr Leuten aufgefallen.

Jetzt, da alle Mitglieder der Königsfamilie auf ihren Thronen saßen, wurden die Töne der Musik leiser und leiser. Als sie verstummt waren, ergriff der königliche Sprecher Calvyn wieder das Wort.

»Wir heißen heute Prinz Raelyn nach drei Jahren wieder auf Schloss Splendor willkommen. Zu diesem freudigen Anlass möchte König Victor einige Worte an Sie alle und besonders an seinen Sohn richten.«

Während sich der König erhob, zog sich der Sprecher an den äußeren Rand der Treppe zurück.

»Danke, Calvyn, für diesen wunderbaren Empfang.« König Victors Stimme erinnerte mich an die von Bendik – tief und herrisch, aber nicht unfreundlich. »Ich bin zutiefst erfreut darüber, dass der Kronprinz zurückgekehrt ist. Es besteht heute außerdem ein Anlass zu noch größerer Freude, denn in einem Monat wird der Prinz seine Königin erwählen.«

Rays Miene war neutral, doch in ihm drin sah es vermutlich ganz anders aus. Ich konnte mir nicht vorstellen, dass das Exil Einfluss darauf gehabt hatte, welches Geschlecht er attraktiv fand. Glaubte der König tatsächlich, Ray hätte seine Vorlieben geändert, oder war es ihm egal? Das Ergebnis blieb jedenfalls dasselbe: Der Prinz hatte die Nachfolge zu sichern.

Dieser Gedanke versetzte mir einen Stich, aber ich war nicht sicher, was ihn auslöste. Vermutlich die Ungerechtigkeit, der Ray ausgesetzt war. Ja, das war es ganz bestimmt.

Der König fuhr mit seiner Rede fort. Ich hätte zuhören sollen, war aber viel zu beschäftigt damit, mir Vorwürfe wegen meines Verhaltens Ray gegenüber zu machen. Erst als der Prinz sich von seinem Thron erhob, riss ich mich aus meinen Grübeleien und senkte den Kopf ein Stück. Er durfte mich auf gar keinen Fall erkennen, bis ich mir überlegt hatte, wie ich am besten weitermachte. Ich wollte dem Prinzen noch immer meinen Dank aussprechen, aber dass es sich bei ihm um Ray handelte, erschwerte die Sache. Denn um mit ihm zu reden, müsste ich meine Identität preisgeben. Wie Ray darauf reagieren würde, konnte ich gerade nicht einschätzen.

»Danke für den herzlichen Empfang«, sagte Ray mit nahezu emotionsloser Stimme. »Es ist mir eine Ehre, wieder auf Schloss Splendor zu sein.«

Seine Stimme beruhigte mich, versetzte mich in die Zeit zurück, in der es nur uns beide, die Pferde und den weiten Himmel gegeben hatte.

Während Ray einige Worte an die Gäste richtete, musterte ich ihn. Seine dunkelblaue Kleidung mit den silbernen Säumen und passenden Schnallen stand ihm ausgezeichnet. Um seine Schultern lag ein Umhang, der auf Höhe seines Schlüsselbeins von einer verzierten Brosche zusammengehalten wurde und im hereinfallenden Licht funkelte. Seine Stiefel hatten Ähnlichkeit mit meinen.

Wie hatte mir auf unserer Reise entgehen können, dass Ray der glacidische Prinz war? Sein Verhalten, seine Geheimnistuerei, seine Reaktion an dem Abend, als ich ohne Hemd –

Applaus riss mich aus meiner Grübelei. Der Prinz neigte höflich den Kopf in Richtung seines Vaters und begab sich wieder zu seinem Thron.

Erleichtert atmete ich aus. Ray hatte mich nicht bemerkt, aber mein Körper prickelte noch immer vor Anspannung und eine vertraute, unangenehme Hitze breitete sich in mir aus. Sie kroch aus meiner Brust hinauf in meinen Kopf und erschwerte es mir, den Neuigkeiten zu folgen, die Calvyn verkündete.

Nach einer gefühlten Ewigkeit erhoben sich König Victor, Ray und Amira und verließen gemeinsam den Saal. Wenig später strömten auch die ersten Gäste hinaus und Finn kam auf mich zu.

»Na, das lief doch ganz gut.« Er reckte einen Daumen in die Höhe. »Aber sag mal, was war denn mit dir los, als Prinz Raelyn eingetreten ist? Du standest völlig neben dir.«

Während ich in meinen zähflüssigen Gedanken nach einer plausiblen Erklärung suchte, steuerte Emilia auf uns zu.

»Gardist Vallo.« Ihr Tonfall war scharf. »Was hast du dir bei deiner seltsamen Aktion vorhin gedacht?«

Ich schluckte den Ärger auf mich selbst hinunter und neigte den Kopf. »Ich bitte vielmals um Verzeihung, Offizierin Palam.«

»Bei Lux, lass das. Von mir erfährt Bendik nichts, aber pass in Zukunft besser auf, dass sich so etwas nicht wiederholt. Manche Leute hier warten nur darauf, jemanden anzuschwärzen, um besser dazustehen.«

Sie erklärte uns, dass wir, sobald alle Gäste den Saal verlassen hatten, zu Mittag essen und uns anschließend unverzüglich bei Bendik melden sollten. Auf das Essen freute ich mich, auf den Besuch bei Bendik nicht. Wenn er von meinem Missgeschick hier im Thronsaal Wind bekam, würde er mich vermutlich schneller aus der Garde werfen, als ich den Namen von Lumias Schöpfer aussprechen konnte. Und dann wäre alles umsonst gewesen, was ich bisher auf mich genommen hatte, um so weit zu kommen.

»Möchtest du mir erzählen, was dich beschäftigt?«, fragte Finn, als wir nach dem Essen auf dem Weg zu Bendik waren.

»Später vielleicht.«

Wenn Finn erfuhr, dass ich den Prinzen persönlich kannte und mit ihm durch Lumia geritten war, würde er nie mehr aufhören, mich mit Fragen zu löchern. Außerdem musste ich mich darauf konzentrieren, ruhig zu atmen. Die Hitze in mir war während des Essens nicht verschwunden.

Nachdem wir Bendiks Arbeitszimmer betreten hatten, verschränkte er die Arme vor der Brust. »Offizierin Palam hat mir berichtet, dass ihr beide hervorragende Arbeit geleistet habt. Das stellt mich sehr zufrieden.«

»Freut uns zu hören, Ductius«, bedankte sich Finn. Auch ich äußerte zwischen zwei mühevollen Atemzügen meinen Dank.

»Unglücklicherweise hatte die Offizierin großen Hunger und ist verschwunden, bevor sie mir die Einzelheiten der Zeremonie berichten konnte. Wärt ihr so freundlich, das zu tun?«

Während Finn ihm berichtete, tanzten Punkte vor meinen Augen und die Welt begann sich zu drehen. Finns Worte ergaben keinen Sinn mehr. Alles um mich herum verschwamm.

Als Bendik etwas zu Finn sagte, gaben meine Beine unter mir nach. Meinen Aufschlag auf dem Boden bekam ich schon nicht mehr mit.

KAPITEL 21

Raelyn

Leise fiel die Tür meines Zimmers hinter mir ins Schloss. Ich lehnte mich dagegen und schloss die Augen. Mein Herz pochte laut, aber nicht so laut, dass es meine Gedanken übertönte.

Wie ich es durch den Saal geschafft hatte, konnte ich nicht sagen. Hunderte von Augenpaaren hatten auf mir geruht und nach Anzeichen der Veränderung gesucht, die alle von mir erwarteten. Ganz besonders mein Vater. Mich auf jeden einzelnen Schritt zu konzentrieren, hatte nur bedingt geholfen, die Gäste auszublenden.

Ich atmete tief ein und aus, aber die durchdringenden Blicke verfolgten mich bis in mein Zimmer. Und nicht nur die Blicke.

Sei ein anständiger Prinz, Raelyn.

Langsam entfernte ich mich von der Tür und setzte mich auf mein Bett. War es immer schon so groß gewesen? Zu groß für mich allein?

Bei diesem Gedanken wollte ich direkt wieder aufspringen und mir die Haare raufen. Stattdessen krallte ich die Finger ins Bettlaken. Ich durfte nicht an einen bestimmten Jemand denken. Doch so sehr ich es versuchte, es wollte mir nicht gelingen. Es war mir auch in all den Tagen zuvor nicht gelungen. Wohin ich ging und was immer ich tat, ich sah Liam vor mir, hörte seine Stimme und sein fröhliches Lachen.

Noch nie hatte ich die Gegenwart eines anderen Menschen so sehr genossen und gleichzeitig so gefürchtet wie seine. Gegen jegliche Vernunft sehnte ich mich danach, bei ihm zu sein, in seine grünen Augen zu blicken und der Realität zu entfliehen. Am liebsten hätte ich dem Drang nachgegeben. Doch Liam war weit weg. Und das war gut so.

Immerhin wusste ich, dass sein Vater geheilt war. Das hatte mir Magnus Fortis nach seiner Rückkehr aus Patria mitgeteilt. Sicherlich war Liam erleichtert darüber und hatte danach allen Dorfbewohnern von seiner Reise erzählt.

Nein. Von *unserer* Reise.

Ich wollte den Kloß in meinem Hals hinunterschlucken, aber es misslang mir. Obwohl ich erschöpft war von der Zeremonie, stand ich wieder auf und ging auf die Kommode neben der Tür zu. Dort lehnte Nivaris in seiner Scheide. Ich griff danach, riss die Tür auf und eilte den Gang entlang. Die überraschten Fragen meiner Gardisten ignorierte ich.

Das Blut rauschte mir in den Ohren, als ich den Kampfplatz in einem hinteren Teil des westlichen Gartens erreichte. Die Mauern, die ihn von den Wiesen ringsum trennten, hatten mir in meiner Jugend einen Rückzugsort geboten. Heute schienen sie näher zusammenzustehen als damals.

Sand knirschte unter meinen Stiefeln. Auf meinem Weg zu den Holz- und Strohpuppen warf ich einen kurzen Blick zu der Hütte am Rand des Platzes, in der verschiedene Waffen aufbewahrt wurden. Früher hatte ich mit den Übungsschwertern gekämpft. Heute zog ich Nivaris aus seiner Scheide und brachte mich in Position.

»Wir warten im Schatten auf Euch, Hoheit«, sagte Minnia, eine meiner Gardistinnen. Ich war froh darüber, dass sie und die anderen mir den Raum gaben, den ich gerade so dringend brauchte.

Mit gezielten Schlägen attackierte ich die Holzpuppen, die meiner Klinge nichts entgegenzusetzen hatten. Einige von ihnen ließen sich mithilfe von Magie bewegen. Doch jetzt gerade benötigte ich keine Magie und auch keine beweglichen Puppen. Nur körper-liche Betätigung, um mich von meinen Gedanken abzulenken.

KAPITEL 22

in dem ich das Wetter verfluchte

Liam

»Lux sei Dank, du bist wach.«

Eine aufgeregte Stimme brachte mich zurück ins Licht. Ich musste einige Male blinzeln, bevor ich erkannte, wer sich neben mir befand. Finn reichte mir ein feuchtes Tuch, mit dem ich mir den Schweiß vom Gesicht tupfte. Die Uniform klebte an mir wie eine zweite Haut und in meinem Kopf pochten Schmerzen.

»Was ... Was ist denn passiert?«, murmelte ich benommen.

»Du bist in Bendiks Arbeitszimmer ohnmächtig geworden und wir haben dich sofort in den Krankensaal gebracht. Wie geht es dir?«

Außer meinem Kopfschmerz war das einzig andere Unangenehme die Hitze in mir. Das Tuch, das Finn mir gereicht hatte, war nicht mehr kühl, dabei hatte ich mir nur das Gesicht damit abgewischt. Mit jedem vergehenden Moment wurde mir heißer. Ein leises Stöhnen kam mir über die Lippen.

»Ich hole die Heilmagierin.« Finn stand auf und eilte davon.

Ich zog die Uniform aus und blieb in meiner Unterhose auf dem Bett liegen, aber die Hitze blieb. Während ich konzentriert ein- und ausatmete, starrte ich an die hohe Decke des Krankensaals.

Warum hatte mich ausgerechnet in Bendiks Anwesenheit ein Schwächeanfall heimsuchen müssen? Vermutlich hielt er mich jetzt für noch untauglicher. Hoffentlich würde er mich nicht aus der Garde entlassen ...

Die Laken waren schweißnass, als Finn mit einer Heilmagierin eintraf. Während mir die junge Frau mit den schwarzen Haaren Fragen zu meinem Befinden stellte, legte sie mir eine Hand auf die Stirn. Ein kühles Kribbeln breitete sich in mir aus, das Stück für Stück die Hitze verdrängte. Mit ihr verschwand auch der Kopfschmerz.

»Du hast eine erhöhte Körpertemperatur, aber ansonsten kann ich keine Anzeichen für eine Krankheit feststellen«, erklärte sie. »Hast du oft Probleme mit deinem Kreislauf?«

»Hin und wieder, ja.«

»Wie äußert sich das?«

»Manchmal macht mein Körper einfach schlapp. Dann wird mir schwindelig und furchtbar heiß.«

Sie nickte. »Wann passiert das?«

Ich biss mir auf die Lippe. »Wenn mich etwas aufgewühlt hat.«

»Du solltest dir Ruhe gönnen. Ich lasse dem Gardistenführer ausrichten, dass du dich heute auskurierst und erst morgen wieder zum Dienst erscheinst. Später werde ich dich noch einmal untersuchen. Wenn du etwas benötigst, läute das Glöckchen auf deinem Nachttisch.«

Nachdem sie den Saal verlassen hatte, legte Finn eine Hand auf meinen Unterarm. »Brauchst du etwas?«

Gerade wünschte ich mir nichts sehnlicher, als zu Hause in meinem eigenen Bett zu liegen und meine Ruhe zu haben – oder mich an Vals Schulter zu lehnen.

»Ablenkung wäre gut. Gibt es hier irgendwo Bücher?«

»Es gibt zwei Bibliotheken im Schloss«, erklärte Finn. »Eine ist nur für die Königsfamilie, ihre Garde und den königlichen Rat zugänglich. Die andere steht allen anderen Angestellten des Schlosses offen. Wenn du langweilige Regelwerke wälzen möchtest, die stapeln sich dort in Massen. Aber es gibt auch Unterhaltungsliteratur. Auf was hast du Lust?«

Mein Herz klopfte bei jedem seiner Worte schneller. »Ganz egal, ich lese alles!«

»Na, da müsstest du aber einige Jahrzehnte hier verbringen«, neckte Finn mich. »Ich schaue mal, was ich für dich finde.«

Nachdem er gegangen war, zog ich mir das weiße, sackartige Hemd über, das die Heilmagierin mitgebracht hatte, und ruhte mich aus.

Als Finn zurückkam, stellte er einen Stapel von acht Büchern neben meinem Bett ab und fragte, ob er noch etwas für mich tun könne. Erst nachdem ich ihm dreimal versichert hatte, dass es mir gut ging, trat er seinen Dienst wieder an.

Ich griff mir eines der Bücher – *Prinzessin Natalya in den Wehklagenden Bergen* – und atmete seinen Duft nach Tinte und Papier ein. Innerhalb weniger Augenblicke versank ich in der Geschichte, die mich von meinen Gedanken ablenkte, bis mein Körper nach Ruhe verlangte.

Am nächsten Morgen wartete Finn am Eingang des Krankensaals auf mich.

»Scheinst wieder fit zu sein.« Er umarmte mich. Anschließend drückte er mir einen Stapel Papiere in die Hand. »Bendik wollte, dass ich dir die Schichtpläne für die nächsten Tage gebe. Wenn du Fragen hast, sollst du dich an ihn wenden.«

Neugierig warf ich einen Blick darauf. Meine Tage waren von morgens bis abends gefüllt, aber zwischendurch hatte ich Pausenzeiten. In diese leeren Felder hatte jemand mit einer ziemlich schrecklichen Handschrift *Schwertübungen!!!* geschrieben. Ich konnte mir ein Grinsen nicht verkneifen.

Heute früh war ich für den Wachdienst vor dem Thronsaal eingeteilt und nach dem Mittagessen durfte ich bis zum späten Abend im westlichen Garten Wache halten, was sich in genau dieser Kombination die nächsten Tage über fortsetzte. Auf die Abenddienste an der frischen Luft freute ich mich besonders.

Während meiner ersten Woche im Schloss gewöhnte ich mich an die Abläufe: Frühstück, Dienst antreten, Mittagessen, die nächste Schicht antreten, zwischendurch Schwertübungen. Meist endete mein Arbeitstag erst nach Sonnenuntergang. Einmal hatte ich eine Nachtschicht und fühlte mich am nächsten Morgen, als hätte mich ein Drache unter seinem massigen Leib begraben.

Das lange Arbeiten machte mir nichts aus, die ungewohnte Stille dabei schon. In Patria gab es immer jemanden, der mit mir reden wollte, wenn ich auf der Suche nach Ablenkung von der Hausarbeit war. Doch hier im Schloss hatten die meisten Gardisten kein Interesse daran, eine Unterhaltung zu führen. Sie wechselten nur die nötigsten Worte mit mir und verfielen dann wieder in Schweigen. Abgesehen von Finn, mit dem ich manchmal die Abendschichten teilte, redete den ganzen Tag über kaum jemand mehr als ein paar Worte mit mir. Hinzu kam, dass bei den Wachdiensten nichts passierte. Und wenn ich *nichts* sage, meine ich das so. Man stand sich allein oder zu zweit die Beine in den Bauch, vor allem im Schloss selbst. In den weitläufigen Gartenanlagen war der Wachdienst wesentlich angenehmer, aber auch dort wurde die Arbeit schnell eintönig, weil wir immer dieselben Wege ablaufen mussten.

Ich wusste nicht, was genau ich mir vom Dienst in der Garde erhofft hatte, aber Langeweile war es nicht gewesen. In den Stunden des Nichtstuns wanderten meine Gedanken zurück nach Patria. Wie es Paps wohl ging? Vermisste Val mich auch so sehr wie ich sie? Und war Kianus noch unausstehlicher, weil er den Haushalt hatte übernehmen müssen? Mehr als einmal überkam mich das schlechte Gewissen. Während ich mich hier zu Tode langweilte oder Gregery aus dem Weg ging, überarbeitete sich meine Familie vermutlich. Und das nur, weil ich unbedingt etwas für mich hatte tun wollen. Egoistischer hätte ich wohl nicht sein können. Diese Selbstvorwürfe raubten mir nachts oft den Schlaf.

»Hey, Karottenkopf«, brüllte Gregery quer über den Hof, als ich an einem Spätnachmittag meine Schwertkunst verbesserte. Kunst konnte man es bei mir auf alle Fälle nennen, oder besser: kreatives Austoben. Ich hatte keine Ahnung, was ich tat, und hoffte, es würde niemandem auffallen. Bendik hatte mir ein paar Bewegungsabläufe gezeigt, die ich üben sollte, aber ich wollte keinen der anwesenden Gardisten fragen, ob ich es richtig machte. Beim letzten Mal hatte einer von ihnen mich ausgelacht. Eine weitere Demütigung wollte ich mir ersparen.

»Komm schon, grüß mich zumindest!«

Ich konzentrierte mich auf meine Füße, absolvierte eine Schrittfolge und visierte die Strohpuppe im richtigen Winkel an. Wenige Augenblicke später traf mich etwas an der Schulter und ich landete mitsamt der Puppe auf dem Steinboden.

»Du hast ja echt gar nichts drauf«, höhnte Gregery, dessen dreckige Stiefel sich in mein Sichtfeld schoben. »Fällst um wie ein morscher Baum im Sturm, sobald man dich anfasst.«

Ich rappelte mich auf und sah ihn missmutig an. »Was sollte das eben?«

»Ich wollte nur sehen, wie du dich mit deinem Zahnstocher anstellst.« Er warf einen abschätzigen Blick auf mein Schwert. »Lust auf ein Schaukämpfchen?«

»Nein.« Ich steckte das Schwert in die Lederscheide an meinem Gürtel und stellte die Puppe auf.

»Feigling.«

Ich brachte mich wieder in Angriffsposition. Doch kaum hatte ich mein Schwert angehoben, rammte mir Gregery den Ellenbogen gegen die Schulter. Ich taumelte.

»Hör auf damit«, wies ich ihn zurecht. »Ich will in Ruhe üben.«

»Kann man zu zweit doch viel besser.« Er zog sein Schwert, das größer war als meines. »Na komm schon. Zeig mir, was du drauf hast.«

Ich zögerte. Mein nächster Dienst begann erst in einer halben Stunde, bis dahin musste ich hierbleiben. Wenn Bendik mitbekam, dass ich die Übungen schwänzte, würde er mir sicher eine Strafe aufbrummen. Und vielleicht wollte Gregery ja tatsächlich üben?

Nach einem tiefen Atemzug wandte ich mich ihm zu und hob meine Waffe an. »In Ordnung, dann lass uns kämpfen.«

Auf seinem Gesicht breitete sich ein triumphierendes Grinsen aus. »Bist doch nicht so ein Feigling, wie ich angenommen habe.«

Wir stellten uns ein paar Schritte weit voneinander entfernt auf und nahmen eine Angriffshaltung ein. Während ich mein Schwert mit beiden Händen umklammerte, hielt Gregery seines mit einer Hand. Die andere ballte er zu einer Faust, öffnete sie wieder und knackte mit den Fingern.

»Kann losgehen«, sagte ich, mein Unwohlsein hinunterschluckend.

Jetzt nahm er doch beide Hände zu Hilfe, schwang sein Schwert und ließ es auf mich niedersausen. Ich hechtete zur Seite, gerade noch rechtzeitig, bevor die Klinge auf den Steinboden traf und ein hässliches Kratzen verursachte. Gregery ließ mir keine Zeit, um selbst anzugreifen. Im nächsten Moment raste sein Schwert durch die Luft und er attackierte mich unermüdlich. Ich vergaß alles, was Bendik mir bisher beigebracht hatte, riss instinktiv mein Schwert hoch oder wich aus, um den Hieben zu entgehen, die auf mich einprasselten wie Starkregen.

»Komm schon, Karottenkopf«, rief Gregery, als ich mehrere Schritte Abstand zwischen uns brachte. »Ich werd dich schon nicht in zwei Teile spalten.«

Dessen war ich mir nicht so sicher. Doch wie konnte ich gegen ihn gewinnen? Er war größer und stärker und hatte vermutlich jahrelange Erfahrung im Umgang mit Waffen. O Lux, es war eine ziemlich dumme Idee gewesen, mit ihm zu kämpfen.

Gregery kam auf mich zu. »Schwächling! Mit dir würde nie eine Frau ins Bett wollen. Ach nein, warte. Du bist ja schwul.«

In meinem Magen flackerte etwas auf. Heiß und wütend.

»Frag doch mal unseren Prinzen, ob er Interesse an dir hätte«, fuhr er fort, seine Stimme giftig wie die rot-weißen Pilze, die im Wald neben Patria wuchsen. »Der würde dich vielleicht nehmen, aber nur in Ermangelung anderer Freiwilliger.«

Ich packte mein Schwert so fest, dass das Metall auf meiner Haut brannte, und ging auf Gregery los. Er parierte meinen Angriff mit einem zufriedenen Grinsen. Unsere Klingen trafen klirrend aufeinander. Die Wucht des Aufpralls jagte ein unangenehmes Kribbeln meinen Arm hinauf. Ich wich zurück, machte einen Ausfallschritt und wollte mich außer Reichweite bringen, aber da raste Gregerys Schwert bereits wieder auf mich zu. Wie ich es schaffte, einen Sprung nach hinten zu machen, ohne hinzufallen, weiß ich bis heute nicht. Ich rannte hinter einen mannshohen Ballen Stroh, auf dem zwei Zielscheiben angebracht waren, und atmete tief durch.

»Feigling!«, schrie Gregery. »Glaubst du, das bisschen trockene Gras kann dich schützen?« Der nachfolgenden Stille nach zu urteilen schien er jedoch unsicher zu sein, was er tun sollte.

Eine verrückte Idee formte sich in meinem Kopf, doch ich hatte keine Zeit, darüber nachzudenken, ob es eine verrückt-gute oder eine verrückt-schlechte war. Ich drehte mich um, betete zu Lux, dass Gregery nicht am Stroh lehnte, und rammte den vorderen Teil des Schwertes hindurch. Von der anderen Seite her kam ein überraschtes Schnauben, dann tauchte Gregerys Bein rechts neben dem Ballen auf. Ich stieß das Schwert tiefer hinein, streckte zeitgleich mein Bein aus und platzierte es hinter Gregerys. Er machte einen weiteren Schritt nach hinten, stolperte und fiel um wie ein Sack Kartoffeln, begleitet von einem überraschten Schnaufen. Ich rammte meine Schulter gegen das Strohgebilde, einmal, zweimal, dann kippte es um. Eilends riss ich die Waffe heraus, gerade rechtzeitig, bevor der Ballen auf Gregery fiel und ihn unter fliegenden Halmen begrub.

Keuchend stand ich da, fassungslos über das, was ich gerade getan hatte. Hoffentlich würde es den Gardisten nicht weiter gegen mich aufstacheln. Einige wilde Herzschläge lang blieb der Strohhaufen regungslos. Dann stieß Gregery ihn ächzend beiseite.

»Gut gemacht, Liam«, rief jemand von links. Dort standen ein paar Gardisten, die sich wohl während unseres Kampfes zum Zuschauen zusammengefunden hatten. Einen davon kannte ich sogar. Er schlief im Bett neben meinem. »Endlich hat's Gregery mal jemand gezeigt!«

Ungläubig starrte ich ihn an. War das gerade wirklich passiert? Hatte ich Gregery besiegt? Er kauerte noch immer auf dem Boden und zupfte sich Stroh von der Uniform.

»Komm, wir können gerne zusammen üben«, fügte mein Bettnachbar hinzu, bevor er und die anderen sich umdrehten und zur gegenüberliegenden Seite des Hofes gingen.

In meinem Magen stieg ein warmes Prickeln auf. Ich steckte mein Schwert weg, verschränkte die Arme und sah auf Gregery hinab.

»Lass mich gefälligst in Ruhe«, sagte ich zu ihm, erfüllt von einem Gefühl, das mir bis dahin unbekannt gewesen war. Mit gestrafften Schultern und einer großen Portion Zuversicht folgte ich den Gardisten.

Nach ein paar Tagen war ich bereits so sehr von meiner Arbeit gelangweilt, dass ich mit dem Gedanken spielte, ein Buch zu den Wachdiensten mitzunehmen und zu lesen, aber ich tat es nie. Bevor ich nicht mit Ray gesprochen hatte, wollte ich lieber nicht riskieren, aus der Garde geworfen zu werden. Also stand ich brav vor den Räumen, die ich bewachen musste, oder ging im Garten auf und ab. Es war zum Verrücktwerden, aber ich musste durchhalten, bis ich mir überlegt hatte, wie ich Ray am besten begegnen sollte.

Ich sah ihn ab und zu aus der Ferne, wenn er im Begleitschutz seiner Garde im Garten spazieren ging, aber dabei bot sich nie die Gelegenheit, ihm unter die Augen zu treten. Ich wollte allein mit Ray sprechen, aber ich konnte nicht einfach irgendjemanden nach seinen Terminplänen fragen – das wäre wohl zu auffällig gewesen –, daher sammelte ich während meiner Wachdienste Informationen. Das gelang mir leider nur mäßig, denn wichtige Gespräche wurden selten in den Korridoren geführt. Außerdem ... Würde Ray überhaupt mit mir sprechen wollen, wenn ich mich ihm zeigte? Bei unserer Trennung an der Großen Brücke hatte er mir deutlich klar gemacht, dass wir uns nie wiedersehen würden. Ich wollte wirklich gerne mit ihm reden, konnte aber nicht riskieren, dass uns jemand zusammen sah. Im schlimmsten Fall kamen dadurch Gerüchte auf, die Rays Ruf weiter schädigten, auch wenn ich mich bloß für Paps' Heilung bedanken wollte.

An einem Abend hatten Finn und ich zusammen Dienst im westlichen Garten. Seit dem Aufstehen hatte ich mich auf die gemeinsame Zeit mit meinem neuen Freund gefreut, denn ich hatte das dringende Bedürfnis nach einer ausgiebigen Unterhaltung. Doch kaum waren wir auf den gepflasterten Vorplatz getreten, sank meine Laune drastisch. Ein kalter Wind wehte uns entgegen, begleitet von dunklen Wolken.

»Könnte eine nasse Schicht werden.« Finn zog seinen Helm tiefer und ging los. Ich folgte ihm, denn uns blieb keine andere Wahl. Wir mussten bei jedem Wetter unseren Wachdienst ausführen.

Schon nach kurzer Zeit perlten die ersten Tropfen am Rand meines Helmes ab und tropften mir auf die Nase. Angewidert verzog ich das Gesicht und wischte energisch das kalte Nass fort.

Finn lachte. »Sag bloß, du magst keinen Regen.«

»Um genau zu sein, hasse ich ihn sogar«, erwiderte ich missmutig, während wir den Weg zu einem Platz mit Bänken und alten Bäumen einschlugen, deren Kronen schwarz in den düsteren Himmel ragten.

Wir waren nicht mehr weit davon entfernt, als ein Blitz über den Himmel zuckte. Er hinterließ eine grauschwarze Dunkelheit, in der wenige Augenblicke später Donner grollte.

»Lass uns Schutz suchen«, schlug ich vor. »Bei diesem grässlichen Wetter ist hier draußen bestimmt niemand außer uns.«

Der nächste Blitz bewies mir das Gegenteil. Er erhellte die Gestalt einer Person, die unter den Bäumen in unserer Nähe stand und keine Anstalten machte, sich dort wegzubewegen.

Finn und ich beschleunigten unsere Schritte. Als wir in Hörweite kamen, wollte ich der Person etwas zurufen, doch da erleuchtete ein weiterer Blitz den Himmel und somit auch die Person vor uns.

O Lux, das durfte jetzt nicht wahr sein!

»Finn, sieh nach, ob sich noch jemand anderes in der Nähe aufhält. Ich übernehme das hier.«

Ohne seine Antwort abzuwarten, eilte ich los. Doch mit jedem Schritt zweifelte ich mehr an meinem Vorhaben. Sollte ich die Gelegenheit nutzen? Oder lieber umkehren und Finn die Situation überlassen?

Die Entscheidung wurde mir unerwartet abgenommen – in Form eines grellen Leuchtens. Laut krachend schlug der Blitz in einen der umstehenden Bäume ein. Ein weiteres Krachen ertönte irgendwo über der Person und mir. Instinktiv sprang ich nach vorn.

»*Ray!*«

Ich war bereits in der Luft, als ich seinen Namen in die Dunkelheit hinausschrie. Einen Herzschlag später riss ich ihn mit mir zu Boden – keinen Moment zu früh. Ein Ast krachte nur eine knappe Armeslänge neben uns auf die nassen Steine.

Schwer atmend lag ich auf Ray und schirmte ihn mit meinem Körper ab. Unsere Gesichter waren wenige Fingerbreit voneinander entfernt. Ein weiterer Blitz erhellte den Schock auf Rays Gesicht, von dem ich nicht wusste, ob der Ast ihn verursacht hatte oder ich. Jetzt gab es definitiv kein Zurück mehr.

Etwas Spitzes bohrte sich in meinen Unterschenkel. Stöhnend wälzte ich mich auf die Seite und tastete an meinem Bein abwärts. Bevor ich hinsehen konnte, packten mich zwei Hände an den Schultern und drehten mich zurück auf den Bauch.

»Bleib liegen«, rief jemand. War es Ray? Oder Finn? Mir war schon wieder so furchtbar heiß, trotz des kalten Regens. Schmerz und Hitze vermischten sich und rissen mich in bodenlose Schwärze.

KAPITEL 23

Raelyn

Liam. Er war hier. Hier im Schloss.

Atemlos presste ich meine Fäuste gegen die Marmorwand des Badezimmers. Ich konnte kaum Luft holen, konnte mein rasendes Herz nicht beruhigen. Das eiskalte Wasser aus der Dusche vermochte die schwelende Glut aus Gefühlen unter meiner Haut nicht zu löschen. Nach kurzer Zeit war mein Körper taub vor Kälte, aber ich schaffte es nicht, unter der Dusche hervorzutreten. Innerlich brannte ich immer noch.

Als meine Beine unter mir nachgaben, schlitterte ich an der Wand hinunter zu Boden und blieb dort sitzen. Das rote Armband an meinem Handgelenk zitterte.

Liam. Warum bist du hier?

Am liebsten wäre ich in den Tiergarten gegangen und hätte mich an Azuras warmen Körper geschmiegt. In meiner Kindheit hatte ich unzählige Nächte in der Gegenwart des Silberluchs-Weibchens verbracht, weil ich keine Ruhe gefunden hatte. Doch heute war es mir nicht vergönnt, Zuflucht und Geborgenheit bei ihr zu suchen. In Kürze musste ich meinem Vater gegenübertreten und mich wieder vollständig unter Kontrolle haben.

Ich schleppte mich aus der Dusche und bereitete mich innerlich auf das Gespräch vor. Mein Herz pochte jedoch weiterhin schmerzhaft gegen meine Brust, als ich mich anzog und meine Haare mit einem Handtuch trocknete.

Wenn Liam aus dem Krankensaal entlassen wurde, war es nur eine Frage der Zeit, bis wir uns begegneten. Ich fürchtete diesen Augenblick ebenso sehr, wie ich ihn herbeisehnte.

Sei ein anständiger Prinz, Raelyn.

Die Worte meines Vaters hallten drohend in meinem Kopf wider. Doch wie konnte ich sein, wer ich sein *musste*, wenn ich tief in mir drin etwas völlig anderes fühlte?

KAPITEL 24

in dem ich erreichte, was ich nie geplant hatte zu erreichen

Liam

Immer wieder erlangte ich einen Fetzen meines Bewusstseins zurück. Manchmal spürte ich eine zarte Berührung, manchmal hörte ich jemanden meinen Namen flüstern. Irgendwann wurde die Stimme deutlicher und eine kühle, weiche Hand strich mir über die Stirn. »Komm zu mir zurück.«

Als ich endlich genug Kraft hatte, um wach zu bleiben, zuckte Schmerz durch mein rechtes Bein. Ein leises Stöhnen kam mir über die Lippen.

»Liam?« Die Stimme war jetzt lauter. »Kannst du mich hören?«

Langsam öffnete ich die Augen, musste mich aber erst an die Lichtverhältnisse gewöhnen. Nach mehrmaligem Blinzeln blickte ich in ein Paar brauner Augen. Ich hätte sie in ganz Lumia sofort wiedererkannt.

»Ray.« Meine Stimme war heiser und kratzig. Ich hob meine Hand, aber sie war schwer wie ein Berg und sackte sofort wieder herunter.

Ray stand auf und verschwand aus meinem Sichtfeld. Nachdem ich mich aufgesetzt hatte, sah ich mich um. Ich befand mich im Krankensaal. Ein paar der Betten am anderen Ende des Saals waren belegt. Zu hören war nur hier und da ein Husten oder ein lautes Atmen.

Langsam kehrten die Erinnerungen an das zurück, was passiert war. Der Blitz. Der Ast. Und dieser stechende Schmerz. Wo war Ray nur hin? Hatte er den Saal verlassen?

Schritte ertönten. Vom Eingang des Saals her kam die Heilmagierin, die mich schon einmal behandelt hatte, auf mich zu.

»Hallo, Liam. Wie fühlst du dich? Hast du Schmerzen?«

»Es geht.« Da sie mich vorwurfsvoll ansah, fügte ich hinzu: »Mein rechtes Bein tut weh.«

Sie stellte mir Fragen zur Art und Intensität des Schmerzes und ließ ihre Magie in mein Bein hineinfließen. Ich seufzte erleichtert auf, als der Schmerz von stechend und pochend zu stumpf und erträglich überging.

»In dein Schienbein ist ein Ast eingedrungen«, erklärte sie. »Ich habe während deiner Bewusstlosigkeit die Blutung gestillt und die Wunde verschlossen. Ruh dich jetzt eine Weile aus. Wenn du gehst, gebe ich dir eine Salbe mit, die du bitte zweimal täglich aufträgst, damit sich keine Narbe bildet.«

»Danke. Wo ist Ray, ich meine, der Prinz?«

Sie zog die Stirn kraus. »Er hat den Krankensaal verlassen, nachdem er mich über dein Erwachen informiert hat. Als du ohnmächtig warst, ist er nicht von deiner Seite gewichen. Du hast wohl einen ordentlichen Eindruck bei ihm hinterlassen.«

Ein Lächeln schlich sich auf mein Gesicht. Ray war also die ganze Zeit über bei mir gewesen.

Nachdem die Heilmagierin sich zurückgezogen hatte, sank ich in die Kissen und döste, bis Finn auftauchte, an mein Bett herantrat und sich auf dem Stuhl daneben niederließ.

»Ach, Liam, mit dir wird es nicht langweilig. Wie geht es dir?«

»Viel besser, seit du hier bist.«

Finn lachte und legte mir eine Hand auf die Schulter. Erst jetzt fiel mir auf, dass ich statt meiner Uniform ein weißes, langes Hemd trug.

»Nachdem du ohnmächtig geworden bist, hat Prinz Raelyn mir geholfen, dich hierherzubringen. Er wirkte ziemlich aufgewühlt.«

Finn sah mich nachdenklich an. »Du hast bei der Zeremonie schon so seltsam auf sein Erscheinen reagiert. Gibt es da etwas, das ich wissen sollte?«

Hitze schoss mir in die Wangen. »Ich weiß nicht, wovon du redest.«

»Du bist der schlechteste Lügner, der mir je begegnet ist.« Finn lehnte sich auf dem Stuhl zurück, einen Mundwinkel nach oben gezogen. »Ich bleibe hier, bis du mir alles erzählt hast.«

Schnell starrte ich meine Hände an, doch Finn gab sich mit meinem Schweigen natürlich nicht zufrieden.

»Der Prinz wusste, wie du heißt. Ziemlich seltsam, dass er den Namen eines neuen Gardisten kennt, findest du nicht?«

Ich seufzte. »Na schön, ich erzähle es dir. Kannst du bitte nachsehen, ob die anderen Patienten schlafen?«

Finn stand auf und kam meiner Aufforderung nach. Als er zu mir zurückkehrte, reckte er seinen Daumen in die Höhe. »Du kannst mir ungestört all deine Geheimnisse erzählen.«

Ich zögerte, aber da Finn mir bisher keinen Anlass gegeben hatte, ihm zu misstrauen, berichtete ich leise: »Ich habe den Prinzen in seinem Exil kennengelernt. Es würde zu lange dauern, die Einzelheiten zu erklären, aber ich bin mit ihm durch Lumia gereist, um einen Auftrag zu erfüllen. Ich wusste nicht, dass Ray der Prinz ist. Dann hätte ich –« Nein, nein, nein, ich würde Finn *nicht* erzählen, was ich mit Ray alles getan hatte. Vor allem würde ich niemandem von der Nacht unter den Sternen erzählen.

»Ist das dein Ernst? Du bist mit dem Prinzen durch Lumia gereist und hast nicht gewusst, wer er ist?«

»Nein, ich hatte keine Ahnung.«

Finn hielt sich die Hand vor den Mund und prustete los. »Das ist die beste Geschichte, die ich je gehört habe.«

»Aber ich habe sie dir doch noch gar nicht erzählt.«

»Ich weiß jetzt schon, dass ich gebannt an deinen Lippen hängen werde.«

Ich erzählte ihm von Paps' Krankheit und wie es dazu gekommen war, dass ich Ray begegnet war. Es war eine ähnliche Geschichte wie die, die ich Val erzählt hatte, aber mit einigen Ausnahmen. Es wäre mir unendlich peinlich gewesen, wenn Finn erfahren hätte, dass ich mit dem Prinzen in einem Bett geschlafen oder seine Hand gehalten hatte.

Als ich am Ende meiner Erzählung angelangt war, schüttelte Finn den Kopf. »Unglaublich.«

Ich zupfte am Bettlaken. »Wie soll ich das bitte deuten? Ist es ein *Unglaublich, du bist mit dem Prinzen allein herumgereist* oder ein *Unglaublich, du solltest ihm besser nie wieder gegenübertreten?*«

»Ich bin nur erstaunt, dass Prinz Raelyn diese Reise überhaupt zugelassen hat, nach allem, was vor drei Jahren passiert ist. Ich habe gehört, dass ihm jeglicher Kontakt zu Männern verboten wurde, bevor er ins Exil geschickt wurde.«

Die Erinnerung an unseren Abschied an der Großen Brücke stieg in mir auf, und mit ihr Rays Worte.

Das ist alles, was ich dir geben darf.

Ruckartig setzte ich mich im Bett auf und machte Anstalten, aufzustehen, aber Finn drückte mich zurück in die Kissen.

»Hiergeblieben. Du musst dich schonen.«

»Ich muss zu Ray«, beharrte ich, doch Finn presste mich so fest gegen die Matratze, dass ich mich nicht rühren konnte. Trotz seiner zierlichen Statur war er erstaunlich stark. Oder ich war schwach. Letzteres war wahrscheinlicher.

»Du kannst nicht einfach zu Prinz Raelyn gehen, an seine Tür klopfen und mit ihm plaudern, als wärt ihr beste Freunde. Niemand würde dich in seine Nähe lassen.«

Zum dritten Mal ertönten Schritte. Dieses Mal gehörten sie – sehr zu meiner Verwunderung – Lucius Flavo. Finn ließ mich sofort los und riss beim Einnehmen der vorgeschrieben Gardistenhaltung beinahe den Stuhl um.

»Meister Flavo.« Er neigte den Kopf.

Lucius hielt den Blick auf mich gerichtet. »Es ist schön zu sehen, dass es dir wieder gut geht.«

»Danke.« Bei Lux, wie schnell verbreiteten sich Neuigkeiten in diesem riesigen Schloss? »Was verschafft mir die Ehre deines Besuchs?«

»Ich habe von Bendik gehört, was du gestern Abend vollbracht hast. Er ist höchst zufrieden mit dir und wollte dir eine Nachricht zukommen lassen. Ich habe mich bereit erklärt, sie dir zu überbringen.« Er machte eine kurze, dramatische Pause, in der er mich anlächelte. »Du sollst ab sofort in der Königsgarde dienen.«

Ich richtete mich so eilig auf, dass ein ziehender Schmerz durch mein Bein fuhr. »Ich soll *was*?«

»Die Garde des Kronprinzen könnte einen Mann Verstärkung gebrauchen«, erklärte Lucius. »Nachdem du dich gestern so heldenhaft verhalten hast, möchte Bendik, dass *du* diesen freien Platz einnimmst.«

Ich drehte mich zu Finn um, nur um ihn genauso überrascht anzusehen wie er mich. Anscheinend hatte ich mich nicht verhört. Ich ... Ich sollte wirklich der Königsgarde beitreten.

»Melde dich bei Bendik, sobald du entlassen wirst. Gute Besserung und viel Erfolg in der Garde von Prinz Raelyn.«

Als Lucius verschwunden war, sackte Finn zurück auf den Stuhl und fuhr sich mit der Hand übers Gesicht. »Ich bin völlig fertig.«

Ich grinste. »Dabei bin *ich* derjenige, der von einem Ast durchbohrt wurde.«

Finn grinste ebenfalls. »Noch mal von vorn. Du bist mit unserem Prinzen durch Lumia gereist, rufst ihn bei einem Spitznamen und rettest ihn aus einer brenzligen Situation. Außerdem bist du mit dem königlichen Berater Lucius Flavo per Du und jetzt sogar ein Königsgardist. Liam Vallo, du bist wahrlich unglaublich.«

Ich senkte den Blick. Was Finn aufgezählt hatte, entsprach der Wahrheit, aber er stellte es dar, als wäre es etwas Besonderes, und das war es nicht. Und warum hatte Lucius mir verschwiegen, welche Position er bekleidete?

»Ich weiß nicht, ob ich es Glück oder Unglück nennen soll, dass mir das alles passiert.«

Ein aufregenderes Leben hatte ich mir zwar gewünscht, aber dass sich dadurch gleich *alles* auf den Kopf stellen würde, hatte ich nicht gedacht. Zu jenem Zeitpunkt ahnte ich noch nicht, welche Steine ich mit meinen Taten unbeabsichtigt ins Rollen gebracht hatte.

»Ich beneide dich«, sagte Finn, klang aber keineswegs neidisch. Im Gegenteil: Er klopfte mir auf die Schulter, als würde er sich für mich freuen. »Nach einer Woche ist noch nie jemand in die Königsgarde aufgenommen worden.«

Es sah ganz danach aus, als hätte ich etwas geschafft, das ich nie geplant hatte zu erreichen, aber ich war nicht abgeneigt, die neue Position anzutreten. So konnte ich endlich in Rays Nähe sein und mit ihm reden.

Am frühen Abend war ich fit genug, um den Krankensaal zu verlassen. Auf dem Weg hinaus begegnete ich der Heilmagierin, die mich ein letztes Mal untersuchte und mir eine Kräuterpaste in die Hand drückte. Ich fragte sie, wie ich von hier aus am schnellsten zu Bendiks Arbeitszimmer kam, und fand mich unzählige glacidische Wappen und Korridore später endlich vor der richtigen Tür wieder.

»Liam Vallo, der Held, über den das ganze Schloss spricht«, rief Bendik, als ich eintrat, und brach in schallendes Lachen aus.

Am liebsten hätte ich gestöhnt. Das war genau die Art von Aufmerksamkeit, die ich nicht gebrauchen konnte. Ich wollte doch einfach nur ungestört mit Ray reden …

»Ductius, bitte sagen Sie mir, dass das nicht wahr ist.«

»Natürlich ist das wahr! Jeder hier kennt die Geschichte des tapferen Gardisten, der den Prinzen vor einem umfallenden Baum gerettet hat.«

Weder war ich tapfer noch war es ein Baum gewesen, der Ray fast verletzt hätte, sondern ein Ast. Aber es hätte keinen Sinn gehabt, darüber zu diskutieren. Die Geschichte hatte sich bereits verbreitet.

Bendik öffnete eine Schublade des Schreibtischs und zog ein Dokument daraus hervor, das er mir über den Tisch hinweg zuschob.

»Ab morgen dienst du in Prinz Raelyns Leibgarde. Dazu musst du mir hier dein Einverständnis bestätigen.«

Er reichte mir einen Stift, den ich langsam an mich nahm. Wenn ich ihn auf das Papier setzte, gab es kein Zurück mehr.

»Keine Sorge«, sagte Bendik. »Du wirst in allen Regeln unterrichtet und erhältst speziellen Unterricht. Und mehr Gehalt. Eigentlich wollte ich dich als meinen persönlichen Assistenten einsetzen, aber dann musstest du unbedingt diese Heldentat vollbringen.« Er deutete auf das Regal an der Wand. »Habe es umsortiert. Dein Vorschlag war hervorragend.«

»Ist der Prinz denn damit einverstanden, dass ich seiner Garde beitrete?«

»Er wurde nicht gefragt. Wenn hier jeder seinen Willen bekäme, wäre Glacida längst im Chaos versunken.« Bendik sah mich auffordernd an. »Unterschreib gefälligst, sonst könnte man meinen, du willst kein höheres Gehalt haben.«

»Ich … Also … Wäre es möglich, dass Finnian Clarus den Platz in Prinz Raelyns Garde erhält?«

Bendiks Augenbrauen schossen in die Höhe. »Finnian? Warum denn ausgerechnet der kleine Blondschopf?«

»Er war maßgeblich an der Rettung des Prinzen beteiligt.« Ich wusste nicht, ob das überhaupt stimmte, aber Finn war dort gewesen, sonst hätte er mich nicht mit Ray zusammen zum Krankensaal tragen können. »Finn ist länger in der Garde als ich. Er hat es verdient, ein Königsgardist zu werden.«

Bendik lehnte sich zurück. »Es steht außer Frage, dass du an Prinz Raelyns Seite dienen wirst.«

»Ductius, ich –«

»Aber bald wird eine schwangere Gardistin die Garde der Prinzessin verlassen«, fuhr er fort. »Schick Finnian zu mir, wenn du ihn siehst. Ich werde ihm den Platz anbieten.«

Erleichtert ließ ich die Schultern sinken. »Vielen Dank, Ductius.«

Eilends unterschrieb ich das Dokument. Kaum hatte ich den Stift abgesetzt, zog Bendik mir das Papier unter der Nase weg.

»Willkommen in der Königsgarde«, erklärte er feierlich. »Heute Abend hast du frei, aber morgen nach dem Frühstück meldest du dich umgehend bei Carl Secas, dem Aufseher der Königsgarde. Er wird dich unterweisen und ist dein Ansprechpartner bei Problemen, die es hoffentlich nicht geben wird.«

Ich bedankte mich und machte mich auf die Suche nach Finn, um ihm die guten Neuigkeiten zu überbringen. Mit jedem Schritt vermehrten sich meine Fragen und Zweifel. Wie würde Ray auf mich reagieren? Würde er überhaupt mit mir reden wollen? Was, wenn nicht?

Kopfschüttelnd konzentrierte ich mich auf den Weg durchs Schloss. Morgen würde ich erfahren, ob Ray mir ein Gespräch gewähren würde, und wenn nicht, dann konnte ich ihm sicher anderweitig meinen Dank zukommen lassen. Mir würde schon etwas einfallen.

KAPITEL 25

Raelyn

»Wo ist Gardist Tian?«, fragte ich Gardistin Minnia auf dem Weg zum Speisesaal. An diesem Morgen bestand meine Leibgarde aus vier Leuten. Gestern Abend waren es fünf gewesen, wie es vorgeschrieben war.

»Er wurde nach seiner Nachtschicht entlassen, Hoheit.«

»Aus welchem Grund?«

»Das weiß ich leider nicht.«

Es war ungewöhnlich, dass ein Königsgardist entlassen wurde, außer wenn körperliche Leiden oder besondere Umstände dies erforderten. In der normalen Garde war dies häufiger der Fall. Dies hing einerseits mit der großen Anzahl von Gardisten zusammen, andererseits war der Gardistenführer nicht gerade für seine Herzensgüte bekannt und ließ Fehltritte selten durchgehen. Seine Aufnahmeprüfungen bestanden nur wenige. Umso mehr grübelte ich darüber, wie Liam es in die Garde geschafft hatte. In seinem Heimatdorf hatte ihm sicher niemand den Umgang mit einer Waffe beigebracht.

»Hoheit?« Minnias Stimme riss mich aus meinen Grübeleien. Sie blickte mich aus ihren freundlichen braunen Augen an. »Ihr wirkt nachdenklich. Ist etwas vorgefallen?«

Ich beschleunigte meine Schritte. »Es ist nichts.«

Hoffentlich hatte Liam sich bereits von seinem Unfall erholt. Seit ich den Krankensaal verlassen hatte, waren meine Gedanken unermüdlich zu ihm zurückgekehrt. Ich wusste nicht, warum er hier war. Nur, dass seine Anwesenheit meine Pläne gefährlich ins Wanken brachte.

Nach dem Frühstück brachen Vater und Lucius zu einem wichtigen Treffen auf. Ich wollte mich ebenfalls aus dem Saal entfernen, doch meine Schwester versperrte mir mit verschränkten Armen den Weg.

»Können wir reden?«, fragte Amira in ernstem Tonfall.

»Nein, ich habe kein Interesse an einer Unterhaltung.« Ich wollte mich an ihr vorbeidrängen, aber sie sah mich flehend an.

»Bitte. Wir haben seit deiner Rückkehr kaum gesprochen.«

»Es gibt nichts zu sagen.«

Ein Schatten legte sich über ihr Gesicht. »Ich würde aber gerne hören, wie es dir ergangen ist.«

»Bestens, wie du siehst, sonst wäre ich nicht hier.«

»Wann hörst du auf damit, dich selbst zu belügen?«

Als ich sie irritiert ansah, seufzte sie leise.

»Ich begleite dich auf dein Zimmer. Du hast erst in zwei Stunden deinen nächsten Termin, also haben wir genug Zeit für ein Gespräch.«

Ich wollte protestieren, aber in Amiras Augen lag so viel Schmerz, dass ich die Fingernägel in meine Handfläche grub und einwilligte. Wenn sie bekam, was sie wollte, würde sie mich hoffentlich in Ruhe lassen.

Nachdem wir den Saal verlassen hatten, begaben sich Minnia und Lisa zum Thronsaal, um den Neuzugang am Thronsaal zu empfangen und ihn anschließend zu unterweisen. Es war mir egal, wer den Platz erhielt, solange derjenige nicht das gefährdete, was ich mir mühselig aufgebaut hatte. Einen weiteren Oleo hätte ich nicht ertragen, denn er war der Grund gewesen, weswegen mein Vater mich mit siebzehn Jahren hatte verheiraten wollen. Das hatte damit geendet, dass ich bei der Auswahlzeremonie mit einem meiner Gardisten getanzt hatte und ins Exil verbannt worden war. Noch einmal würde mir ein solcher Fehler nicht unterlaufen.

Als wir mein Zimmer erreichten, stellten sich Oliver und Austin neben der Tür auf. Amira schickte ihre Gardistinnen fort, betrat den Raum und setzte sich auf das Sofa unter dem Fenster. Ich lehnte mich einige Schritte entfernt von ihr an die Wand. Das Holz war kühl, trotz der sommerlichen Hitze, die durch die Fenster ins Zimmer hereindrang.

»Du siehst müde aus«, sagte Amira.

»Ich habe schlecht geschlafen.«

»Wir wissen beide, dass ich nicht diese Art von Müdigkeit meine.«

Ich betrachtete den glänzenden Marmorboden unter meinen ebenso glänzenden Stiefeln. »Warum bist du hier?«

»Ich würde gerne hören, was in deinem Exil passiert ist.«

»Es gibt nichts zu erzählen.«

Es war unangenehm genug, an die Zeit zurückzudenken. Darüber zu sprechen, hätte alte Wunden aufgerissen, die gerade erst zu Narben verheilten.

»Drei Jahre lang warst du fort und behauptest, es gibt nichts zu erzählen? Wenn du jetzt noch sagst, dass du dich nicht zu Männern hingezogen fühlst, werde ich dir eine ordentliche Rede halten.«

Ich drückte die Fingerspitzen ins Holz. »Ich habe mich verändert.«

Amira lachte freudlos. »Das sehe ich. Du bist noch verschlossener geworden.«

»Kannst du mir deswegen Vorwürfe machen, nach allem, was du getan hast?«

»Wie meinst du das?« Sie klang ehrlich überrascht.

Ich schüttelte den Kopf. Vor ihr musste ich mich nicht rechtfertigen, denn sie war diejenige, die mich im Stich gelassen hatte. Sie.

Ausgerechnet sie. Die einzige Person in diesem Schloss, der ich mich je geöffnet hatte. Es war ein fataler Fehler gewesen.

»Raelyn, bitte sag mir, was los ist. Ich sehe dir an, dass du leidest.«

»Es steht dir nicht zu, über mein Befinden zu urteilen.«

Sie seufzte. »Was ist mit dir passiert? Ich erkenne dich kaum wieder.«

»Wenn dir missfällt, was ich sage, kannst du jederzeit gehen.«

»Das könnte dir so passen, was? Ich gehe erst, wenn du mir gesagt hast, warum du sauer auf mich bist.«

Erneut schüttelte ich den Kopf. »Ich bin nicht wütend.«

»Ach ja? Und warum benutzt du dann eine Wand zum Abreagieren?«

Schnell trat ich einen Schritt nach vorn. »Lass mich in Ruhe.«

Sie stand auf und kam auf mich zu. Als sie vor mir stand, hob sie den Kopf, um mich anzusehen. Mitgefühl lag in ihrem Blick. »Was auch immer passiert ist, du kannst mit mir darüber reden.«

»Das wage ich zu bezweifeln.«

»Und warum?«

Weil du ohne ein Wort gegangen bist und mich alleingelassen hast.

Schweigend ging ich zur Balkontür und öffnete sie. Ein Vogel saß draußen auf der Brüstung und putzte sich das schimmernd rote Gefieder.

Amira stellte sich neben mich. »Ein Feuerfink.«

»Seit wann interessierst du dich für Vögel?«

»Tue ich nicht. Aber früher haben wir sie oft zusammen beobachtet, weißt du noch? Du hast dir all ihre Namen eingeprägt und mir jeden von ihnen bis ins kleinste Detail beschrieben. Und du hast sie liebend gerne gezeichnet.«

Ich drückte die Hände flach auf die warme Steinbrüstung. »Das ist lange her.«

»Würdest du denn gerne wieder zeichnen?«

»Nein, dafür gibt es keinen Anlass.«

»Seit wann braucht es einen Anlass, um einer Sache nachzugehen, die man gerne tut? Du könntest auch wieder Blumen zeichnen.«

»Ich habe keine Zeit für Blumen oder Vögel. Es gibt wichtigere Dinge, mit denen ich mich beschäftigen muss.«

»Dir einzureden, dass du jetzt bereit bist, eine Frau zu heiraten, meinst du?«

Ich riss den Kopf herum. »Hör auf, mir zu unterstellen, dass ich mir etwas einrede oder mich selbst belüge. Du irrst dich nämlich.«

»Ach ja?« Amira verschränkte mit einem genervten Blick die Arme vor der Brust. »Du behauptest also, du hättest in deinem Exil gelernt, dir Dinge *nicht* einzureden?«

»Was ich dort gelernt habe, geht dich nichts an.«

»Ja, da hast du recht.«

Sie trat einen Schritt näher an mich heran und war mir viel zu nah. Ich wollte zurückweichen, aber da umarmte sie mich und hielt mich fest. Mein gesamter Körper verkrampfte sich. Wie festgefroren stand ich da, unfähig, mich zu rühren.

»Es geht mich aber etwas an, wie du dich selbst behandelst«, flüsterte sie. »Ich weiß, dass du dir Vorwürfe machst und du dir die Schuld an allem gibst. Aber du trägst keine Schuld. An nichts davon.« Sie ließ mich wieder los und sah mich mit Tränen in den Augen an. »Bitte lass mich dir helfen. Ich kann nicht länger dabei zusehen, was er mit dir macht.«

»Wer?«

»Unser Vater. Er manipuliert dich.«

Ich ballte die Hände zu Fäusten. »Was redest du denn da?«

»Er erwartet von dir, dass du ein perfekter Prinz bist, der jedem seiner Befehle folgt und nichts hinterfragt. Ich kann gut verstehen, dass du diesem Ideal entsprechen willst. Ich wollte es auch. Viel zu lange.« Amira sah mich eindringlich an. »Vor langer Zeit habe ich mit jemandem gesprochen. Er sagte, dass wir nicht schuld daran sind, wenn andere uns verletzen, und uns nicht selbst dafür bestrafen sollen.«

Ihre Worte schnürten mir die Kehle zu. Einige Augenblicke lang herrschte Stille auf dem Balkon, die so erdrückend war, dass sie mir das Atmen erschwerte.

»Denk bitte darüber nach, was ich gesagt habe. Ich muss jetzt los.«

Sie warf mir einen letzten Blick zu, drehte sich um und ließ mich mit unendlich vielen Fragen und Gedanken allein zurück, die ich mit aller Kraft beiseite drängte, damit sie mich nicht unter sich begruben.

KAPITEL 26

in dem ich ein Versprechen gab

Liam

»Niemals sprechen, außer du wirst dazu aufgefordert. So tun, als wärst du gar nicht anwesend, aber keinen Augenblick lang unachtsam sein. Den Prinzen ohne Zögern mit deinem Leben beschützen. Das sind die wichtigsten Regeln. Hast du mich verstanden, Neuling?«

Carl Secas, der Aufseher der Königsgarde, baute sich vor mir auf und musterte mich so durchdringend, dass es mir kalt über den Rücken lief. Seine spitze Hakennase war nur wenige Fingerbreit von meinem Kinn entfernt. Obwohl ich einen halben Kopf größer war als er, fühlte ich mich in seiner Gegenwart wie ein Kleinkind.

Ich nickte kräftig. »Verstanden, Meister Secas.«

»Will ich hoffen.« Er wandte sich ab und stieß mit seinem Fuß einen wehrlosen Holzeimer beiseite, der daraufhin umfiel und zerknüllte Papierseiten auf dem Boden verteilte. »Lux, was hat Bendik sich nur dabei gedacht, dich als Königsgardisten einzusetzen? Einen Bauernjungen. Dass ich so was erleben muss ...«

Schon seit ich sein Arbeitszimmer betreten hatte, hing Carls schlechte Laune wie der Geruch von fauligem Gemüse in der Luft und wollte nicht weichen. Er hatte mir nach meiner Ankunft viele Fragen gestellt, von denen ich nur die zu meiner Herkunft hatte beantworten können. Hätte er mich nach verschiedenen Gemüsesorten gefragt, hätte ich ihm wohl eine zufriedenstellende Antwort geben können. Aber nein, er hatte mich gefragt, auf welche verschiedenen

Arten man sich, je nach Anlass, vor den Mitgliedern der Königsfamilie verbeugen musste. Seiner erbosten Miene nach hatte ihm mein anschließendes Ratespiel nicht besonders gefallen.

»Du hast noch einiges zu lernen, Königsgardist Vallo«, schnauzte er. Carl Secas konnte es durchaus mit der allmorgendlichen schlechten Laune meines Bruders aufnehmen – etwas, das ich bis gerade eben für unmöglich gehalten hatte. »Wenn du mir Ärger bereitest oder ich mitbekomme, dass du dir einen Fehltritt erlaubst, wirst du eine ordentliche Strafe erhalten. Haben wir uns verstanden, Junge?«

Ich nickte noch särker als zuvor.

»Später werde ich dir eine Liste mit Buchtiteln zukommen lassen. Du wirst alle diese Bücher lesen und dir ihre Inhalte einprägen. Und du wirst die Waffenübungen fortsetzen, die Bendik dir aufgetragen hat. Jeden Tag, und zwar bis zum Umfallen. Verstanden?«

»Ja, Meister Secas.«

Carl drückte mir einige Blätter Papier in die Hand, auf denen die Schichtpläne für die Königsgardisten und Rays Terminpläne verzeichnet waren. »Begib dich in deiner neuen Uniform und mit gewaschenen Haaren schnellstmöglich zum Thronsaal. Dort werden dich zwei Gardistinnen aus Prinz Raelyns Garde empfangen. Jetzt geh und tu gefälligst das, wofür du mehr Monaro erhältst, als jemandem wie dir zustünden.«

Ich neigte höflich den Kopf und verließ Carls Zimmer. Nachdem die Tür hinter mir ins Schloss gefallen war, lehnte ich mich an die kühle Wand des Korridors und atmete tief durch. Keine Ahnung, wie ich seinen Anforderungen gerecht werden sollte, aber es würde schon irgendwie werden.

Keine Fehler machen, Liam, ermahnte ich mich, während ich zu den Räumlichkeiten der Königsgarde ging. Sie befanden sich in einem Korridor im Erdgeschoss, hinter der Treppe, die zu den Gemächern der Königsfamilie führte. Es gab insgesamt zwei Schlafsäle für die Männer und einen für die Frauen, vermutlich mit direktem Zugang zu einem eigenen Badezimmer. Ich hatte bereits in Erfahrung gebracht, dass jedes Mitglied der Königsfamilie eine persönliche Garde von fünf Personen besaß, die in regelmäßigen Abständen die Schichten wechselten. Somit bestand die königliche Garde aus fünfzehn Personen, Carl nicht mitgezählt. Das erschien mir nicht besonders viel, aber vermutlich war es umständlich, mit einer größeren Gruppe unterwegs zu sein.

Mein neuer Schlafsaal ähnelte dem vorherigen, nur war er viel kleiner und es gab Einzelbetten. Auf einem davon lag eine Uniform für mich bereit. Diese hier war dunkelgrau, mit silberfarbenen Säumen und passenden Knöpfen. Ich war froh, die andere los zu sein. Blau stand mir einfach nicht. Aber Ray stand die Farbe ausgezeichnet.

So schnell wie möglich zog ich mich um. Die Uniform passte wie angegossen und der Helm saß lockerer als das grässliche Blechding, das ich bis gestern hatte tragen müssen.

Mit frisch gewaschenen Haaren, die zu meinem Unmut an meiner Stirn und an den Schläfen unter der Kopfbedeckung hervorsprangen, machte ich mich auf den Weg zum Thronsaal. An einem der Fenster in der Vorhalle standen zwei Gardistinnen. Beide hatten ihren Helm unter dem Arm und unterhielten sich. Das hereinfallende Licht tauchte sie in die warmen Farben des Sommers. Als sie mich bemerkten, drehten sie sich zu mir. Die kleinere von ihnen hatte langes, dunkles Haar, die andere braune Locken, die ihr bis zu den Schultern reichten.

»Hallo, ich bin Liam. Seid ihr die Garde des Prinzen?«

Die Frau mit den dunklen Haaren trat an mich heran, hob den Kopf und streckte mir eine Hand entgegen. »Schön, dich kennenzulernen. Ich bin Minnia und das hier ist Lisa.«

»Schöne Haarfarbe«, sagte Lisa, die einen silbernen Metallring in der Nase trug. »Magisch gefärbt?«

»Ich wusste nicht mal, dass man Haare mit Magie färben kann«, antwortete ich, woraufhin beide lachten. »Also, nein, Rot ist leider meine natürliche Haarfarbe.«

»Rot ist doch toll. Darf ich deine Locken mal anfassen? Sie sehen so weich aus.«

Am liebsten hätte ich Nein gesagt, aber da Lisa mich freundlich und ohne jede Spur von Häme oder Sarkasmus ansah, nahm ich den Helm ab und neigte den Kopf nach vorn. Sie fuhr mit den Fingern durch meine Haare und gab ein leises Quietschen von sich.

»Die sind noch weicher als erwartet. Echt toll.«

Ich räusperte mich. »Gibt es etwas, das ich als Neuling unbedingt wissen muss?«

Minnia grinste. »Ich wüsste gar nicht, wo ich anfangen soll. Aber erst sollten wir zu Prinz Raelyn gehen, er hat bald einen Termin mit seinem Vater. Wir können dich später gerne in all unsere Geheimnisse einweihen.«

»Das wäre toll, danke. Meister Secas hat mir klargemacht, dass ich mir keinen Fehler erlauben darf.«

Lisa winkte ab und setzte sich ihren Helm auf. »Keine Sorge, der bellt oft, beißt aber selten. Er bekommt es nicht mal mit, wenn Amira uns zu sich ins Zimmer einlädt und wir mehrere Stunden lang verschwunden sind.«

»Ihr verbringt Zeit mit der Prinzessin?«, fragte ich erstaunt, während wir die linke Treppe hinaufstiegen. »Aber ihr dient doch in der Garde des Prinzen?«

»Der braucht uns nicht so oft. Wenn er sich in sein Zimmer zurückzieht, stehen wir meistens nur herum.«

Gedanklich kehrte ich zu den Momenten unserer gemeinsamen Reise zurück, in denen er sich mit einer Lektüre beschäftigt hatte.

Sie entlockten mir ein Lächeln. »Ich kann ihn mir bildlich mit einem Buch in der Hand vorstellen.«

Lisa sah mich überrascht an. »Wusstest du etwa, dass er gerne liest?«

»Er zeigt sich doch nicht so gern in der Öffentlichkeit, oder?«, sagte ich hastig. »Da ist Lesen eine naheliegende Beschäftigung.«

Als wir das Treppenende erreichten, bogen wir nach rechts ab und hielten beim letzten Zimmer auf dem Gang an. Neben der Tür standen zwei Gardisten.

»Das hier ist Liam, unser Neuzugang«, stellte Minnia mich vor. »Liam, das sind Oliver und Austin.«

Die beiden Männer nickten mir freundlich zu. Bisher lief es besser als erwartet. Alle meine neuen Kollegen machten einen recht netten Eindruck und noch war nichts schiefgegangen.

Oliver klopfte an die Tür. »Hoheit, Euer nächster Termin steht an.«

Mein Herz hüpfte. Gleich würde ich Ray treffen! Würde er überhaupt etwas dazu sagen, dass ich ab sofort in seiner Garde diente, oder würde er schweigen wie sonst auch immer?

Als die Tür geöffnet wurde, neigten alle den Kopf und ich tat es ihnen gleich. So waren die dunklen Lederstiefel das Erste, das ich von Ray zu sehen bekam. Mein Blick wanderte höher, an seiner hellgrauen, engen Hose entlang bis zum Saum seines blauen Wamses mit den silbernen Schnallen. Es brachte seine Augen zur Geltung – aus denen er mich entsetzt anstarrte.

Unzählige Worte lagen mir auf der Zunge, aber nach Carls Ansprache verkniff ich mir eine verbale Begrüßung. Stattdessen lächelte ich Ray an.

Er sah zu Minnia. »Wieso ist dieser Mann hier?«

»Hoheit, Liam ist Euer neuer Gardist. Er wurde von Bendik persönlich empfohlen, weil er Euch das Leben gerettet hat.«

Minnia hatte ihren Satz noch nicht beendet, da eilte Ray bereits davon. Sie tauschte einen schnellen Blick mit Lisa, dann folgten wir ihm. Austin und Lisa gingen mit zwei Schritten Abstand neben Ray her, während Oliver und ich mit zwei Schritten Abstand hinter ihm gingen. Minnia bildete die Nachhut. In dieser Formation begaben wir uns schweigend die Treppen hinunter und auf der gegenüberliegenden Seite wieder hinauf. Der Korridor ähnelte dem, den wir gerade erst verlassen hatten, aber hier gab es weniger Türen. Wir passierten die erste und hielten vor der nächsten an. Lisa und Austin postierten sich davor, während Oliver die Tür für Ray öffnete. Alle Bewegungsabläufe wirkten routiniert.

Ray betrat den Raum. Minnia nickte mir auffordernd zu und wir beide folgten ihm hinein. In der Mitte stand ein ovaler Tisch, an dem mindestens fünfzehn Leute Platz finden konnten. Der große Kronleuchter darüber konnte meinen Blick nur einen Augenblick lang fesseln, bevor ich zu Ray sah, der den Kopf gesenkt hielt. Minnia zog einen der Stühle am Tisch zurück, damit er sich setzen konnte. Danach zeigte sie mir den Platz, auf dem ich bis zum Ende des Treffens bleiben sollte. Ich nahm die vorgeschrieben Haltung ein: Beine geschlossen, eine Hand auf dem Schwertknauf, den anderen Arm eng am Körper.

»Hoheit, benötigt Ihr vor dem Treffen mit den Adelsherren noch etwas?«, fragte Minnia.

Ray hielt den Blick stumm auf die Tischplatte geheftet. Minnia wartete einen Moment ab, bevor sie sich in eine Ecke des Raumes zurückzog und die gleiche Pose einnahm wie ich.

Nach und nach betraten einige Herren den Raum. Sie würdigten uns Gardisten keines Blickes, sondern verbeugten sich vor Ray und nahmen Platz.

Zwölf Männer saßen am Tisch, als der König selbst mit drei seiner Gardisten und Lucius eintrat. Victor Glacidus nahm auf dem Stuhl neben seinem Sohn Platz. Als Lucius mich erblickte, lächelte er mir freundlich zu, doch ich durfte sein Lächeln nicht erwidern, wenn ich nicht gleich wieder in Carls Arbeitszimmer stehen wollte.

»Vielen Dank, dass Sie sich heute auf Schloss Splendor eingefunden haben, um eine wichtige Angelegenheit mit mir zu besprechen«, sagte König Victor in die Runde. Alle anwesenden Männer neigten höflich den Kopf. »In weniger als einem Monat wird die Zeremonie zur Erwählung einer Königin abgehalten. Der Rat und ich haben Ihre Töchter dazu auserwählt, daran teilnehmen zu dürfen. Aus diesem Anlass werde ich heute ...«

Während der König mit seiner Rede fortfuhr, ruhte mein Blick auf Ray. Er saß aufrecht auf seinem Stuhl und blickte stur geradeaus. Doch von meinem Platz aus sah ich unter der Tischplatte seine geballten Hände zittern. Ich wünschte, ich hätte etwas für ihn tun können.

Im Laufe des Gesprächs zwischen dem König und den Adelsherren erfuhr ich, dass Ray während der Zeremonie aus den zwölf anwesenden Adelstöchtern seine zukünftige Königin erwählen sollte. Anschließend würde bei einem großen Bankett ausgiebig gefeiert werden.

Erst als meine linke Hand vor dumpfem Schmerz pochte, bemerkte ich, dass ich meinen Schwertknauf zu fest umklammerte. Ich lockerte meine verkrampften Finger und wandte den Blick von Ray ab.

Nachdem alle Angelegenheiten geklärt waren, folgten wir Ray zurück zu seinem Zimmer. Er hatte während des Treffens kein einziges Wort gesagt.

»Hoheit.« Minnia trat vor Ray und neigte den Kopf. »Bis zum nächsten Treffen mit Eurem Vater ist es noch eine Stunde hin. Was gedenkt Ihr −«

»Lasst uns allein«, unterbrach er sie. Sein Blick ruhte auf mir.

»Ihr wollt mit Liam allein –«

»Muss ich mich wiederholen?«

»Nein, Hoheit, selbstverständlich nicht.«

Oliver öffnete die Tür zum Zimmer. Ray warf mir einen Blick zu, der mir unmissverständlich mitteilte, dass ich ihm folgen sollte, und trat ein. Ich sah die anderen entschuldigend an, bevor ich ihm hinterherging und die Tür schloss.

Rays Zimmer war so groß, dass das riesige Doppelbett mit den vielen Kissen, das an der Wand gegenüber der Tür stand, mehrfach hineingepasst hätte. Die blaue Bettwäsche bildete einen angenehmen Kontrast zu den hellen Holzwänden. An der linken Wand führte eine Tür in ein weiteres Zimmer, vermutlich ins Badezimmer. Doch was mich am meisten erstaunte, war, dass ich hier keine persönlichen Gegenstände entdecken konnte. Nur ein einzelnes Buch lag einsam auf dem weißen Nachttisch neben dem Bett.

»Nimm Platz.« Ray deutete auf ein breites Sitzmöbel, das an der rechten Zimmerseite unter einem Fenster stand. Während ich mich setzte, blieb er einige Schritte von mir entfernt stehen und sah mich mit unergründlichem Blick an.

Als mir das Schweigen unangenehm wurde, räusperte ich mich. »Darf ich dich weiterhin Ray nennen, wenn wir unter uns sind?«

»Wie kommst du darauf, dass du Zeit mit mir allein verbringen wirst?«, gab er barsch zurück.

Seine Worte versetzten mir einen Stich. »Tut mir leid, Hoheit.« Ich sprang auf und verbeugte mich.

»Lass das.« Er machte eine abwinkende Geste und wandte sich ab, um zu der gläsernen Tür zu gehen, die sich an derselben Wand wie das Sitzmöbel befand und auf einen Balkon hinausführte.

»Dann sag mir, was ich tun soll. Ich bin unsicher, wie ich mich dir gegenüber verhalten soll, jetzt, da ich weiß, dass du der Prinz bist.«

Ray drehte sich langsam zu mir um. Sein Gesicht war ausdruckslos, aber ich wusste mittlerweile, dass er dahinter nur seine wahren Gefühle versteckte. »Warum ändert mein sozialer Status etwas daran, wie du dich in meiner Gegenwart verhältst?«

Wenn ich genauer darüber nachdachte, hatte sich nicht viel geändert. Er war derselbe Ray, mit dem ich durch Lumia gereist war, aber gleichzeitig auch der glacidische Prinz. Ich konnte nicht so tun, als wüsste ich das nicht!

»Um ehrlich zu sein, bin ich überfordert damit«, gab ich zu und trat näher an ihn heran.

Er machte einen Schritt zur Seite. »Warum bist du überhaupt hier?«

»Ich habe zufällig mitbekommen, dass der Prinz von Glacida den Magier beauftragt hat, der Paps geheilt hat. Daher wollte ich mich persönlich bei ihm bedanken. Ich konnte ja nicht ahnen, dass *du* der Prinz bist.«

Auf Rays Gesicht spiegelte sich Überraschung. »Du bist nur deswegen hierhergereist?«

Ich nickte und lächelte ihn an. »Danke, dass du meinem Vater das Leben gerettet hast. Ich stehe tief in deiner Schuld. Wenn es irgendetwas gibt, das ich für dich tun kann, lass es mich bitte wissen.«

Wir sahen uns schweigend an. Was Minnia und die anderen wohl gerade darüber dachten, dass ich allein Zeit mit dem Prinzen verbrachte? Bestimmt würden sie mich später mit Fragen löchern.

»Du musst dich nicht dafür bedanken«, sagte Ray. »Als ich davon erfahren habe, dass du deine Belohnung nicht einfordern konntest, habe ich Magnus Fortis zu dir geschickt.«

»Wie hast du überhaupt davon erfahren, dass mir in Calid niemand helfen wollte?«

»Ich habe dein Dokument mit einem magischen Siegel versehen. Es wurde nie ordnungsgemäß aufgebrochen. So wusste ich, dass es Komplikationen gegeben hat.«

Am liebsten hätte ich ihn umarmt. »Danke. Das war nicht selbstverständlich. Ich bin froh, dass ich hier bin und mit dir reden kann.«

Es war keine Lüge, aber auch nicht die ganze Wahrheit. Ich fand keine Worte, die ausdrücken konnten, wie dankbar ich ihm war – und wie sehr ich ihn vermisst hatte. Deswegen lächelte ich ihn nur an.

»Was hast du jetzt vor?«, fragte Ray.

Ich hatte mein Ziel erreicht, doch es fühlte sich weniger befriedigend an als erwartet. Meine Worte allein würden außerdem niemals genügen, um meine Schuld bei Ray zu begleichen. Und zwar nicht nur die Schuld für Paps' Heilung, sondern auch für mein Verhalten auf unserer Reise.

Er sah mich weiterhin in Erwartung einer Antwort an. Seine Haltung war aufrecht wie immer, sein Gesicht zeigte keine Regung. Vorhin bei den Adelsherren hatte er dasselbe Verhalten an den Tag gelegt. Aber seine Hände hatten unter dem Tisch gezittert. Wie viel Kraft es ihn wohl kostete, seine Fassade aufrechtzuerhalten? Konnte er sie je fallen lassen so wie in der Nacht, als wir unter dem Sternenhimmel gesessen hatten?

Auf einmal wusste ich, was ich tun wollte.

»Ich würde gerne eine Weile im Schloss bleiben. Bei dir.«

Die letzten beiden Worte hatte ich nicht laut aussprechen wollen. Prompt wurden meine Wangen warm.

Ray schüttelte den Kopf. »Es ist besser, wenn du nach Hause gehst.«

»Bitte. Wenigstens für ein paar Wochen.«

»Du weißt, welche Zeremonie bald stattfindet. Ich möchte nicht, dass ...« Er unterbrach sich und starrte durch die Balkontür in den Garten hinaus. Dabei umklammerte er Nivaris' Griff so fest, dass seine Knöchel weiß hervortraten.

»Liams Fragerunde.«

Ray sah mich verwundert an, äußerte aber keine Einwände.

»Wie geht es dir gerade?«

Ein Schatten legte sich über sein Gesicht. Er ging an mir vorbei, setzte sich auf das Sitzmöbel und legte seine Arme auf den Oberschenkeln ab. Den Kopf hielt er gesenkt. Überraschenderweise protestierte er nicht, als ich mich neben ihn setzte – in angemessenem Abstand natürlich.

»Ich weiß nicht, wie ich mich fühle«, antwortete er leise.

»Das ist in Ordnung. Aber vielleicht tut es dir gut, wenn dir jemand zuhört. Mir hilft es immer, wenn ich über meine Probleme reden kann.«

»Das ist keine gute Idee.«

»Warum nicht? Ich würde niemandem davon erzählen.«

»Es ist ... kompliziert.«

»Das ist es immer.« Ich legte ihm eine Hand auf die Schulter. Er zuckte zusammen, stieß mich aber nicht von sich.

»Warum bist du so nett zu mir?« Seine Stimme zitterte kaum merklich.

»Ich mag es, Zeit mit dir zu verbringen.«

Einige Augenblicke lang herrschte Stille, bis Ray murmelte: »So etwas hat noch nie jemand zu mir gesagt.«

»Das tut mir leid. Gab es denn nie jemanden, der gerne Zeit mit dir verbracht hat?«

Er atmete tief ein und aus. »Du weißt, warum ich drei Jahre lang in Vado war, oder?«

»Ja. Statt eine Königin zu erwählen, hast du mit einem Gardisten getanzt.«

»Dir ist sicher bewusst, was das bedeutet.«

»Dass du dich zu Männern hingezogen fühlst, meinst du?«

Ray nickte.

Sollte ich ihn weiter zu dem Thema befragen oder es auf sich beruhen lassen? Aber wann ergab sich wohl je wieder so eine Gelegenheit wie jetzt? Ein derart tiefgründiges Gespräch hatten wir noch nie geführt.

»Hältst du mich deswegen auf Distanz? Weil du Angst hast, dass du bestraft wirst, wenn du Zeit mit mir verbringst?«

Ray erhob sich und entfernte sich nur ein paar Schritte weit, doch es kam mir vor, als wäre die Distanz zwischen uns wieder unüberwindbar groß. Er stand mit dem Rücken zu mir gewandt.

»Als Kronprinz muss ich die Traditionen von Glacida wahren. Dazu zählt, dass ich eine Frau heirate und mit ihr den künftigen Thronerben zeuge.« Er hielt einen Moment inne. »Ich muss mich damit abfinden, dass ich nie das bekommen werde, was ich mir wünsche. Vermutlich beneiden mich viele Menschen um meinen Status und meinen Wohlstand. Aber sie verstehen nicht, welchen Preis ich dafür bezahle.«

Der Schmerz in seiner Stimme war unerträglich, aber es gab nichts, was ich sagen konnte, um ihn zu lindern. Deswegen stand ich auf, ging auf Ray zu und schlang meine Arme von hinten um seine Taille. Sein gesamter Körper versteifte sich. Es fühlte sich an, als würde ich einen Baum umarmen. Trotzdem lehnte ich mein Gesicht an Rays Schulter und atmete seinen Geruch ein. Lavendel.

»Liam, was …«

»Ich verspreche dir, dass ich mein Möglichstes tun werde, um dich zu unterstützen.«

»Du kannst mir nicht helfen. Niemand kann das.«

»Ich werde einen Weg finden«, erwiderte ich entschlossen und drückte Ray noch einmal an mich, bevor ich ihn losließ. Sofort drehte er sich zu mir um und unsere Blicke trafen sich.

In diesem Moment veränderte sich etwas zwischen uns. Ich konnte dieses Etwas nicht benennen, aber es fühlte sich an wie Sonnenstrahlen, die durch eine dunkle Wolkendecke brachen und den Weg vor mir gerade so weit erhellten, dass ich ein Stück davon sehen konnte.

Die nächsten Wochen würden für Ray sicherlich schwer werden. Nachdem er Paps' Leben gerettet hatte, war das Mindeste, was ich tun konnte, an Rays Seite zu bleiben und für ihn da zu sein. Auch wenn das bedeutete, dass ich später nach Patria zurückkehren würde als geplant. Ich ignorierte mein schlechtes Gewissen und konzentrierte mich auf Rays Worte, die in mir nachhallten.

Ich muss mich damit abfinden, dass ich nie das bekommen werde, was ich mir wünsche.

Was es wohl war, das er sich wünschte?

Weil mein Kopf sich unter dem Helm aufheizte, je länger ich über diese Frage nachdachte, beschloss ich, dass es an der Zeit war, das Gespräch zu beenden.

»Ich werde dann wieder meine Gardistenpflichten erfüllen gehen. Aber verrate mir bitte noch, ob ich vor den anderen so tun soll, als würden wir uns nicht kennen.«

»Das ist wohl das Beste. Außerdem solltest du mich nur Ray nennen, wenn wir allein sind.«

Grinsend verbeugte ich mich vor ihm. »Verstanden, Hoheit.«

Er schnaubte leise, aber ich glaubte, einen amüsierten Unterton herauszuhören.

 Kapitel 27

in dem ich vom Lesen abgelenkt wurde

Liam

Seit unserem ersten Gespräch im Schloss hatten Ray und ich keine weitere Gelegenheit mehr gehabt, unter vier Augen zu reden. Ständig war jemand in unserer Nähe, also verhielt ich mich so, wie es vorgeschrieben war. Doch selbst wenn sich eine Gelegenheit geboten hätte, wäre ich nicht sicher gewesen, ob Ray überhaupt mit mir hätte sprechen wollen. Er war wie immer distanziert und unnahbar. Und zwar jeder einzelnen Person gegenüber, egal ob dies sein Vater oder ein Bediensteter war – oder ich. Es hätte mich nicht stören sollen, denn ich kannte sein Verhalten bereits. Trotzdem hatte ein Teil von mir gehofft, dass wir uns jetzt, nachdem ich seine wahre Identität kannte, mehr aufeinander zu bewegen konnten. Aber Ray schien diesen Wunsch nicht zu teilen. Ganz im Gegenteil: An manchen Tagen hatte ich das Gefühl, dass er mich absichtlich auf Botengänge schickte, damit er meine Anwesenheit nicht ertragen musste. Das tat weh – und zwar auf eine neue Art und Weise, die mich mehr störte, als ich zugeben wollte.

Eine Woche nach meinem Eintritt in die Königsgarde traf Ray sich mit seiner Schwester in einem der Gärten. Ich genoss den strahlend blauen Himmel, das fröhliche Zwitschern der Singvögel und die Anwesenheit von Finn, der vor zwei Tagen in Prinzessin Amiras Garde aufgenommen worden war.

»Wie gefällt es dir bis jetzt?«, fragte ich ihn, während unsere Stiefel nebeneinander auf dem Kies knirschten. Ray und seine ältere

Schwester gingen einige Schritte vor uns her, um sich ungestört unterhalten zu können. Wir Gardisten bewegten uns in einer großen Gruppe um sie herum. Finn und ich gehörten zu den fünf Gardisten hinter dem königlichen Geschwisterpaar.

Bei meiner Frage strahlte er übers ganze Gesicht. »Es ist besser, als ich gedacht habe! Und ich muss dir unbedingt etwas erzählen.« Er beugte sich näher zu mir und raunte mir ins Ohr: »Ich bin verliebt.«

Grinsend sah ich ihn an. Mit Val konnte ich zwar über alles sprechen, aber als ich ihr damals von Macina und mir erzählt hatte, war es mir so peinlich gewesen, dass ich keinen zusammenhängenden Satz herausbekommen hatte. Finn hingegen schien überhaupt keine Probleme damit zu haben, von seinen intimsten Gefühlen zu erzählen.

»Wer ist denn die glückliche Person, der du dein Herz geschenkt hast?«

»Sie hat wunderschönes, blondes Haar und ist zuckersüß, wenn sie lacht. Hach, was für eine Frau! Ich bin hin und weg von ihr.«

Das war unüberhörbar. Während er redete, ließ ich den Blick über die anwesenden Gardistinnen schweifen, konnte aber keine mit blondem Haar entdecken. Doch dann fiel mein Blick auf –

»Die Prinzessin?« Ich bemühte mich, meine Stimme leise zu halten, aber Austin, der zwei Schritte vor mir ging, drehte sich trotzdem fragend zu uns um.

Entweder bemerkte Finn seinen Blick nicht oder es war ihm egal. »Ja. Sie ist die Frau meiner Träume.«

»Du weißt aber, dass ihr niemals zusammen sein könnt, oder?« Austin strich sich eine seiner schulterlangen, dunklen Locken aus dem Gesicht. »Sofern sie deine Gefühle überhaupt je erwidern würde.«

»Natürlich weiß ich das. Aber Sorgen über die Zukunft kann ich mir später machen. Ich will es genießen.«

Es schien kaum etwas zu geben, das Finn aus der Bahn warf. Ich hätte gerne dasselbe über mich behauptet.

»Aber du bist doch erst seit Kurzem in ihrer Garde. Wann hast du dich denn in sie verliebt?«

»Ach, Liam, so was geht schnell, glaub mir. Man spürt es tief in sich drin.« Dann wechselte er so unerwartet das Thema, dass ich beinahe über meine eigenen Füße gestolpert wäre. »Wie läuft es denn mit dir und dem Prinzen?«

Austin zog eine Augenbraue hoch. »Wartet mal. Finn, du bist in die Prinzessin verliebt und Liam in den Prinzen?«

»Nein«, erwiderte ich hastig, während mir die Hitze in den Kopf stieg. »Bin ich nicht.«

Der skeptische Blick meines dunkelhaarigen Kollegen verriet mir, dass ihn meine Antwort nicht überzeugte, aber er hielt sich freundlicherweise mit einem Kommentar zurück und wandte sich ab.

»Tut mir leid«, murmelte Finn. »Ich hatte eigentlich fragen wollen, ob du und Prinz Raelyn schon Gelegenheit hattet, unter vier Augen zu sprechen.«

»Ja, wir konnten einige Unklarheiten beseitigen.«

»Welche denn?«

Hier im Garten konnte ich ihm definitiv keine Antwort geben. Es war schon riskant genug, dass Finn über meine Reise mit dem Prinzen Bescheid wusste.

Ich blickte nach vorn zu Ray, der anmutig neben Amira schritt, mit Nivaris am Gürtel seiner eng sitzenden Hose. Was er heute trug, sah unverschämt gut an ihm aus. Ob er schon einmal verliebt gewesen war? Vielleicht in den Gardisten, mit dem er vor drei Jahren getanzt hatte?

Ich wurde unsanft aus meinen Gedanken gerissen, als jemand laut meinen Namen rief, und stieß prompt mit Austin zusammen. Schnell murmelte ich eine Entschuldigung und blickte nach vorn.

Ray und Prinzessin Amira waren stehen geblieben, und somit auch alle anderen Anwesenden.

»Liam, komm bitte zu uns!« Die Prinzessin winkte mich auffordernd heran. Im Sonnenlicht hatte ihr Haar eine noch hellere Farbe als sonst und ihr Kleid glitzerte mit dem Wasser aus dem nahen Springbrunnen um die Wette.

Mit einem nervösen Flattern im Magen ging ich auf sie zu und verbeugte mich vor ihr. »Prinzessin Amira, es ist mir eine Freude, Euch kennenzulernen.«

Sie kicherte und musterte mich neugierig aus ihren blauen Augen. »Raelyn, da hast du dir aber einen hübschen Kerl geangelt.«

»Ich habe ihn mir weder ›geangelt‹, wie du es nennst, noch darum gebeten, dass er meiner Garde beitritt.«

»Aber er ist hübsch, das musst du zugeben.« Sie lächelte mich so herzlich an, dass ich nicht anders konnte, als zurückzulächeln.

»Zu viel der Ehre, Prinzessin«, entgegnete ich verlegen.

Sie sah wieder zu ihrem Bruder. »Mein neuer Gardist Finn ist auch ein toller Kerl. Soll ich ihn dir vorstellen?«

Rays Gesicht verfinsterte sich. »Können wir bitte aufhören, über derart banale Dinge zu sprechen?«

Prinzessin Amira verdrehte die Augen und sah mich an. »Entschuldige, mein Bruder ist ziemlich verklemmt.«

»Unsinn«, erwiderte Ray, aber seine ältere Schwester und ich grinsten beide. Er wandte sich kopfschüttelnd ab und ging weiter.

Die Prinzessin bat mich, sie ein Stück zu begleiten. Sie stellte mir Fragen zu meinem Leben, meiner Familie und unserer Arbeit. Während ich ihr bereitwillig Auskunft gab, ging Ray schweigend neben uns her. Die Blicke der anderen Gardisten brannten auf meinem Rücken. Irgendwie schaffte ich es in letzter Zeit regelmäßig, unbeabsichtigt im Mittelpunkt zu stehen.

»Vermisst du dein Zuhause?«, fragte die Prinzessin.

»Ja, besonders meine Familie und meine beste Freundin.«

Sie sah mich mitfühlend an. »Das glaube ich. Gibt es dort noch jemand anderen, der auf dich wartet? Eine Liebste oder einen Liebsten?«

Ihre Worte versetzten mir einen kleinen Stich. »Nein, weder noch.«

»Entschuldige, ich wollte dir nicht zu nahe treten oder dir etwas unterstellen.«

»Das habt Ihr nicht. Aber ich gehe besser zu den anderen Gardisten zurück, damit ich nicht länger störe.«

»Wie kommst du darauf, dass du störst?«

Ich sah zu Ray, der noch immer den Blick geradeaus gerichtet hielt. Sein Gesichtsausdruck war neutral, aber so, wie seine Hand den Knauf seines Schwertes erdrückte, schien er in schlechter Stimmung zu sein.

Amira kicherte leise. »Raelyn sieht zwar nicht so aus, aber er hört dir genauso gespannt zu wie ich. Also bleib bitte hier und beantworte mir eine wichtige Frage. Wie viele Eier legen Hühner?«

Kurze Zeit später erreichten wir einen Platz, der von weißen Holzbögen gesäumt wurde. An den Streben rankten sich blaue Rosen entlang. Die Prinzessin steuerte auf eine der dort befindlichen Bänke zu und ließ sich darauf nieder. Ray blieb neben der Bank stehen, doch seine Schwester bat ihn, sich zu ihr zu setzen. Als ich ihnen ihre Ruhe lassen wollte, hielt die Prinzessin mich zurück.

»Warst du schon im Tiergarten?«

»Nein, Prinzessin, dieser Ort kommt mir nicht bekannt vor.«

Vorwurfsvoll blickte sie zu Ray. »Du musst ihm unbedingt Azura vorstellen. Er wird sie lieben. Ich war mit Finn bereits dort.«

Ich schmunzelte, weil sie Finn bereits zum zweiten Mal erwähnte. Vielleicht mochte sie Finn ja genauso gerne wie er sie? Wenn Val hier gewesen wäre, hätte sie gerufen: »Wie aufregend! Eine verbotene Liebe!« Ich sah ihre leuchtenden Augen vor mir und musste lachen, was mir überraschte Blicke der beiden Geschwister einbrachte.

»Verzeihung«, murmelte ich, aber es tat mir nicht wirklich leid.

»Es ist schön, dass du Spaß bei der Arbeit hast. Hoffentlich können wir uns bald wieder unterhalten.«

Ich verbeugte mich vor ihr. »Es wäre mir eine Ehre, Prinzessin.«

»Nenn mich Amira.«

»Aber das –«

»Ich bestehe darauf.«

Mir blieb nichts anderes übrig, als es zu akzeptieren. Ich dankte ihr und ging mit einem letzten Blick zu Ray zurück zu den anderen Gardisten, die sich in der Nähe unter einem schattigen Baum postiert hatten.

Lisa grinste mich an. »Ich weiß nicht, wer du bist, Liam Vallo, aber die beiden fressen dir ja aus der Hand. Wie machst du das nur?«

»Ich mache gar nichts, das ist es ja.«

Die anderen lachten. Ich stellte mich zu Finn, der mich kopfschüttelnd ansah.

»Schnapp mir nicht meine Prinzessin weg«, flüsterte er.

»Keine Sorge, ich habe kein Interesse an ihr«, versicherte ich ihm, während mein Blick auf Ray ruhte, der zufälligerweise im selben Moment in meine Richtung sah. Er wandte sich aber sofort wieder seiner Schwester zu.

An einem anderen Tag begleiteten Minnia und ich Ray in die Bibliothek der Königsfamilie. Kaum hatte ich den Raum betreten, stieg mir der Geruch von Tinte und Papier in die Nase. Ich atmete ihn tief ein und ließ meinen Blick hinauf zu dem gläsernen Dach gleiten, das den Raum mit Licht flutete. Darunter standen in gleichmäßigen Reihen hohe Regale in denselben Farbtönen, die sich auch im Rest des Schlosses fanden. Sie waren gefüllt mit Büchern, die darauf warteten, dass ich sie aufschlug und in ihnen versank. Zwischen den Regalen führte ein Gang zu einem Kamin, wo im Winter vermutlich ein Feuer flackerte. Davor standen ein Tisch und in der Nähe ein paar blaue Sessel, die zu gemütlichen Lesestunden einluden.

Am liebsten hätte ich diesen Raum nie wieder verlassen. Meine Finger kribbelten aufgeregt, als ich durch die Bibliothek schritt und mich zurückhalten musste, im Vorbeigehen nicht über die Buchrücken zu streichen.

Ich stellte mich an den Tisch und wartete dort. Minnia verschwand mit Ray zwischen den Regalen. Kurz darauf tönte Minnias Stimme durch den Raum.

»Hoheit, bitte lasst mich die Bücher tragen.«

»Nein«, erwiderte Ray mit unmissverständlichem Unterton.

»Aber Hoheit, es ist meine Pflicht, Euch –«

»Es ist mir egal. Ich trage meine Bücher selbst.«

Ray tauchte mit einigen Büchern auf dem Arm wieder auf, dicht gefolgt von Minnia, die ihre Lippen aufeinandergepresst hatte. Er legte seinen Lesestoff auf dem Tisch ab und setzte sich auf einen der Stühle. Minnia trat zur Seite, aber der gequälte Ausdruck auf ihrem Gesicht blieb.

Ich reckte den Kopf, um die Titel der Bücher lesen zu können, die Ray mitgebracht hatte.

»Gardist Liam, was tust du da?«

Sofort nahm ich wieder meine vorgeschriebene Haltung ein. »Ich wollte wissen, was Ihr lest, Hoheit.«

Er sah aus, als wollte er seufzen. »Wenn du Beschäftigung benötigst, darfst du dir Bücher holen und lesen.«

Mein Herz fing vor Freude an zu rasen. »Meinst du – Meint Ihr das ernst?«

»Sonst hätte ich es ja wohl nicht vorgeschlagen.«

»Vielen Dank, Hoheit!«

Ich musste mich stark zusammenreißen, um nicht allzu schnell zwischen den Bücherregalen zu verschwinden. Sobald ich außer Sichtweite war, nahm ich die Hand von meinem Schwertknauf und entspannte mich. Von überallher flüsterten mir die Bücher zu, sie mir genauer anzusehen. Langsam schlenderte ich an den Regalen entlang, ließ meine Finger über die Buchrücken gleiten und atmete den beruhigenden Duft nach endlosen Abenteuern und neuem Wissen ein.

Ich ging Reihe für Reihe entlang und studierte interessiert das Sortiersystem der Bibliothek. Ein Regal enthielt Bücher voller Karten, sachlicher Berichte und geografischer Aufzeichnungen, ein anderes Literatur über Lumias Geschichte. Ich fand Bücher über Magie, Pflanzen und Tiere und so viele andere spannende Dinge, von denen ich nicht einmal gewusst hatte, dass es sie gab. Was auch immer eine automatische Wasseranlage war, sie klang höchst interessant, und so wanderte das Buch mit den 100 *nützlichsten Erfindungen seit der Schreibfeder* auf den Stapel in meinen Armen. Vielleicht fand sich darin etwas, das Paps auf den Feldern gebrauchen und das ich mit den Monaro, die ich hier verdiente, kaufen konnte.

Als ich bei der letzten Regalreihe ankam, war mein Stapel so schwer, dass ich bereits schwitzte. Ray hatte nicht gesagt, wie viele Bücher ich mitbringen durfte, aber ich wollte mein Glück nicht sofort auf die Probe stellen. Deswegen begnügte ich mich schweren Herzens damit, drei Bücher aus dem Stapel auszusuchen, die ich mir genauer ansehen wollte. Die restlichen Titel notierte ich mir auf einem leeren Stück Papier, das ich mit einem Stift zusammen in einem der Regale gefunden hatte.

Als ich zum Tisch zurückkehrte, hielt ich unschlüssig an. Sollte ich im Stehen lesen? Oder durfte ich mich zu Ray –

»Setz dich«, forderte er mich auf, ohne von seiner Lektüre aufzublicken.

Und so saßen wir uns in den kommenden Stunden gegenüber, die Nasen über dem Papier und gedanklich inmitten der Worte, die wir lasen. Nur hin und wieder hatte ich das Bedürfnis, Ray einen verstohlenen Blick zuzuwerfen, und musste jedes Mal lächeln. Er saß entspannt da – eine Seltenheit. Es war schön, gemeinsam mit ihm hier zu sein und meiner liebsten Beschäftigung nachzugehen.

Vielleicht bildete ich es mir auch nur ein, aber Ray schien immer dann die Bibliothek aufzusuchen, wenn ich für den Wachdienst eingeteilt war. Wann immer wir dort waren, gestattete er mir, mit ihm zu lesen. Und jedes Mal nahm ich mir viel Zeit, um mir meinen Lesestoff auszusuchen. Einmal erlaubte Ray es mir sogar, mich in einen der Sessel zu setzen, weil ich ständig auf meinem Stuhl herumrutschte und keine bequeme Position fand.

Niemand außer mir bat Ray um die Erlaubnis, ebenfalls lesen zu dürfen, doch das war mir egal. Wenn die anderen Gardisten sich die Beine in den Bauch stehen wollten, sollte es mir recht sein. Ich steckte meine Nase lieber zwischen Buchseiten, ertappte mich aber immer öfter dabei, wie ich vom Inhalt der Bücher abschweifte und stattdessen Ray beobachtete. Er blätterte die Seiten langsam um, bedacht darauf, keine Knicke im Papier zu verursachen, und ließ sich beim Lesen kaum von etwas ablenken. Doch hin und wieder blickte er auf, um mich anzusehen – und zwar immer in den Momenten, in denen ich dasselbe tat. Dann schoss mir jedes Mal die Hitze in den Kopf und ich hielt das Buch so nah vor mein Gesicht, dass die Wörter vor meinen Augen verschwammen.

Dass Ray mich dabei erwischte, wie ich ihn ansah, hielt mich jedoch nicht davon ab, es erneut zu tun.

KAPITEL 28

Raelyn

»Eine Sache müssen wir noch klären, bevor du gehst.« Zeitgleich mit den Worten meines Vaters grollte vor dem Fenster des Besprechungszimmers ein lauter Donner. »Hast du schon eine Favoritin unter den Adelstöchtern?«

In meinem Schoß ballte ich die Hände zu Fäusten. »Nein.«

»Die Tochter von Vetus Ruga wäre eine gute Partie«, merkte Lucius an, der mir gegenübersaß. »Er ist einer der ranghöchst-«

»Ich habe dich nicht um deine Meinung gebeten, Lucius.« Mein Vater schob mir eines der Dokumente zu, die vor ihm auf dem Tisch lagen. »Sieh dir Serena Ludia genauer an. Sie ist eine herausragende Eismagierin und ihr Vater sitzt im königlichen Rat, wie du weißt. Ich schätze ihn sehr.«

Ich senkte den Blick auf die Zeichnung der jungen Frau, ohne sie wirklich zu betrachten. Sie weckte kein Interesse in mir – zumindest nicht die Art von Interesse, die von mir erwartet wurde. Keine Frau tat das.

Vor meinem inneren Auge tauchte eine frische Erinnerung auf. Liam, wie er rot geworden war, als Amira ihn gefragt hatte, ob er in Patria eine Liebste oder – ich schluckte hart – einen Liebsten hatte. *Nein, weder noch,* hatte er gesagt.

»Was denkst du?« Im Licht des Kronleuchters funkelten die Augen meines Vaters erwartungsvoll. »Serena ist sehr hübsch. Ihr würdet äußerlich hervorragend zueinander passen.«

»Ich ... Ich werde darüber nachdenken«, presste ich zwischen den Gliedern der eisigen Kette hervor, die sich um meinen Brustkorb legte.

Lucius lächelte mich freundlich an. »Ihr habt noch Zeit, eine Entscheidung zu treffen.«

»Nein, das hat er nicht.« Mein Vater bedachte Lucius mit einem warnenden Blick und schob mir die anderen Dokumente zu. Warum hatte er seinen Berater überhaupt zu diesem Treffen gebeten, wenn er auf seine Meinung verzichten wollte? »Du würdest deine Mutter stolz machen, wenn du eine schnelle Entscheidung triffst. Sie war keine Verfechterin von langen Überlegungen.«

Ich grub die Fingernägel in meine Handinnenflächen. Einatmen. Ausatmen. Einatmen –

»Hast du mich verstanden, Raelyn?«

Ich brachte ein Nicken zustande.

»Gut.« Mein Vater stand auf. »Ich werde dich allein lassen, damit du eine Entscheidung treffen kannst.«

Er und Lucius verließen den Besprechungsraum. Als die Tür hinter ihnen ins Schloss fiel, vermischte sich der Regen, der gegen die Fenster prasselte, mit dem rauschenden Blut in meinen Ohren.

Nach einer Weile, in der ich mich auf meine Atmung fokussiert hatte, lockerte sich die Kette um meine Brust. Ich betrachtete die Dokumente vor mir. All die jungen Frauen, die von einem talentierten Zeichner porträtiert worden waren, lächelten mir freundlich entgegen. Vor meinen Augen verschwammen die Linien zu einer schwarzen, erdrückenden Masse, die den gesamten Raum einnahm.

Ray, du lächelst.

Mit einer energischen Bewegung fegte ich die Zeichnungen vom Tisch. Sie landeten eine nach der anderen auf dem Boden. Ich legte meine Arme auf die Tischplatte, bettete meinen Kopf darauf und schloss die Augen.

Draußen grollte ein lauter Donner.

Der Gedanke daran, dass Liam vor der Tür Wache stand und in meiner Nähe war, beruhigte mich ein wenig, aber es reichte nicht, damit ich mich auf meine zitternden Beine stellen und den Raum verlassen konnte.

Nach einer Weile legte sich eine warme Hand auf meine Schulter. Ich war zu erschöpft, um zusammenzuzucken.

»Ray«, flüsterte eine vertraute Stimme. »Kannst du aufstehen?«

Ich hob langsam den Kopf und blickte in ein Paar grüner Augen, die meinen so nah waren, dass ich in ihnen zu versinken drohte.

Liam legte mir eine Hand auf die Schulter. »Soll ich dir helfen?«

»Nein.« Es klang so kläglich, dass ich mir selbst nicht glaubte.

»Ich sehe doch, dass es dir schlecht geht.«

»Es ist nichts.« Dieses Mal war meine Stimme fester.

Als seine Hand von meiner Schulter glitt, blieb dort eine kalte Leere zurück.

»Kann ich mich zu dir setzen? Wir müssen auch nicht reden, wenn du nicht willst.«

Am liebsten hätte ich seine Bitte abgeschlagen, aber für eine Diskussion fehlte mir die Kraft. Ich nickte.

Er zog einen Stuhl heran und setzte sich neben mich. Der Abstand zwischen uns war zu gering, um angemessen zu sein. Ich sagte nichts dazu.

Mit Liam neben mir war der Raum nicht mehr so erdrückend leer und dunkel.

Später riss mich ein Klopfen an der Zimmertür aus meiner Lektüre. Wer wollte um diese Tageszeit etwas von mir? Der Abend war bereits fortgeschritten und für heute standen keine Termine mehr an.

»Herein.«

Amira öffnete die Tür. Sie trug ein buntes Kleid, das den Schneider von Schloss Splendor hätte in Ohnmacht fallen lassen, wenn er es zu Gesicht bekommen hätte. Es entsprach mit seinem tiefen Ausschnitt und der kurzen Länge in keiner Weise der Garderobe der Königsfamilie.

»Puh, ich hatte schon befürchtet, dich bei deinem geliebten Bad zu stören.« Sie trat ein. »Wie du weißt, ist Vater heute Abend außerhalb des Schlosses unterwegs. Das müssen wir ausnutzen.«

»Ja, das ist mir durchaus bekannt.« Ich klappte das Buch zu und wollte es unter das Kopfkissen schieben, aber Amira nahm es mir aus der Hand, bevor ich es vor ihr verstecken konnte.

Nach einem Blick auf den Titel wanderten ihre Mundwinkel nach oben. »Deine erotische Liebesgeschichte kannst du morgen weiterlesen. Wir haben etwas Schöneres vor.«

»Das ist keine Erotik!«

Ich wollte ihr das Buch wieder abnehmen, aber sie lachte und zog mich auf die Beine. Der Drang, sie von mir zu stoßen, war groß. Wollte sie ernsthaft dort weitermachen, wo wir aufgehört hatten, als ich noch ein Kind gewesen war? Glaubte sie etwa, ich konnte einfach so vergessen, was sie getan hatte?

Da Liam uns von der Tür aus neugierig beobachtete, zügelte ich mich und folgte Amira widerstandslos hinaus. Im Vorbeigehen fing ich seinen Blick auf. Er unterdrückte vergeblich ein Grinsen und ich hätte am liebsten gestöhnt.

»Wenn jemand den Prinzen sprechen will, behauptet ihr, er schläft bereits«, ordnete Amira meinen Gardisten Oliver und Austin an. Beide nickten und blieben auf ihren Posten, während Amira mich und den Rest meiner Garde in ihr Zimmer führte. Sie manövrierte uns zielsicher zwischen Bergen aus Kleidung, Stoffen und Büchern hindurch, die überall verstreut lagen. Es war Jahre her, seit ich Amiras Zimmer zuletzt betreten hatte, aber das Chaos hier drin war gleich geblieben.

In einer Ecke des Zimmers war ein Lager aus Kissen und Decken errichtet worden. Dort saßen Finn und Rina, eine von Amiras Gardistinnen. Unser Vater sah sie jedes Mal missbilligend an, vermutlich weil sie die dunklen Haare so kurz trug wie sonst nur die Männer im Schloss.

»Wie toll, dass ihr mit dabei seid«, rief Finn fröhlich. Er stand auf, um Liam zu umarmen, der die Geste lachend erwiderte. Sie setzten sich zu Amira, Lisa und Minnia auf die Kissen.

»Leanna und Joana dürften jeden Moment hier sein«, teilte Amira uns mit. »Reginia holt die beiden gerade ab.«

»Was soll das hier überhaupt werden?«, fragte ich.

Sie hielt einen Stapel Spielkarten hoch. »Ein lustiger Abend unter Freunden natürlich. Setz dich endlich.«

»Nein, danke. Ich gehe wieder lesen.«

»Bleibt doch, Hoheit«, bat Liam mich. »Das wird bestimmt toll.«

Ich sah zu den Gläsern und Flaschen, die neben einem Kuchen auf einem Beistelltisch standen. In den Flaschen befand sich ganz sicher kein Trinkwasser. »Ihr werdet euch sicher auch ohne mich vergnügen.«

Amira seufzte. »Iss ein Stück Kuchen und leiste uns Gesellschaft. Wenn du danach immer noch deine erotische Geschichte weiterlesen willst, hält dich keiner auf.«

Rina kicherte, unterbrach sich aber sofort wieder und rückte die Brille auf ihrer Nase zurecht. Währenddessen zog Liam ein Kissen neben sich und klopfte aufmunternd darauf.

Alle erwarteten von mir, dass ich an diesem außerplanmäßigen Ereignis teilnahm. Wenn ich es nicht tat, würde ich vermutlich für unnötigen Gesprächsstoff sorgen. Also nickte ich. »Ein Stück Kuchen esse ich, danach werde ich zurückgehen.«

Triumph breitete sich auf Amiras Gesicht aus. »Wir werden sehen, ob es bei einem Stück bleibt. Aber schön, dass du dich für

Spaß statt Einsamkeit entschieden hast.«

Beim Hinsetzen achtete ich darauf, so viel Abstand wie möglich zu Liam zu halten, ohne dass es zu auffällig wirkte. Während Amira den Kuchen anschnitt und die Stücke auf Tellern reihum reichte, klopfte es an der Tür. Drei Frauen traten ein. Eine von ihnen war Amiras Gardistin Reginia. Die anderen beiden hatte ich noch nie gesehen.

Meine Schwester stand auf, um die Neuankömmlinge zu begrüßen. Sie setzten sich zu uns.

»Schön, mal einen anderen Rotschopf kennenzulernen«, sagte eine der Frauen zu Liam, der sich daraufhin verlegen räusperte. Ihr kurzes rotes Haar leuchtete im Licht des Kronleuchters ebenso feurig wie seines. »Ich bin Leanna. Und du bist sicher Liam.«

»Hat Amira euch von mir erzählt?«, fragte er überrascht. Mich überraschte es keineswegs.

Die andere Frau nickte. »Hat sie.« Sie strich sich ihr dunkles, glattes Haar hinter die Ohren und nahm den Teller mit dem Kuchen entgegen, den ihr Rina reichte. »Ich bin Joana. Was spielen wir heute Abend?«

»*Könige raus*«, antwortete Amira.

Liam bat um eine Erklärung der Regeln. Ich kannte das Spiel ebenfalls nicht, hatte aber kein Interesse daran, das zu ändern. Stattdessen widmete ich mich dem Obstkuchen. Der süße Geschmack der Beeren vermischte sich in meinem Mund mit dem der Sahne.

»Möchtest du mein Spielpartner sein?«, fragte Liam mich, nachdem Amira ihm die Regeln erklärt hatte. Einen Moment später zog er die Schultern hoch. »Verzeihung, ich meinte natürlich, ob *Ihr* mein Spielpartner sein wollt, Hoheit.«

Irgendjemand kicherte. Ich schluckte den Bissen hinunter und öffnete den Mund, um Liam zu antworten, doch Amira kam mir zuvor.

»Natürlich spielt ihr beide zusammen. Die anderen Paare stehen schon fest.«

Liams Augen funkelten im Licht des Kronleuchters. Sie waren voller Vorfreude. Ich schaffte es nicht, ihn zurückzuweisen.

»In Ordnung. Eine Runde spiele ich mit.«

Sein strahlendes Lächeln brachte mein Herz dazu, einen aufgeregten Sprung zu vollführen. Ich verschluckte mich an meinem nächsten Kuchenstück und musste einige Male husten.

Während Reginia die Karten verteilte, fragte ich Liam leise: »Hast du dir die Regeln gemerkt?«

»Ja. Du nicht?«

»Es ist besser, wenn du die Karten in der Hand hältst.«

Beim Spielen beobachtete ich Amira und Finn dabei, wie sie leise ihre Strategie diskutierten. Auch die anderen Paare tauschten sich aus. Reihum wurden Karten abgelegt und neue gezogen. Wenn Liam und ich an der Reihe waren, starrte er mit zusammengezogenen Augenbrauen auf unsere Papierbildchen. Hatte er sich für eines entschieden, sah er mich fragend an, bevor er es ausspielte. Ich nickte bei jeder seiner Entscheidungen.

Die erste Runde gewannen Amira und Finn. Meine Schwester quietschte vergnügt und nahm den Gardisten in den Arm. Ungläubig beobachtete ich, wie sich seine Wangen rosa färbten und er sich verlegen durch sein kurzes Haar fuhr.

Die Karten wurden gegen Gläser getauscht, deren leises Klirren sich mit den angeregten Unterhaltungen der Frauen vermischte. Sie schienen sich alle gut zu kennen.

So fühlt es sich also an, Zeit mit Freunden zu verbringen.

Während die Frauen plauderten, ließ ich meinen Blick durch das Zimmer schweifen, bis ich die Tüllvorhänge am Bett erreichte.

Vor unzähligen Jahren waren Amira und ich darauf jeden Abend gemeinsam unseren liebsten Beschäftigungen nachgegangen. Ich hatte gelesen, Amira genäht. Sie hatte immer schon Freude daran gehabt, sich ihre Kleidungsstücke selbst anzufertigen. Vater hatte ihr jedoch nie erlaubt, die Kleidung außerhalb ihres Zimmers zu tragen, weil sie nicht standesgemäß war. Amira hatte sich immer darüber hinweggesetzt und war mehrfach dafür bestraft worden. Was sie nie davon abgehalten hatte, es erneut zu tun.

Aber eines Abends hatte ich allein auf dem Bett gesessen und vergeblich auf Amira gewartet, Stunde um Stunde, bis ich Amiras Abwesenheit körperlich hatte spüren können.

Der Klang meines Spitznamens zog mich aus den fernen Erinnerungen. Ich zuckte zusammen und drehte mich zu Liam um.

»Entschuldige, ich wollte dich nicht erschrecken. Alles in Ordnung?«

»Selbstverständlich.«

»Das sagst du immer.« Er betrachtete mich, suchte vergeblich nach den Worten, die ich nicht laut aussprach.

»Wer hat Lust auf eine weitere Runde?«, fragte Amira.

Sofort riss ich mich von Liam los und fing Amiras Blick auf, der von einem vielsagenden Grinsen begleitet wurde. Ich stand auf, drehte mich um und ging zur Tür.

Liam folgte mir. »Warte, ich begleite dich.«

»Ich muss dich auch noch kurz sprechen«, kam es von Amira.

Zu dritt gingen wir zurück zu meinem Zimmer. Bevor ich die Tür hinter Amira und mir schließen konnte, berührte Liam mich am Arm. Ich blickte in sein lächelndes Gesicht.

»Gute Nacht, Ray«, sagte er leise. Früher hatte Amira mich oft mit ähnlich sanften Worten zu Bett gebracht.

Einen viel zu langen Augenblick später murmelte ich ebenfalls »Gute Nacht«, bevor uns eine dicke Schicht Holz bis zum Morgen trennte.

Amira sank auf mein Bett. »Schön, dass du mit dabei warst. Hattest du Spaß?«

»Der Kuchen war gut«, antwortete ich, während ich mich neben sie setzte.

»Kleine Naschkatze«, zog sie mich auf. »Der Kuchen war aber nicht das Einzige, das heute Abend gut war, was?«

»Ich weiß nicht, wovon du sprichst.«

Amira warf einen vielsagenden Blick in Richtung der Tür. »Ich finde, ›Ray‹ passt zu dir.«

Schnell senkte ich den Kopf und betrachtete meine Hände.

»Raelyn, schon als du mir Liam vorgestellt hast, habe ich dir angesehen, dass du ihn –«

»Du irrst dich.«

Sie seufzte. »Während ich auf der Magieschule in Livor war, habe ich zweimal wöchentlich mit einem sympathischen Heilmagier gesprochen, der auf emotionale Wunden spezialisiert war. Er hat mir zugehört und mir die Augen geöffnet.«

Es war das erste Mal, dass ich davon hörte. Aber wir hatten nach Amiras Rückkehr aus Livor kaum mehr miteinander gesprochen.

»Warum erzählst du mir das?«

»Manchmal tut es gut, über das zu reden, was schwer im Magen liegt. Wann immer du jemanden zum Zuhören brauchst, bin ich für dich da. Ich wollte, dass du das weißt.«

Und wo warst du, als ich dich am dringendsten gebraucht habe? Die Worte lagen mir auf der Zunge, aber ich ließ sie dort. Sie auszusprechen hätte nichts geändert.

Amira stand auf und durchquerte den Raum. Bevor sie ihn verließ, drehte sie sich noch einmal zu mir um. »Liam mag dich.«

Ich schloss die Augen, wartete, bis die Tür sich geschlossen hatte, und sank erschöpft hinunter aufs Bett.

Ray klingt schön, hörte ich Liam in meiner Erinnerung sagen. Mein Herz schlug schneller. Sofort zog ich mein Buch heran und vertiefte mich mit höchster Konzentration in die Geschichte.

KAPITEL 29

in dem mein Herz in Mitleidenschaft gezogen wurde

Liam

Eine Woche vor der Zeremonie bat Ray mich, ihn am Abend zu einem Termin zu begleiten. Auf meine Nachfrage hin, wer von seinen Gardisten mitkommen sollte, antwortete er: »Nur du« und verschwand in seinem Zimmer. Ich erkundigte mich bei den anderen nach dem Termin, der nicht im Wochenplan eingetragen war, doch keiner wusste etwas darüber. Also ging ich meinen vorgesehenen Beschäftigungen nach und versuchte, mich auf etwas anderes zu konzentrieren. Es gelang mir nicht einmal ansatzweise.

Eine halbe Stunde vor Sonnenuntergang hatte mein Warten ein Ende. Ich holte Ray bei seinem Zimmer ab. Statt seiner üblichen maßgeschneiderten Garderobe trug er ein dunkelblaues Gewand. Natürlich hatte er wieder Nivaris bei sich, das er nie abzulegen schien. Vermutlich schlief er auch damit.

»Wohin gehen wir?«

Statt einer Antwort führte er mich zu einer Rundhalle im nördlichen Teil des Schlosses und von dort aus in einen schmalen Gang, der an einer Gittertür endete. Ray schloss sie auf und wir betraten eine riesige, verglaste Kuppel, über der sich der farbenprächtige Abendhimmel spannte. Darunter hätte ich das Haus meiner Familie mehrere Male problemlos stapeln können.

Auf unserem Weg über den Sandsteinpfad, der sich durch die gesamte Kuppel schlängelte, gingen wir an umzäunten Gebieten mit großen Felsen, Bäumen und Büschen vorbei. Aus allen Richtungen drangen Geräusche zu uns heran – Fiepen, Kreischen, Kratzen und sogar ein tiefes Knurren, das mich kurz zusammenzucken ließ. Hinter einem der Zäune funkelte mir ein Augenpaar entgegen.

Verwirrt sah ich Ray an. »Wo sind wir hier?«

»Im Tiergarten.«

Zwischen zwei Metallstangen streckte ein kleiner weißer Fuchs seinen Kopf heraus. Neugierig trat ich näher, doch er zog sich sofort wieder ins Gestrüpp hinter dem Zaun zurück.

»Warum sind hier Wildtiere eingesperrt?«

»In früheren Kriegen wurden sie für den Kampf eingesetzt. Besonders Raubkatzen waren beliebt.«

Sofort verdrängte ich diese schreckliche Vorstellung. Wer hatte sich diese Gräueltat ausgedacht?

»Und wieso sind die Tiere heute noch hier? Man hätte sie doch freilassen können.«

»Einige von ihnen wären vermutlich nicht fähig, in der freien Natur zu überleben. Sie sind hier geboren worden und kennen keine Gefahr.«

Schweigend setzten wir unseren Weg fort. Ich empfand Mitleid für die armen Geschöpfe, die noch nie in einem Wald gespielt, aus einem Fluss getrunken oder sich in einer Blumenwiese ausgeruht hatten. Dieser Ort war kein Garten, er war ein Gefängnis.

Nachdem wir an verschiedenen Gehegen vorbeigegangen waren, hielten wir vor einem großflächig eingezäunten Gebiet an, in dem Nadelbäume standen und Sträucher zwischen den schroffen Felsen wucherten. Ray zog den Schlüssel aus der Hosentasche, mit dem er bereits die Gittertür zur Kuppel aufgeschlossen hatte, öffnete das eiserne Tor zum Gehege und führte mich zwischen den Felsen hindurch zu einem Teich. Dort lag im Schatten eines Baumes ein riesiges Tier mit silbrig glänzendem Fell, das von dunklen Punkten durchzogen war. Als Ray sich ihm näherte, öffnete es die strahlend blauen Augen.

»Das ist Azura.« Ray streckte eine Hand aus und streichelte dem Tier über den Kopf. »Sie ist ein Silberluchs. Du musst keine Angst haben, sie ist ganz lieb.«

Trotz seiner Worte kroch Unbehagen in mir hoch und ich blieb, wo ich war. Ray hatte mir vor einer Weile von seiner Katze erzählt, doch dass er damit eine so große Katze gemeint hatte, wäre mir nicht einmal im Traum eingefallen.

Ray streckte mir seine Hand entgegen. »Vertraust du mir?«

Ich starrte ihn überrascht an, war aber unsicher, ob ich es wegen seiner Hand oder wegen seiner Frage tat. So entspannt wie jetzt war er seit … ja, seit wann eigentlich nicht mehr gewesen? Seit der Nacht beim Wald Silval? Außerdem lag Azura noch immer ruhig im Gras. Vielleicht sollte ich einfach –

Ich machte einen Schritt nach vorn. »Hallo, Azura.« Ein weiterer Schritt. »Schön, dich kennenzulernen.« Zwei Schritte. Drei. Dann ergriff ich Rays Hand.

Eine angenehm kribbelnde Wärme breitete sich zwischen uns aus, wanderte meinen Arm hinauf und nistete sich in meiner Brust ein. Ray führte meine Hand an Azuras Kopf. Augenblicklich versanken meine Finger in ihrem weichen, dichten Fell.

»Sie ist wunderschön.«

Als hätte sie mich verstanden, gab sie ein kehliges Schnurren von sich und bewegte ihre Ohren mit der schwarzen Spitze entspannt hin und her.

Ich streichelte sie eine Weile, genoss die Liebkosung genauso sehr wie sie. Dann ließ ich meine Hände sinken und blickte zu Ray, um ihm Fragen zu Azura zu stellen. Aber ich kam nicht dazu, weil ich vergaß, wie man atmete. Heute war es jedoch weder Rays Haar, das im Abendlicht schimmerte, noch seine warmen braunen Augen, die mir den Atem raubten.

»Ray«, flüsterte ich. »Du lächelst.«

»Ja, das ist mir bewusst.«

»Das solltest du öfter machen. Steht dir echt gut.«

Rays Lächeln wurde noch schöner, obwohl das kaum möglich war.

»Als du mich das letzte Mal angelächelt hast, haben wir uns an den Händen gehalten.« Meine Worte hätten lässig klingen sollen, aber meine Stimme zitterte und mein Herz klopfte wild.

»Haben wir das?«

Bildete ich es mir nur ein oder zitterte seine Stimme ebenfalls?

Ich senkte den Blick auf seine Hand, die nur wenige Fingerbreit von meiner eigenen entfernt war. Wieder kribbelte es, als ich sie sanft in meine nahm und den Kopf hob, um ihn wieder anzusehen.

Sein Lächeln war verschwunden.

Meines löste sich ebenfalls auf, machte Unsicherheit Platz. »Alles in Ordnung?«

Er wollte sich meinem Griff entziehen, aber ich hielt ihn fest und trat näher an ihn heran. Die untergehende Sonne spiegelte sich in seinen Augen, malte goldene Lichtpunkte in das Braun, das mich schon oft in seinen Bann gezogen hatte.

»Lass mich nicht los.« Meine Worte waren kaum hörbar.

Ray schluckte. »Ich muss.«

»Das weiß ich. Aber *willst* du mich denn loslassen?«

Seine Lippen verzogen sich zu einem schmalen Strich. Dieses Mal ließ ich es zu, dass er seine Hand aus meiner zog. Die zurückbleibende Leere bohrte sich wie eine Messerspitze in mein Herz. Ich bemühte mich, mir nach außen hin nichts anmerken zu lassen. Vermutlich misslang es mir.

Ray setzte sich neben Azura ins Gras und lehnte sich mit dem Rücken an sie. »Komm her.« Er klopfte auffordernd neben sich.

Zögerlich ließ ich mich neben ihm nieder. Azura schnurrte beruhigend, aber die Anspannung zwischen Ray und mir verflog leider nicht. Sie wurde mit jedem Herzschlag stärker.

»Liam, bitte hör mir zu. Ich möchte, dass du nach Hause reitest.«

Seine Worte drehten mir den Magen um. »Warum willst du, dass ich gehe?«

»Ich will nicht, dass du es mitansehen musst.«

»Was mitansehen?«

Er atmete tief durch. »In einer Woche muss ich mich verloben. Danach können wir einen Abend wie heute nicht mehr zusammen verbringen.«

Ich setzte zu einer Erwiderung an, als mein Kopf plötzlich wie leergefegt war. Was hatte er da gerade gesagt?

»Du sollst nicht Zeuge von dem werden, was ich tun muss«, fuhr Ray fort. »Es ist besser für uns beide, wenn du zurück zu deiner Familie gehst.«

»Wie kannst du so etwas sagen, nachdem wir …« Ich verstummte. Was taten wir hier eigentlich?

Die Sonne verschwand hinter dem Horizont und machte der sternenklaren Nacht Platz, die kurze Zeit später alles unter der Kuppel in fahles Licht tauchte. Schweigend sahen wir uns das Schauspiel an, doch ich konnte es nicht genießen. Mein Herz hing wie ein schwerer Stein in meiner Brust und meine Gedanken rasten.

Ray war noch immer voller Widersprüche. Wenn er wollte, dass ich das Schloss verließ, warum brachte er mich dann an einen Ort wie diesen und stellte mir seine tierische Freundin vor?

Hastig stand ich auf, doch Ray griff nach meinem Handgelenk. Seine Finger streiften das blaue Armband, das unter meiner Uniform hervorlugte.

»Geh nicht«, flüsterte er.

Verärgert machte ich mich von ihm los. »Erst sagst du mir, dass ich zurück nach Patria gehen soll, und jetzt willst du, dass ich bleibe? Raelyn Raymond Glacidus, entscheide dich gefälligst, was du willst.«

Schnellen Schrittes ging ich zurück zum Eingang des Geheges. Ray folgte mir. »Ich weiß, was ich will.« Seine Stimme war voller Entschlossenheit.

Ich blickte weiterhin geradeaus, damit er nicht sah, wie sich meine Wangen erhitzten. Mittlerweile hätte mir auffallen sollen, dass sie das in Rays Gegenwart ständig taten.

»Aber das, was ich will, werde ich niemals haben können«, fügte er hinzu. »Also ist es besser, wenn du gehst.«

Ich blieb stehen und drehte mich jetzt doch zu ihm um, rote Wangen hin oder her. »Und was *willst* du, Ray?«

Seine Augen funkelten. Er trat einen Schritt näher und mein Herz raste. Doch als er den Mund öffnete, ertönten vom Sandsteinweg her lauter werdende Schritte. Ray riss die Augen auf und wandte sich so schnell von mir ab, dass sein Gewand wild flatterte.

»Hier seid ihr«, japste Minnia und stützte sich auf ihren Beinen ab, um Luft zu holen. Dann verneigte sie sich vor Ray. »Hoheit, es ist spät. Ihr solltet Euch zurück in Euer Gemach begeben.«

Während sie sprach, huschte ihr Blick verwirrt zwischen Ray und mir hin und her.

»Gehen wir«, sagte Ray. Die Wärme war aus seiner Stimme verschwunden.

Auf dem Rückweg erdrückte mich unser Schweigen, doch ich wollte unser Gespräch in Minnias Anwesenheit nicht fortsetzen. Als wir sein Zimmer erreichten, verschwand er wortlos darin. Ich starrte einige Augenblicke lang die geschlossene Tür an, bevor ich mich zu Austin, Lisa und Minnia umdrehte. Oliver hatte heute Abend dienstfrei.

Lisa musterte mich mit besorgtem Blick. »Ist alles in Ordnung bei dir? Du siehst aus, als wäre etwas Schlimmes passiert.«

»Es ist alles bestens.«

Sie runzelte die Stirn. Ich an ihrer Stelle wäre auch nicht überzeugt gewesen, denn natürlich war es eine blanke Lüge. Gar nichts war gut. Mein Herz schmerzte und mein Magen war ein einziger Krampf.

Da meine Arbeitszeit sowieso beendet war, weil Austin und Lisa Nachtwache hatten, entschuldigte ich mich und eilte zu meinem Schlafsaal, um mich dort unter der Decke zu verkriechen. Doch das Stück Stoff konnte den Sturm aus Gedanken und Emotionen nicht aufhalten. Ich wusste nicht, was mit mir los war, und das war das Schlimmste an der ganzen Sache. Wäre Val hier gewesen, hätte sie den Knoten in mir sicher entwirren können. Aber sie war nicht hier. Niemand war hier. Ich war allein mit meinen Gefühlen und der Hitze in mir, die sich schon auf dem Weg hierher ausgebreitet hatte. Obwohl ich erschöpft war, fand ich keine Ruhe. Nur hin und wieder driftete ich in einen unruhigen, viel zu kurzen Schlaf ab, bevor ich wieder erwachte und meine Position wechseln musste, weil das Bettlaken unter mir durchgeschwitzt war.

Am nächsten Morgen fehlte mir die Kraft, mich aus dem Bett zu erheben. Meine Zimmernachbarn fragten mich, ob sie einen Heilmagier rufen sollten, doch ich verneinte.

Im Laufe des Vormittags schlief ich immer wieder ein. In meinen Träumen wiederholten sich Rays Worte von gestern, aber sie verfolgten mich ebenso, wenn ich wach war.

Es ist besser, wenn du gehst.

Wann immer wir einen Schritt aufeinander zu machten, stieß Ray mich wieder von sich. Und mit jedem Mal schmerzte es mehr. Aber viel schlimmer war, dass ich mal wieder gehofft hatte, dieses Mal kein nutzloser Versager zu sein. Doch wem machte ich etwas vor? Hatte ich wirklich geglaubt, gut genug zu sein für den Prinzen von Glacida und ihm helfen zu können? Ich, ein unbedeutender Mann aus einem Dorf im hintersten Winkel von Lumia, der von nichts eine Ahnung hatte? Ohne Lucius' Hilfe hätte ich es nicht ins

Schloss geschafft und die Aufnahmeprüfung in die Garde hatte ich auch nur dank ihm bestanden. Aus eigener Kraft hätte ich es nie so weit gebracht. Trotzdem hatte ich angenommen, Ray eine Stütze sein zu können. Aber das schien er wohl ganz anders zu sehen. Vermutlich war ich ihm auch hier eine Last, genauso wie damals auf unserer Reise. Ohne mich hätte er es leichter gehabt.

Vielleicht war es besser, wenn ich seiner Bitte nachkam und nach Hause ritt. Ray wollte meine Hilfe nicht und in Patria wurde ich dringend gebraucht.

Wieder einmal war ich einer vergeblichen Hoffnung nachgejagt.

Müde griff ich nach dem Buch, das auf dem Nachttisch lag, um mich mit einer interessanten Lektüre von den ewig gleichen Gedanken abzulenken. Es war das Buch, das Carthur mir mit auf die Reise zum Wald Silval gegeben hatte. Ich hatte es in Patria eingepackt, um auf dem Weg nach Glacida Beschäftigung zu haben, und so vertiefte ich mich darin. Ein Kapitel handelte von Sagen und Legenden aus Lumia. Während ich über die beiden Götter Lux und Nox las, kam mir das Gespräch mit Lucius in den Sinn, das wir in Trebos geführt hatten. Er hatte mich gefragt, ob ich an Nox glaubte. Die Frage erschien mir immer noch seltsam. Sollte man denn an einen gefallenen Gott glauben?

An einer Stelle war von einer Prophezeiung die Rede, der sogenannten *Prophezeiung des Phönix*. Enja, die Prophetin von Lux, hatte sie angeblich nach der Verbannung von Nox verkündet. Diese Information war mir neu.

Ein Gefäß, tiefrot gefärbt.

Eine Schneide, mächtig wie der Blitz.

Eine Feder, lichterloh brennend.

Der Phönix erhebt sich aus der Asche

wie die aufgehende Sonne.

In tiefster Dunkelheit breitet er

seine Schwingen aus und bringt mit

seinem allverschlingenden Feuer

den Tod.

Ich kannte mich mit Prophezeiungen nicht besonders gut aus, hatte aber schon von Helden gehört, die von den Göttern auserkoren worden waren, um eine Aufgabe zu erfüllen. Meistens fanden sie im Lauf der Geschichte heraus, dass sie diejenigen waren, von denen der kryptische Text handelte, und sie taten alles dafür, die Prophezeiung zu erfüllen und die Welt zu retten. Doch dieser Text hier klang ganz und gar nicht wie eine Prophezeiung. Es fehlte die Angabe darüber, wer sie erfüllen sollte, und dass der Phönix den Tod bringen sollte, klang auch nicht gerade nach der Rettung der Welt. Warum also sollte jemand versuchen, diese Prophezeiung zu erfüllen?

Auf den nachfolgenden Seiten fanden sich keine weiteren Informationen über den Phönix. Während ich mich in ein Kapitel über die verschiedenen Tierarten in Glacida und Ignidia vertiefte, kehrten meine Gedanken jedoch immer wieder zu der Prophezeiung zurück.

KAPITEL 30

Raelyn

Liam war dem Dienst heute ferngeblieben. Vermutlich hatten ihm die Ereignisse des gestrigen Abends ebenfalls den Schlaf geraubt. Wie behutsam er mit Azura umgegangen war und sie sanft gestreichelt hatte ... Am liebsten hätte ich diesen Augenblick von einem Maler verewigen und das Gemälde in meinem Zimmer aufhängen lassen. Doch das hätte zu Fragen geführt, die ich nicht bereit war zu beantworten.

Die untergehende Sonne hatte Liams Haare zum Leuchten und seine Augen zum Strahlen gebracht – und mein Herz zum Höherschlagen. Als er meine Hand in seine genommen hatte, hatte ich nicht mehr gewusst, warum ich ihn überhaupt zu Azura gebracht hatte. Ich hatte gar nichts mehr gewusst in diesem Moment, außer, dass Liam bei mir war und sich seine Berührungen unglaublich gut anfühlten.

Doch ich hatte gestern mehr als eine Grenze überschritten, die ich nie hätte überschreiten dürfen. Es war eine Fehlentscheidung gewesen, Liam mit in den Tiergarten zu nehmen. Was hatte ich mir davon erhofft? Ich hatte noch immer keine Antwort gefunden, als ich mich am Vormittag im Begleitschutz meiner Garde auf den Weg zum Kampfplatz machte und dort mit Nivaris gezielte Schläge auf die Puppen ausführte.

In den letzten Wochen hatte Liam sich in meiner Gegenwart anders verhalten als zuvor. Erst hatte ich mir nichts weiter dabei gedacht, dass er mit geröteten Wangen weggesehen hatte, wann immer sich unsere Blicke getroffen hatten. Doch der Grund dafür war nicht schwer zu erraten gewesen und hatte mir mehrere schlaflose Nächte beschert. Warum hegte Liam überhaupt solche Gefühle für mich, nachdem ich mich so distanziert verhalten hatte? Er war wie ein offenes Buch, aber ich durfte nicht umblättern, durfte mir nicht ansehen, was im nächsten Kapitel passierte. Seine Worte von gestern Abend hallten unermüdlich in meinem Kopf wider.

Lass mich nicht los.

Nivaris' Klinge schnitt in die Puppe. Ruckartig zog ich das Schwert heraus, woraufhin Holzsplitter durch die Luft flogen. Ich wirbelte herum, attackierte erneut, wiederholte den Prozess so oft, bis mir der Schweiß auf der Stirn stand und meine Arme vor Anspannung zitterten.

Ich hatte Liam nicht loslassen wollen, aber mir war keine andere Wahl geblieben. Er sollte gehen, damit er weit weg war, wenn ich mich gegen ihn entscheiden musste. Doch als ich gestern gesehen hatte, wie sehr ihn meine Zurückweisung traf, hatte ich zum ersten Mal einen Rückzieher gemacht. Ich hatte ihm in einem unachtsamen Moment einen Einblick in mein tiefstes Inneres gegeben. Warum machte ich in seiner Gegenwart immer wieder Fehler?

Mit einem erstickten Laut rammte ich Nivaris so tief in die Schulter der Holzpuppe, dass die Klinge bis zur Brust durchdrang. Nach Atem ringend lehnte ich mich an die Puppe, krallte meine Fingerkuppen in das Holz und schloss die Augen.

»Hoheit? Ist alles in Ordnung?«

Ich fuhr herum und funkelte Lisa an, die einige Schritte von mir entfernt auf dem Sand stand.

»Geh.«

»Ihr braucht eine Pause. Lasst mich Euch –«

»Ich habe gesagt, du sollst gehen!« Nur mit Mühe konnte ich mich zügeln, die Gardistin nicht anzuschreien. Lisa konnte nichts dafür, dass ich völlig durcheinander war.

»Möge Lux Euch Linderung bringen, Hoheit.«

Sie ging zurück zu den anderen Gardisten, wie ich es ihr befohlen hatte – obwohl es das Letzte war, was ich gerade wollte. Doch Alleinsein war das Einzige, das mich schützte.

Viele Menschen flehten Lux um Hilfe an, wenn sie verzweifelt waren. Aber wenn es einen so mächtigen Gott gab, der angeblich ein Land erschaffen hatte, warum ließ er dann so viel Leid zu?

Ich hatte nie zu Lux gebetet und würde es auch nicht tun. Es gab keine höhere Macht, die das Schicksal der Welt in ihren Händen hielt. Mir konnte niemand helfen. Schon gar kein Gott.

Er hätte nichts an den Gefühlen ändern können, die mich zu ersticken drohten.

Es klopfte an der Tür, doch ich ignorierte es. Mein Körper schmerzte von der körperlichen Betätigung, aber es war ein guter Schmerz. Er lenkte mich ab von dem, worüber ich nicht nachdenken wollte.

Ein erneutes Klopfen, dieses Mal stärker.

Beim fünften Mal hörte es gar nicht mehr auf, sodass ich den Ruhestörer genervt hereinbat.

Meine Schwester trat ein, wieder in einem selbstgenähten Kleid, die Arme beladen mit Büchern und losen Papieren. Die Tür schloss sie mit dem Fuß.

»Sieh mal, was ich alles gefunden habe«, rief sie fröhlich und ließ die mitgebrachten Dinge auf mein Bett fallen.

»Ich möchte mich ausruhen.«

Amira überging meinen Einwand, setzte sich zu mir und wühlte sich durch die alten Zeichnungen und Notizbücher. »Oh, ist das ein Gedicht von dir?«

Auf allen vieren krabbelte ich zu ihr und schnappte mir das Papier. Wie war es in ihren Besitz gelangt? Es hätte tief vergraben in der Kommode neben der Tür liegen sollen.

»Lass mich mal sehen.« Amira streckte die Arme danach aus.

Schnell hielt ich es von ihr weg. »Nein!«, protestierte ich heftiger als beabsichtigt.

Lachend rutschte sie näher an mich heran. »Oh, mein Bruder hat Geheimnisse vor mir. Ist das etwa ein Liebesgedicht?«

Kopfschüttelnd rutschte ich in Richtung Kopfende des Bettes, aber Amira kam wieder näher. Wir wiederholten diese Prozedur einige Male, bis Amira sich aufrichtete, einen gewagten Sprung in meine Richtung machte und uns beide umriss. Ich kniff die Augen zusammen und pustete ihre Haare aus meinem Gesicht, doch das hatte zur Folge, dass sich meine Aufmerksamkeit verlagerte und Amira mir das Blatt Papier entreißen konnte. Sie setzte sich breitbeinig auf meine Brust und verhinderte so, dass ich mich aufsetzte, während sie das Gedicht las. Seufzend ließ ich den Kopf auf die Matratze sinken und blickte die Zimmerdecke an. Mein Körper war ein einziger Krampf, aber ich wollte Amira nicht von mir stoßen und ihr wehtun. So blieb ich einfach liegen.

»Wann hast du das geschrieben?«, fragte sie. »Es ist gut. Liam würde sich bestimmt freuen, wenn du ihm eines schreibst.«

»Ich werde niemandem ein Gedicht schreiben«, murrte ich. »Schon gar nicht irgendeinem dahergelaufenen Gardisten.«

»Deinem sogenannten dahergelaufenen Gardisten würde es sicher schmeicheln. Und jetzt erzähl mir bloß nicht, dass ihr euch nicht kennt. Du hast ihn in deinem Exil kennengelernt, oder?«

»Könntest du mich freundlicherweise loslassen?«

Amira verschränkte die Arme vor der Brust und blieb, wo sie war. »Warum sollte Liam aus Ignidia anreisen, nur um der Garde beizutreten? Er hat mit so viel Freude von seiner Heimat erzählt, dass es einen wichtigen Grund geben muss, warum er sie verlassen hat.«

»Warum hast du ihn nicht gefragt? Zurückhaltung ist doch sonst nicht deine Art.«

»Das stimmt. Aber ich wollte von *dir* hören, warum er hier ist.«

»Vorher lässt du mich los.«

Zufrieden kletterte sie von mir herunter. Nachdem ich mich aufgesetzt hatte, händigte sie mir das Gedicht aus, das ich vor fünf oder sechs Jahren geschrieben hatte. Ich legte es achtlos beiseite.

»Ich bin Liam in meinem Exil begegnet. Wir wurden mit einer Aufgabe betreut und haben sie zusammen erfüllt. Das ist alles.«

»Dann ist er hier, weil er dich unbedingt wiedersehen wollte?«

Es widerstrebte mir, ihr zu antworten. Ich tat es trotzdem, weil Amiras Gegenwart sich heute anders anfühlte. Mehr wie in unserer Kindheit, als wir nahezu unzertrennlich gewesen waren.

»Liam wollte mir einen Gefallen erweisen, weil ich seinem Vater geholfen habe.«

»Er schuldet dir also etwas?«

»Nein. Ich habe ihm schon mehrfach gesagt, dass er nach Hause gehen soll, aber er weigert sich. Vielleicht sollte ich ihm doch ein Gedicht schreiben und ihm darin mitteilen, dass er sich dem Befehl eines Prinzen nicht zu widersetzen hat.«

Amira brach in schallendes Lachen aus. »Das kann ja nur schiefgehen. Was für eine Beziehung führt ihr?«

»Gar keine.«

»Glaube ich dir nicht. Du sprichst über Liam, als würdest du ihn ziemlich gut kennen.«

»Er redet gerne.«

Sie grinste. »Ihr könnt sicher etwas voneinander lernen. Lass ihn hierbleiben.«

Schweigend betrachtete ich das Chaos aus Büchern und Papierseiten, das sich auf dem Bett verteilt hatte, und griff nach einem der Notizbücher. Darin hatte ich in meiner Kindheit alle möglichen Vogelarten aus meinen Beobachtungen im Garten dokumentiert.

Erst als eine von Amiras Locken mein Ohr kitzelte, bemerkte ich, dass sie mir über die Schulter blickte und mitlas.

»Wir könnten morgen in den Garten gehen«, schlug sie vor. »Dann könntest du wieder zeichnen. Oder wir verbringen einfach Zeit zusammen.«

Ich klappte das Buch zu. »Wie ich dir neulich bereits mitgeteilt habe, bin ich mit anderen Dingen als Vögeln beschäftigt.«

»Einen rothaarigen Gardisten zu vergraulen, meinst du?«

Ich seufzte. »Kümmere dich um deine eigenen Angelegenheiten.«

»Deine sind aber viel interessanter. Weißt du, ohne dich war es hier ziemlich langweilig. Endlich passiert etwas Spannendes in diesen Schlossmauern.«

»Weder Liam noch ich dienen deiner Unterhaltung.«

Amira hob die Arme an und machte eine dramatische Geste. »Schafft der kaltherzige Prinz es, den rothaarigen Gardisten zu vertreiben, der keinem seiner Befehle folgen will?«, rief sie mit verstellter Stimme, als würde sie einem Publikum etwas vortragen. »Die Fortsetzung bekommen Sie beim nächsten Mal zu hören.«

Irritiert starrte ich sie an.

»Was ich dir sagen will, ist: Gib Liam eine Chance.«

Ich schwieg, bis sie vom Bett herunterkletterte und die Bücher und Papiere zu ordentlichen Stapeln aufschichtete.

»Er ist wütend auf mich.« Einen Moment später bereute ich es, etwas gesagt zu haben.

»Weshalb?«, fragte Amira, ohne von ihrer Arbeit aufzublicken.

»Weil ich ihn verletzt habe.«

»Entschuldige dich doch einfach.«

»Ich habe ihn *sehr* verletzt.«

»Jeder macht Fehler. Wenn du dich vernünftig entschuldigst, ist er sicher bereit, dir zu verzeihen.«

Ich betrachtete meine Hände. Der Nachhall von Liams Wärme prickelte sanft darauf. »Er versteht nicht, dass es besser ist, wenn er nichts mit mir zu tun hat.«

Amira nahm die fertigen Stapel und stellte sie neben das Bett. Danach setzte sie sich wieder zu mir. »Und warum denkst du das?«

»Weil es die Wahrheit ist. Er soll sich keine falschen Hoffnungen machen.«

»Worauf?«

Ich schluckte. »Auf eine Freundschaft.« *Oder mehr.*

»Aber ihr seid doch bereits Freunde. Gib ihm die Chance, dir zu verzeihen. Was auch immer du gesagt hast, er wird eine aufrichtige Entschuldigung wertschätzen.«

»Nein, ich sollte keinen Rückzieher machen.«

Ihre Augen wurden schmal. »Was in Lux' Namen ist los mit dir? Wo sind deine Manieren?«

»Es ist das Beste für ihn, wenn er geht.«

»Du kannst nicht für jemand anderen entscheiden, was er tun soll. Vor allem nicht für jemanden, der dir wichtig ist.«

Ich senkte den Blick und starrte so lange die Bettdecke an, bis Amira genervt stöhnte.

»Wenn du alle Leute von dir stößt, wirst du immer einsam sein!« Ihre Stimme war so kalt wie eine Winternacht. Dann fiel die Tür hinter ihr ins Schloss.

Ich sprang auf, riss die Balkontür auf und trat nach draußen. Das warme Gestein der Brüstung bohrte sich in meine Fingerspitzen.

Es war besser, wenn ich allein war. Dann konnte mir niemand zu nahe kommen und niemand gefährdete die Erfüllung meiner Pflichten als Prinz von Glacida. Denn das war es, was ich tun musste: ein anständiger Prinz sein. Ich war es meiner Mutter schuldig, nachdem sie ihr Leben dafür gegeben hatte, um mir meines zu schenken.

KAPITEL 31

in dem ich regungslos ausharrte

Liam

Am Nachmittag des darauffolgenden Tages begrüßte mich die Sonne im westlichen Garten mit ihren warmen Strahlen. Ziellos schlenderte ich zwischen Büschen, Blumenbeeten und Statuen umher, die entweder Lux oder einen der früheren Könige von Glacida zeigten, wie mir Finn bei einem unserer Dienste erklärt hatte. Aber heute hatte ich keine Lust, den Garten zu bewundern, und stapfte den Kiesweg entlang, während ich mit aller Macht die Gedanken an Ray zu verdrängen versuchte. Was mir misslang. Und zwar gründlich.

Er hatte heute kein einziges Wort mit mir gewechselt, was auch meinen Kollegen aufgefallen war. Auf ihre Nachfrage hin hatte ich geschwiegen, denn wie hätte ich ihnen erklären sollen, dass ich nicht mit den widersprüchlichen Gefühlen umgehen konnte, die Ray in mir hervorrief? Sie hätten mich sicher ausgelacht.

Missmutig kickte ich einen Stein weg. Er flog durch die Luft und landete in einer Hecke. Wenn Carl mitbekam, dass ich meine Waffenübungen ausfallen ließ, die ich jetzt in meiner Pause hätte absolvieren sollen, würde er mir sicher eine ordentliche Rede halten. Aber gerade war ich zu aufgewühlt, um mich auf Schlag- oder Schrittabfolgen zu konzentrieren. Gestern hatte ich gar keine Energie gehabt, heute hatte ich zu viel davon.

»Selbstverständlich wird es funktionieren, Majestät.«

Abrupt hielt ich an. Neben mir befand sich ein Gartenhaus, das zum Großteil von hohen Hecken verdeckt wurde. Zwei Schritte weiter und ich hätte in Sichtweite von Lucius gestanden, der sich dort mit König Victor unterhielt. Mein Herz machte einen panischen Satz. Die beiden durften mich auf keinen Fall beim Müßiggang erwischen.

Ich ging neben einer der Hecken in Deckung und hielt Ausschau nach den Gardisten, die hier hätten postiert sein sollen, aber ich konnte niemanden entdecken. Seltsam.

»Nachdem der Kelch der Finsteren Nacht aus dem Wald geborgen wurde, habe ich ihn gründlich untersucht«, erklärte Lucius gerade. »Die anderen beiden Relikte werden ebenfalls bald in unseren Händen sein. Danach können wir Euren Plan so umsetzen, wie Ihr es wünscht.«

Moment, was? Sprach Lucius von dem Relikt, das Ray und ich im Wald Silval erhalten hatten? Aber warum nannte er den Kelch bei einem anderen Namen? Aluna hatte ihn den »Kelch der Vier« genannt.

»Berichte mir alles, was du in Erfahrung bringst«, verlangte König Victor. »Niemand außer dir und mir darf von den Relikten wissen. Sieh zu, dass du jeden aus dem Weg räumst, der von ihnen weiß, auch den Magier, der den Auftrag ausgeführt hat.«

Ein eisiger Schauer rann mir über den Rücken. Der König sprach von Carthur Salus. Wusste er auch von Ray und mir?

»Seid unbesorgt, Majestät. Ich kümmere mich umgehend um diese Angelegenheit.«

»Sehr gut. Gehen wir zurück ins Schloss.«

Mein Herz raste, als der Kiesweg hinter mir knirschte. Regungslos harrte ich im Schutz der Hecke aus, bis die Schritte sich entfernten. Danach saß ich mit tauben Beinen da, bis ich mir absolut sicher war, dass Lucius und der König weg waren. Erst dann erhob ich mich und ging auf dem schnellsten Weg zurück zum Schloss.

Bei der Vorstellung, mit einem gewissen Jemand zu reden, drehte sich mein Magen einmal um sich selbst. Aber mir blieb keine Wahl, denn es ging um Wichtigeres als meine verwirrten Gefühle. Ray war in Gefahr. Und das war schlimmer als seine Zurückweisung.

Als ich die Tür zu Rays Zimmer öffnete, saß er mit einem Buch auf dem Sitzmöbel, das alle hier »Sofa« nannten. Einen Arm hatte er lässig über die Lehne gelegt. Er sah mich überrascht an.

»Ich muss mit dir reden. Es ist wichtig.«

Ray legte das Buch zur Seite. »Komm herein.«

Hektisch schloss ich die Tür. Dann platzte ich heraus: »Ich habe gerade ein Gespräch zwischen Lucius Flavo und deinem Vater mitbekommen. Sie haben etwas von einem Plan gesagt, bei dem drei Relikte vereint werden sollen. Unter anderem den Kelch, den wir im Wald Silval geborgen haben.«

Ray entglitten die Gesichtszüge. »Was? Mein Vater weiß vom Kelch?«

In knappen Worten gab ich das Gespräch zwischen Lucius und König Victor wieder. »Wir müssen unbedingt mit Carthur reden und ihn warnen. Weißt du, wo er wohnt?«

»Er ist hier im Schloss tätig. Ich habe ihm nach meiner Rückkehr den Kelch übergeben. Aber wenn ich dich richtig verstanden habe, sprach mein Vater nur von einem Magier, der beseitigt werden soll. Sonst hat er niemanden erwähnt?«

»Ja. Das heißt dann wohl, er weiß nicht, dass wir beide den Auftrag ausgeführt haben. Er denkt, Carthur hat es getan.« Erleichtert ließ ich die Schultern sinken. »Wir sind sicher, oder?«

Ein Schatten legte sich über Rays Gesicht. »Lucius hat mich vor einigen Wochen gefragt, wie es mir gelungen ist, das Relikt zu bergen. Aber sei unbesorgt, ich habe ihm nichts mitgeteilt, das ihn Rückschlüsse auf deine Identität ziehen lassen könnte. Angeblich hat er meinen Vater nicht darüber unterrichtet. Seine Aussage passt zu dem, was du im Garten gehört hast.«

»O Lux.« In meinem Magen zog es unangenehm. »Aber Lucius ist doch der königliche Berater. Warum sollte er dem König verschweigen, dass jemand anderes als Carthur den Auftrag ausgeführt hat?«

»Selbst wenn mein Vater davon wüsste, hätte es keine Konsequenzen. Immerhin bin ich sein Nachfolger. Da er deinen Namen nicht kennt, hast auch du nichts zu befürchten.«

Ich atmete geräuschvoll aus. Wieso war plötzlich alles so kompliziert geworden?

»Wir sollten Carthur auf jeden Fall warnen«, sagte ich. »Aber mir fällt gerade noch etwas anderes ein. Lucius hat den Kelch der Vier als den ›Kelch der Finsteren Nacht‹ bezeichnet. Weißt du mehr über das Relikt als das, was wir im Wald herausgefunden haben?«

»Nein, aber vielleicht finden wir in der Bibliothek einen Hinweis.«

Ray stand auf, ging zum Schreibtisch und schrieb etwas auf ein Blatt Papier. Er steckte es in einen Umschlag und hielt seine Hand darüber. Lichtfäden flossen über das Papier hinweg. Als sie sich auflösten, nahm Ray den Umschlag in die Hand und sah mich auffordernd an.

»Lass uns gehen.«

Nachdem Ray Minnia damit beauftragt hatte, Carthur den Brief zu übergeben, begleiteten ihn Lisa und ich zur Bibliothek. Er befahl Lisa, im Korridor zu warten, dann betrat er mit mir den riesigen Saal. Wir gingen in entgegengesetzte Richtungen los, um mit unseren spärlichen Anhaltspunkten nach einem Buch zu suchen, das Informationen über die von Lucius erwähnten Relikte enthielt. Ich entdeckte welche über magische Schwerter und über Trinkgefäße, die während eines Banketts benutzt wurden, aber keines über alte

Relikte. Als ich auf einen Text über Lux stieß, fiel mir ein, was ich vorgestern in Carthurs Buch gelesen hatte. Ob Ray wohl etwas darüber wusste?

Ich fand ihn in der Geografie-Abteilung. Während ich ihm von der Prophezeiung berichtete, zog er ein Buch aus dem Regal und blätterte darin.

»Davon höre ich zum ersten Mal«, sagte er anschließend.

»Warum sollte überhaupt jemand den Phönix erwecken wollen?«

»Es ist nur eine Legende.«

»Legenden haben meistens einen wahren Kern. Oder wie erklärst du dir, dass es magische Relikte wie den Kelch der Vier gibt? Den hat sicherlich nicht jemand zum Spaß in einem verfluchten Wald versteckt. Und wieso will dein Vater diese drei Relikte überhaupt haben?«

Er stellte das Buch zurück und musterte mich mit einem Blick, der mein Herz aus dem Takt brachte. Dann setzte er seine ausdruckslose Miene wieder auf. »Lass uns nach Informationen über den Phönix suchen.«

»Was hat der Phönix mit den Relikten zu tun?«

»Ich habe nur eine Vermutung, aber es ist einen Versuch wert.«

Erstaunlicherweise fanden wir viele Informationen über den Phönix, aber die meisten ähnelten einander und befassten sich mit dem Auftauchen des legendären Todbringers. Ich las einen angeblichen Augenzeugenbericht, in dem eine Frau erzählte, wie ihr gesamtes Dorf in Flammen aufging und niederbrannte, als der Phönix in dieser schrecklichen Nacht über den Himmel geflogen war.

Nach einer Weile rief Ray nach mir. Ich stolperte beinahe über einen Bücherstapel auf dem Boden, als ich zu ihm an den Tisch vor dem Kamin eilte, wo er mit einem zerfledderten Buch saß. Auf den stark vergilbten Seiten stand etwas geschrieben, das mir bekannt vorkam. Es war die Prophezeiung des Phönix, doch Ray deutete nicht auf den Text, sondern auf etwas anderes, das mich stutzig machte. Aus der Buchmitte ragten Papierfetzen heraus. Ein Blick auf die Seitenzahlen bestätigte meinen Verdacht.

»Jemand hat ein paar Seiten herausgerissen.«

Ray nickte. »Vermutlich wollte derjenige verhindern, dass sich diese Informationen verbreiten. Aber selbst wenn die Prophezeiung weitergehen sollte, ergibt der Teil mit dem Phönix bereits keinen Sinn. Nehmen wir an, die Prophezeiung stammt tatsächlich von Lux. Wieso sollte er den Menschen mitteilen, wie sie Lumia vernichten können? Sollte er als Erschaffer nicht das Wohl des Landes im Sinn haben?«

Aus diesem Blickwinkel hatte ich es noch gar nicht betrachtet. »Ich dachte, du glaubst nicht an Legenden.«

»Tue ich auch nicht. Und an Lux glaube ich auch nicht.«

»Warum?«

Ray blieb mir die Antwort schuldig. Nachdenklich strich er mit seinen schlanken Fingern über die Buchseiten. »Du sagtest, Lucius hätte über drei Relikte gesprochen?«

»Ja, aber worauf willst du hinaus?«

»Ein Gefäß, eine Schneide und eine Feder«, murmelte er, während sein Blick auf dem Text ruhte. »Im Wald Silval haben wir einen Kelch geborgen.«

Mir entfuhr ein überraschter Laut. »Du glaubst, der Kelch der Vier ist das Gefäß, das in der Prophezeiung erwähnt wird?«

»Möglich wäre es. Carthur Salus sollte einen geheimen Auftrag ausführen, um ein uraltes Relikt zu bergen. Über dieses Relikt wissen mein Vater und Lucius Bescheid. Und in dem Buch über die Prophezeiung fehlen ein paar Seiten. Es passt alles zusammen.«

Er hatte recht. Es klang logisch – logischer und zusammenhängender, als mir lieb war. Was hatte das alles nur zu bedeuten?

Ray schlug das Buch zu, nahm es an sich und stand auf. »Lass uns morgen noch einmal herkommen und weitersuchen. Möglicherweise finden wir dann mehr Hinweise.«

Das Ergebnis unserer nächsten Bibliotheksbesuche blieb leider dasselbe: Wir konnten kein weiteres Buch ausfindig machen, das von drei Relikten handelte. Sie wurden in keinem der Texte erwähnt, die wir in der Bibliothek studierten. Schließlich gaben wir es drei Tage vor der Zeremonie auf, weil Ray kaum mehr freie Zeit hatte.

Wann immer ich an das bevorstehende Ereignis dachte, spürte ich einen Stich in der Brust, doch inmitten der vielen Vorbereitungen hatte ich keine Zeit, mir Gedanken darüber zu machen – oder darüber, dass Ray mir vor ein paar Tagen gesagt hatte, dass ich das Schloss verlassen sollte. Zwischen Rays Besuchen beim Schneider, der Absprache mit den Köchen und diversen anderen Terminen war ich hin- und hergerissen, was ich tun sollte. An meinem Wunsch, zu meiner Familie zurückzukehren, hatte sich nichts geändert. Aber ich konnte hier nicht weg, bevor ich sicher war, dass Ray dem Schicksal entgehen würde, das der König Carthur auferlegt hatte. König Victor hatte seinen Sohn drei Jahre lang ins Exil verbannt, weil er mit einem Mann getanzt hatte. Was würde er Ray wohl antun, wenn er herausfand, dass Ray im Beisein eines fremden Mannes ein altes Relikt aus dem Wald geborgen hatte? Ihm war der Kontakt zu Männern verboten worden. Der König würde außer sich vor Wut sein, wenn er davon erfuhr.

Außerdem konnte ich nicht ertragen, wie sehr Ray seine näher rückende Verlobung zusetzte. Vermutlich taten ihm abends die Hände weh vom vielen Festklammern an Nivaris. So sehr ich mich danach sehnte, meine Familie zu sehen, ich wollte hierbleiben und Ray unterstützen. Hoffentlich würde ich dadurch nicht alles noch schlimmer machen.

KAPITEL 32

Raelyn

Die Etikette des Schlosses verbot es, ein privates Zimmer ungebeten zu betreten. Diese Regel musste ich heute brechen.

Nur mit Mühe hatte ich es geschafft, Lisa und Minnia davon abzuhalten, mir in den Teil des Schlosses zu folgen, in dem sich die Heilmagier und ihre Gehilfen aufhielten. Nachdem ich ihnen versichert hatte, dass ich nicht lange fort sein würde, hatten sie sich dazu überreden lassen, in der Halle zu warten, von der aus man in den Korridor der Heilmagier gelangte.

Vor zwei Tagen hatte ich Austin darauf angesetzt, den Terminplan von Carthur Salus in Erfahrung zu bringen. Ab heute war er für eine Weile außerhalb des Schlosses zugange. Anscheinend hatte ihn meine Warnung erreicht.

Jetzt stand ich vor der Tür seines Zimmers und blickte mich um, wie ich es schon auf dem Weg hierher oft getan hatte. Der Korridor war menschenleer. Trotzdem verharrte ich einige Augenblicke lang, bevor ich mich zum Türschloss hinunterbeugte und ein Siegel in die Luft zeichnete. Ich stieß es sanft nach vorn, woraufhin das Schloss ein klickendes Geräusch von sich gab. Mit dem Ellenbogen drückte ich die Klinke hinunter und betrat den Raum.

Stickige Luft empfing mich. Mein Blick glitt prüfend über die Bücherregale an der Wand, das Bett und den Schreibtisch, der den Raum dominierte. Zielstrebig steuerte ich darauf zu und studierte die verstreuten Schriftstücke. Viele davon waren Schreiben von anderen Heilmagiern oder Bestelllisten für Kräuter und Heiltinkturen. Ich entdeckte eine zusammengefaltete Seite, deren Kanten eingerissen waren. Sie lag halb verborgen unter einer Tasse, aus der ein unappetitlicher Geruch aufstieg. Vorsichtig zog ich das Papier hervor und faltete es auf.

Das Dokument zeigte drei Abbildungen: einen Kelch, ein Schwert und eine Feder. Zu jedem Bild gab es einen entsprechenden Text. Aufmerksam studierte ich jedes einzelne Wort. Es bestand kein Zweifel daran, dass diese Seite aus dem Buch stammte, das Liam und ich in der Bibliothek gefunden hatten. Den letzten Beweis dafür lieferte mir die Seitenzahl.

Ich stutzte, als ich den Namen des Kelches las, dessen Zeichnung stark dem Relikt aus dem Wald Silval ähnelte. Aluna hatte ihn den Kelch der Vier genannt. In diesem Text wurde er als Kelch der Finsteren Nacht betitelt, so, wie Lucius ihn wohl auch genannt hatte. Zusammen mit dem Schwert der Dämmerung und der Feder des Lodernden Feuers gehörte er zu den sogenannten Relikten der Dunkelheit. Alle drei wurden benötigt, um den Phönix zu erwecken. Dieser würde Tod und Verderben über Lumia bringen, sobald die Relikte vereint waren. Aus den Beschreibungen ließ sich erahnen, wo man nach ihnen suchen musste, was mir den letzten vagen Zweifel daran nahm, dass Liam und ich eines davon gefunden hatten.

Ich hatte eine Vermutung, was mein Vater damit vorhaben könnte, aber die Vorstellung war so grauenhaft, dass ich nicht wagte, intensiver darüber nachzudenken. Wir mussten um jeden Preis verhindern, dass sie ihm in die Hände fielen.

Rasch zog ich Papier und Stift aus meinem Wams. Beides hatte ich mitgebracht, damit ich nichts entwenden musste. Ich achtete darauf, die Texte zu den Relikten korrekt abzuschreiben und die Zeichnungen möglichst schnell, aber genau zu übertragen. Mit zitternden

Händen legte ich schließlich alles wieder so zurück, wie ich es vor-gefunden hatte, und verließ zügig den Raum.

Auch wenn ich Liam über diesen Fund in Kenntnis setzen muss-te, würde ich die Informationen vorerst für mich behalten. Zumin-dest bis ich mir sicher war, welchen Plan mein Vater und sein Berater verfolgten. Je weniger Liam wusste, desto sicherer war er.

Die Relikte ließen mir keine Ruhe, aber darüber zu sinnieren, lenkte mich von der bevorstehenden Zeremonie ab. Allein der Ge-danke daran zurrte die Kette um meine Brust enger.

Am Abend saß ich an meinem Schreibtisch und las. Zumindest ver-suchte ich es. Meine Gedanken wanderten ständig zu Liam, egal ob er bei mir war oder nicht. Immerzu sah ich ihn vor mir: Seine grü-nen Augen, die mich zur Ruhe kommen ließen. Sein glockenhelles, fröhliches Lachen, das meine Brust mit Wärme erfüllte. Sein strah-lendes Lächeln, das mich um den Verstand brachte.

Wenn ich mit meiner Garde durch das Schloss ging, wanderte mein Blick stets zu ihm. Wenn wir in der Bibliothek lasen, konnte ich mich kaum auf den Inhalt meines Buches konzentrieren. Ich genoss die Zeit mit ihm so sehr, dass mein Herz schmerzte.

Ich blätterte um, las krampfhaft die eng beschriebenen Seiten, aber die Worte wurden von meinen Gedanken übertönt. Die Zere-monie war bereits morgen. Liam war immer noch hier. Und so wie ich ihn kannte, würde er das Schloss vorher nicht mehr verlassen.

Am liebsten hätte ich mich jetzt auf dem Kampfplatz verausgabt, um meinen Kopf auszuschalten. Die Vorstellung, mit Liam im sel-ben Raum zu sein, wenn ich mich mit einer Frau verloben musste, trieb mich in den Wahnsinn. Seit ich Liam begegnet war, brachte er mich an Grenzen, die ich immer gefürchtet hatte zu erreichen.

Zu Beginn unserer Reise hatte ich alles dafür getan, dass Liam mich in Ruhe ließ, damit ich den Regeln, die mir in meinem Exil auferlegt worden waren, Folge leisten konnte. Aber das hatte er nicht getan. Ganz im Gegenteil – er hatte mich kennenlernen wollen. Er hatte mir sogar etwas gegeben, mit dem ich nie gerechnet hätte. Liam hatte mich nicht *Raelyn*, *Hoheit* oder *verehrter Prinz* genannt, sondern *Ray*. Einfach nur Ray. *Der Name passt zu dir*, hatte er gesagt.

Zitternd atmete ich ein. Die kalten Worte von Recen, der mich in meinem Exil beaufsichtigt und unterrichtet hatte, verdrängten die von Liam, zurrten die Kette noch enger, sodass ich kaum mehr Luft bekam. Krampfhaft klammerte ich mich an die Armlehnen meines Stuhls.

Woran darfst du nie wieder denken?

Männer, antwortete ich Recen stumm, während Liam vor meinem inneren Auge auftauchte. In seiner Zeit hier im Schloss hatte mich dieser kleine Sonnenschein schon oft zur Verzweiflung getrieben. Aber nicht, weil er sich unangemessen verhalten hatte, sondern weil ich ziemlich schlecht damit umgehen konnte, wenn er Dinge tat, die in seinen Augen vermutlich normal waren.

Zu Liams und Recens Stimme in meinem Kopf mischte sich eine dritte hinzu. Die meines Vaters.

Sei ein anständiger Prinz, Raelyn.

Ein anständiger Prinz zu sein, fiel mir in Liams Anwesenheit besonders schwer. Ich konnte ihm keine Vorwürfe machen, denn er war in völlig anderen Verhältnissen aufgewachsen als ich. Offenbar interessierte es in seinem Dorf niemanden, wenn er nur in Unterwäsche herumlief, so wie er es in unserem Zimmer in Acta getan hatte. Aber mich interessierte es. Mich interessierte es *immer noch*. Mehr, als es sollte. Mehr, als gut für mich war.

Energisch schlug ich das Buch zu, stützte die Arme auf dem Tisch ab und vergrub mein Gesicht in den Händen.

Liam löste etwas in mir aus. Etwas, das ich sehnlichst verdrängen wollte, aber ich schaffte es nicht. Deswegen musste ich die Distanz zwischen uns wahren und ihn von mir stoßen. Ich hatte keine andere Wahl. Musste die Wellen von Emotionen, Wünschen und Bedürfnissen, die meinen Körper in Liams Gegenwart fluteten, immer wieder aufs Neue hinter eine dicke Eisschicht zurückdrängen. Jedes Mal fiel es mir schwerer, mich nicht mitreißen zu lassen, hin zu Liam. Ich wollte seine roten Locken so gerne berühren. Ich wollte die unzähligen Sommersprossen auf seinem Gesicht zählen, die mit ihm lachten, in das warme Strahlen eintauchen, das ihn umgab. Er war wie eine Sonne, die meine dunkle, einsame Welt erhellte.

Aber all das durfte er niemals erfahren.

Unter gar keinen Umständen.

KAPITEL 33

in dem ich nicht losließ

Liam

Am Abend vor der Zeremonie stürmte es. Der Regen fiel seit Stunden ununterbrochen und peitschte mit dem heulenden Wind gegen die Fenster, die wie dunkle Mäuler in den Schlossmauern klafften. Überall waren besorgte Rufe zu hören. Sie hallten in jedem Winkel des Schlosses wider wie ein Echo.

»Prinz Raelyn!«

»Hoheit, wo seid Ihr?«

Auch meine Stimme mischte sich unter die Rufe, jedoch fernab der anderen Gardisten und Bediensteten, die durch die Gänge hasteten. Alle waren auf der Suche nach dem verschwundenen Prinzen. Bendik hatte die gesamte Garde zusammengetrommelt. Sogar der König selbst und Lucius durchkämmten das Schloss. Ich selbst war allein unterwegs. So bemerkte wenigstens niemand, wie oft ich mich in den Korridoren verlief.

Ich hatte am Nachmittag dienstfrei gehabt und im Schlafsaal gelesen. Daher hatte ich erst zu Beginn meiner Schicht mitbekommen, dass Ray nicht zu dem frühabendlichen Termin mit seinem Vater erschienen war. Oliver und Austin, die Ray kurz zuvor in den Ostflügel des Schlosses begleitet hatten, vermuteten, dass er durch ein Fenster hinaus ins Freie gestiegen war. Anders konnten sie es sich nicht erklären, denn sie hatten vor dem Raum, in dem Ray sich hatte entspannen wollen, Wache gestanden.

Auf meiner Suche nach ihm spielten sich vor meinem inneren

Auge verschiedene Szenarien ab und je länger ich unterwegs war, desto düsterer wurden sie. Was, wenn Ray entführt worden war? Vielleicht hatte ihm in diesem Zimmer jemand aufgelauert? Bei Lux, hoffentlich war ihm nichts zugestoßen!

Ich beschleunigte meine Schritte und eilte um eine Ecke. Hier befand sich einer der Türme, von denen es insgesamt fünf im Schloss gab. Fast war ich an ihm vorbei, als ich den schmalen, dunklen Schlitz zwischen der Tür und der Mauer bemerkte. Ich stieß sie auf und blickte in ein spärlich ausgeleuchtetes Treppenhaus. Die Steinstufen führten spiralförmig hinauf und verloren sich hoch oben in einem schwarzen Nichts. Die Schatten der einzelnen Stufen konnte ich gerade so erkennen.

»Ray?«, rief ich. Meine Worte hallten von den Wänden wider. »Bist du hier?«

Nur der heulende Wind antwortete mir.

Bendik hatte uns unmissverständlich mitgeteilt, dass wir jeden Winkel des Schlosses absuchen sollten, um den Prinzen zu finden. Ob Ray sich auf einem Turm aufhielt, der vermutlich wenig Schutz vor dem eisigen Regen und dem Wind bot, war fragwürdig, aber Befehl war Befehl. Also machte ich mich an den Aufstieg, stets darauf bedacht, keine Stufe zu verfehlen. Das dünne Metallgeländer sah nämlich nicht so aus, als könnte es meinen Sturz in die Tiefe verhindern, falls ich straucheln sollte.

Mit jedem Schritt wurde das Heulen des Sturms lauter. Als ich endlich die letzte Stufe erklomm und mich vor einer geschlossenen Tür wiederfand, musste ich einige Male Luft holen. Dann drückte ich die Klinke hinunter.

Die Tür führte auf eine steinerne Plattform, die im Gegensatz zu den Treppen von keinem Geländer umgeben war. Und mitten im prasselnden Regen stand Ray. Regungslos wie eine Statue trotzte er den Tropfen, die zusammen mit seinen Haaren wild um ihn herumpeitschten. Seine Schultern hingen herab, den Kopf hielt er gesenkt. Er stand völlig in sich zusammengesunken am Rand der Plattform. Viel zu nah am Rand.

Mein Herz klopfte schneller. Wenn ich jetzt einen Fehler beging und Ray nur einen einzigen Schritt nach vorn machte, würde er in die Tiefe stürzen.

Unter meinen Füßen spritzte Wasser auf, als ich die Distanz zwischen uns überbrückte und nach Rays Handgelenk griff. Er zuckte heftig zusammen, drehte sich zu mir um und starrte mich aus weit aufgerissenen Augen an, die so dunkel waren wie der Himmel über uns.

»Lux sei Dank!« Ich übertönte den Regen gerade so. »Da bist du ja.«

Sein Gesicht war eine einzige, schmerzerfüllte Grimasse und sein Kiefer bebte. Ruckartig entzog er sich meinem Griff.

»Ich habe dir gesagt, dass du nach Hause gehen sollst«, rief er barsch und riss damit die Wunde tief in mir drinnen wieder auf.

»Du willst mich also immer noch loswerden?« Ich konnte den Unmut in meiner Stimme kaum verbergen, der nicht davon herrührte, dass ich vollständig durchnässt war. »Hasst du mich denn so sehr?«

Ray umklammerte den Knauf von Nivaris so stark, dass seine Knöchel weiß hervortraten. Natürlich schwieg er wieder. Am liebsten hätte ich ihn geschüttelt.

»Du hast mir meine Frage von neulich noch nicht beantwortet«, fügte ich mit erstaunlich ruhiger Stimme hinzu. »Ich habe dich gefragt, was du wirklich willst.«

Ohrenbetäubender Donner grollte über den Himmel, so laut, dass ich zusammenzuckte. Ray erschreckte sich ebenfalls, trat einen Schritt nach hinten – und rutschte ab.

»Ray!«

Ich warf mich zu Boden, griff nach unten, gerade rechtzeitig, um Rays Handgelenk zu erwischen. Ich hielt ihn fest, fester als alles, was meine Hände jemals gehalten hatten.

Der Anblick war so schrecklich, dass sich alles um mich herum drehte. Ray hing über dem schwarzen Abgrund, die Augen schreckgeweitet. Sein Gewicht presste mich auf die steinerne Plattform.

»Halt dich fest«, schrie ich, kaum fähig zu atmen. Meine Armmuskeln waren bis zum Zerreißen angespannt, aber ich lockerte sie keinen Augenblick lang, gab nicht nach. Egal wie weh Ray mir getan hatte, ich würde nicht zulassen, dass er hier in den Tod stürzte.

»Lass mich los, sonst fallen wir beide«, rief er. Sein leerer Blick jagte mir einen Schauer über den Rücken. Er sah aus, als hätte er mit allem abgeschlossen.

»Nein, ich lass dich nicht los!« Meine Stimme überschlug sich vor Verzweiflung. »Ich lass dich *niemals* los!«

Zum ersten Mal sah ich echten Schmerz in Rays Augen. Unendlich tiefen Schmerz.

Ich stöhnte von der Last, die an mir zerrte. »Halt dich an der Kante fest!«

Nichts passierte.

»Ray! Bitte!« Mein Herz raste, mir war übel, ich hielt nicht mehr lange durch. »Ich brauche dich!«

Endlich umklammerte er mit seinen Fingern mein Handgelenk, so fest, dass er mir das Blut abschnürte. Mit aller Kraft, die ich aufbringen konnte, zog ich ihn ein Stück hoch. Ray schaffte es, sich am Rand der Plattform festzukrallen. Ich rutschte weiter nach hinten. Meine Muskeln brannten vor Schmerz und mein Magen rebellierte, aber ich presste die Zähne aufeinander und zog Ray immer weiter herauf, Stück für Stück, bis wir auf dem nassen Stein kauerten.

Der Ray, der vor mir saß, war mir völlig unbekannt. Zitternde Lippen, gerötete Augen, überlaufend und so voller Schmerz, dass mir ebenfalls die Tränen kamen.

»Geht es dir gut?«, fragte ich leise.

Unter anderen Umständen hätte er genickt und behauptet, es wäre alles in Ordnung. Aber gerade huschte sein Blick nur verwirrt hin und her, als wüsste er gar nicht, was mit ihm passierte. Mittlerweile keuchte er auch.

Ich legte ihm beide Hände auf die Wangen, drückte meine Stirn gegen seine und umklammerte sein Gesicht. »Ich bin da, Ray. Atme ruhig und gleichmäßig.«

Er verkrampfte sich unter meiner Berührung, schob mich aber nicht von sich. Es dauerte eine Weile, bis er sich beruhigte. Ich ließ ihn erst los, als er meine Hände von seinen Wangen schob und sie sanft in meinen Schoß legte.

»Danke.« In diesem einzigen Wort schwangen mehr Emotionen mit als in allen, die er in den letzten Wochen an mich gerichtet hatte.

Erleichtert atmete ich aus. Ray war bei mir. Er war in Sicherheit. Das war alles, was gerade zählte. Ich sah hinunter in meinen Schoß, wo Rays Hände meine hielten. Trotz des Blutes, das daran klebte und von dem ich nicht wusste, ob es seines oder meines war, fühlte es sich gut an.

Als ich den Kopf hob, war sein Blick auf meinen Oberkörper gerichtet. Ich sah an mir herab. Über der Brust klaffte ein Riss in meiner Uniform, der quer über den Stoff verlief. An einer Stelle war der Stoff dunkler, aber ich spürte keinen Schmerz.

»Mir geht es gut«, versicherte ich. »Mach dir keine Sorgen.«

Seine Augen glichen einem See. »Ich habe Angst«, sagte er so leise, dass ich ihn über das Prasseln des Regens hinweg kaum verstand. »Vor morgen.«

Sanft drückte ich seine eiskalten Hände. »Das verstehe ich. Immerhin musst du die Person wählen, mit der du dein restliches Leben verbringen wirst. Das ist keine leichte Entscheidung.«

»Ich habe schon gewählt.«

Tief in mir drin spürte ich ein Ziehen, aber ich konnte das Gefühl nicht einordnen. In mir herrschte immer noch Aufruhr. Zum Glück war die Übelkeit verschwunden.

»Du ... Du hast schon gewählt?«

Mir war nicht bekannt, dass er in letzter Zeit ein Treffen mit den Adelstöchtern gehabt hätte, bei dem er die Frau hatte kennenlernen können, von der er sprach. Ich war jeden Tag in seiner Nähe gewesen oder hatte die Räume, in denen er sich aufgehalten hatte, bewacht.

»Ja.«

Unter Rays Blick erhitzten sich meine Wangen – mal wieder. Auch der kalte Regen vermochte sie nicht abzukühlen. Bestimmt war Ray völlig durcheinander und wusste nicht, was er sagte. Wie sonst konnte er behaupten, bereits jemanden gewählt zu haben?

»Kannst du aufstehen?«, fragte ich. Er nickte. »Gut, dann lass uns gehen. Du solltest dringend ins Trockene.«

Wir standen auf, ohne uns loszulassen. Ray machte einen Schritt in meine Richtung, sodass wir direkt voreinanderstanden. Der Regen lief an seinen platten Strähnen hinunter, über seine Wangen und seine Lippen, die noch immer zitterten. Doch trotz seines Zustandes war Ray schöner als je zuvor. Zum ersten Mal hatte er mir seine wahren Gefühle gezeigt und nicht versucht, sie hinter seiner ausdruckslosen, kalten Fassade zu verstecken.

Ich sah ihn länger an, als ich sollte, länger, als es gut war für mein rasendes Herz und meine erhitzten Wangen und alles, was sich sonst noch danach sehnte, die Arme um ihn zu schlingen und ihn an mich zu drücken, so fest, dass unsere Herzen eins wurden.

Eilends wandte ich mich von ihm ab und ging zur Treppe. Ray ließ sich mitziehen, doch kaum hatte er die Tür hinter uns geschlossen, blieb er stehen. Jetzt, da die Geräusche des Sturmes ausgesperrt waren, war es still. So still, dass ich die schnellen Schläge in meiner Brust hörte. Und Ray sicher auch.

»Liam«, hauchte er. Seine Stimme war weich und warm. »Danke.«

»Wofür?« Im Gegensatz zu seiner Stimme war meine rau und kratzig.

»Dass du mich gerettet hast. Und dass du bei mir bleibst.«

»Immer«, flüsterte ich lächelnd.

Wieder senkte sich Stille über uns. Sie war erfüllt von Rays unmittelbarer Nähe, die mir das Atmen erschwerte, und der Wärme zwischen unseren Händen.

»Lass uns nach unten gehen«, sagte ich einen Moment oder eine Ewigkeit später, ich wusste es nicht. »Die anderen sollen wissen, dass du wohlauf bist.«

Auf dem Weg zu seinem Zimmer fand uns einer von Bendiks Suchtrupps. Sie wollten Ray mitnehmen, aber er machte ihnen unmissverständlich klar, dass ihm nichts fehlte und er sich ausruhen wollte.

Lisas und Minnias Gesichter hellten sich erleichtert auf, als sie uns kommen sahen, und sie bekundeten, wie froh sie waren, dass Ray unversehrt zurück war. Ray schenkte ihnen keine Beachtung. Stattdessen wandte er sich mir zu – mit einem Blick, der mir einen angenehmen Schauer über den Rücken jagte.

»Liam?«

»Ja?«

»Bleibst du bei mir?«

Ein Lächeln schlich sich auf meine Lippen. »Ja. Das habe ich dir doch schon gesagt.«

Ray schüttelte den Kopf. »Das meine ich nicht.«

Er öffnete die Tür zu seinem Zimmer und zog mich hinein. Bevor ich protestieren konnte, hatte er die Tür bereits verriegelt. Erst jetzt dämmerte mir, was er gemeint hatte, und meine Wangen erhitzten sich zum Lux-weiß-wievielten Mal heute Abend.

»Du ... Du willst, dass ich heute Nacht ... bei dir bleibe?«, stammelte ich, völlig überrumpelt von dieser Bitte.

»Ja, das will ich.« Ray ging zur Kommode und nahm dort eine Dose und Verbände heraus. »Du kannst zuerst das Bad benutzen, aber nimm das hier mit, um deine Wunde zu versorgen. Trag die Salbe großzügig auf und lege den Verband darauf. Wenn sie trocknet, hat sie eine klebrige Wirkung und der Verband bleibt haften.«

Ohne meine Antwort abzuwarten, durchquerte er das Zimmer und zog ein Hemd und eine Hose aus dem Schrank. Er streckte mir beides entgegen. Mein Blick verfing sich an dem roten Armband, das sich nass an sein Handgelenk schmiegte. Er trug seines also auch noch. Bedeutete es ihm ebenso viel wie mir? Oder trug er das Band nur, weil er vergessen hatte, es abzunehmen? Aber wenn er es hätte loswerden wollen, hätte er das doch schon vor Wochen tun können ...

»Liam?«

Ich riss mich aus meiner Starre, nahm ihm wortlos die Kleidung ab und verschwand im Badezimmer. Dort lehnte ich mich an die geschlossene Tür und atmete den blumigen Duft ein, der den Raum erfüllte.

Ray wollte, dass ich über Nacht bei ihm blieb. Vermutlich auch *neben* ihm, folglich ... in seinem Bett.

O Lux.

In meinem Körper entflammte eine so brennende Hitze, dass ich mich am liebsten zurück nach draußen in den Regen gestellt hätte. Kopfschüttelnd verdrängte ich alle Gedanken an Rays Einladung und konzentrierte mich darauf, das Bad in Augenschein zu nehmen.

Ein Kronleuchter tauchte die spärliche Einrichtung und das im Boden eingelassene Becken in warmes Licht. Es ähnelte dem im

Gemeinschaftsbad der Gardisten und hatte ebenfalls einen Vorsprung, auf den man beim Baden sitzen konnte. In einer Ecke des Raumes befand sich eine steinerne Nische, aus deren Wand ein Rohr mit einem Metallaufsatz ragte.

Ich begab mich dorthin und legte Kleidung und Verbandszeug auf einem Hocker ab, bevor ich mich aus meiner Uniform schälte und mich unter das Rohr stellte. Nachdem ich an einem der beiden Räder an der Wand gedreht hatte, floss warmes Wasser über mich hinweg. Ich seufzte genüsslich auf und verharrte einige Augenblicke lang reglos, dann griff ich nach der lilafarbenen Seife, die auf einem Wandvorsprung lag und herrlich nach Lavendel duftete. Als ich den Schaum auf meiner Brust verteilte, zog es schmerzhaft darin. Auf meiner Brust zog sich ein Schnitt quer über meine nasse Haut. Die Verletzung war nicht tief, aber sie blutete. Ich spülte sie kalt ab, bis kein frisches Blut mehr kam, und widmete mich wieder dem Einseifen. Ich zwang mich dazu, gedanklich im Hier und Jetzt zu bleiben und nicht zu den Ereignissen auf dem Turm zurückzukehren. Darüber konnte ich später noch grübeln.

Als ich aus der Nische heraustrat und nach einem der weichen Handtücher griff, die auf einem Regal bereitlagen, achtete ich darauf, den Stoff nicht mit Blut zu beschmutzen. Ich versorgte die Wunde, zog mich an und hängte meine nasse Uniform zum Trocknen auf. Dann verließ ich das Bad mit dem übrigen Verbandszeug.

Ray stand mitten im Raum, vom Licht einer Öllampe erhellt, und drehte sich um, als ich näher kam. Sein Blick glitt kurz an mir herab, entflammte meinen Körper stärker, als es warmes Wasser je vermocht hätte.

»Benötigst du einen Heilmagier für deine Wunde?«

»Nein, so schlimm ist es nicht. Du kannst jetzt gerne das Bad benutzen. Aber hast du vielleicht etwas, womit ich den Boden hier trockenwischen kann?«

»Du musst nicht putzen.«

»Ich habe aber keine Lust, beim Herumlaufen auszurutschen und mir ein Bein zu brechen.«

Wortlos trat er an die Kommode und reichte mir ein paar Stofftücher. Während er sich im Bad frisch machte, trocknete ich den Boden und ignorierte das riesige Bett, so gut ich konnte. Als ich fertig war, knüllte ich die Tücher zu einem nassen Berg zusammen und wartete darauf, dass Ray zurückkehrte.

Wenig später stand er in einem weiten Hemd und einer lockeren Hose vor mir. In seinen Haaren glitzerten Wassertropfen. Am liebsten hätte ich die Hand ausgestreckt, um ihm eine feuchte Strähne von der Stirn zu wischen.

Bevor mir noch mehr unsinnige Gedanken kamen, schnappte ich mir die Tücher und eilte an ihm vorbei ins Bad, um mich darum zu kümmern.

Als ich zurück ins Zimmer kam, saß Ray auf dem Bett. Unschlüssig blieb ich davor stehen.

»Darf ich zu dir kommen?«, fragte ich.

Er nickte, also setzte ich mich neben ihn auf die weiche Matratze, mit einer Armeslänge Abstand. Rays Hemd war nicht ganz zugeknöpft, sodass ich einen Blick auf sein Schlüsselbein erhaschte.

»Du bist morgen im Thronsaal postiert, richtig?«, fragte er.

Prompt schoss mir die Hitze in die Wangen, als hätte mein Körper erst jetzt verstanden, was ich da eigentlich tat.

»Ja, und vorher werde ich dieses Schloss nicht mehr verlassen, egal wie oft du mich darum bittest.«

Rays Miene war ausdruckslos, aber in seinen Augen funkelte es amüsiert. »Das war keine Bitte.«

»Dann habe ich wohl Hochverrat begangen und verdiene eine angemessene Bestrafung«, erwiderte ich grinsend.

»Wenn du heute Nacht bei mir bleibst, werde ich Nachsicht haben.« Seine Stimme zitterte. »Aber ich möchte dich natürlich zu nichts zwingen. Das hier gehört nicht zu deinen Pflichten als Gardist.«

»Das Bett mit dem Prinzen zu teilen, meinst du?«

Als er sich verkrampfte, wusste ich, dass ich zu weit gegangen war.

»Entschuldige, ich wollte dir nicht zu nahe treten.«

Er atmete hörbar aus. »Schon in Ordnung. Du hast nur die Wahrheit ausgesprochen.«

Einen Moment lang war der Regen, der gegen die Scheiben prasselte, das einzige Geräusch im Raum.

»Ich habe nichts dagegen, über Nacht hier zu bleiben.« Die Unsicherheit in meiner Stimme war so laut, dass sie den Sturm übertönte. »Wir haben in Acta schon zusammen im gleichen Bett geschlafen. Das schaffen wir sicher noch mal.«

»Wie du vielleicht weißt, war ich aus einem bestimmten Grund in Vado.« Ray zupfte an seinem Armband. »Mir wurde verboten, während meines Exils mit Männern in Kontakt zu treten. Das hat auch funktioniert, sogar bis kurz vor meiner Abreise. Aber dann –«

»Kam ich«, beendete ich seinen Satz. Rays Aussage bestätigte mir, was ich bereits vermutet hatte: dass ich ihm das Leben unnötig schwer gemacht hatte. Dass ich wieder völlig nutzlos gewesen war.

Wie immer.

Mein Magen ballte sich zu einem schmerzhaften Klumpen zusammen. »Tut mir leid, dass ich dir ständig eine Last bin.«

»Was redest du da? Du bist keine Last für mich.«

»Und was bin ich dann für dich?« Meine Worte waren kaum mehr als ein gedämpftes Flüstern. Ich wusste jetzt schon, dass er mir keine Antwort geben würde, so wie all die Male davor.

Doch ich irrte mich.

»Du bist mir wichtig«, flüsterte er.

Hatte er das gerade wirklich gesagt? Oder hatte ich mir das zwischen all den Gedanken, die sich gerade ausschließlich um Ray drehten, nur eingebildet?

»Danke. Du mir auch.« *Sehr sogar.* Am liebsten hätte ich seine Hand in meine genommen, aber ich widerstand dem Drang.

»Wir sollten schlafen.« Beim Hinlegen verzog er das Gesicht. Er setzte sich wieder auf und rieb sich mit der Hand über den Nacken.

»Verspannt?«

»Ein wenig.«

»Da kann ich Abhilfe schaffen.« Während ich sprach, rutschte ich näher an ihn heran.

Er riss die Augen auf. »Was hast du vor?«

»Dich massieren?« Ich ließ die Worte bewusst wie eine Frage klingen.

Es vergingen einige aufgeregte Herzschläge, bis er sagte: »In ... In Ordnung.«

Seine Zustimmung überraschte mich. »Zieh bitte dein Hemd aus.«

»Würdest du ... dich freundlicherweise umdrehen?«

Schnell sah ich auf meine Hände, die aus irgendeinem Grund zitterten. Rays Kleidung raschelte. Als ich den Kopf wieder hob, saß er mit dem Rücken zu mir im Schneidersitz auf dem Bett. Mein Blick wanderte von seinem Haaransatz hinab über seine Schultern bis zu seiner Taille und wieder hinauf. Aus unerfindlichen Gründen war in meinem Kopf für nichts anderes mehr Platz als für Rays definierten Rücken, seine muskulösen Arme – und alles, was ich gerade nicht von ihm sah, es aber zu gerne gesehen hätte, vor allem sein Gesicht. Ich wollte wissen, was er dachte. Was er fühlte.

Ich rutschte näher an ihn heran und legte ihm sanft meine Hände auf die Schultern. Sofort versteifte er sich.

»Versuch einfach, dich zu entspannen.«

Mit vorsichtigen Bewegungen ließ ich meine Hände über seine Haut wandern und machte mich mit dem neuen Gefühl vertraut, ihn auf diese Weise zu berühren. Anschließend massierte ich seinen Rücken mit gleichmäßigem Druck und ertastete dabei mehr als eine verspannte Stelle im Bereich seiner Schultern.

Ich hatte in meinem Leben schon unzählige Massagen gegeben. Meistens war Kianus derjenige gewesen, der sie bekommen hatte. Früher hatte er oft mit Muskelkrämpfen und Verspannungen zu kämpfen gehabt. Val ließ sich hin und wieder dazu überreden, wenn sie einen stressigen Tag in der Bäckerei hatte. Aber die Massage mit Ray war völlig anders. Ich konnte mich kaum auf meine Bewegungen konzentrieren. Immer wieder ertappte ich mich dabei, wie ich die feinen Härchen in seinem Nacken anstarrte. Wie es sich wohl anfühlte, sie zu berühren? Der Gedanke jagte mir einen wohligen Schauer über den Rücken.

Nach einer Weile ließ ich meine Hände sinken. »Ist es jetzt besser?«

Ray nickte. »Danke. Das tat gut.«

Es war seltsam, wie wir anschließend völlig regungslos dasaßen, Ray mit dem Rücken zu mir und ich so nah bei ihm, dass ich seine Körperwärme deutlich spürte.

»Möchtest du schlafen gehen?«, fragte ich, da mich die reglose Stille verrückt machte. Ich hatte keine Ahnung, was sie zu bedeuten hatte.

Ray drehte den Oberkörper halb zu mir um. Seine Gesichtszüge waren entspannt. »Das ist wohl das Beste.«

Ich griff nach seinem Hemd und reichte es ihm, doch er sah mich weiterhin an.

»Du kannst natürlich auch ohne Hemd schlafen, wenn du willst.«

Schnell nahm er es mir ab, schlüpfte hinein und zog die Decke über seinen Schoß. Dann wandte er sich mir vollständig zu. Mein Blick glitt zum obersten Knopf seines Hemdes, den er wieder nicht geschlossen hatte.

»Ist etwas?«

Ich riss den Kopf hoch. »Nein, nein«, rief ich, obwohl ich nicht hätte rufen müssen. Wir saßen direkt nebeneinander. Meine Wangen waren so heiß, dass ich mich fragte, wie sich Kälte überhaupt anfühlte. »Es ist alles bestens. Absolut.«

Ray hob die Augenbrauen, gab aber keinen Kommentar ab und legte sich hin. Die Decke zog er bis zum Kinn hoch. Ich legte mich in einigem Abstand neben ihn, aber mir war zu warm, um mich zuzudecken. Für eine Weile lagen wir schweigend da und lauschten den Geräuschen der stürmischen Nacht.

»Tut mir leid, dass ich dich im Tiergarten verletzt habe«, murmelte Ray. »Ich wollte, dass du das Schloss verlässt. Aber es war nie meine Absicht, dir wehzutun.«

»Schon in Ordnung. Ich muss mich ebenfalls entschuldigen, weil ich mich dir aufgedrängt habe. Das tut mir leid.«

»Du hast keinen Grund, dich zu entschuldigen.«

Ich drehte mich auf die Seite und blickte in seine dunklen Augen. »Ich bin froh, dass du lebst. Warum warst du überhaupt auf diesem Turm?«

Er atmete mehrere Male tief ein und aus. »Manchmal ist alles ein wenig zu viel.«

Ich keuchte leise. Meinte er etwa, dass er ...?

»Du ... Du wolltest springen?«

Rays Augen weiteten sich vor Entsetzen. »Nein. Glaub mir, das war nie meine Absicht.«

Erleichtert nickte ich. »Gut, das ... das ist gut. Bitte versprich mir eines: Wenn dir das nächste Mal alles zu viel wird, komm zu mir.

Ich höre dir zu oder bin einfach nur für dich da. Wir können auch zusammen schweigen. Du musst schwere Zeiten niemals allein durchstehen.«

Ray schluckte. »Warum willst du mir helfen? Du könntest ein sorgloses Leben in Patria führen.«

»Nein. Du bist nicht der Einzige, der Probleme hat, weißt du?«

Er schwieg kurz. »Möchtest du darüber reden?«

»Gerade nicht, aber danke.«

»In Ordnung. Aber wenn du je das Bedürfnis danach hast, sprich mich darauf an.«

Ich konnte kaum glauben, was Ray da gerade gesagt hatte – nein, wohl eher, was er *nicht* gesagt hatte. Es schien ganz so, als hätte er sich damit abgefunden, dass ich weiterhin in seiner Garde dienen wollte.

»Gute Nacht, Liam.« Seine Stimme war leise.

»Gute Nacht, Ray.«

Wenig später war er eingeschlafen. Ich betrachtete ihn im Schein der Öllampe auf dem Nachttisch, nahm jedes Detail von ihm in mich auf und bewahrte es mir für die Momente auf, in denen ich von ihm getrennt sein würde. Wie ihm sein Haar ins Gesicht fiel. Den Schwung seiner Augenbrauen. Die Form seiner Lippen.

Nach einer Weile rollte Ray sich zusammen wie damals in Acta, als wir ein Bett geteilt hatten: zu einer Kugel. Wie eine Katze.

Er ist so süß, wenn er das macht.

Meine Gedanken wirbelten wieder los, aber dieses Mal ließ ich sie zu, weil es keinen Sinn mehr hatte, sie in die hintersten Winkel meines Inneren zu verbannen und darauf zu hoffen, dass sie sich verflüchtigten. Denn das würden sie nicht.

Ray machte ein leises Geräusch im Schlaf. Ich musste lächeln und dachte an das, was Finn vor einer Weile zu mir gesagt hatte.

Man spürt es einfach.

Oh ja. Das konnte ich jetzt bestätigen. Meine Mundwinkel taten bereits weh, aber ich lächelte immer weiter Sie wollten mir nicht gehorchen, genauso wenig, wie mein Herz nicht damit aufhören wollte, wie ein junger Hase in meiner Brust herumzuspringen.

Ich war verliebt – in Reisen, in Abenteuer, in Lumia. Egal wohin ich ging, überall erwartete mich etwas Neues. Neue Orte. Neue Menschen. Neue Geschichten. Ich wollte mehr von diesem wunderbaren Land sehen. Gleichzeitig wollte ich zurück nach Hause, weil Paps und Kianus mich brauchten.

Doch jetzt gerade wollte ich es nicht. Nicht nach dem heutigen Abend und vor allem nicht nach dieser Nacht, die ich an der Seite des Mannes verbringen durfte, der all den Raum in meinem Kopf einnahm, dessen Worte ich ständig hinterfragte, um herauszufinden, ob er mich hinter seiner kühlen Fassade doch irgendwo mochte.

Denn neben den Reisen und Abenteuern gab es noch etwas anderes, das mein Herz höherschlagen ließ. Nein, jemanden.

Ray.

Ich war verliebt in den Prinzen von Glacida – der sich schon bald mit einer Frau verloben musste.

O Lux, wie sollte ich nur den morgigen Tag überleben?

KAPITEL 34

Raelyn

Mitten in der Nacht wurde ich wach und setzte mich auf, um einen Schluck Wasser zu trinken. Dabei blieb mein Blick an der Person neben mir hängen. Mein Körper spannte sich sofort an, aber dann fiel mir ein, dass ich Liam gebeten hatte, bei mir zu bleiben.

Ich bereute es. Gleichzeitig bereute ich es nicht.

Mondlicht fiel auf das Bett, tauchte Liam in silbernes Licht. Das Unwetter hatte sich verzogen und war einer sternenklaren Nacht gewichen. Liams Decke hatte sich zwischen seinen Beinen verfangen und sein Hemd war hochgerutscht, sodass ein Stück seines Bauches frei lag.

Noch immer konnte ich seine Hände auf meinem Rücken spüren, die gezielten Bewegungen, um meine verkrampften Muskeln zu lockern. Liam hatte mich für kurze Zeit alles andere vergessen lassen. Da war nur er allein gewesen, er und seine warmen Hände und was er damit in mir ausgelöst hatte.

Ich sank zurück auf die Matratze. Zum wiederholten Male rügte ich mich dafür, dass ich in seiner Gegenwart völlig absurde Gedanken hegte – wie den, meinen Arm auszustrecken und Liam zu berühren. Unter der Decke ballte ich meine Hand zur Faust, ansonsten blieb ich reglos liegen. Ich wollte nicht riskieren, ihn zu wecken. Er sollte in Ruhe weiterschlafen. Nichts von dem Sturm mitbekommen, der sich von draußen vor dem Fenster in mein Inneres verlagert hatte.

Ausgerechnet jetzt, als ich zu müde war, um dagegen anzukämpfen, drängten sich die Gespräche mit Recen in mein Bewusstsein. Er hatte mir im Exil täglich Fragen gestellt. Immer wieder dieselben.

»Wer darf eine Liebesbeziehung eingehen?«

»Mann und Frau«, antwortete ich ihm tonlos.

»Was wirst du tun, wenn du dem König gegenüber trittst?«

»Mich entschuldigen und meinen Fehler eingestehen.«

»Woran darfst du nie wieder denken?«

»An Männer.«

»Wen darfst du anfassen?«

»Nur Frauen.«

»Wen darfst du küssen?«

»Nur Frauen.«

So ging es für lange Zeit weiter, jeden Morgen, immer und immer wieder. Nach jeder dieser Sitzungen war ich innerlich völlig abgestumpft und meine Zunge taub. Die Antworten brannten wie heiße Glut in meiner Seele und verblieben dort als schmerzhafte Narben.

Manchmal nahm Recen mich mit nach Vado, damit ich mit Frauen in Kontakt kam. Während ich erzwungene Gespräche mit ihnen führte, umschmeichelte Recen sie und fasste sie manchmal ungefragt an. Ich sprach ihn darauf an, denn es war nicht in Ordnung, dass er den Frauen keinerlei Respekt entgegenbrachte und sie vorher nicht fragte, ob sie Berührungen wünschten. Danach ließ Recen mich seine Faust spüren, doch ich wiederholte immer wieder, dass ich sein Verhalten nicht duldete. Irgendwann wechselte er seine Herangehensweise, indem er mich in ein Bordell mitnahm. Eine solche Einrichtung hatte ich bis zu diesem Zeitpunkt nie gesehen, geschweige denn betreten. Recen sperrte mich mit einer der

Frauen, die dort arbeiteten, in ein Zimmer und wies sie an, mich erst gehen zu lassen, wenn ich den Geschlechtsakt mit ihr vollzogen hatte. Panik flackerte in mir auf. Als sie verebbte, ließ sie dumpfe Leere in mir zurück.

Stumm saß ich auf dem Bett, während die Frau sich langsam vor mir entkleidete. Zweifelsfrei hatte sie einen schönen Körper, aber sie löste rein gar nichts in mir aus. Als sie nackt war, kam sie näher und ihre Finger glitten unter mein Hemd. Ich zuckte heftig zusammen, ließ sie aber gewähren, während mein Körper sich immer mehr verkrampfte. Meine Muskeln brannten heiß wie ein Feuer, das ich nicht löschen konnte.

Die Frau fragte mich, was ich von ihr erwartete. Ich schwieg und starrte zu Boden.

»Du willst das hier gar nicht, oder?«

Ich schüttelte den Kopf.

Sie griff nach ihrer Kleidung und zog sich wieder an. »Wenn du möchtest, sage ich deinem Begleiter, dass wir getan haben, was er verlangt hat.«

Es kostete mich viel Kraft, aber schließlich schaffte ich es, zu nicken.

Die Frau ging zu dem Stuhl in der gegenüberliegenden Zimmerecke, hob ihn an und stellte ihn einige Schritte vom Bett entfernt auf. Dann setzte sie sich.

»Ich weiß nicht, warum du bei mir bist, aber ich würde dir gerne helfen. Hast du vielleicht Fragen zu alldem hier?«

Viele. Keine davon wollte ich ihr stellen.

Sie wartete. Als ich weiterhin schwieg, lächelte sie mich aufmunternd an. »Hast du denn schon einmal mit einer Frau geschlafen? Falls nicht, kann ich dir gerne erklären, was dabei passiert.«

Ich schluckte gegen die aufwallende Scham an und zwang mich, die Angelegenheit so nüchtern wie möglich zu betrachten.

Recen würde mich zu meinem Besuch im Bordell ausfragen, sobald wir wieder im Haus am See waren. Doch mit meinem jetzigen Wissen über den weiblichen Körper würde ich sie ihm nicht beantworten können. Es beschränkte sich auf die wenigen Informationen, die ich in Büchern gelesen hatte. Davon gab es wenige in der Bibliothek. Vor allem nicht über das, was Mann und Frau taten, wenn niemand zusah. Es war sicher nützlich, mir den Ablauf anzuhören, damit Recen keinen Verdacht schöpfte.

Ich klammerte mich an das Laken unter mir. »Erklär es mir bitte.«

Die Frau schilderte es mir so sachlich, als wäre es das Natürlichste der Welt und nicht etwas, über das man hinter vorgehaltener Hand sprechen musste. Ich zwang mich dazu, Rückfragen zu stellen, wenn mir etwas unklar war. Mit jeder wurde es weniger unangenehm.

Nachdem ich mir alles angehört hatte, blieben wir noch eine Weile in dem Zimmer, damit es so aussah, als hätten wir tatsächlich das Bett geteilt. Bevor die Frau die Tür aufschloss, zerzauste sie meine Haare.

»Ein bisschen mitgenommen musst du ja aussehen«, raunte sie mir zwinkernd zu.

In der Eingangshalle musterte Recen mich eindringlich. »Hat alles geklappt?«

Die Frau schenkte ihm ein Lächeln und warf mir einen anzüglichen Blick zu. »Er konnte gar nicht genug von mir bekommen.«

Mit höchst zufriedenem Gesichtsausdruck brachte Recen mich zurück zum Haus am See. Dort fragte er mich wie erwartet über die Einzelheiten aus. Ich rang mir mühsam die Antworten ab, von denen ich annahm, dass er sie hören wollte. Es war mir unangenehm, darüber zu sprechen, was ich angeblich mit der Frau im Bett getan hatte, doch meine Zurückhaltung schien Recen als positives Zeichen zu werten.

»Na, du bist mir ja einer.« Er grunzte und klopfte mir anerkennend auf die Schulter. »Normalerweise bringt dich nichts aus der Ruhe, aber nackte Frauenhaut schon? Du wirst öfter dorthin gehen, damit du in zwei Jahren deine Ehefrau beglücken kannst.«

Pure Galle stieg meinen Hals hinauf, doch ich schaffte es, den Brechreiz in ein verlegenes Husten umzuwandeln.

Wann immer Recen mir auftrug, das Bordell aufzusuchen, ging ich zu der Frau, die mich bei meinem ersten Besuch aus meiner misslichen Lage gerettet hatte. Sie hieß Marina und empfing mich stets mit offenen Armen. Wir saßen in ihrem Zimmer, ich auf dem Boden, sie auf dem Bett, und sie erzählte mir etwas über sich. Nach ein paar unserer Treffen begann ich, sie zu mögen. Sie war ein lebensfroher Mensch und ihr gefiel ihre Arbeit, weil sie anderen damit einen Moment des Glücks bescheren konnte. Mir war damals wie heute völlig unverständlich, wie man seinen Körper einem fremden Menschen anbieten und sogar Spaß dabei haben konnte, aber es stand mir nicht zu, über das Leben einer anderen Person zu urteilen.

Bei einem meiner Besuche fragte Marina: »Du magst Männer, oder?«

Ich verkrampfte mich, was ihr wohl Antwort genug war. Im nächsten Augenblick lag ich in ihren Armen und verkrampfte mich noch mehr, wie immer bei Körperkontakt mit anderen Menschen, aber mit Marina war es weniger unangenehm als erwartet.

»Ach Raymond«, flüsterte sie. »Es ist in Ordnung, wenn du Männer magst. Daran ist nichts Verwerfliches.«

»Es ist unanständig«, erwiderte ich mit rauer Stimme.

»Nein, das ist es nicht.«

Emotionen, die ich schon viel zu lange tief in mir verschlossen hatte, brachen aus mir hervor. Marina sagte nichts zu meinen Tränen, sondern strich mir mitfühlend durch die Haare, während sie mich in ihren Armen hielt. Es war erleichternd, jemanden gefunden zu haben, bei dem ich mich nicht verstellen musste.

Gestern Abend hatte Liam mich ebenfalls in seinen Armen gehalten. Im strömenden Regen, den er so sehr hasste, dass er normalerweise schon beim ersten Tropfen das Gesicht verzog. Doch er war nicht von meiner Seite gewichen. Keinen Augenblick lang. Es hatte unendlich gutgetan.

Liam tat mir unendlich gut.

»Ray«, murmelte er im Schlaf.

Ich streckte meine Hand aus, hielt aber inne, bevor ich seine Wange berühren konnte, und zog sie langsam wieder zurück.

Ich darf das nicht tun. Ich muss ein anständiger Prinz sein. Für meine Mutter.

Noch eine ganze Weile lag ich wach und verdrängte vehement die Vorstellungen in meinem Kopf, in denen ich mir ausmalte, wie ich meine Finger durch Liams Haar gleiten ließ, während sein warmer Atem meine Haut streifte.

Doch im Halbschlaf hatte ich keinerlei Kontrolle mehr über meine Gedanken und Gefühle. War ich wach oder träumte ich, als ich meine Arme um Liam legte und ihn so eng an mich zog, dass ich den Duft der Lavendelseife in seinem Haar riechen konnte? Ich wusste es nicht.

Doch was ich wusste, war, dass ich wenig später mit einem Lächeln auf den Lippen einschlief.

KAPITEL 35

in dem ich mich wappnete

Liam

»Ach, hier bist du.« Minnia kam mit besorgtem Gesicht von der Tür des Schlafsaals auf mich zu. »Ist alles in Ordnung? Du bist vorhin so schnell aus Prinz Raelyns Zimmer verschwunden.«

»Ich musste nur dringend eine neue Uniform anziehen. Die da wurde gestern auf dem Turm ein wenig in Mitleidenschaft gezogen.« Ich gestikulierte zu der beschädigten Jacke, die über meiner Bettkante hing. »Dem Prinzen geht es übrigens gut und genug geschlafen hat er auch. Ich habe die ganze Nacht lang an seinem Bett gewacht.«

Minnias Augenbrauen wanderten in die Höhe. Ich selbst hätte mir auch nicht geglaubt, so zittrig, wie meine Stimme klang. Die Nacht neben Ray im Bett zu verbringen – ziemlich nah neben ihm, wohlgemerkt –, konnte man wohl keineswegs als Bewachung bezeichnen.

»Der Prinz hat außer seiner Familie noch nie jemanden in sein Zimmer gelassen«, offenbarte mir Minnia. »Du scheinst etwas Besonderes für ihn zu sein.«

Meine Wangen erhitzten sich. »Vermutlich wollte er bloß Gesellschaft haben.«

»Was auch immer euch verbindet, es geht niemanden etwas an außer euch beide. Und keine Sorge, niemand aus unserer oder Amiras Garde würde etwas verraten. Wir hüten schon so einige Geheimnisse des Prinzen.«

374

Ein Grinsen schlich sich auf mein Gesicht. »Welche denn?«

»Wenn ich dir das sage, begehe ich Hochverrat.« Sie grinste ebenfalls, dann nahm sie die blaue Rosenblüte ab, die sie an ihrer Uniform trug, und händigte sie mir aus. »Die hier tragen heute alle Gardisten. Das wurde gestern Abend kurzfristig beschlossen, daher dachte ich, du hast es sicher noch nicht gehört.«

»Warum eine blaue Rose?«

»Sie ist die Lieblingsblume des Prinzen.«

Gedankenverloren strich ich über die zarten Blütenblätter. Vorhin erst hatte ich es kaum in Rays Nähe ausgehalten, jetzt hingegen spürte ich seine Abwesenheit körperlich. Nach dem Aufwachen hatte ich ihn beim Schlafen beobachtet und mich gefragt, wie ich mit meinen Gefühlen für ihn umgehen sollte. Sie waren schon eine Weile da gewesen, aber ich hatte sie nie richtig einzuordnen gewusst.

»Ich muss jetzt zum Thronsaal.« Minnia legte mir kurz ihre warme Hand auf die Schulter, dann ging sie in Richtung der Tür. »Wir sehen uns später, ja?«

Ich nickte und schloss die Augen, um mich zu sammeln.

Ray durfte auf gar keinen Fall erfahren, dass ich in ihn verliebt war. Das hätte alles unnötig kompliziert gemacht. Schließlich war er der Kronprinz von Glacida und ich irgendein dahergelaufener Kerl, dem Ray unter normalen Umständen vermutlich keine Aufmerksamkeit geschenkt hätte. Unsere Wege hatten sich zufällig gekreuzt und in weniger als einer Stunde würden sie sich wieder voneinander entfernen. Dann war er ein verlobter Mann – und ich nur der Gardist, der irgendwann in den letzten Wochen Gefühle für ihn entwickelt hatte.

Wie hielt Finn es aus, Prinzessin Amira nur aus der Ferne zu bewundern? Er würde nie mit ihr zusammen sein können. Und ich würde niemals mit Ray zusammen sein können – selbst, wenn er meine Gefühle erwidert hätte. Was nicht der Fall war, so oft, wie er mich von sich gestoßen hatte.

Ich stand auf, atmete tief durch und machte mich auf den Weg zu dem unausweichlichen Ereignis, das mein jetzt schon schmerzendes Herz noch weiter auseinanderreißen würde.

KAPITEL 36

Raelyn

Vom Flur her drangen laute Stimmen zu mir ins Zimmer. Dann flog die Tür auf. Erschrocken fuhr ich herum und blickte meine hektisch atmende Schwester an.

»Ich muss dir dringend etwas erzählen.« Sie schloss die Tür hinter sich. Auf dem Weg zum Sofa strich sie sich eine blonde Locke hinters Ohr, die sich aus ihrer kunstvollen Hochsteckfrisur gelöst hatte. Ihr Blick huschte dabei unruhig umher, beinahe gehetzt, doch das Ereignis des heutigen Tages war sicher nicht der Grund dafür.

»Gerade habe ich ein Gespräch von unserem Vater mitbekommen«, erklärte sie, nachdem wir uns gesetzt hatten. »Er hat mit Bendik gesprochen und sagte, dass Liam wohl etwas getan habe, das eine Strafe erfordere. Nach dem offiziellen Teil der Zeremonie will er Liam zu sich holen.«

Ich ballte meine Hände zu Fäusten, um dem plötzlichen Druck in meinem Innern standzuhalten. Vermutlich hatte mein Vater herausgefunden, dass Liam mit mir den Auftrag im Wald Silval ausgeführt hatte, und wollte ihn aus dem Weg räumen.

»Liam muss hier raus.« Mühsam presste ich die Worte zwischen meinen Lippen hervor. »Du musst mir helfen, Amira.«

»Was kann ich tun?«

Ich hatte Liam morgen, wenn das schreckliche Ereignis vorbei war, von meinem Fund in Carthurs Arbeitszimmer erzählen wollen. Aber jetzt blieb keine Zeit mehr, um ihm irgendetwas davon persönlich mitzuteilen. Er stand sicher schon auf seinem zugewiesenen Posten im Thronsaal. Den konnte er weder jetzt noch während der Zeremonie verlassen, sonst würde er Hochverrat begehen. Meine Leibgarde durfte bei einem solchen Ereignis nur mit ausdrücklicher Genehmigung des Königs von meiner Seite weichen.

Doch es gab eine andere Möglichkeit.

»Ich kann für genug Aufruhr sorgen, um Liam eine Möglichkeit zur Flucht zu verschaffen.«

Amira presste die Lippen aufeinander. »Liam bedeutet dir viel, nicht wahr?« Ohne meine Antwort abzuwarten, die ich ihr sowieso nicht gegeben hätte, fügte sie hinzu: »Ich habe eine Idee. Bitte zeichne mir zwei starke Siegel auf, die eine magische Verbindung zueinander herstellen können.«

Während sie mir ihren Plan darlegte, ging ich zu meinem Schreibtisch und zeichnete zwei identische Siegel mit der magischen Tinte auf, die ausschließlich diesem Zweck diente. Als ich fertig war, stopfte Amira sie in eine Falte ihres ausschweifenden Kleides und umarmte mich. Dieses Mal verkrampfte ich mich nicht so stark wie die Male davor.

»Viel Glück.« Sie eilte aus dem Zimmer.

Ich zog ein weiteres Blatt Papier hervor, riss ein Stück davon ab und schrieb ein paar Worte darauf nieder. Sie würden hoffentlich ausreichen, um Liam verständlich zu machen, was er tun sollte.

Mit der Notiz in meiner Hosentasche verließ ich Ewigkeiten später und doch viel zu früh mein Zimmer. Im Geleitschutz von Austin, Oliver, Lisa und Minnia begab ich mich zum Thronsaal. Liam wartete dort bereits auf mich, zusammen mit unzähligen Gästen. Es war Vorschrift, dass ein Gardist aus den drei Leibgarden bereits vor der Zeremonie dort sein musste, um die letzten Angelegenheiten mit Carl Secas zu klären.

Auf dem Weg dorthin erhellte das hereinfallende Tageslicht alles, nur mein Innerstes nicht. Ich wollte hier weg. Sofort. Aber ich durfte nicht. Mit jedem Schritt drückte die Last, die ich schon vor drei Jahren jeden Tag durch Schloss Splendor getragen hatte, auf meine Schultern. Heute war sie noch schwerer als damals.

Liams Anwesenheit in den letzten Wochen hatte mir gutgetan, auch wenn ich sie kaum hatte ertragen können. Dass ich ihn in wenigen Augenblicken verlieren würde, riss mir die Brust auf und jagte eisige Kälte hinein.

Als ich die riesigen Flügeltüren des Thronsaals erreichte, öffneten sie sich für mich. Ich atmete tief durch, bevor ich den Saal betrat und die Treppen hinunterging. Über den endlosen Teppich hinweg ging ich auf die Throne zu. Zwei von ihnen waren bereits besetzt. Der verbleibende Thron rief stumm nach mir. Nur widerwillig folgte ich dem Ruf.

Nach außen hin war ich wie immer völlig gefasst. Gerader Rücken, gleichmäßige Schritte, entschlossener Blick nach vorn. Doch in meinem Inneren schrie jede Faser danach, umzukehren, wegzurennen, all das hier nicht erleben zu müssen. Aber es gab kein Zurück mehr. Das hier war es, was ich wollte. Was mein Vater wollte. Was meine Mutter gewollt hatte.

Kurz bevor ich die Treppen zu den Thronen erreichte, drehte ich meinen Kopf ein Stück nach rechts, wo unter einem Helm rote Locken hervorsprangen. Liam stand, gebadet in Sonnenlicht, wenige Schritte von mir entfernt und lächelte mich aufmunternd an. Am liebsten hätte ich seine Hand ergriffen und mit ihm das Schloss verlassen. Doch ich schüttelte den unerlaubten Gedanken ab und konzentrierte mich darauf, ein Bein vor das andere zu setzen.

Vor den Treppen neigte ich höflich den Kopf in Richtung meines Vaters. Er erwiderte die Geste, aber auf seinem Gesicht zeigte sich keine Regung. Lediglich meine Schwester schenkte mir ein Lächeln.

Langsam ging ich die drei Stufen hinauf, setzte mich auf den leeren Thron und hob den Kopf. Zum ersten Mal nahm ich all die Menschen wahr, die den großen Saal füllten. Bis gerade eben hatte ich sie ausblenden können, aber jetzt drohte mich die Masse an Gästen zu erdrücken. Ich schluckte den Kloß hinunter, der sich in meiner Kehle gebildet hatte, und krallte möglichst unauffällig die Fingerspitzen in den Samtbezug der Armlehne.

Vor drei Jahren hatte ich diese Situation bereits ähnlich drückend empfunden. Das machte es aber nicht leichter. Ganz im Gegenteil – zu wissen, was gleich passieren würde, trieb mir eisige Dolche in die Lunge.

KAPITEL 37

in dem ich ein schlechtes Gewissen hatte

Liam

Wie auch bei der letzten Zeremonie trugen die Gäste Gewänder in allen Farben und Formen. Heute schienen sie jedoch von einem grauen Schleier überzogen zu sein, der auch über den Blumengestecken und Dekorationen hing.

Als Ray den Saal betrat, umklammerte ich den Knauf meines Schwertes fester, und meine Finger schmerzten immer mehr, je weiter er durch den Saal schritt. Hinter ihm wehte ein langer, funkelnder Umhang, der farblich mit Wams und Hose harmonierte. Kurz bevor Ray zu seinem Thron hinaufstieg, huschte sein Blick zu mir. In diesem winzigen Augenblick stand die blanke Angst in seinen Augen. Sie flehten mich um Hilfe an, also tat ich das Einzige, das mir erlaubt war, und schenkte ihm ein Lächeln, in das ich all meine Gefühle legte.

Seine Hand würde nie wieder in meiner liegen. Ich würde nicht mehr in seiner Nähe sein können, ohne die Distanz zu spüren, die der heutige Tag wie eine unüberwindbare Mauer zwischen uns aufbauen würde. Hatte der Gardist, mit dem Ray vor drei Jahren getanzt hatte, auch hier vor den Thronen gestanden? *Der Prinz und der Gardist.* Die Ironie der jetzigen Situation wurde mir so deutlich bewusst, dass ich am liebsten laut geseufzt hätte.

Nachdem Ray sich auf seinem Thron niedergelassen hatte, wandten sich die Blicke der Gäste den zwölf jungen Frauen zu, die auf Calvyn Nuntios Ankündigung hin nacheinander den Saal betraten.

Sie trugen pompöse Kleider in allen möglichen Farben und Formen. Ich kannte mich in der Mode nicht gut genug aus, um alle Arten von Säumen, Kragen und anderen Teilen ihrer Kleidung benennen zu können, aber eines konnte ich sagen: Sie alle waren ein Kunstwerk. Kianus hätte vor Staunen den Mund nicht mehr zubekommen.

Während Calvyn die Adelstöchter namentlich vorstellte, knicksten sie höflich vor der Königsfamilie und schenkten Ray ein breites Lächeln. Er sah sie alle unbeeindruckt an.

Ich habe schon gewählt. Rays Worte von gestern Abend hallten laut und deutlich in meinem Kopf wider. Welche Dame hatte er wohl als seine Königin auserkoren?

Sein Blick traf meinen. In Windeseile konzentrierte ich mich wieder auf die Adelstöchter und hoffte, meine Wangen waren nicht so rot wie das Kleid der Frau, die sich in meiner Nähe aufstellte. Die Adelstöchter bildeten einen Halbkreis vor den Stufen zu den Thronen.

Ray würde jeden Moment aufstehen und eine von ihnen zum Tanz auffordern. Ich musste die Lippen aufeinanderpressen, um mit dem Druck klarzukommen, der sich in meinem Inneren breitmachte.

Ich wollte derjenige sein, der mit Ray im Takt zur Musik über den Teppich glitt. *Ich* wollte in seinen Armen liegen und ganz nah bei ihm sein, ihn für mich haben und mit keiner dieser Frauen teilen. Das war es, was ich mir wünschte, und ich hatte ein unendlich schlechtes Gewissen dabei. Hätte mir vorher jemand gesagt, dass Liebe ein solch egoistisches Gefühl war, hätte ich es nicht geglaubt.

Doch ich konnte nur weiterhin hier stehen und zusehen, wie Ray eine dieser Frauen zum Tanz auffordern und sich dabei mit jedem Schritt weiter von mir entfernen würde.

Calvyns laute Stimme tönte durch den Saal. »Kronprinz Raelyn Raymond Glacidus, bitte erhebt Euch.«

KAPITEL 38

Raelyn

Ich krallte meine Finger so fest in den samtenen Bezug der Armlehnen, dass der Stoff unter meinen Nagelbetten kratzte. Doch mir blieb keine andere Wahl, als aufzustehen und mich meinem unausweichlichen Schicksal zu stellen. Einem Schicksal, das ich wollte. Das ich wollen *musste*.

Langsam ging ich die Stufen hinab, nur um noch mehr im Mittelpunkt zu stehen, als ich es bereits tat. All meine Instinkte brüllten, dass ich hier wegmusste, dass ich fliehen und nie zurückkommen sollte, doch ich rührte keinen Finger, unterdrückte jeglichen Fluchtdrang und ließ meinen Blick über die anwesenden Damen schweifen. Sobald die Zeremonie vorüber war, würde eine davon meine Verlobte sein.

Meine ... Meine zukünftige *Frau*.

Ich schluckte, aber es bewirkte nichts.

Zweifellos waren all diese Frauen hübsch. Doch keine von ihnen hatte die grünen Augen, in die ich für immer blicken wollte. Keine von ihnen hatte das rote, lockige Haar, das ich so gerne berühren wollte. Und keine von ihnen hatte dieses unwiderstehliche Lächeln, das mein Herz zum Stolpern brachte.

Vor jeder Dame blieb ich stehen und nickte ihr höflich zu. Sie erwiderten meine Geste mit einem tiefen Knicks, gefolgt von einem Lächeln, einem Augenaufschlag oder einem leisen »Hoheit«. Zuletzt erreichte ich Serena Ludia, die Frau, die mein Vater mir vorgeschlagen hatte. Sie trug ein blutrotes Kleid. Welch Ironie, dass sie in Liams Nähe stand, dessen Haar ebenfalls rot leuchtete. Im Gegensatz zum gefärbten Stoff des Kleides war seine Haarfarbe schön und echt.

Es fiel mir schwer, Liam keinen längeren Blick zuzuwerfen, bevor ich zurück zu den Treppen ging, von wo aus ich mich für einen bestimmten Weg entscheiden musste. Dieser Weg würde mich zu der Person führen, mit der ich heute tanzen würde.

Wenige Augenblicke später spielte das Orchester die ersten Töne einer ruhigen Melodie. Auch heute verursachte sie mir wieder Unbehagen. Der gesamte Saal wartete darauf, dass ich jemanden zum Tanz aufforderte. Dass ich mich für jemanden entschied.

Aber ich hatte bereits gewählt. Schon lange, bevor es mir selbst klar gewesen war. Es gab nur eine einzige Person in ganz Lumia, mit der ich heute tanzen wollte, und sie trug weder Schminke noch ein übertrieben buntes Kleid.

Ich setzte mich langsam in Bewegung, steuerte auf Serena zu und verringerte den Abstand zwischen uns so lange, bis ich sicher war, dass ich mein Vorhaben schnellstmöglich umsetzen konnte. Beim nächsten Schritt wechselte ich die Richtung.

Als ich nach Liams Händen griff, riss er die Augen auf.

KAPITEL 39

in dem die Welt vor meinen Augen verschwamm

Liam

Ray zog mich so eng an sich, dass kein Blatt Papier mehr zwischen unsere Oberkörper passte. Während wir ein paar Schritte machten oder tanzten oder irgendetwas anderes mit unseren Beinen anstellten, rasten mein Herz und meine Gedanken um die Wette. Mit einer geschickten Drehung schirmte Ray mich von den Gästen ab und beugte sich zu mir, so nah, dass ich seinen Atem auf meinen Lippen spürte. Als er mir etwas in die Hand drückte, geriet mein Herz vor Schreck noch weiter aus dem Takt. Es fühlte sich an wie ein Stück Papier, doch ich konnte mich nicht darauf konzentrieren. Ray war mir so nah, dass ich die kleinen goldenen Punkte in seinen Augen sehen konnte, jede Wimper, jedes dunkle Haar, das ihm über die Augenbrauen fiel.

Dann beugte er sich noch näher zu mir und ich drohte in Ohnmacht zu fallen. Er flüsterte mir zu: »Du musst sofort von hier verschwinden. Verlier keine Zeit.«

Die hauchdünne Blase um uns herum zerplatzte. Plötzlich war die Welt wieder laut und unerbittlich schnell. Wir waren von unzähligen Leuten umringt. Überall waren Gesichter, die uns fassungslos anstarrten; Münder, die laute und verwirrte Schreie ausstießen; Hände, die Ray und mich auseinanderrissen. Ich hielt ihn fest, doch die fremden Hände waren stark. Als Rays Finger sich von meinen lösten, schrie ich laut und verzweifelt seinen Namen.

»Ray! RAY!«

Ich blickte ein letztes Mal in seine Augen, in denen Tränen funkelten, bevor sich Menschen zwischen uns schoben. Ich versank in einem farbigen Strudel aus Hüten, Kleidern und Gewändern, versuchte zu begreifen, was gerade passierte.

Jemand packte mich am Arm.

»Liam, weg hier!« Das war Finn. Gleichzeitig rief jemand anderes: »Wir müssen hier raus!«

Er, Lisa und Minnia waren bei mir und zerrten mich unsanft mit sich. Wohin, wusste ich nicht, ich wusste gar nichts mehr, außer dass ich für einen winzigen Moment in Rays Armen gelegen und es sich angefühlt hatte, als würde ich schweben.

Nein, das war nicht ganz richtig. Noch eine andere Sache wusste ich, da sie kaum zu ignorieren war.

Hitze kroch in mir hoch. Gnadenlose, unbändige Hitze, die mit jedem taumelnden Schritt, den ich vorwärts machte, intensiver wurde. Alle Geräusche drangen gedämpft zu mir heran und die Welt um mich herum verschwamm zu einem brennenden Nebel.

Als meine Beine unter mir nachgaben, fing jemand meinen Sturz ab. Ich nahm kaum wahr, wie ich die Treppen hoch und zu den Flügeltüren gezerrt wurde, weil die Hitze meine gesamte Aufmerksamkeit auf sich zog und jede meiner Bewegungen einschränkte. Alles war so unendlich schwer. Mein Körper, mein Kopf, mein Herz. Trotzdem schloss ich meine Faust fester um das, was ich in meiner Hand hielt. Ich würde es nicht loslassen, egal was passierte.

Das Krachen der Flügeltüren dröhnte in meinen Ohren. Wenige Augenblicke später breitete sich unter meinen Händen eine angenehme Kälte aus. Ich wollte eins mit ihr werden, nur damit die Hitze endlich nachließ, doch irgendjemand zog mich hoch.

»Liam, steh auf!«

Ich schaffte es, den Blick zu heben. Eine verschwommene Gestalt mit dunklen Haaren stand wenige Schritte von mir entfernt und stellte sich zwei rasch näher kommenden Silhouetten entgegen. Das Klirren von Metall kratzte in meinen Ohren.

Jemand packte mich an den Schultern, hievte mich auf die Beine. »Liam, hör mir jetzt gut zu.« Lisa. »Ich werde dich zu Freundinnen von mir bringen. Du kannst ihnen vertrauen.«

»Komm nicht zurück, hörst du?« Finn. Mit brüchiger, hektischer Stimme. »Der König bringt dich sonst um.«

Ich wollte etwas sagen, konnte es aber nicht. Alles um mich herum drehte sich und die Hitze verschlang mich. Mit ihr zusammen fiel ich in eine bodenlose Dunkelheit.

Du musst von hier verschwinden, hörte ich Ray sagen.

Ja, Ray, ich werde gehen, antwortete ich ihm. *Endlich hast du deinen Willen bekommen.*

KAPITEL 40

Raelyn

Das Stück Papier raschelte, als ich es Liam in die Hand drückte. Er war mir so unfassbar nah und mein Herz raste und raste und raste. Würde es je wieder einen ruhigen Rhythmus finden? Ich beugte mich noch weiter vor. Liam wich nicht vor mir zurück. Einen winzigen Moment lang erlaubte ich mir, seine Lippen zu betrachten, seine grünen Augen, seine dichten Wimpern.

Der Gedanke daran, was nach diesem kurzen Tanz folgen würde, war unerträglich schmerzhaft. Vor drei Jahren hatte ich mich von panischen Gefühlen leiten lassen. Heute wusste ich, was ich tat – und warum ich es tat. Dass es nach außen hin wie eine Wiederholung dessen wirkte, was ich schon einmal getan hatte, war mir jedoch schmerzlich bewusst.

»Du musst sofort von hier verschwinden. Verlier keine Zeit.«

Kaum hatte ich zu Ende gesprochen, riss mich jemand von Liam weg. Kurz bevor sein Gesicht in der Menge verschwand, sah ich, wie er verzweifelt versuchte, zu mir zurückzukommen. Seine Verzweiflung erfasste auch mich. Meine Beine gaben nach, doch ich wurde weitergezerrt. Fort von dem Mann, der mein Herz im Sturm erobert hatte, obwohl ich eiserne Mauern darum errichtet hatte.

Ich musste mich ein letztes Mal zusammenreißen. Liam war noch nicht in Sicherheit. Auf gar keinen Fall durfte ich zulassen, dass alles umsonst gewesen war. Schnell riss ich den Kopf hoch und spähte durch den Saal. Liam wurde gerade von Finn, Lisa und Minnia die

Treppen zu den geschlossenen Flügeltüren hinaufgebracht. Ich schloss kurz die Augen, um mich über den Tumult hinweg zu konzentrieren. Die Türen krachten und ich öffnete die Augen wieder. Liam und die anderen hatten den Thronsaal verlassen. Prompt ließ ich die Türen wieder zuknallen. Mein magisches Siegel auf ihnen war unnachgiebig. Keiner konnte mehr den Saal verlassen, bis ich das Siegel löste. Es würde dauern, bis mein Vater verstehen würde, dass ich verantwortlich für die verschlossenen Türen war. In dieser Zeit brachten die Gardisten Liam hoffentlich in Sicherheit.

»Bringt den Prinzen sofort ins Besprechungszimmer!«

Die vor Zorn brodelnde Stimme meines Vaters drang an mein Ohr, doch jetzt, da Liam weg war, war ich bereit, alles mit mir machen zu lassen. Was auch immer die Strafe sein mochte, die mich erwartete, ich würde sie stumm ertragen. Hoffentlich verstand Liam die Worte, die ich ihm hinterlassen hatte.

Amira tauchte mit besorgtem Gesicht neben unserem Vater auf. Wir hatten beide gewusst, dass unser Vorhaben Konsequenzen haben würde. Doch solange nur ich die Folgen zu spüren bekam, war es in Ordnung. Unser Vater durfte auf keinen Fall erfahren, dass Amira etwas mit Liams Flucht zu tun hatte.

Ich senkte den Blick und ließ mich abführen.

Einige Zeit später wurde ich grob auf einen Stuhl im Besprechungszimmer gezerrt und dort festgehalten. Links und rechts von mir standen die Gardisten meines Vaters. Ich hielt den Kopf gesenkt und wartete auf das Unvermeidliche.

»Raelyn!« Die Stimme meines Vaters dröhnte unheilvoll durch den Raum. Als er die Tür zuschlug, klirrte der Kronleuchter laut. »Wie konntest du das tun?«

Als er meinen Kopf hochriss, knackte mein Kiefer. Seine dunklen Augen loderten vor Wut und Schock, doch ich verzog keine Miene.

»Antworte mir gefälligst!«

Ich hielt seinem Blick schweigend stand. Es gab nichts, das ich ihm zu sagen hatte.

»Wirst du jetzt wohl endlich antworten!«

Brennender Schmerz breitete sich auf meiner Wange aus. Ich ertrug ihn stumm. Die Hand meines Vaters schwebte einen Moment lang zwischen uns, bevor er sie zu einer Faust ballte und senkte.

»Du hast mich angelogen«, presste er zwischen zusammengebissenen Zähnen hervor. »Du sagtest, du hättest in deinem Exil gelernt, wie man sich anständig verhält. Aber du hast gelogen. Du hast mich und ganz Glacida hintergangen.«

Was sollte ich darauf erwidern? Dass ich noch vor wenigen Wochen angenommen hatte, es schaffen zu können, mit einer Frau zu tanzen und mich zu verloben? Er hätte es mir nicht geglaubt. Schließlich hatte ich ihm heute erneut all seine Pläne für die Zukunft von Glacida zerstört. So wie ich es vor drei Jahren schon einmal getan hatte.

Ich hätte Reue empfinden oder ein schlechtes Gewissen haben sollen. Doch ich bereute nichts. Rein gar nichts. Denn Liam war in Sicherheit. Das war alles, an das ich denken konnte. Alles, was zählte.

Mein Vater packte mich am Kragen und schüttelte mich, doch ich schwieg weiterhin.

»Bis ich mir eine angemessene Strafe für dich ausgedacht habe, wirst du weggesperrt!« Er stieß mich so heftig gegen die Stuhllehne, dass mir kurz die Luft wegblieb. »Führt ihn ab.«

Die Gardisten zerrten mich aus dem Raum. Ich leistete keinerlei Widerstand, als sie mich durchs Schloss und die Treppen hinunter in den Kerker führten. Mit einem lauten Krachen schloss sich die magieverstärkte Metalltür der Zelle, in die man mich gestoßen hatte.

»Ich habe geglaubt, dass du ein anständiger Prinz geworden bist«, zischte mein Vater, der im schummrig erleuchteten Gang stand und mich aus erbost funkelnden Augen ansah. »Dein ganzes Leben lang hast du deine Mutter und mich enttäuscht, Raelyn. Heute sollte der Moment sein, in dem du uns endlich stolz machst. Aber du hast versagt.« Er lachte freudlos. »Was habe ich auch anderes erwartet von meinem egoistischen, abartigen Sohn?«

Die Worte trafen mich härter, als sie es hätten sollen. All die Jahre über hatte ich sie abprallen lassen an meinem Schild aus Kälte und Eis. Doch er hatte in letzter Zeit Risse bekommen. Durch sie drangen die Worte zu mir hindurch. Drohten mich zu überwältigen.

Unzählige Gedanken rasten durch meinen Kopf, aber ich wollte keinen davon aussprechen. Es hätte nichts geändert und ich wusste, dass ich heute das Richtige getan hatte. Das einzig Richtige.

Mein Vater schnaubte. »Du wirst die Konsequenzen für deine Tat tragen. Sei dir gewiss, dass du nicht so einfach davonkommst wie beim letzten Mal.«

Vor meinen Augen wurden Minnia, Lisa und Finn in die Zellen auf der anderen Seite des Ganges gezerrt und ebenfalls eingesperrt. Panik kroch in meine Brust. Wieso waren sie hier? Sie hätten mit Liam fliehen sollen! Wo war er? War er in Sicherheit? Ging es ihm gut?

Um mich davon abzuhalten, all diese Fragen hinauszuschreien und uns damit zu verraten, ballte ich die Fäuste hinter meinem Rücken.

Mein Vater blickte mich grimmig an. »Für einen unanständigen Prinzen ist kein Platz in dieser Welt.«

Er verschwand aus meinem Blickfeld und ließ mich zurück mit meinem Schmerz und meiner Verzweiflung, die mich in die Knie zwangen. Kraftlos sackte ich zu Boden und blieb dort zitternd sitzen.

Liam ... Ich hoffe, du bist wohlauf.

KAPITEL 41

in dem ich einen neuen Entschluss fasste

Liam

Ich riss die Augen auf und schnappte nach Luft. Prompt schoss mir ein stechender Schmerz in die Stirn und meinen Hals hinunter, sodass ich die Augen wieder zukniff. Mir wurde so übel, dass ich mir die Hand vor den Mund pressen musste.

»Ganz ruhig«, sagte eine Frau zu mir. »Tief durchatmen.«

Die Übelkeit ebbte nur langsam ab. Währenddessen wurde mein Kopf etwas klarer. Und dann –

»Ray!« Keuchend setzte ich mich auf und sah mich panisch um, doch der Prinz war nicht hier. Stattdessen blickte ich in das Gesicht einer Frau mit kurzen, roten Haaren. Ich hatte sie schon einmal getroffen, bei Amiras Spieleabend im Schloss.

»Leanna?«, fragte ich verwirrt. »Wo ist Ray? Geht es ihm gut?«

»Ich erkläre dir alles, aber zuerst musst du dich beruhigen.«

»Ich will aber wissen, wo Ray ist.«

Leanna legte mir eine Hand auf die Schulter. »Trink erst mal was. Danach können wir reden, ja?«

Ich nahm ihr das Glas ab und leerte es in einem Zug. Die kühle Flüssigkeit tat meiner trockenen Kehle und meinem erhitzten Körper gut. Mein Magen gluckerte unzufrieden, aber immerhin war die Übelkeit auf ein erträgliches Maß zusammengeschrumpft.

Leanna stand auf, öffnete die Tür und rief: »Joana, er ist wach.«

Ich sah mich in dem Zimmer um, in dem ich mich befand. Es erinnerte mich mit der gemütlichen Einrichtung an Vals Zimmer. In jeder Ecke gab es etwas zu entdecken, doch ich ließ meinen Blick nur flüchtig über die unzähligen Gegenstände und Pflanzen in bemalten Töpfen schweifen. Ich wollte wissen, was geschehen war.

Kurz darauf betrat Joana den Raum, stellte ein Tablett mit Obst und Gebäck auf dem Tisch neben dem Bett ab und lächelte mich freundlich an.

»Hallo, Liam. Wie geht es dir?«

»Wo ist Ray? Und wo sind Lisa, Minnia und Finn?«

Ein Schatten fiel über Joanas Gesicht. »Wir wissen es nicht.«

Die Übelkeit verschlimmerte sich wieder. »Und wie bin ich hierhergekommen?«

»Es ist besser, wenn wir dir das zu einem anderen Zeitpunkt erklären. Erst musst du wieder zu Kräften kommen. Du kannst sicher sein, dass niemand von deinem Aufenthalt hier erfährt.«

So viele neue Informationen, die ich erst verarbeiten musste. So viele Fragen, auf die ich keine Antwort hatte. Und so viel ... Müdigkeit.

Kraftlos sackte ich zurück auf das Kissen.

»Ruh dich aus und gib uns Bescheid, wenn du etwas brauchst«, sagte Leanna.

»Und bitte iss etwas«, fügt Joana hinzu, bevor die Tür leise ins Schloss fiel.

Trotz meiner Erschöpfung war mir nicht sofort Erholung vergönnt. Erinnerungsfetzen aus den Ereignissen im Schloss tauchten vor meinem inneren Auge auf und hielten mich davon ab, in die angenehme, erlösende Dunkelheit des Schlafes zu gleiten.

Ray, wie er mich während der Zeremonie in seine Arme zog, sein Körper so nah an meinem, dass mir die Luft zum Atmen wegblieb. Der Moment, in dem er von mir fortgerissen wurde und alles zu einer undeutlichen Erinnerung aus Farben und Gesichtern verschwamm. Und eine weitere Erinnerung. Ich hatte etwas festgehalten. Etwas, das Ray mir bei unserem Tanz in die Hand gedrückt hatte.

Eilends setzte ich mich auf und blickte mich suchend um. Auf dem Tisch mit dem Tablett, das Joana hereingebracht hatte, lag ein zusammengefaltetes Stück Papier. Ich griff danach und öffnete es mit zitternden Fingern. In einer geschwungenen Handschrift standen dort ein paar Worte geschrieben, aber sie waren schief, als hätte es der Verfasser eilig gehabt.

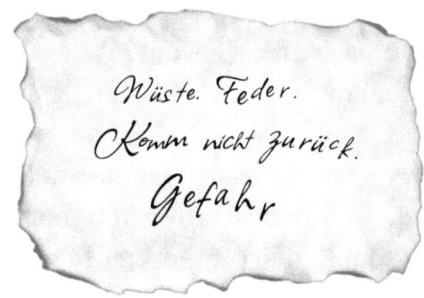

Die Nachricht passte nicht zu Ray. Er drückte sich normalerweise klar aus und wusste, was er wollte. Oder was er *nicht* wollte – mich in seiner Nähe zu haben, beispielsweise. Warum also hatte er diese unzusammenhängenden Worte aufgeschrieben?

Ich legte die Notiz beiseite und sank auf den Rücken. Über die Bedeutung der ersten beiden Worte würde ich nachdenken, wenn ich mehr Kraft hatte. Doch die Bedeutung der zweiten Zeile war unmissverständlich. Ich sollte nicht zu Ray zurückkehren. Aber wie könnte ich es *nicht* tun? Auch wenn ich keine Ahnung hatte, was mit ihm und den anderen passiert war oder wo er sich jetzt gerade befand, ich würde ihn suchen – und ich würde ihn finden. Wenn es sein musste, würde ich dafür ganz Lumia durchkämmen.

Ich werde dich nicht zurücklassen, Ray.

Niemals.

Fortsetzung folgt in Band 2

DANKSAGUNG

Die Legenden von Lumia würde es ohne die Hilfe von vielen tollen Menschen nicht geben. Daher möchte ich mich an dieser Stelle bei allen bedanken, die Liam, Ray und mich auf unserer Reise begleitet und unterstützt haben.

Der erste drachengroße Dank geht an meine wundervolle Lektorin Astrid. Danke für all deine lieben Kommentare, für dein hilfreiches, wertschätzendes und stets aufbauendes Feedback. Ich hätte mir keine bessere Lektorin als dich wünschen können.

Anke, danke, dass du so flexibel warst und meinem Buch im Korrektorat den letzten Schliff verpasst hast! Die Zusammenarbeit mit dir war ganz, ganz toll.

Auch bei meinen Testlesenden möchte ich mich herzlich bedanken. Malte, leider hat es Liams Keks-Magie nicht in die finale Fassung geschafft, aber wir beide wissen, dass sie mal zur Debatte stand ;) Danke für deinen Zuspruch und dein Lob. Ich bin froh, dich als Schreibpartner an meiner Seite zu wissen. Niclas, auch dir ein großes Danke. Dein detailliertes Feedback war eine Bereicherung und du hast mir mehr als einmal einen völlig neuen Blick auf meine Geschichte ermöglicht. Maja, bis weit über Mitternacht hinaus hast du Kommentare in die Google Docs geschrieben und mir den nächsten Morgen versüßt. Danke für dein Feedback und deine lieben Worte zu meinen beiden Jungs. Alex, mit deinen Pferde- und Dorfleben-Kommentaren hast du mich so oft zum Lachen gebracht, dass mir der Bauch weh tat. Ember würde jederzeit mit dir zu den Sternen fliegen! Steffi, danke für dein tolles Feedback, deinen Support und deinen unermüdlichen Willen, mit mir dieses Projekt durchzuziehen, obwohl du genug anderes zu tun hattest.

Weiterer Dank geht an meine Familie. Mama, Geri und Vane, danke, dass ihr immer an mich glaubt. Ihr habt einen großen Teil dazu beigetragen, dass dieses Buch das Licht der Welt erblickt hat.

Vanessa, du wirst für immer der Meme-Lord von Lumia bleiben. Ich sage nur: Glitzerbombast und Nagellack! Du hast mich mehr als einmal auf die rettende Idee gebracht. Danke dafür.

Larissa und Johanna, danke für die vielen Stunden, in denen ihr mit mir zusammen an Lumia gearbeitet habt – am Plot, am Storyboard, an den Cosplays und an so viel mehr. Larissa, danke, dass du mein Ray warst. Danke auch an dich, Kathi, für deine tolle filmische Arbeit am Trailer. Ohne euch drei wäre mein Traum vom eigenen Buchtrailer nie wahr geworden.

Max und Malte, danke, dass ihr Ray und Liam mit euren Stimmen Leben eingehaucht habt. Das bedeutet mir viel!

Weiterer Dank geht an Herrn Rolf Jäger und Herrn Stefan Schmid von der *Hochschule der Medien*. Herr Jäger, ich schicke Ihnen ein paar digitale Honigkekse als Dank für Ihren tollen E-Book-Kurs. Herr Schmid, vielen Dank für Ihr hilfreiches Feedback zu meinen Cover-Entwürfen und ihre wertvollen Tipps.

Und natürlich möchte ich mich bei allen bedanken, die dieses Buch in den Händen halten. Ihr erweckt die Geschichte in eurer Fantasie zum Leben und das ist das größte Geschenk, dass ihr mir machen könnt. Ich hoffe, ihr habt Lust, in den Folgebänden weiter mit Liam und Ray durch Lumia zu reisen.

Es grüßt euch

Katharina

KONTAKT

Wenn ihr eine Frage an Liam und Ray habt, kontaktiert mich gerne unter *liamundray@fantasymail.de* und ich leite eure Anfrage per Taubenpost an die beiden Jungs weiter. Sie freuen sich über eure Nachrichten!

Auf Social Media könnt ihr gerne die Hashtags *#liamundray* oder *#dielegendenvonlumia* verwenden, wenn ihr etwas zu *Lumia* teilen wollt. Ihr findet mich auf Instagram, TikTok und anderen Kanälen unter @katharina.licht.autorin.

Eine Sammlung all meiner Internetauftritte findet ihr unter https://paths.to/katharina.licht

oder einfach diesen QR-Code scannen:

CONTENT NOTES

Folgende Inhalte werden in diesem Buch behandelt/erwähnt:

- Verlust eines Elternteils
- unverarbeitetes Trauma
- posttraumatische Belastungsstörung
- Konversionstherapie
- emotionale Manipulation
- Queerfeindlichkeit
- angedrohte und physische Gewalt

Glossar

Personen

Hauptcharaktere

Liam Vallo	Keksliebender Mann aus Patria
Raymond Cidus	Liams schweigsamer Begleiter

aus Patria

Alanso	Besitzer der Dorfschenke
Ennzio	Besitzer vieler Pferde
Ferrus Vallo	Liams Vater
Kianus Vallo	Liams jüngerer Bruder
Macina	Junge Frau aus Patria
Medela	Dorfheilerin
Miana Vallo	Liams verstorbene Mutter
Naola Risa	Valeas Großmutter
Valea Risa	Liams beste Freundin

aus Vado

Marina	Dirne
Recen	Rays Mentor

Aus dem Wald Silval

Aluna	Hüterin des Waldes
Umbrin	Alunas Gefährte; eine schwarze Eule

AUS LIVOR

Alban	Gardist
Amira Glacidus	Prinzessin von Glacida
Austin	Königsgardist
Azura	Silberluchs
Bendik	Gardistenführer
Calvyn Nuntio	Sprecher des gladicischen Hofs
Carl Secas	Aufseher der Königsgarde
Carthur Salus	Heilmagier
Emilia Palam	Offizierin
Finnian Clarus	Königsgardist
Gregery	Gardist
Joana	Freundin von Amira
Leanna	Freundin von Amira
Lisa	Königsgardistin
Lucius Flavo	Berater des Königs
Magnus Fortis	Heilmagier
Michael	Soldat
Minnia	Königsgardistin
Oliver	Königsgardist
Reginia	Königsgardistin
Rina	Königsgardistin
Victor Glacidus	König von Glacida

AUS NUMORIA

Elnia	Bardin
Jean	Besitzerin des Gasthauses *Augur*

ORTE

Acta	Küstenstadt in Glacida
Alsia	Frostwüste im Norden Glacidas
Calid	Hauptstadt von Ignidia
Clivos-Gebirge	Gebirge in der Nähe von Livor
Große Brücke	Brücke zwischen den Königreichen
Livor	Hauptstadt von Glacida
Nostria	Stadt in der Nähe von Patria
Numoria	Stadt in Ignidia
Patria	Liams Heimatdorf
Presera	Stadt in Glacida
Pulvia-Gebirge	Gebirge im Süden Ignidias
Schloss Ruclavis	Schloss in Calid
Schloss Splendor	Schloss in Livor
Trebos	Stadt in der Nähe von Numoria
Vado	Stadt in Ignidia
Wald Silval	Magischer Wald im Norden Glacidas
Wüste Calora	Brennende Wüste im Süden Ignidias

ANDERES

Aspern-Pulver	Ätzendes Pulver der glacidischen Garde
Lux	Gott des Lichts; Erschaffer von Lumia
Monaro	Währung in Lumia
Nivaris	Rays magisches Schwert
Nox	Gott der Dunkelheit; Lux' Bruder
Phönix	Unglücksomen; Zeichen von Nox
Relikte der Dunkelheit	Magische Artefakte, die einst Nox gehört haben sollen
Rubula	Magische Nebelbarriere rund um Lumia